Martin Krüger

Die Gaben des Todes

EDITION M

Das Buch

Ein grausamer Killer hält die Frankfurter Polizei in Atem. Die kunstvoll inszenierte Leiche einer jungen Frau wird in einer Schaufensterauslage gefunden. Neben ihr hat der Mörder drei mit Blut geschriebene Worte hinterlassen: Holt Daniel Parkov.

Obwohl der »Dezembermann«, wie sich der Täter selbst nennt, Oberkommissarin Marie Winter und dem milliardenschweren, exzentrischen BKA-Hauptkommissar Daniel Parkov mysteriöse Nachrichten zukommen lässt, tappen die Ermittler im Dunkeln. Erst nach und nach erkennen sie, dass sie es mit einem psychopathischen Killer zu tun haben, der einen perfiden Plan verfolgt: das Ende des freien Willens.

Der Autor

Martin Krüger, Jahrgang 1986, studierte die dunkle Kunst der Juristerei in Frankfurt am Main. Heute lebt, arbeitet und schreibt er als freier Autor und Musiker in Süddeutschland und der Schweiz. Mit seinem Thriller »Gaben des Todes« gelang ihm 2016 der Sprung in die Top 10 der Kindle- und der BILD-Bestseller-Liste. Weitere Informationen zum Autor finden sich unter www.kruegerthriller.de und www.facebook.com/kruegerthriller.

MARTIN
KRÜGER

DIE GABEN DES TODES

EIN
WINTER-UND-PARKOV
THRILLER

EDITION M

Die Erstausgabe erschien 2016 unter dem Titel »Gaben des Todes« im Selbstverlag.

Veröffentlicht bei
Edition M, Amazon Media E.U. Sàrl
5 Rue Plaetis, L-2338, Luxembourg
Juli 2017

Umschlaggestaltung: semper smile, München, www.sempersmile.de
Umschlagmotiv: ©autsawin uttisin /Shutterstock; ©Krasovski Dmitri / Shutterstock; ©dima shiper /Shutterstock; ©Miloje/Shutterstock; ©STILLFX /Shutterstock; ©Kaidash /Shutterstock; ©Picsfive /Shutterstock;
Lektorat & Korrektorat: Rotkel Textwerkstatt
Printed in Germany
By Amazon Distribution GmbH
Amazonstraße 1
04347 Leipzig, Germany

ISBN: 978-1-542-04685-5
www.edition-m-verlag.de

Memento mori.
Bedenke, dass du sterben musst.

Respice post te, hominem te esse memento.
Sieh dich um, denke daran, dass auch du nur ein Mensch bist.

Für A. und J., die mich in die Geheimnisse der Polizeiarbeit einweihten

Prolog

Das Messer besaß eine zwanzig Zentimeter lange Klinge, die wie dafür gemacht war, Mädchenhaut zu schneiden. Der Mann, der sich in den Schatten herumtrieb, wusste, wie man es und auch die anderen Werkzeuge verwendete, wie man schnitt, durchtrennte, sägte, aufbrach und zerlegte. Sein Körper war wie elektrisiert, voller Spannung und Vorfreude auf das, was kommen würde.

Seine Position war perfekt gewählt, ganz wie er es gelernt hatte. Selbst der schmale Lichtkegel der Straßenlaterne vermochte nicht, seinen Aufenthaltsort zu enthüllen. Aus dem Schatten der Weißtanne hinter ihm, nah bei der Buchshecke des Nachbargrundstücks und der hohen Backsteinmauer zu seiner Rechten, war es ein Leichtes, sie in ihrem Schlafzimmer zu beobachten und jeder ihrer Bewegungen mit Blicken zu folgen.

Gerade vor ein paar Minuten war ihr Freund aus dem Haus getreten, den schmalen Gartenpfad entlang- und danach die Straße hinabgegangen. Ja, er war sogar an ihm vorbeigeschritten, ohne ihn zu bemerken. Wie gut er doch sein Versteck gewählt hatte! Zuletzt war er in seinen billigen Wagen gestiegen, den Saab mit dem schiefen Kotflügel, und davongefahren.

Nun war sie allein.

Ganz allein für ihn.

Der Mann, der sich in den Schatten herumtrieb, strich über die Messerklinge. Das Haarnetz auf seinem Kopf und der Plastikoverall, den er unter dem Kostüm trug, knisterten leise, als er sich bewegte. Die geschmeidigen Handschuhe hinterließen keine Spuren. Oh, noch würde er seine Werkzeuge nicht benutzen. Das Messer würde sie erschrecken, aber er würde es nur für den äußersten Notfall bereithalten, etwa dann, wenn sie fliehen wollte.

Aber bisher war noch nie eine geflohen.

Er beherrschte sein Handwerk. Wie jeder gute Handwerker wusste auch der Mann in dem Schatten, wie er vorgehen musste, damit keine von ihnen die Flucht ergriff: Schnelligkeit und absolute Lautlosigkeit waren die Schlüssel, die er besaß. Doch nun keine Hast, nein, nur keine Hast.

Jetzt hatte sie das Licht abgeschaltet. Aus der Ferne wehten leise Glockenschläge. Neunmal, zehnmal, elfmal.

Es war Zeit. Wenn sie schliefen, war alles ganz leicht.

Der Mann schob sich ein Stück vorwärts, spähte die Straße hinab. Alles war so friedlich, ruhig und leer. Ganz wie Weihnachten.

Mit einem unter der Maske verborgenen Lächeln überquerte er die Straße, setzte mit einem einzigen, behänden Sprung über den niedrigen Gartenzaun hinweg und ging auf die Haustür zu. Der passende Schlüssel lag in seiner Hand. Lautlos glitt der Mann ins Innere des Hauses.

TEIL EINS

DER VERLORENE SCHLÜSSEL

Von einem Messer an einem kalten Morgen

1.

Sechs Tage später

Der Himmel über Frankfurt am Main hüllte sich in den Glanz eines frühen Dezembermorgens, als Marie Winter vor der Hauptwache in Richtung des Fundortes in der Nähe der Zeil abbog. Das Licht hatte eine stählern blaue Färbung angenommen, ein Geruch lag in der Luft wie die Vorankündigung nahenden Unheils. Es waren die Minuten vor der Eröffnung der Jagd – ein eigenartiges Gefühl, mit dem sie mittlerweile vertraut war.

Die duftende Tüte mit der Aufschrift »Konditorei Weinderl« lag hinter der Frontscheibe, als sie den Dienstwagen, eine Mercedes-C-Klasse, parkte. Durch das Fenster sah Marie das rot-weiße Absperrband auf der gegenüberliegenden Straßenseite im Wind flattern sowie die Spiegelungen der Rücklichter der Vorbeifahrenden in den Pfützen auf dem nassen Asphalt. Sie öffnete die Tür, holte das Gebäck aus der Tüte, biss hinein und genoss die süße Füllung und den kurzen Zuckerschock. Sie gestand sich nur wenige Laster zu – doch in diesen Fällen beruhigte es sie wie andere das Nikotin der Zigaretten.

Menschen haben ihre Rituale – dies ist meines.

Einen kurzen Augenblick lang beobachtete Marie ihren Atem, der in weißen Nebelwölkchen aufstieg. Eine kleine Menschentraube hatte sich vor der polizeilichen Absperrung gebildet. Marie hörte sie bis hier herüber – die nervösen Stimmen von Zivilisten, die vielleicht zum ersten Mal in ihrem Leben Aug in Aug dem Opfer eines Verbrechens gegenüberstanden. Dann knöpfte sie ihren Mantel zu, nahm den Kaffeebecher aus der Halterung und überquerte die Straße.

Ein junger Streifenpolizist hatte seine Mühe, die Schaulustigen zurückzuhalten. Als er sie und ihren Ausweis sah, hielt er ihr das Absperrband hoch. Marie kannte seinen Namen nicht, aber den Ausdruck auf seinem Gesicht verstand sie wohl. Höchstwahrscheinlich war es sein erster Mordfall. *Du wirst dich daran gewöhnen*, dachte sie. *Oder zerbrechen und aussteigen.*

Sie warf die leere Konditoreitüte in den Abfall, leerte den Kaffeebecher, strich sich das zum Pferdeschwanz gebundene dunkelbraune Haar zurück und sah sich um: Das Kaufhaus war ein hoch aufragendes Gebäude aus roten Ziegeln, ein Bau der Sechziger; gute alte Zeit. Auf dieser Seite hingen Plakate und ein paar weihnachtliche Lichterketten, hinter den Fenstern im ersten und zweiten Stock brannte schwaches Licht. Ein aufgespannter Sichtschutz verwehrte jeden Blick in die Schaufenster im Parterre. Eine Tanne stand, einem Soldaten gleich, davor, an ihren dürren Ästen baumelten einige Christbaumkugeln.

Vor dem Nebeneingang stand ein zweiter Streifenbeamter vom ersten Revier. Er war übernächtigt und hatte die Arme ablehnend vor der Brust verschränkt. Schon hier draußen schnürte es ihr beim Luftholen die Kehle zu. Sie spürte, dass hier etwas Großes vor sich ging. Etwas Ungewöhnliches, vielleicht bisher noch nicht Gesehenes.

»Morgen«, sagte sie, unterdrückte ein Gähnen und hielt ihm ihren Ausweis entgegen.

»Guten Morgen.« Sein Blick glitt an ihrem Mantel entlang,

suchte auf ihrem Gesicht nach Spuren. Marie wusste, wonach er Ausschau hielt. Es gab kaum einen Kollegen, der ihre Geschichte nicht kannte. Zugleich wusste sie, dass er nichts finden würde. Mittlerweile suchten sie ihre Träume nur noch selten heim.

»Wie sieht es aus?«

Er schien verlegen, als hätte sie ihn ertappt. Nein, verlegen war nicht ganz das richtige Wort, korrigierte sie sich. Etwas an ihm schien anders – dunkler, bedrückter. »Nicht gut«, erwiderte er dann. »Um ehrlich zu sein, so etwas habe ich noch nicht erlebt. Es ist … hart mit anzusehen.«

Marie musterte ihn. Der Mann, das begriff sie nun, war entsetzt von dem, was er dort drinnen gesehen haben musste. Er war entsetzt und versuchte, sich nichts davon anmerken zu lassen, was ihm aber nicht richtig gelang.

Marie erinnerte sich an den Anruf des Diensthabenden, der sie geweckt hatte. Sie dachte an Hillingers Worte: *Wir haben einen Fall, Winter. Einen verdammt seltsamen Fall.*

»Bin heute etwas früh dran. Ist der KDD schon da?« Die Leute vom Kriminaldauerdienst, einer Art Feuerwehr der Kriminalpolizei, waren die Ersten, die nach den Kollegen von der Schutzpolizei und noch vor den Beamten der Mordkommission am Tatort eintrafen.

»Die Kommissare Becker und Grünbaum, ja. Sie versuchen gerade, den Manager des Ladens aufzutreiben.«

»Gut. Achten Sie darauf, dass niemand die Absperrung überquert«, sagte sie, schlüpfte an ihm vorbei und betrat das diffuse Halbdunkel des Kaufhauses.

2.

Ein dritter Streifenbeamter stand bei den Schaufensterauslagen im Kaufhaus. Er wippte auf und ab, seine Schuhsohlen machten auf dem Linoleumfußboden ein leise quietschendes Geräusch.

»Wir haben nichts angerührt. Sie liegt da und …«

Blutgeruch hing in der Luft, Blut und noch etwas anderes. Vor Marie standen ein paar Kisten, die ihr den Blick versperrten. »Es ist zu dunkel hier drin«, sagte sie. »Ist der Erkennungsdienst informiert?«

»Sie sind schon unterwegs.«

»Tu mir den Gefallen und sorg für mehr Licht. Das ist ein Tatort, keine Geisterbahn.« Marie deutete zur Decke, an der eine Leiste mit Halogenscheinwerfern hing. Als der Beamte davongehen wollte, tippte sie ihm auf den Arm. »Hol mir bitte einen der Kollegen vom KDD und komm danach wieder her«, sagte sie zu ihm, weil sie instinktiv spürte, dass er sich nur mit Widerwillen hier aufhielt. Sie beorderte ihn zurück, nicht um ihn zu quälen, sondern weil sie wollte, dass er seinen verdammten Job machte.

Weil vier Augen immer mehr sahen als zwei.

»Verstanden.«

Sie trat um die Kisten herum. Der Blutgeruch nahm zu,

wurde fast unerträglich. Marie dachte an ihr hastig heruntergeschlungenes Frühstück und den heißen Kaffee, der ihr fast die Zunge verbrannt hatte. Sie dachte an früher: an Eriks warmen Rücken neben ihr im Bett, sein leises Seufzen, als sie von Anrufen zu unsäglichen Uhrzeiten geweckt worden waren. Längst vergangene, alte Zeiten.

Sie dachte an ein Messer an einem kalten Morgen.

Dann verdrängte sie das alles.

Das Bild, das auf Marie wartete, traf sie wie ein gut gezielter Schlag in die Magengrube. Sie blieb stehen und legte sich zwei Finger gegen die Schläfen – Daumen und Zeigefinger, wie sie es stets tat. Die Denkerpose, nannte Jörg Bodenfeld das manches Mal, wenn er sie wieder zum Lachen bringen wollte.

Irgendwo in der Tiefe des Kaufhauses hatte der Beamte unterdessen den Schalter gefunden. Grelles Licht flammte auf. Sie blinzelte. In taghelles Licht getaucht, wirkte die Szenerie noch grotesker, brutaler und widernatürlicher.

Die Tote war eine Jugendliche, Marie schätzte sie auf sechzehn, vielleicht siebzehn. Nackt lag sie in einem der Schaufenster wie eine umgefallene Puppe mit blondem Haar. Ihr Körper war von unzähligen tiefen Schnittwunden übersät, die größte klaffte an ihrer Kehle, war jedoch nicht genau auszumachen, da das Mädchen auf dem Bauch lag. Andere Spuren waren auch dort. *Bisswunden?* Gebettet war sie auf Kunstschnee, der vom Blut rot gefärbt war. Jeder Menge Blut. An den Fenstern, die draußen durch den polizeilichen Sichtschutz verdeckt waren, klebten Abziehbilder, die wie Schneeflocken und Eisblumen aussahen. Auf der Scheibe entdeckte sie in roter, verlaufener Schrift drei Worte, so verfasst, dass man sie von innen lesen konnte:

Holt Daniel Parkov.

Parkov, dachte Marie. *Wieso kommt dir dieser Name so bekannt vor?*

Rechts neben der Leiche lag die rot-weiße Mütze eines Weihnachtsmannes. Die Hand des Mädchens schien danach ausgestreckt, als wollte es im letzten Augenblick zugreifen. Links ein Zweig: Es waren Misteln.

Marie verharrte. Schloss die Augen, öffnete sie wieder, ließ den fürchterlichen Anblick auf sich wirken wie ein Raucher, der einen tiefen Lungenzug nimmt. Das Gift des Verderbens, das in ihr Innerstes sickerte.

Sie dachte an Lucie und daran, wie es wäre, wenn sie ihre Tochter hier entdecken würde.

Einen Augenblick später entdeckte sie auch den Ursprung des anderen Geruchs: Ganz in der Nähe hatte sich jemand auf den Boden erbrochen.

»Kollegin?« Der Schupo-Beamte war zurück. »Ich habe das Licht eingeschaltet«, sagte er unnötigerweise. »Der Erkennungsdienst ist draußen. Sie kommen gleich rein. Und Kommissar Grünbaum vom Dauerdienst wartet gleich da drüben.«

»Danke«, erwiderte sie. Marie konnte sich an die Akte des Mannes erinnern, weil sie vor Kurzem über ihren Tisch ging. »Warte einen Moment. Du bist derjenige, der sich für das K 11 beworben hat, nicht wahr?«

»Völlig richtig, ich bin Polizeikommissar Maximilian Gintner.«

»Ich hoffe, das hier warst nicht du.« Sie deutete auf die Pfütze Erbrochenes.

»Nein, einer der Putztypen.«

»Wer hat die hier hereingelassen?«

»Der Hausmeister. Der KDD hat ihn schon überprüft.«

»Was hältst du hiervon?«

Gintner blinzelte. Marie sah zu, wie seine Augen den Tatort absuchten und auf der Leiche des Mädchens verharrten.

»Er verhöhnt uns. Die Mütze, die Misteln … vielleicht hat er irgendeine komische Weihnachtsmanie.«

Sie sah ihn an. Ja, dort war es. In seinen Augen konnte sie die Dunkelheit entdecken, die sie auch bei sich selbst und bei den meisten anderen Beamten der Mordkommission sah. Wer zu häufig in Abgründe hineinblickt, in den blicken die Abgründe eines Tages auch selbst hinein. Nietzsche hatte das gesagt, und er hatte recht. Der einzige Weg, diese Sucht zu befriedigen, war der, sich ihr hinzugeben.

»Wer hat uns informiert?«

»Einer der Männer vom Reinigungsdienst. Sie wollten die Scheiben putzen und haben sie gefunden. Und dann kamen noch zwei Anrufe von Passanten, die sie von draußen im Schaufenster entdeckt haben.«

»Wo ist der Manager?«

»Der KDD ist dabei, ihn aufzutreiben, aber ich habe keine Ahnung.«

»Marie!« Die Stimme hinter ihr ließ sie herumfahren. Im Durchgang zwischen Schaufenster und Lagerraum stand Herbert Fischer, der Leiter der Spurensicherung. Der Mann war fünfundfünfzig, trug für gewöhnlich ein Tweedsakko mit gestärkten Ellbogen und eine Hornbrille, wenn er nicht an einem Tatort in einem Einwegschutzanzug steckte. Manch einer auf dem Revier nannte ihn *Englishman in Bembeltown.* »Können wir anfangen?«

»Einen Moment.« Sie nickte Gintner zu. »Von dem, was ich höre, können Sie sich durchaus Hoffnungen machen.« Dann ließ sie ihn stehen.

»Holt Daniel Parkov«, sagte Marie, als sie den Spurensicherer erreichte, »das hat unser Täter an die Glasscheibe geschrieben.«

»Hab's schon gesehen.« Fischer strich sich über die bärtigen Wangen. »Daniel Parkov existiert nicht«, fügte er hinzu.

»Was genau ist so lustig?«

»Fünf Jahre ist es her, Marie, da warst du noch beim K 12. Du bist dreiunddreißig – der Mann namens Daniel Parkov war so alt wie du jetzt, als sie ihn rauswarfen. Das hier, das sieht ein bisschen aus wie damals.« Fischers Miene verfinsterte sich. »Den Vogelfänger hat man ihn genannt. Ein zyklisch agierender Einzeltäter, ein Psychopath, wie du ihn in keinem Handbuch findest. Er hat mit seinen Opfern gespielt wie eine bösartige Katze mit ihrer Beute, und Parkov … Parkov hat ihn gejagt wie ein Besessener.«

»Also war Parkov einer von uns?«

»Nicht ganz. BKA, Abteilung Schwere Serienkriminalität, Operative Fallanalyse. Er ist ein Genie, ein Unikum, einer der hellsten Köpfe, die mir jemals begegnet sind. Er war ein brillanter Ermittler.«

»Er *war*? Komm schon, Herbert, lass dir nicht alles aus der Nase ziehen.«

»Der Vogelfänger entführte Parkovs Frau. Parkov stellte ihn. Der Vogelfänger vergewaltigte sie vor seinen Augen und schnitt ihr danach die Kehle durch.«

»Oh Gott.« Marie schloss für einen Moment die Augen. Alte Erinnerungen schlichen sich heran: *Erik, was in aller Welt …?* Sie holte tief Luft. »Und danach?«

»Parkov hat nie etwas gestanden, aber der Vogelfänger starb noch in der U-Haft. Ein kaltblütiger Giftmord. Wir wissen nicht, wie Häusser an das Gift kam, aber ein paar Kollegen erzählten, dass es Parkov auf ihn abgesehen hätte. Auch wenn ihn die Interne entlastet hat, die Gerüchte blieben. Parkov stieg aus, zog sich zurück, und seitdem hat niemand mehr besonders viel von ihm gehört.«

»Bis jetzt: *Holt Daniel Parkov.* Auf einer Schaufensterscheibe an einem Tatort. Also muss ich ihn finden.«

»Viel Glück.« Herbert Fischer zuckte die Achseln. »Wahrscheinlich ist es nur ein Trittbrettfahrer, der von der Geschichte erfahren hat. Parkov ist unerreichbar … Er existiert nicht.«

Marie warf einen letzten Blick auf das junge Mädchen, das viel zu früh aus dem Leben gerissen worden war. »Mir ist egal, was er getan hat. Wenn der Täter ihn haben will, ist er Teil dieser Sache.« Sie seufzte. »Wenn du irgendetwas weißt …«

»Er wohnt irgendwo oben im Taunus. Zurückgezogen wie ein Einsiedler. Es gab Versuche, ihn zurückzuholen, ihn zu rehabilitieren. Keine Chance.«

»Ich finde ihn.«

»Marie?«

»Ja?«

»Pass auf dich auf. Diesen Mann umgeben die dunkelsten Abgründe wie Motten, die das Licht anzieht.«

Sie nickte. »Danke.«

Wenn er nur wüsste.

3.

Der Kollege vom KDD erwartete sie in der Nähe des Ausgangs. Er streckte ihr die Hand entgegen, machte sich jedoch nicht die Mühe, seinen Handschuh auszuziehen, also zog Marie ihren auch nicht aus. Der Händedruck war knapp und fest.

»Gerd Grünbaum, Dauerdienst«, sagte er. Der Mann war recht klein, kaum größer als sie selbst, und sie bemerkte sofort, dass er die fehlende Größe durch Überheblichkeit wettmachen wollte. Belustigt dachte Marie an Jörg Bodenfeld, der sie mit ihren Einseinundsechzig manches Mal augenzwinkernd als laufenden Meter bezeichnete, und fragte sich, wie er Grünbaum wohl genannt hätte.

»Marie Winter, Mordkommission 1.«

»Du bist früh vor Ort. Für die Verhältnisse der Mordkommission, meine ich.« Sein Blick glitt für einen Augenblick über ihren Mantel, ehe er wieder hinauf zu ihren Augen wanderte.

»Ja. Weniger Arbeit für euch, nicht wahr? Kommen wir zur Sache«, sagte sie knapp. *Und vielen Dank, über die derzeitigen Verhältnisse beim KDD reden wir hier besser nicht.* »Welche Zeugen haben wir?«

»Einen Mann vom Reinigungsdienst, dann den Hausmeister. Die beiden Passanten, die die Leiche im Schaufenster gesehen haben, Pendler auf dem Weg zur Schichtarbeit. Und zuletzt dachte ich mir, dass es Sinn macht, den Chef des Ladens hier, einen gewissen Maximilian Fortloff, zu befragen.«

»Okay. Wo ist Fortloff, und wo sind die beiden Pendler?«

»Fortloff … zu ihm ist mein Kollege schon unterwegs. Der bewohnt eine Villa im Westend, also Fortloff, nicht mein Kollege. Die beiden Zeugen habe ich wieder nach Hause geschickt, die sind nicht relevant. Wir können aber damit rechnen, dass sich unsere Freunde von der Presse die beiden schon geschnappt haben.«

Marie spürte, wie ihr Mobiltelefon vibrierte. Die Anruferkennung wies den Anrufer als Dr. Neumann aus.

Lucie.

»Stimmt was nicht?«

Marie blickte auf. Nach einigen Sekunden gab der Anrufer auf. »Ich will, dass wir eine Nachbarschaftsbefragung vornehmen. Wir befinden uns mitten in der Stadt. Schnappt euch ein paar Kollegen von der Streife und klappert die Häuser ab. Irgendjemand muss etwas gesehen haben. Wieso sind wir hier so unterbesetzt?«

Sie sah, wie das Wort Nachbarschaftsbefragung die Gesichtszüge Grünbaums für einen Augenblick entgleiten ließ. »Urlaub, Krankmeldungen am laufenden Band. Und eine Wasserleiche im Main um halb vier.«

»Fordert an, wen ihr in die Finger kriegen könnt. Ich muss noch mal los.« *Von einer Wasserleiche höre ich gerade zum ersten Mal.* Sie wandte sich ab. Vom Schaufenster her flackerte das Blitzlicht des Kriminaltechnikers auf, der die Tatortfotos machte.

»Moment, was ist mit dem Tatort hier? Willst du dir den nicht mal genauer ansehen?«

»Ich kenne meinen Spurensicherer. Ich weiß, dass er genau darauf ganz bestimmt keine Lust hat. Außerdem ist das Schaufenster höchstwahrscheinlich nicht der Tatort. Viel zu wenig Blut.« Marie sah sich noch einmal um. In den Tiefen des Kaufhauses, das auch jetzt noch in einem diffusen Halbdunkel lag, konnte sich alles Mögliche aufhalten.

»Habt ihr das alles schon durchsucht?«

»Wir sind durchgegangen, ja. Aber wenn *durchsucht* bedeutet, dass wir in jede Tür und jede Kiste geschaut haben, dann lautet die Antwort nein.«

»Dann machen wir das jetzt.« Sie nahm ihr Mobiltelefon zur Hand und forderte Verstärkung an, um das Haus von oben bis unten zu überprüfen.

»Das ganze Haus?«, echote Grünbaum. »Ich meine, du glaubst, er könnte noch hier sein?«

»Vielleicht. Vielleicht hat er etwas zurückgelassen. Wir werden sehen.«

4.

Die Kinderkrebsstation der Uniklinik hatte ein helles und fröhliches Design, mit pastellfarben gestrichenen Wänden und bunten Abziehbildern auf den Scheiben. Es gab einige Lese- und Spielecken und viele Fenster, die die Sonne hereinließen. Doch ansonsten vermochte nichts die Trübsal zu verbergen, die den Krankenzimmern innewohnte.

Marie ging mit zügigen Schritten den Korridor entlang. Dr. Xaver, einer der Ärzte, nickte ihr zu. Die Herren in den weißen Kitteln kannten sie mittlerweile alle beim Namen, eine Tatsache, die sie sich nicht unbedingt gewünscht hatte. Das Zimmer ihrer Tochter lag am Ende des Flurs hinter einer nüchternen gelben Tür. Behutsam schlüpfte sie hinein.

Im Kaufhaus, am Fundort der Leiche, hatte sie nichts mehr verloren. Die Spurensicherung machte ihre Arbeit, Grünbaum die seine, und alles Weitere würde sich danach ergeben. Kurz hatte sie den Chef des Fachkommissariats 11 angerufen und ihn gebeten, einen Zeugenaufruf herauszugeben. Vielleicht fand sich ein später Zeuge, der nachts noch in der Straße unterwegs gewesen war und den Täter bei seinem Werk im Schaufenster beobachtet hatte.

Lucie.

Wie winzig sie doch war in diesem riesigen Bett.

Marie strich ihrer Tochter über das Haar, das allmählich auszufallen begann. Dunkelbraun, fast schwarz war es, wie ihr eigenes. Nur die Augen, die hatte sie von ihm. Lucies Augen waren strahlend blau wie ein Sommerhimmel im August – ihre eigenen haselnussbraun.

Sie wischte den Schweiß von der Stirn ihrer Tochter, als Lucie die Augen aufschlug.

»Mama?«

»Hallo, meine Süße.«

»Ich hatte einen Traum.«

Marie lächelte. »War er schön?«

»Wir waren in einem riesigen Haus. Du warst auch da. Draußen standen komische Bäume. Ich bin auf einen geklettert. Ich war …« Sie schlug die Augen nieder. Marie sah, wie sich die kleinen Hände ihrer vierjährigen Tochter zu Fäusten ballten.

»Ich will nicht mehr hier sein, Mama. Es ist so langweilig.« Lucie überkam ein heftiger Hustenanfall. Marie hielt sie, bis sie sich wieder beruhigt hatte.

»Oma kommt zu Besuch. Sie hat eine Überraschung für dich, Süße.«

»Ich will aber keine blöde Überraschung!«

»Lucie, bitte …«

Hinter ihnen ging die Tür auf. Dr. Neumann spähte herein. »Frau Winter? Schenken Sie mir einen Moment? Sie haben meinen Anruf nicht beantwortet.«

»Ist gut.«

Dr. Neumann schloss die Tür hinter ihnen, nachdem sie auf den Flur hinausgetreten waren. Der Arzt war etwas älter als Marie und sehr gut aussehend. Ein Paar blauer, eindringlicher Augen musterte sie. »Wir haben die Ergebnisse.«

Maries Herz setzte einen Augenblick aus. Sie kannte den

Ausdruck auf Dr. Neumanns Gesicht. Denselben Ausdruck hatte sie dort entdeckt, als sie die Leukämie diagnostiziert hatten.

»Ist es schlimm?«

»Die Krebszellen reagieren auf die Chemotherapie. Sie sind um ein Viertel rückläufig. Gute Ansprechrate, vorsichtig optimistische Remission. Die Suche nach einem passenden Knochenmarkspender läuft, aber Sie wissen, dass das Zeit braucht. So weit die guten Nachrichten.«

»Ich dachte schon, Sie machen mir Hoffnung.«

»Wir haben Grund zu der Annahme, dass Ihre Tochter sich mit dem Epstein-Barr-Virus infiziert hat.«

»Epstein-Barr«, wiederholte Marie. Schon der Name klang fürchterlich. »Das ist doch das Pfeiffersche Drüsenfieber?«

»Ja, so nannte man es. Für Ihre Tochter, Frau Winter, bedeutet die Erkrankung eine starke zusätzliche körperliche Belastung neben der Chemotherapie und der medikamentösen Einstellung.«

Die Wände des Korridors schienen näher zu kommen. Marie verschloss für einen Moment die Augen vor der Welt. Dr. Neumanns mitfühlende Miene widerte sie an – jedoch nur für einen Augenblick. Dann schlug sie die Augen auf und war wieder ganz die alte Marie Winter, die nicht nur Ärzten mit schlimmen Nachrichten, sondern auch schon dem schlimmsten menschlichen Abschaum gegenübergestanden hatte.

Erik, wieso musst du mich mit alldem allein lassen?

»Frau Winter?«

Sie fixierte den Arzt. »Was schlagen Sie vor?«

»Wir werden die Chemo geringfügig zurückfahren. Wir warten ab, wie sie auf das Virus reagiert.«

»Wo hat sie sich angesteckt? Haben Sie irgendeine Idee?«

»Nein. Im Moment noch nicht.«

»Dann werde ich jetzt wieder nach ihr sehen.«

»Epstein-Barr ist hochansteckend.«

»Sie ist meine Tochter. Sagen Sie mir nicht, was ich alles nicht tun darf, Dr. Neumann.«

Nicht jetzt, da ich nicht einmal weiß, wie viel Zeit ihr überhaupt noch bleibt.

»Oh, ich sage nicht, dass Sie nicht nach ihr sehen sollen. Aber Sie sehen müde aus, Frau Winter. Epstein-Barr liebt die Gestressten, die Übermüdeten.«

Sie schwankte. *Nein. Nicht jetzt. Nicht hier, nicht vor ihm. Erik, nein!* Dr. Neumann streckte eine Hand nach ihr aus. Sie sah, wie sein Blick für einen Augenblick zu ihrem Gürtelholster wanderte, das sie unter ihrem Mantel trug, und zu ihrer Heckler & Koch P30, die darin steckte, und trat einen Schritt zurück.

»Es geht schon.«

»Stressige Zeit?«

Holt Daniel Parkov.

»Ich fürchte, mehr als das.«

5.

Ihre Mutter Elise würde gegen Nachmittag nach Lucie sehen. Marie hatte ihrer Tochter aus deren derzeitigem Lieblingsbuch »Lotta kann fast alles« von Astrid Lindgren vorgelesen und sich dann mit dem üblichen unguten Gefühl in der Magengegend verabschiedet.

Du verbringst viel zu wenig Zeit mit ihr, dachte sie, *und dein Beruf frisst dich auf.*

Doch dort draußen war ein Mann, der ein Mädchen getötet hatte, verschwunden war und möglicherweise erneut morden wollte – sie musste fort.

Marie parkte ihren Wagen auf dem Parkplatz in der Adickesallee und betrat das Präsidium mit der hohen Glasfassade, in dem auch das Morddezernat untergebracht war. Jörg Bodenfeld, ihr Kollege bei der Mordkommission 1, hatte sie nach ihrem Besuch in der Klinik angerufen. Die Spurensicherung war überraschend schnell fertig gewesen, die Leiche des Mädchens bereits abgeholt und auf dem Weg in die Rechtsmedizin. Der Mitarbeiter des Reinigungsdiensts war vom Kriminaldauerdienst befragt worden, seine Aussage protokolliert. Maximilian Fortloff, der Manager des Kaufhauses, wartete in ihrem Büro auf sie. Sie sollten die Sache nicht an die große Glocke hängen und so schnell wie möglich abschließen, gab Jörg den Wunsch wieder, auf dem die Kaufhausleitung ausdrücklich bestanden hatte.

Noch auf dem Flur stieß Marie auf Herbert Fischer, der einen Stapel Akten vor sich hertrug.

»Sag mir bitte, dass du gute Neuigkeiten für mich hast.«

»Kommt darauf an. Lorenz kann schon jetzt sagen, dass sie zwischen fünf und acht Stunden vor ihrem Auffinden starb, und das nicht in diesem Schaufenster. Wir wissen nicht, wer sie ist. Keine Papiere, kein registrierter Fingerabdruck. Es gibt keine Vermisstenmeldung, die passt. Vor Ort kein einziger Fingerabdruck, der nicht von dem Mädchen stammt. Weder auf den Scheiben, den Mistelzweigen noch auf der Mütze.«

»Nicht mal auf der Scheibe? Und was ist mit dem Blut und der Schrift?«

»Es ist ihres. Er hat ihren Finger genommen, um die Botschaft zu schreiben.«

»Aha. Das war zu erwarten.«

»Im Kunstschnee sind ein paar Sohlenabdrücke, Sportschuhe, Größe siebenundvierzig. Wir haben Fasern gefunden, die noch analysiert werden, aber ich tippe auf Rückstände einer großen Tasche, in der man sie transportiert hat. Außerdem Tierhaare, höchstwahrscheinlich von einer Ziege.«

»Wie bitte?«

»Ich kann dir nur sagen, was wir haben, die Schlüsse musst du ziehen. Ach ja, die Tür zum Hinterausgang war nicht beschädigt, und auch keine der übrigen Zugangstüren. Keine Einbruchs- oder Manipulationsspuren, weder am Tor draußen noch an den anderen Eingängen.«

»Er hatte einen Schlüssel.«

»Ja. Und wir wissen auch schon von wem. Fortloff selbst ist der Zentralschlüssel entwendet worden – sagt er zumindest.«

»Der Manager? Sieh an.« Marie warf einen Blick durch die

gläserne Scheibe, die den großen Konferenzsaal des Morddezernats vom Flur trennte und somit vom geschäftigen Treiben abschnitt. »Keine Fingerabdrücke auf den Oberflächen, aber nutzlose Schuhspuren. Und was ist mit den Abdrücken auf ihrem Körper? Wer ist drüben zuständig?«

»Lorenz.«

»Oh nein.« Professor Dr. Peter Lorenz war einer der Rechtsmediziner. Arbeiten, die bei den anderen einige Stunden in Anspruch nahmen, dauerten bei ihm einen Tag. Außerdem war er ein lüsterner alter Bock, der die meisten jungen Polizistinnen verschreckte. Wäre er nicht eine Koryphäe auf seinem Gebiet, würde Marie keinen Schritt in den Keller des Instituts setzen, wenn er dort war. »Beginnt der Tag nicht wirklich wunderbar?«

»Die Mütze und der Mistelzweig sind nichts Besonderes. Wolle, Polyester. Den Zweig kann er überall herbekommen haben.«

»Zeugen?«

»Bislang niemand. Der KDD ist an der Nachbarschaftsbefragung noch dran.«

»Okay.« Das mochte sie an Fischer. Er war schnell und gründlich, und er wusste auch, was außerhalb seines Fachgebiets vor sich ging. »Dann werde ich mich jetzt mit Fortloff unterhalten.«

»Was ist mit Parkov?«

»Noch nichts.« Marie schenkte Fischer ein strahlendes Lächeln von der Sorte, die den meisten Männern einen beschleunigten Puls bescherte. »Würdest du mir einen Gefallen tun?«

Fortloff war ein großer, dünner Mann vom Typ Großkonzernmanager. Er erhob sich, als Marie den Raum betrat.

»Ich bin es nicht gewöhnt, dass man mich warten lässt.«

»Dann gewöhnen Sie sich dran. Setzen Sie sich bitte.«

»Wissen Sie, meine Liebe, dass ich mit dem Polizeipräsidenten Golf spiele?«

Marie schloss für einen Moment die Augen. Sie dachte an Lucie und ihr müdes, von Krankheit gezeichnetes Gesicht. Sie erinnerte sich an den Blutgeruch, der bei der Leiche im Schaufenster in der Luft gehangen hatte. *Was machst du hier eigentlich?*

Sie hob einen Finger. »Erstens: Ich bin nicht *Ihre Liebe*. Zweitens: Sie spielen mit dem Präsidenten Golf, und ich bin diejenige, die seine Statistik mit Ergebnissen verschönert. Haben wir die Grenzen abgesteckt?«

Fortloff lächelte ein schmales Lächeln. Marie fand, es ähnelte einer Klinge. »Fangen wir doch an. Sie sind bestimmt eine viel beschäftigte Frau.«

»In Ihrem Kaufhaus wurde ein Mordopfer aufgefunden. Der Täter hat keine der Türen aufgebrochen. Erklären Sie mir das.«

»Wie ich schon einem Ihrer Kollegen erklärt habe: Mein Zentralschlüssel ist verschwunden.«

»Wo und wann?«

»Bemerkt habe ich es gestern Abend. Ich war … auf einer kleinen Feier. Den Schlüssel habe ich immer bei mir, weil er am Bund mit den Hausschlüsseln hängt. Als wir zurückkamen, entdeckte ich, dass er fort war. Meine Frau musste aufschließen, weil unser Kindermädchen schon gegangen war.«

»Und? Wo waren Sie?«

»Der Geburtstag einer lieben Freundin meiner Frau. Nur enge Freunde. Wir hatten ein Restaurant im Westend gemietet.«

»Aha. Und weiter?«

»Was *und weiter*?«

»Welcher Ihrer engen Freunde hat Ihnen den Zentralschlüssel gestohlen?«

»Sie machen Witze.«

Marie hielt ihm ein Blatt vor die Nase. »Schreiben Sie mir auf, wer an der Feier teilgenommen hat. Und den Namen des Restaurants.«

»Das wird nicht nötig sein.«

»Wie alt sind Ihre Kinder?«

Fortloff war irritiert. »Eine Tochter. Zehn.«

»Lieben Sie Ihre Tochter?«

»Natürlich.«

»Dann schreiben Sie die Namen auf.«

»Ist … ist es ein Mädchen im Alter meiner Tochter, das Sie gefunden haben?«

Marie hob die Brauen. »Sie wissen ganz genau, wen wir gefunden haben. Sie haben mit Ihrem Reinigungsservice gesprochen, sobald die Kollegen fertig waren.«

Fortloff lachte. »Schön. Sie kriegen die Namen. Ich erwarte höchste Diskretion.«

Marie blickte auf die Liste. Altes Geld, den Nachnamen nach. Kam einer von denen in Betracht? Möglich, durchaus vorstellbar. Und das Personal des Restaurants.

»Drei Sachen noch, Herr Fortloff«, sagte Marie. »War das Schaufenster, in dem man die Tote entdeckt hat, über Nacht beleuchtet oder nicht?«

»Im Sinne der Energiesparverordnung schalten wir einen Teil der Schaufenster der Nordseite über Nacht ab. Dieses gehört dazu.«

»Der Hintereingang ist videoüberwacht?«

»Ehrlich gesagt: nein. Wir werden sofort eine Kamera anbringen lassen.«

»Das ist etwas spät. Ich darf jedoch annehmen, dass das Gebäude alarmgesichert ist. Wenn der Täter den Hintereingang mitten in der Nacht mit dem Zentralschlüssel geöffnet hat, hätte die Alarmanlage anspringen und spätestens bei Nichteingabe des Codes ausgelöst werden müssen.«

»Ja, das ist korrekt. Ich kann mir nicht erklären, wieso die Anlage nicht funktioniert hat.«

»Der Täter kannte den Code.«

»Das kann ich mir nicht vorstellen.«

»Wir werden Ihre Angaben überprüfen.«

»Natürlich. Rufen Sie meine Frau an, sie kann Ihnen alles bestätigen.«

»Wo waren Sie gestern Nacht gegen ein Uhr?«

Fortloff hustete. »Ich? Bin ich verdächtig?«

»Beantworten Sie bitte meine Frage.«

»Natürlich zu Hause. Auch das kann meine Frau bestätigen. Wir sind nach der Feier zu Bett gegangen.«

»In Ordnung.« Marie nickte. »Dann wäre das zunächst alles. Sie dürfen gehen.«

Fortloff erhob sich und trat wortlos zur Tür.

»Herr Fortloff? Gehen Sie nicht allzu weit.«

»Es ist die Wahrheit. Wieso sollte ich lügen?«

Marie zuckte mit den Schultern. »Ich weiß, wer Sie sind, Fortloff. Denken Sie immer daran. Ich weiß genau, wer Sie sind.«

6.

Marie sah Fortloff nach, als er den Korridor hinabging.

Was weißt du, das du mir verschwiegen hast?

Maximilian Fortloff, verurteilt wegen Betruges und schmutziger Aktiengeschäfte. Wie auch immer er es angestellt hatte, in seine derzeitige Position zu gelangen, etwas an seiner Geschichte beunruhigte sie.

Wenn ihm jemand den Schlüssel im Restaurant gestohlen hatte, dann musste der Tat eine sorgfältige Planung zugrunde liegen. Und das bedeutete, dass sie es mit jemandem zu tun hatte, der kontrolliert handelte. Sie dachte an die unzähligen Schnitte, die den Körper des toten Mädchens verunstaltet hatten. Sie dachte an die Bissspuren. Das passte nicht.

»Winter.«

In der Tür zu seinem Büro stand Franz Leland, Erster Kriminalhauptkommissar und Leiter des Kriminalkommissariats 11, ihr Vorgesetzter. »Kommen Sie, wir müssen etwas besprechen.«

Etwas? Für gewöhnlich war der hochgewachsene und ergraute Leland, der kurz vor seiner Pensionierung stand, unverblümt und kam direkt zum Punkt. Sie folgte ihm und strich sich eine Strähne aus der Stirn.

Er schob ein Foto, das der Erkennungsdienst am Tatort

angefertigt hatte, über seinen Schreibtisch. Die Uhr an der Wand tickte leise. Eine schwere, geschnitzte Standuhr war es, die Marie an die Alpen und Bergtäler erinnerte. Lelands einziges verbliebenes persönliches Objekt im Zimmer, den Großteil hatte er bereits nach und nach verpackt und fortgeschafft.

Auf dem Foto war die Schaufensterscheibe zu erkennen … und die Schrift.

»Holt Daniel Parkov.« Lelands Finger lagen gefaltet vor ihm. »Ich habe gehört, dass Fischer versucht, den Mann ausfindig zu machen.«

»Das ist korrekt. Ich habe ihn darum gebeten, Parkovs Wohnort zu suchen.«

»Der Name Parkov wird innerhalb dieser Wände nur ungern laut ausgesprochen, wussten Sie das?«

»Fischer hat es mir gegenüber erwähnt. Er erzählte mir von Parkovs Geschichte. Der Täter ist entweder ein Trittbrettfahrer – oder etwas Gefährlicheres.«

»Ich mag Sie, Winter, auch wenn meine Worte manchmal etwas hart klingen mögen. Sie sind eine gute Ermittlerin, wenn auch etwas zu vorschnell. Und genau deshalb«, er zögerte und räusperte sich.

Worauf will er hinaus?, dachte Marie.

»Deshalb möchte ich Sie warnen, Winter. In den letzten fünfundvierzig Jahren habe ich vieles gesehen. Die schwärzesten Abgründe und die besten Leute bei uns, die daran kaputtgegangen sind. Ich will nicht, dass Ihnen das Gleiche geschieht.«

Vielleicht kommt der Wunsch ein wenig zu spät, Franz, dachte sie.

»Parkov …«

»Parkov war der Schlimmste von ihnen allen. Er war besessen von einer fixen Idee – davon, die Täter auf seine Art zu jagen. Die *Parkov-Protokolle:* Er hatte die Geldmittel und die Unterstützung von weit oben. Wenn Fischer Ihnen die Geschichte erzählt hat, dann wissen Sie, wohin diese Obsession führen kann: zum Tod und nichts als entsetzlichem Leid.«

»Und dennoch muss ich ihn finden.«

»Müssen Sie das? Oder können das nicht vielleicht Sanders, Adler, Odinsdottir oder Bodenfeld erledigen?«

»Wir haben keine Fingerabdrücke. Lorenz wird zwei Tage brauchen, mindestens aber einen, wenn wir ihm Druck machen. Unsere einzige Spur ist ein Restaurant, in dem der Kaufhausmanager seinen Schlüssel verloren haben will, und eine Nachbarschaftsbefragung, von der ich mir nicht viel erwarte … und Parkov.« Marie beugte sich vor. »Ich *werde* Parkov übernehmen. Bodenfeld soll sich im Restaurant umhören. Sanders kann Lorenz in den Hintern treten.«

Leland sah sie nur an. Keine andere Reaktion. Marie konnte in seinen dunklen Augen von einem Leben lesen, das sich den schlimmsten menschlichen Abgründen gewidmet hatte. Sie wusste, dass es Lelands Frau Helga zu verdanken war, dass er noch immer dort saß, wo er saß. Sie war seine Stütze, der Anker, der ihm in stürmischen Zeiten Halt bot. Aber auch sie hatte nicht verhindern können, dass aus Leland ein Zyniker geworden war – einer von jenen, wie sie nur der jahrzehntelange Dienst als Mordermittler hervorbringen kann.

Sie dachte an Lucie und Erik und fühlte sich mit einem Mal sehr allein.

»Wenn ich Sie ansehe, Marie«, sagte Leland nun und sprach sie mit ihrem Vornamen an, was höchst selten geschah, »sehe ich etwas, das ich auch in Parkovs Augen erkennen konnte, als er mit uns gearbeitet hat. Ich rate Ihnen ab, sich dieser Sache anzunehmen.« Er warf einen Blick auf den Kalender, der auf seinem Schreibtisch lag. »Nehmen Sie sich frei, verbringen Sie die Festtage mit Ihrer Tochter. Wie geht es Lucie?«

»Den Umständen entsprechend, aber sie ist tapfer. Es ist der 6. Dezember, Chef. Ich kann mir nicht freinehmen, wenn dort draußen …«

»Sie können. Sie haben die letzten Jahre wie eine Besessene gearbeitet. Seit … dieser Sache.«

Erik.

»Ich musste mich ablenken. Das ist die einzige Möglichkeit für mich, einen klaren Kopf zu bekommen.« Sie tippte auf das Foto, das noch immer vor ihr lag. *Holt Daniel Parkov.* »Verbieten Sie mir, Parkov zu suchen? Verbieten Sie mir, in dieser Sache weiter zu ermitteln?«

Nun ließ Leland doch einen Seufzer hören. Erschöpft klang dieser Laut, alt und müde. »Nein. Nein, das werde ich nicht. Ich sagte, ich rate Ihnen davon ab.«

»Werden Sie mir etwas über ihn erzählen?«

»Über Parkov? Pah, da gibt es nicht viel zu erzählen, weil ich kaum etwas über ihn weiß.« Er räusperte sich.

»Fischer sagte, ihn umgäben die dunkelsten Abgründe wie Motten, die vom Licht angezogen werden.«

»Hat er das? Ja, das ist wohl eine treffende Umschreibung. Parkov … Parkov ist ein Waisenkind. Wissen Sie, womit seine Eltern ihr Vermögen gemacht haben?«

»Der Name schlägt eine Saite an, ja. Google sagt etwas von einem Großkonzern namens Parkov Industries.«

»Das ist der Firmenkomplex seiner Eltern. Rüstungsindustrie, Computer- und Medizintechnik. Ihr gesellschaftliches Anliegen war die Philanthropie. Eine milliardenschwere Familie, russische Zuwanderer, die es zu viel gebracht haben. Parkov hatte schon ausgesorgt, als er geboren wurde.«

»Das erinnert mich an jemanden.«

»Manchmal schreibt das Leben die besten Geschichten«, sagte Leland. »Wie ich hörte, hat er sich nie besonders für das Geschäft seiner Eltern interessiert, ganz im Gegenteil zu seinem

Bruder, der das Unternehmen heute leitet. Parkov selbst studierte Psychologie und Kriminalistik und kam im Handumdrehen zum BKA. Seine Methoden waren ungewöhnlich, aber sehr effektiv. Und seine Herkunft … Sie können sich vorstellen, dass ihm die meisten Türen offenstanden.«

»Das kann ich durchaus.«

»Er heiratete früh. Suzann Mirandier, eine Französin. Sie hat ihn zum Positiven verändert, das konnte ich spüren, während er mit uns zusammenarbeitete. Doch am Ende war das vielleicht sein einziger Fehler, denn einer der Männer, die er jagte, hat sich all das zunutze gemacht.«

»Ich hörte davon. Der Vogelfänger.«

Leland schüttelte den Kopf. »Er tötete Parkovs Frau, und Parkov tötete den Vogelfänger – auch wenn ich bis heute nicht weiß, wie er das angestellt hat.«

»Es ist nicht bewiesen?«

»Nein. Es kam nicht einmal zur Anklage.«

»Wieso sollte ihn jemand jetzt in einen Fall zurückholen wollen?«

»Das ist eine gute Frage. Sie beunruhigt mich. Aber ich will Parkov hier heraushalten.«

Marie spürte, dass Leland ihr nicht die ganze Wahrheit sagte. Sie sah es an seinen Blicken, die in Richtung Tischplatte auswichen. »Eine Anweisung von oben?«

»Was blieb mir übrig? Winter, Sie wissen genau, wie die Vorgehensweise in diesen Fällen ist. Und der Präsident will nicht, dass die Presse Wind davon bekommt, dass wir einen Mann hinzuziehen, der sich schon früher jenseits der Grenzen des geltenden Rechts bewegt hat.«

»Aber befragen müssen wir ihn. Niemand spricht davon, ihn hinzuzuziehen.«

»Vor allem …«

Vom Flur vernahmen sie ein dumpfes Stimmengewirr. Marie vermochte Herbert Fischers Stimme herauszuhören. »Was ist da los?«

Die Tür flog auf, und Fischer trat ein.

»Wir unterhalten uns«, sagte Leland. »Wären Sie so freundlich …?«

»Das ist gerade reingekommen.« Fischer hielt einen geöffneten Umschlag in der Hand. Sein Blick fand Marie. »Er hat sich gemeldet. Und er spricht dich direkt an.«

Marie spürte, wie sich ihr Pulsschlag beschleunigte. Der Rausch der Jagd, da war er wieder. »Fingerabdrücke?«

Fischer schüttelte den Kopf. »Er macht keine Anfängerfehler.«

»Zeig her.«

Gemeinsam beugten sie sich über den Brief.

> An Marie A. Winter
> Du hast also mein Ausstellungsobjekt entdeckt. Hat es dir gefallen? Ich hoffe es. Sie wird nicht die Einzige bleiben.
>
> Achtzehn Tage, Marie. Bis dahin gibt es viele Geschenke – und am Ende das größte von allen.
>
> Sucht Daniel Parkov. Vielleicht ist er der einzige Gegner, der mich stellen kann. Der Einzige, der mir würdig ist. Sucht ihn schnell, ehe es zu spät ist, und sagt ihm, Suzann war eine Huhre. Ihr hat es gefallen.
>
> PS: Siehst du das Licht, Marie? Siehst du das Licht?
>
> Der Dezembermann

»Eine Schreibmaschine«, sagte Fischer. »Ich werde das Modell ausfindig machen.«

»Was soll dieser Unfug mit dem Licht? Winter, hat das irgendeine Bedeutung?«

Marie holte tief Luft. Ihr Blick wurde von den kleinen, in das Papier gestanzten Buchstaben angezogen. »Das … das ist ein Satz, den Erik zu mir gesagt hat. Ich hatte ja keine Ahnung … ich weiß nicht, woher er das hat.«

Leland blickte auf. »Wer hat den Brief abgegeben?«

»Haupteingang. Ein Bote. Es waren auch Blumen dabei. Wir haben ihn aufgehalten, aber er sagt, der Brief wurde in einem Umschlag in seinem Geschäft unter der Tür gefunden. Das Geld lag dabei, passend abgezählt, und eine Anweisung, mit welchen Blumen der Umschlag abzugeben sei.«

Marie fixierte den Spurensicherer. »Blumen?«

»Rote Chrysanthemen.«

»Großer Gott.« Marie ließ sich mit einem Stöhnen zurück in den Schreibtischstuhl fallen. »Meine Lieblingssorte.«

»Wie kann er das wissen? *Der Dezembermann?* Was für ein Irrer. Und dann dieser Schreibfehler …«

Die Tür ging erneut auf, und Bodenfeld trat ein. Der Kommissar war einundvierzig, aber trainiert wie ein Mittzwanziger. Er schob sich eine Strähne seines schulterlangen Haares aus der Stirn. Die Lederjacke, die sich um seinen Oberkörper spannte, knirschte leise. Er schenkte Marie ein Lächeln, das ihr nach dem Schrecken des Briefs etwas Halt gab.

Jörg Bodenfeld war der Mann, an dessen Seite sie sich in die übelsten Geschichten gestürzt hatte. Neben Isabelle ihr engster Freund innerhalb der Mordkommission 1.

»Valentin hat sich krankgemeldet, Thomas und Isabelle müssten gleich vom Landgericht zurück sein. Und tut mir leid, aber Sabine geht's gerade ziemlich mies.«

»Die Wehen?« Marie blickte auf. »Ist Bine so weit?«

»Noch nicht. Aber der Arzt sagt, sie braucht wahrscheinlich einen Kaiserschnitt.«

»Valentin Sanders ist krank?«, warf Leland ein. »Wieso weiß ich nichts davon?«

»SMS, gerade eben. Er hat sich irgendeine Magen-Darm-Geschichte zugezogen.«

»Mist. Sehen Sie sich den Brief an, Bodenfeld.«

Während Bodenfeld las, zog Leland ein Blatt Papier zu sich heran und schrieb einige Zeilen darauf. Dann schob er das Blatt zu Marie hinüber.

»Das ist seine Adresse. Wenn Sie ihn nach allem, was Sie jetzt über ihn wissen, noch immer aufsuchen wollen …«

»Es ist dringender denn je«, sagte Marie und blickte auf Parkovs Adresse. Irgendwo oben im Taunus. Zurückgezogen. Einsam. Wie ein Einsiedler. Sie tauschte einen Blick mit Bodenfeld.

»Bist du okay?«

»Schon gut. Wenn er denkt, er könnte mir Angst machen, dann hat er sich geschnitten. Wir wissen jetzt, dass er wieder zuschlagen will. Sein Countdown – achtzehn Tage, dazwischen Geschenke – läuft auf Heiligabend hinaus. Das größte Geschenk von allen.«

»Sieht ganz danach aus.«

»Jörg, würdest du Professor Lorenz Dampf machen? Wir brauchen die Ergebnisse spätestens morgen. Das volle Programm. Bedampfungsverfahren auf ihrer Haut zur Fingerabdruckbestimmung. Und er soll diese … Bisswunden auf Fremd-DNA untersuchen, auch wenn er behauptet, das würde ihn Unsummen seiner Zeit kosten.«

»Willst du Parkov allein besuchen?«

»Ja. Aber vorher werde ich den Fundort noch mal in Augenschein nehmen. Lorenz und das Restaurant übernimmst du zusammen mit Adler, wenn es dir recht ist.«

»Okay. Geht klar.«

»Oberstaatsanwalt Jäger ist zuständig und will Ergebnisse bis übermorgen früh«, sagte Leland. »Hängt euch rein, Leute. Das ist in Kürze in der Presse und wird für einen ordentlichen Aufruhr sorgen.«

»Da bleibt uns nicht viel Zeit.« Sie faltete das Papier mit Parkovs Adresse und steckte es ein. Als sie sich erhob und auf den Flur trat, folgte ihr Bodenfeld hinaus.

»Warte einen Moment, Marie.«

»Was denn?«

»Bine hat mich heute Nacht geweckt, weil sie einen Albtraum hatte. Ich würde dir das nicht erzählen, wenn sie mir nicht gesagt hätte, dass sie dich gesehen hat. Dich und Lucie … in irgendeinem riesigen Haus.«

Marie legte den Kopf schief. »Jörg, das war nur ein Albtraum.«

»Ja. Das war nur ein Traum. Aber pass auf dich auf.«

Marie lächelte. »Du bist schon der Zweite, der diesen Satz heute zu mir sagt.«

7.

Isabelle Odinsdottir und Thomas Grün, der Rest der Mordkommission 1, erschienen gegen halb eins von ihrem Termin am Landgericht, wo sie als Zeugen in einem Mordprozess gegen einen Mann ausgesagt hatten, der nach Indizienlage seine Ehefrau im Affekt erschlagen haben sollte. Innerhalb der Gewaltverbrechen stellten die Beziehungstaten im familiären oder verwandtschaftlichen Bereich die bei Weitem größte Zahl aller Taten dar. Und allein in neun Fällen, seit Marie der Mordkommission angehörte, waren die Täter keine erwachsenen Männer gewesen. Bodenfeld sagte manchmal, dass ihr Job eigentlich simpel war: War es nicht der Vater oder der Sohn, dann der Onkel, und war es nicht der Onkel, dann der Bruder. Manchmal auch der Großvater. Im Grunde taten sie trotz besseren Wissens wieder und wieder das Gleiche – der alltägliche Wahnsinn eben.

Grün verschwand wie immer in seinem mit Computern vollgestellten Büro, Isabelle hingegen betrat ihr eigenes, das sie sich mit Marie teilte und von dem sie einen Blick über die in der Ferne emporragenden Bankentürme hatte, die heute in den tief hängenden Wolken verschwanden. Das Logo der Commerzbank blitzte für einen Augenblick gelb zwischen zwei Wolkenflecken hervor.

»Sag mal, Isa, hat er endlich ausgesagt?«

»Nö.« Isabelle stellte Marie ein Take-away-Gericht vom Thailänder auf den Schreibtisch. Die strohblonde, attraktive Isländerin, die seit fünfzehn Jahren in Deutschland lebte, war eine hervorragende Ermittlerin und stand Marie sehr nah. »Einmal für den Winterspeck, die Dame.« Aus der Box roch es verführerisch.

»Er sitzt nur da und tut so, als ginge ihn das alles überhaupt nichts an. Eiskalter Arsch, du kennst ihn ja. Wie auch immer: Was haben wir?«

Marie deutete auf den Aktenstapel auf ihrem Schreibtisch, den der Fall bisher produziert hatte. »Unbekannte Tote, vielleicht sechzehn, siebzehn Jahre alt, keine Vermisstenmeldung.«

Isabelle Odinsdottir schnappte sich die Fallakte. »In einem Schaufenster? Wie verrückt ist der Typ?«

»Sehr. Sieh dir die Verknüpfung zu dem ehemaligen BKA-Hauptkommissar Daniel Parkov an.«

Isabelle las die entsprechende Stelle des Berichts, den Marie gerade fertiggestellt und in die Akte geheftet hatte. »Klingt kompliziert. Mist. Ich hatte mich auf ruhige Vorweihnachtswochen gefreut. Sieht ganz danach aus, als könnten wir die vergessen.«

»Ja. Sag Chris, dass er nicht mit dem Essen warten muss.«

»Das ist nicht witzig.«

»Die Protokolle der Zeugen- und Nachbarschaftsbefragungen vom KDD kommen erst gegen Nachmittag rein. Ich habe gerade mit den Kollegen telefoniert. Sie haben das ganze Haus durchsucht, es war natürlich niemand mehr da.«

»War das deine Anforderung?«

Marie schnitt eine Grimasse. »Ja. Sie waren sauer.«

»Ach was, die sollen erst mal ihren eigenen Laden in Ordnung bringen.«

Marie griff nach ihrem Mantel. »Ich fahre in der Zwischenzeit raus und schau mir das Kaufhaus noch mal an. Fischer sagt, es ist definitiv nicht der Tatort.« Sie schnappte sich ihre Schlüssel und das heiße Essen vom Tisch. »Ist das Chop Suey?«

»Klar.«

»Danke, Isa. Wirklich. Zum Glück eine von zweien in diesem Männerhaufen, die noch bei Verstand ist.« Sie zwinkerte ihrer Kollegin zu.

»Weißt du was, Marie? Ich komme mit.«

»Das hoffe ich doch.«

Das Absperrband vor dem Kaufhaus in der Zeil flatterte im Wind. Schnee fiel aus den tief hängenden, grauen Wolken, während der Wind aus Nordost stärker geworden war und sich ihnen mit einer unerbittlichen, schneidenden Gewalt entgegenstemmte.

»Hast du von dem Chaos auf der A 661 gehört? Das bisschen Schnee und schon drehen die Leute durch, als sei es völlig unmöglich, sich einmal anständig vorzubereiten. Rheinländer, meine Güte! Dabei wisst ihr ja überhaupt nicht, was richtiger Schnee ist.« Isabelle berührte das Eisengitter des Zauns, der den Zugang zur Rückseite des Kaufhauses versperrte. »Hier ist er reingekommen?«

»Mit einem Zentralschlüssel.«

Sie folgten dem Weg zur Hintertür, an der noch immer ein Beamter der Schutzpolizei stand, der sie nach Kontrolle ihrer Ausweise hineinließ. Marie warf dem jungen Mann einen kurzen Blick zu. Er war wohl gerade von der Hundertschaft zum Streifendienst versetzt worden und durfte gleich eine der undankbarsten Tätigkeiten der Schutzpolizei ausführen: herumstehen. Armer Kerl. Trotz Jacke, Mütze und Handschuhen fror er entsetzlich, das war nicht zu übersehen. Marie drückte ihm ihr heißes Thai-Gericht in die Hände.

»Essen Sie was, Kollege. Und entspannen Sie sich. Es ist

unwahrscheinlich, dass der Täter in diesem Schneegestöber noch einmal zurückkehrt.«

Im Schaufenster war ein Tatortreiniger an der Fensterscheibe zugange.

»Geben Sie uns eine Minute? Kripo Frankfurt.«

»Eher zwei«, ergänzte Isabelle. Der Mann entfernte sich, und Marie wandte sich zu ihrer Kollegin um. »Also«, sagte sie leise. Sie fand es aus irgendeinem Grund immer unangebracht, an einem Tatort die Stimme zu erheben, wenn es nicht gerade notwendig war. Wahrscheinlich auch eine von Grubers Ausbildungshinterlassenschaften. »Hier lag sie auf dem Bauch. Misteln und die Mütze eines Weihnachtsmannes neben ihr, und die Schrift siehst du ja selbst.«

»Gehen wir es durch?«

»Gehen wir es durch.« Wenn es etwas bei kriminalistischen Ermittlungen gab, was Marie besondere Freude bereitete, dann war es die Rekonstruktion des Tathergangs. Jörg mochte Maries Technik nicht besonders, doch er ließ sich darauf ein. Isabelle hingegen war dabei das ideale Gegenüber – ihr Gegenstück, weil ihre Denkweise mit Maries eigener ineinandergriff wie ein Puzzleteil ins nächste.

»Sie wurde in der letzten Nacht hier abgelegt. Lorenz konnte bereits sagen, dass sie etwa fünf bis acht Stunden vor dem Auffinden um halb sechs getötet wurde. Der Todeszeitpunkt liegt demnach zwischen halb zehn und halb eins. Irgendwann dazwischen war der Dezembermann hier und hat den Fundort inszeniert.«

Isabelle deutete auf den Hintereingang. »Er kam nicht zu Fuß.«

»Natürlich nicht.«

»Er kam mit dem Wagen. Vielleicht ein Lieferwagen, damit man ihn für einen der Lieferanten hält, die in der Nacht irgendwelche Waren bringen.«

»Gute Idee. Er parkt … gleich vor dem Tor. Fischer und sein Team haben keine Lackspuren am Zaun gefunden, also war er vorsichtig und hat in aller Ruhe zurückgesetzt. Er öffnete das Tor und fuhr hinein.«

»Weil er es unbedingt vermeiden wollte, dass man ihn auf der Straße sieht.« Isabelle deutete auf den Kunstschnee, der im Schaufenster lag. »Haben Fischer oder einer seiner Leute irgendwelche Fasern einer Transporttasche gefunden?«

»Fasern? Ja.«

»Also ist sie definitiv nicht hier gestorben.«

»Ja, davon gehen wir aus. Keine Blutspuren, außer direkt im Schaufenster im Schnee. Er hat sie hierher transportiert, und zwar so, dass sie keine Spuren hinterließ.« Marie dachte an die Tasche, die Fischer erwähnt hatte.

»Er kam also hier rein. Er trug sie.«

»Das Mädchen wiegt … na ja, vierzig Kilo. Zu zweit wäre es leichter und schneller. Aber du hast recht, gehen wir davon aus, er war allein. Er kam rein, trug sie, mühte sich ab, schnaufte … Wie weit?«

»Das wissen wir.« Marie deutete auf die Stelle, die Fischer markiert und im Tatortbericht erwähnt hatte. »Hier ungefähr öffnete er die Tasche und trug sie den letzten Weg ins Schaufenster, legte sie ab und hinterließ den Schuhabdruck. Dann platzierte er die Misteln, die Mütze, nahm ihre Hand und schrieb die Worte an die Scheibe.«

»Ja. Ich kann ihn so vor mir sehen. Es war riskant.«

»Er konnte kein Licht verwenden, weder eine Taschenlampe noch die Schaufensterbeleuchtung, weil er das Risiko, von draußen gesehen zu werden, nicht eingehen durfte.«

»Das Schaufenster war also unbeleuchtet?«

»Fortloffs Aussage.«

»Dann musste er tatsächlich verdammt aufpassen. Wer das durchzieht, ist eiskalt.« Isabelle warf Marie einen besorgten

Blick zu. »Wieso ein Schaufenster? Wieso platziert er sie nicht irgendwo anders? An einem weniger riskanten Ort?«

»Er *will*, dass sie gefunden wird. Er will sie so öffentlich wie möglich präsentieren. Er will zeigen, was er getan hat, will der ganzen Öffentlichkeit seinen Schrecken präsentieren. Vielleicht will er dem Kaufhaus schaden oder Fortloff selbst. Vielleicht auch einer anderen Person, möglicherweise den Eltern des Mädchens.«

»Mit wem um alles in der Welt haben wir es hier zu tun?«

»Er nennt sich selbst Dezembermann. Was hältst du von dem Namen?«

»Klingt seltsam. Dann noch Mütze und Misteln … Vielleicht hat er irgendein gesteigertes Interesse an der festlichen Zeit?«

»Oder er will uns nur veralbern.« Marie überlegte. »Um keine Spuren zu hinterlassen, wie es ihm hier gelungen ist, muss er mindestens einen Schutzanzug getragen haben, dazu Haarnetz, Handschuhe, das war riskant und sehr auffällig. Fischer sprach von einer Verbindung zu Sebastian Häusser, dem Vogelfänger, der vor fünf Jahren aktiv war.« Marie warf Isabelle einen flüchtigen Blick zu. »Das war vor meiner Zeit beim K 11, das weißt du. Drüben beim Raubdezernat habe ich nicht viel mitbekommen – wir hatten mit den Alekseevs zu tun, vielleicht erinnerst du dich. Anstrengende Zeit.«

»Natürlich. Aber Häusser … Ich weiß nicht. Der hat seine Opfer auch öffentlich präsentiert, aber nicht mit den Devotionalien, die hier zu finden waren. Der Modus Operandi ist anders. Die andere Verbindung ist natürlich Parkov. Der Dezembermann erwähnt Suzann, Parkovs Frau, die Häusser ermordet hat.«

»Ich werde das Gefühl nicht los, dass wir ihn dringend befragen müssen.«

Isabelle nickte. »Und ich werde das Gefühl nicht los, dass das hier eine ganz verwickelte Sache wird.«

Marie blickte zum Schaufenster hinaus. »Keine Videoüberwachung, weder draußen in der Einfahrt noch auf der Straße davor. Das ist wirklich ärgerlich.«

»Marie? Lag das schon immer hier?«

Marie wandte sich zu Isabelle um. Ihre Kollegin war ein ganzes Stück tiefer in die Halle gegangen und spähte zwischen hohen Lagerkisten auf irgendetwas Winziges am Boden.

»Wovon redest du?« Marie trat neben sie. »Das sieht aus wie der Fetzen eines Zettels.« Sie holte ein Paar Einweghandschuhe und einen Spurensicherungsbeutel aus der Tasche. »Nein, ein Stück eines Schilds. Ein Preisschild? Es ist ganz zerrissen.«

»Sieh dir das an. …*stellt*, steht da. Der Rest ist nicht mehr lesbar.«

Marie und Isabelle tauschten einen Blick. »Und jetzt? Scrabble und Worte raten?«

»Ich bin gegen die Kiste da gestoßen, dann hat sie sich ein Stückchen zur Seite geschoben. Darunter lag es.«

Marie runzelte die Stirn. »Fischer muss es übersehen haben. Rufen wir ihn an.«

»Ja, das machen wir gleich.« Isabelle sah auf und drehte sich in demselben Moment herum, in dem auch Marie reagierte.

»Hey! Hey, Sie!«

Ein Mann mit einem Fotoapparat schlenderte durch das Lager und blickte neugierig in Richtung des Schaufensters.

»Das gibt's nicht«, sagte Isabelle. »Hey, Sie! Sie dürfen gar nicht hier sein!«

Der Fotograf wandte sich mit bestürzter Miene zu ihnen um, als sie zu ihm hinübergingen. »Ich … was?« Ein großer Schnurrbart verdeckte seinen Mund. Er hatte hellbraunes, fast schon rötliches Haar und trug einen langen Parka. Die Kamera um seinen Hals war teures Profi-Equipment.

»Kripo Frankfurt. Wer sind Sie?«

»Ich, äh … mein Presseausweis, Moment.« Er tastete fahrig seine Taschen ab. Marie warf ihm einen misstrauischen Blick zu. Ihre Hand lag an der Waffe.

»Hier.«

Der Ausweis war echt und der Personalausweis, den sie sich danach geben ließ, ebenso. Während Marie den Mann im Auge behielt, ließ Isabelle die Daten von der Zentrale überprüfen.

»Er ist sauber.«

»Okay. Aber jetzt begeben Sie sich bitte auf diesem Weg nach draußen. Das hier ist alles noch gesperrt.«

»Verzeihung, Verzeihung«, nuschelte er. »War keine Absicht.« Er ging davon, jedoch ohne besondere Eile. Marie sah ihm nach. Irgendetwas an ihm war seltsam.

Der Täter, der zum Tatort zurückkehrt?

Nein, zu unwahrscheinlich. Zu riskant.

Erst auf dem Rückweg zur Adickesallee begriff sie, was sie gestört hatte: Er hatte nicht wie ein echter Pressefotograf gewirkt, sondern wie jemand, der sich als Fotograf verkleidet hatte.

8.

Im Präsidium entdeckte Marie sofort, dass der Aktenstapel auf ihrem Schreibtisch aufs Neue gewachsen war. Der KDD hatte die Berichte der Zeugen- und der Nachbarschaftsbefragung abgeliefert.

»Wann besuchst du ihn?« Isabelle ließ sich mit einem Seufzen in ihren Bürostuhl auf der gegenüberliegenden Seite fallen. »Parkov.«

»Heute Abend.« Marie schlug die erste Akte auf und las Gerd Grünbaums Bericht, in dem er die Nachbarschaftsbefragung abhandelte, die weitestgehend ergebnislos verlaufen war, bis auf eine einundachtzigjährige Seniorin, die im vierten Stock des gegenüberliegenden Hauses wohnte. Die Frau hatte den Beamten von einer Beobachtung erzählt, die sie machte, als sie auf ihrem nächtlichen Weg zur Toilette einen Blick aus dem Fenster warf. Gegen halb eins sei dies gewesen.

»Zwei Männer«, sagte Marie, »die sich gestritten haben.«

»Mehr konnte sie nicht sehen? Oder hören?«

»Sie haben sich gestritten, aber sie konnte die Worte nicht verstehen, obwohl sie für einen kurzen Moment das Fenster öffnete. Grünbaum schätzt die Zeugin als unzuverlässig ein, weil er an ihrer Beobachtungsfähigkeit zweifelt.«

»Ich weiß nicht, Marie. Gerade die Alten reagieren doch auf jede Veränderung in ihrem vertrauten Umfeld sehr sensibel.«

»Behalten wir sie im Hinterkopf.« Marie wandte sich den Befragungen des Reinigungsdiensts und des Hausmeisters, einem Mann namens Oswald Müller, zu. »Der Hausverwalter gibt an, die Türen gegen halb elf verschlossen zu haben. Zuvor gab es eine verspätete Lieferung von Kleidung – Wintermäntel und -jacken –, die noch ins Lager verbracht werden musste.«

»Kleidung? Denkst du, was ich denke?«

Marie nickte. »Wenn du vermutest, einer der Lieferanten sei unser Mann, dann muss ich dich enttäuschen. Er hätte sie nicht mit der Warenlieferung verstecken können. Müller gab zu Protokoll, dass die Lieferung nur aus kleinen Kisten und Kleiderständern mitsamt Ware bestand, und Grünbaum bestätigt das.«

»Mist.«

»Außerdem sagt Müller aus, dass die Alarmanlage definitiv angeschaltet war. Er kann sich genau daran erinnern, dass er das System beim Verlassen des Gebäudes aktiviert hat.«

»Also kannten der oder die Täter den Code? Bloß von wem? Hat der Hausmeister ein Alibi?«

»Er war die ganze Nacht in einer Bar. Der Wirt hat seine Angaben Grünbaum gegenüber bestätigt.« Marie ließ die Akte zurück auf den Schreibtisch fallen. »Vertrackt.«

»Eine Sechzehn- bis Siebzehnjährige, die von niemandem vermisst wird. Sie muss ein hartes Leben hinter sich haben.«

Marie schob Isabelle die Akte mit den Tatortfotos hin. »Sieh sie dir an. Sag mir, was du denkst.«

»Wieso liegt sie auf dem Bauch? Wäre es nicht wesentlich schockierender für vorübergehende Passanten, wenn er sie auf den Rücken gelegt hätte?«

»Denkst du, er will schockieren? Mir kommt es so vor, wenn ich seine erste Nachricht lese, dass er sich zuallererst gerne ein Katz-und-Maus-Spiel mit uns liefern würde.«

»Aber er will auch schockieren. Der Fundort ist eine einzige Inszenierung, sorgfältig geplant und umgesetzt. Er hat sich nicht viel Zeit gelassen, um nicht entdeckt zu werden, und doch ist alles wohlplatziert. Und diese Nachricht, in der er dich direkt anspricht, meine Güte, Marie, du musst aufpassen.«

»Du kennst mich doch. Hab ich schon jemals nicht auf mich aufgepasst?«

»Einmal, beinahe.«

»Sehr witzig.«

»Dir geht irgendwas im Kopf rum, das sehe ich dir doch an.«

»Wenn sie nicht von ihren Eltern vermisst wird«, sagte Marie zögernd, »dann gibt es vielleicht einen anderen Ort, wo man sie sucht, vielleicht sogar vermisst. Ich spreche von Heimen, Isa. Vielleicht ist sie von zu Hause weggerannt, vielleicht ist sie danach in einem Heim untergekommen. Wir müssen das prüfen.«

»Gute Idee. Ich setz mich gleich dran.«

Marie warf einen Blick in die Vorschriften. »Wir haben zwei Wochen, um den Todesfall einer unbekannten Vermissten beim LKA zu melden. Ich glaube, diese Frist wird uns der Täter nicht lassen.«

»Ganz bestimmt nicht. Wir müssen ihm zuvorkommen. Das hier«, Isabelle deutete auf die Akten, als wollte sie sagen, *sieh nur, was er bereits angerichtet hat*, »darf sich nicht wiederholen.«

»Hoffen wir, dass es sich nicht wiederholt, und rechnen wir mit dem Schlimmsten.«

»Du bist dir sicher, dass ich dich nicht begleiten soll? Oder Jörg?«

Marie schüttelte den Kopf. »Danke, aber nein. Ich spüre, dass ich das allein machen muss. Parkov und der Dezembermann haben eine gemeinsame Vergangenheit, das bestätigt die

Nachricht. Wieso sonst sollte er Parkovs Frau Suzann erwähnen? Und ich bin diejenige, die er in seiner Nachricht direkt anspricht. Wenn Parkov jemandem zuhören wird, dann bin ich es.«

»Ich zweifle nicht an dir.« Isabelle deutete auf den Schrank, in dem sie ihre Dienstwaffen und Schutzwesten wegschlossen. »Nimm die Weste mit. Es ist Parkov, der mir Sorgen bereitet.«

»Ich weiß. Ich kann mir auch viel angenehmere Dinge vorstellen, als einen einsiedlerisch lebenden Ex-Hauptkommissar mitten im Taunus aufzusuchen. Aber was sein muss, muss sein.« Marie setzte eine ironische Miene auf. »Kriminalistik bedeutet, die unwichtigen Dinge von den wichtigen zu trennen. Heute bedeutet es, die unangenehmen Aufgaben nicht hintanzustellen. Mehr noch aber, die Intuition vor den Verstand zu stellen, auf den Bauch und nicht den Kopf zu hören. Und mein Gefühl sagt mir, Parkov steht auf unserer Seite.«

»Klingt nach Franz Gruber.«

»Nein.« Marie lächelte, doch war es ein ernstes, kaltes Lächeln, das schon so manchem Verdächtigen Unbehagen bereitet hatte. »Das war O-Ton Marie Winter.«

9.

Die Lichter des Dienstwagens schnitten durch die Nacht, Lichtkegel, die das Unterholz am Straßenrand zwischen den hoch aufragenden Tannen wie geduckte, vielbeinige Kreaturen lauern ließen.

Marie folgte dem Navi, das sie aus Frankfurt Richtung Nordosten führte, wo sich die Wälder des Taunus noch etwas von ihrer ursprünglichen Wild- und Ungezähmtheit bewahrt hatten.

Seit geraumer Zeit – etwa zwanzig Minuten – war ihr kein Gegenverkehr mehr begegnet. Im Radio lief ein Song von Hozier, der einem Brandstifter ein Schlaflied sang. Das Außenthermometer zeigte sechs Grad unter null, und die Luft, die den Lüftungsschlitzen entwich, war trocken und abgestanden.

Marie gähnte und kämpfte mit der Müdigkeit.

»In zehn Minuten …«, sagte die Navigationsstimme aus ihrem Telefon. Noch zehn Minuten, dann würde sie die Adresse erreicht haben, die ihr Leland aufgeschrieben hatte.

Holt Daniel Parkov.

Nach einem Kilometer bog Marie von der Landstraße auf

eine gewundene Nebenstraße ab, die in sanften Kurven tiefer in den Wald hineinführte.

Der Lichtkegel der Scheinwerfer glitt über ein Schild, auf dem unmissverständlich *Betreten und befahren strengstens verboten! Privatstraße! Widerrechtliches Vorgehen wird verfolgt!* aufgedruckt war.

Für einen Moment war ihr, als sei sie auf seltsame Art und Weise durch ein Wurmloch nach Kanada gelangt. Der Yukon gleich hinter der nächsten Biegung … sie selbst neben Erik in ihrem Mietwagen, bis an die Ohrenspitzen verliebt. Große Güte, wie jung und unbeschwert sie gewesen waren.

Aber das war natürlich Unsinn. Hessen war nicht Kanada, und die Wälder waren harmlos.

Gott, wie abgelegen kann ein Mann leben?

Die Nebenstraße endete vor einem hohen, äußerst massiven schmiedeeisernen Tor, das in eine etwa vier Meter hohe Mauer eingelassen war, die das Grundstück umfasste. Marie langte nach der Türklinke, um auszusteigen und sich der Sprechanlage zu nähern, die neben dem Tor angebracht war, als die Doppelflügel nach innen aufschwangen.

»Na dann«, sagte sie leise, »herzlich willkommen.«

Die Straße führte ein ganzes Stück das Gelände entlang, ehe nach etwa fünf Minuten ein Nebengebäude in Sicht kam, das alt und heruntergekommen wirkte. Eine Schubkarre stand davor, daneben eine Schaufel und eine Harke. Laub trieb über den asphaltierten Weg und wirbelte im Licht ihrer Scheinwerfer in die Finsternis davon.

Feiner Kies knirschte unter den Reifen, als sie den Platz vor dem Haupthaus erreichte. Ein mächtiges dreigeschossiges Landhaus in herrschaftlichem Stil mit zwei Flügeln erstreckte sich jenseits des Vorplatzes. Das gelbe Licht einer schmiedeeisernen Laterne beschien die Stufen, die hinauf zu einer wuchtigen Eingangstür unter einem von Säulen getragenen Vordach führten. Hinter den Fenstern, die sie kaum in der tiefschwarzen Nacht ausmachen konnte, brannte hingegen kein Licht.

Marie stieg aus, schlang den Mantel eng um ihren Körper und berührte einmal die Heckler & Koch P30, die beruhigend schwer in ihrem Holster ruhte.

Dann stieg sie die Stufen hinauf.

10.

Jede Nacht starb Daniel Parkov aufs Neue.

Jede Nacht starb er und erwachte doch am nächsten Morgen. Jede Nacht versuchte er zu verhindern, was geschehen war – nur um wieder und wieder aufs Neue zu scheitern.

Er war Sebastian Häusser, dem selbst ernannten Vogelfänger, bis in einen lichtlosen Fabrikkomplex in Frankfurt-Höchst gefolgt – in jene Hallen, in die seit Jahren kein Mensch einen Fuß mehr setzte. Hinter blinden Fensterscheiben schlugen Vögel mit verkümmerten Flügeln, in staubigen Ecken huschten langschwänzige Ratten. Die Luft war schwanger von Unheil und Verfall. Ein Ort, der so lange vom Bösen heimgesucht worden war, dass er die Grausamkeit und Verdrehtheit des Mannes, der sich hier versteckte, in sich aufgenommen hatte.

Und dann war es geschehen. Der Vogelfänger hatte Suzann in der hintersten, dunkelsten Halle auf eine Matratze gefesselt. Parkov war schwarz vor Augen geworden, als er sie sah, und verstand, was er ihr angetan hatte.

Sein Fehler.

Sein *einziger* Fehler.

Als er wieder erwacht war, fand er sich selbst an einen Stuhl gefesselt.

Die Stricke! Zerreiß sie! Mach dich frei! Rette sie!

Der Vogelfänger trug eine Maske, die an einen Habicht erinnerte. In der Linken ein Messer, in der Rechten einen Gürtel. Er schlug Suzann, schlug ihn und schnitt mit der Klinge durch sein Hemd in die Haut über seinem Brustkorb.

Was dann kam …

Manches Mal wurde er verschont. Manches Mal suchte ihn der Traum nicht nur in der Nacht heim. Er peinigte ihn am Tag und am Abend, wenn die Schatten lang wurden und die Sonne hinter den Wipfeln im Westen versank.

Und manches Mal weckte ihn ein Geräusch, das er seit einiger Zeit nicht mehr vernommen hatte.

Ein Geräusch wie ein Pochen an der Eingangstür.

»Sir? Jemand steht vor der Tür.«

Parkov hob den Blick vom Kamin, in dem lange Holzscheite knisternd flackerten. Die Federn der Couch knirschten, als er sich bewegte. Sein alter Butler stand bei der Tür.

»Sir, die Tür?«

»Schon gut, Johann. Wer ist es?«

»Eine junge Dame, Sir. Ich muss sagen, sie sieht ausgesprochen gut aus.«

Parkov hob eine Braue.

»Sir, ich darf davon ausgehen, dass die ungebetene Besucherin höchstwahrscheinlich eine Journalistin ist und ich sie abweisen soll?«

Daniel Parkov warf einen Blick auf die Uhr an seinem Handgelenk. Gleich war es acht. Er musste vor dem Kamin eingeschlafen sein, übermüdet, weil er die ganze letzte Nacht keinen Schlaf gefunden hatte. Weil er wieder einmal versucht hatte, sie zu retten – und gescheitert war.

»Eine Kleinigkeit zu essen, Johann, bitte. Ich werde mich selbst um den Besuch kümmern.«

»Wie Sie wünschen, Sir.« Der alte Butler machte auf der

Stelle kehrt und verließ das Kaminzimmer. Parkov wandte sich derweil zur rückwärtigen Wand, an der zwischen zwei Ölgemälden ein großer Bildschirm angebracht war.

»Elvis?«

»Ja, Sir?«

»Zeig mir das Bild der Überwachungskamera der Vordertür.«

»Sehr wohl.«

Auf dem Bildschirm erschien ein gleichmäßig ausgeleuchtetes, kontraststabilisiertes Abbild des Eingangs – die Treppe, die Säulen, die das Vordach trugen – und die Frau, die dort stand und abermals klopfte.

»Erkennst du sie, Elvis?«

Die androgyne Computerstimme, die aus der Richtung der Decke kam, sagte: »Ich kann einen Datenabgleich durchführen.«

»Nein. Ich weiß ohnehin, wer sie ist.«

»Sehr wohl, Sir.«

Parkov trat zur Tür. Das computergestützte Hausverwaltungssystem, das sich E.L.V.I.S. nannte, war manchmal mehr Belastung als Hilfe. »Elvis?«

»Ja?«

»Halt dich zurück, während ich mit ihr spreche.«

»Wie Sie wünschen.«

»Keine Ironie, wo Ironie nicht angebracht ist, ja?«

»Ich kann mein Ironielevel absenken, wenn Sie das wünschen.«

»Nein. Halt einfach die Klappe.«

Parkov schritt durch den Flur, die Treppe hinab, vorbei an den alten holzgetäfelten Wänden und den Ölgemälden alter Meister, und unter dem wuchtigen Kronleuchter entlang, der die Eingangshalle dominierte.

Auf dem Display, das links der Eingangstür angebracht

war, musterte er abermals seine späte Besucherin. Sie war es, da bestand kein Zweifel. Später als erwartet, und dennoch … sie war hier.

Die Dinge gerieten in Bewegung.

Ihre Augen blickten direkt in das versteckte Objektiv der Kamera, als sie erneut anklopfte. Also wusste sie, wo es hing – hervorragende Beobachtungsgabe.

Sie trug einen grauen, gut geschnittenen Mantel, der ihr bis zu den Knien reichte und ihrer Figur schmeichelte. Ihr dunkelbraunes Haar hatte sie zum Pferdeschwanz zurückgebunden. Sie war attraktiv, schlank und stand im Eingang mit der Eleganz einer Tänzerin. Zugleich lag auf ihrem Gesicht ein müder, gestresster Schatten, der von zu viel Arbeit und zu wenig Schlaf erzählte. Und der Ausdruck in ihren Augen …

Sie kannte das Fieber der Jagd, da bestand kein Zweifel. Sie kannte es und gab sich nicht einmal die Mühe, die dunkle Sucht zu verbergen.

»Willst du sie da draußen stehen lassen?«

Parkov blickte auf. Suzann lehnte an der holzgetäfelten Wand gegenüber. Sie hatte die Arme vor der Brust verschränkt. Das leichte Sommerkleid, das sie trug, passte so gar nicht in die dunkle Jahreszeit, doch schien sie dies nicht zu kümmern … wieso auch? Ihre braunen Augen suchten die seinen. Er konnte keinen Vorwurf in ihnen erkennen, nur ein Bedauern darüber, dass die Dinge so gekommen waren.

»Komm schon, mach ihr auf. Es ist kalt, und sie hat sich die Mühe gemacht, dich hier draußen zu finden.«

Parkov streckte eine Hand nach der elektronischen Verriegelung aus. *Und so*, dachte er, *setzen sich die Dinge aufs Neue in Bewegung.*

»Ach, komm schon«, sagte Suzann leise. »Du hast doch gewusst, dass es so kommen würde. Du wusstest, dass er eines Tages zurückkehrt. Du hast darauf gewartet. Es ist so weit.«

Ich hatte es befürchtet. Und zugleich hoffte ich, dass dieser Tag niemals käme.

Er öffnete.

»Guten Abend. Marie Winter. Mordkommission. Sie sind …«

»Daniel Parkov«, sagte er und reichte ihr die Hand. Ihr Händedruck war warm und weich, selbstbewusst und doch zugleich weiblich. Sie gab ihm ihren Ausweis.

Marie Annabelle Winter.

»Kann ich Ihnen weiterhelfen? Kommen Sie doch herein, Oberkommissarin Winter.«

11.

Marie hob die Hand, um den Türklopfer ein letztes Mal auf das edle Holz der Eingangstür zu schlagen, doch kam sie nicht mehr dazu: Die Tür schwang auf.

Endlich. Und ich dachte schon, er würde mich mit leeren Händen abziehen lassen.

Der Mann, der ihr gegenüberstand, entsprach nicht wirklich dem Bild, das sie sich von Parkov zurechtgelegt hatte. Sie hatte einen gebrochenen Mann erwartet, der sich über Jahre hinweg hatte gehen lassen und nur noch vom Vermögen seiner Vorfahren lebte. Doch Parkov war groß und ungebeugt, mindestens ein Meter neunzig, und schien absolut in Form zu sein. *Er trainiert noch immer*, dachte sie und betrachtete die Muskeln, die sich unter dem Kaschmirpullover des ehemaligen Ermittlers abzeichneten. Seine kurz geschnittenen Haare waren von einem dunklen, honigfarbenen Blond, seine Augen seltsam blassblau und durchdringend. Er sah nicht einmal aus wie ein Russe. Er erinnerte sie eher ein bisschen an Daniel Craig.

Der Bartschatten auf seinen Wangen war kaum zwei Tage alt.

Sie hielt ihm ihren Ausweis unter die Nase. »Guten Abend. Marie Winter. Mordkommission. Sie sind …«

»Daniel Parkov«, sagte er sofort und streckte eine Hand aus, die sie ergriff. Seine Stimme hatte einen sonoren Klang, den sie bisher nur bei wenigen Menschen vernommen hatte, honiggleich, gegossen über ein Reibeisen, schmeichelnd, wohlakzentuiert und zugleich hart, wenn es darauf ankam. Er nahm ihren Ausweis und las ihn mit größter Sorgfalt. Dann sah er auf. »Kann ich Ihnen weiterhelfen? Kommen Sie doch herein, Oberkommissarin Winter.«

»Ich bin hier«, sagte sie, während sie ihm in die Eingangshalle folgte und sich umsah, »aufgrund einer etwas delikaten Angelegenheit.«

Die Eingangshalle war hell erleuchtet: ein Kronleuchter, der fein verziert über ihnen schwebte, zahllose Wandleuchten, ein wärmendes Feuer in einer offenen Feuerstelle. Und auch wenn das umliegende Gelände und das Äußere des Landhauses heruntergekommen auf Marie gewirkt hatten, war im Inneren nichts mehr davon auszumachen. Das edle Parkett war gepflegt, nichts wirkte staubig, schmutzig oder vernachlässigt. Sie entdeckte an einer Wand einen hochmodernen Monitor, auf dem sich ein Logo drehte: *PI* stand dort.

Parkov Industries?

Es ist nur eine Fassade. Das Äußere des Hauses ist nur eine Fassade, dachte sie. *Er will nicht, dass ihm jemand zu nahe kommt, will ungebetene Gäste von vornherein abschrecken, also verleiht er dem ganzen Anwesen ein fürchterliches Äußeres.*

Und doch hatte er sie eingelassen. Was hatte das zu bedeuten?

Sie spähte durch eine offen stehende Tür in einen Flur, der mit einem dicken Teppichboden ausgelegt war – einem von der Sorte, die mehr kosteten, als sie in sechs Monaten verdiente. Auch hier war alles übertrieben hell und wohnlich, als erwarte Parkov eine große Abendgesellschaft zum Dinner.

Vor dem Treppenaufgang, der in die oberen Stockwerke

führte, stand ein Schirmständer, der aus einem Elefantenfuß gefertigt war.

»Das ist abstoßend, kein Zweifel«, sagte Parkov, als er ihren Blick bemerkte, »aber ich behalte ihn als eine Art sentimentales Erinnerungsstück und kann mich einfach nicht überwinden, ihn zu veräußern.« Er räusperte sich. »Wie darf ich Ihnen behilflich sein?«

»Sie sind Daniel Parkov, der BKA-Hauptkommissar, der vor etwa fünf Jahren aus dem Dienst ausschied?«

»Ja. Höchstpersönlich.«

»Dann wird es Sie interessieren, dass Ihr Name heute Morgen im Zusammenhang mit einem Mordfall aufgetaucht ist. Auf einer Schaufensterscheibe, gleich über dem Fundort der Leiche, entdeckten wir folgende Textzeile: *Holt Daniel Parkov.* Das ist zweifelsohne eine Aufforderung an die Polizei. Deshalb bin ich hier.«

Parkovs Gesicht zeigte keine Regung. »Haben Sie überprüft, wie viele Menschen mit diesem Namen infrage kommen?«

»Nicht allzu viele in Hessen. Aber es gibt einen zweiten Grund, wieso ich Sie aufsuche. Unser Täter hat sich wenige Stunden später erneut gemeldet und einen längeren Text in Briefform hinterlassen. In diesem Brief wird eine Frau namentlich erwähnt. Der Name lautet Suzann – was der Vorname Ihrer Frau war, Herr Parkov.«

»Ah.« Parkov nickte. »Ich hatte schon vermutet, dass dergleichen geschehen wird.«

Marie sah, wie sein Blick zu einer holzvertäfelten Wand ging und dort einen Moment verharrte. »Sie haben es vermutet? Wie soll ich das verstehen?«

»Am besten verstehen Sie das überhaupt nicht.« Er machte eine Geste in Richtung des hinteren Teils der Eingangshalle, wo ein Weihnachtsbaum bis zum geschnitzten Geländer des Vestibüls im ersten Stock hinaufreichte. *Wie seltsam, dass er ihn schon jetzt aufgestellt hat.*

»Es naht die Zeit. Sie sollten sich Urlaub nehmen, Frau Winter, und die Festtage mit Ihrer Tochter verbringen. Die Zeit mit denen, die wir lieben, ist etwas sehr Kostbares. Wir sollten sie nicht verschwenden.«

Woher weiß er von Lucie? »Sie weichen mir aus, Herr Parkov. Beantworten Sie mir meine Frage.«

»Holt Daniel Parkov«, wiederholte der ehemalige BKA-Ermittler. Marie sah, dass er abermals zu der holzvertäfelten Wand blickte und sich dann abwandte. *Dort ist nichts. Wo sieht er denn nur ständig hin?*

»Was sagt der Rechtsmediziner? Wer ist es? Clausen oder Lorenz?«

Marie ließ sich nichts anmerken. »Ich kann Ihnen keine Interna mitteilen. Sagen Sie mir einfach, wieso Sie damit gerechnet haben. Sie galten als einer der brillantesten Köpfe des BKA. Sagen Sie mir, wieso jemand Ihren Namen ins Spiel bringt.«

Parkov lächelte. Es war ein warmherziges Lächeln ohne jeden Hintergedanken. Oder vielleicht war er auch nur ein exzellenter, gerissener Schauspieler.

»Kommen Sie, sagen Sie es.«

»Was soll ich sagen?«

»Sie sind erstaunlich gut informiert.«

Marie seufzte. Sie dachte an Lucie und ihre Mutter Elise und den kurzen Vormittag im Krankenzimmer ihrer Tochter. Sie dachte an Lucie, deren Zustand sich seit heute Morgen verschlechtert hatte. »Mir steht nicht der Sinn nach Spielchen.«

»Ich verstehe. Dann lassen Sie es mich so sagen: Ich habe keinen Grund zu der Annahme, dass dieser Provokation, die der Täter am Fundort und in seinem Brief hinterlassen hat, irgendeine Bedeutung innewohnt. Es ist nichts als ein Witz. Ein Spiel, ein Nachahmungstäter, der von meiner Geschichte in der Presse gehört hat, mehr nicht.«

»Er sagt, er will ausdrücklich, dass Sie ihn jagen. Weil Sie, ich zitiere, vielleicht der Einzige sind, der seiner würdig sei.«

»Das ist mir egal.« Parkov näherte sich der Tür. »Ich will nichts mehr damit zu tun haben. Und Sie sollten sich ebenfalls davon fernhalten.«

Marie rührte sich nicht von der Stelle. »Wieso glaube ich Ihnen kein Wort?«

Parkov deutete auf die Uhr, die an seinem Handgelenk hing. Marie erkannte eine teure Patek Philippe. »Die Zeit verrinnt, Oberkommissarin. Nehmen Sie sich frei, kümmern Sie sich um Ihre Tochter.«

»Was soll dieser Unfug?« Marie holte tief Luft. »Woher wissen Sie überhaupt von ihr?«

»Ich weiß, wer Sie sind, Marie. Ich habe noch immer Freunde bei der Polizei.«

»Parkov, mir gefällt überhaupt nicht, was ich da höre.«

»Und? Sollte mich das interessieren?« Er setzte ein herausforderndes Lächeln auf. Das Spiel war noch immer nicht beendet, begriff sie allmählich. Sie zwang sich, ruhig durchzuatmen. Parkovs Verhalten machte sie nervös.

»Der Dezembermann, so nennt er sich selbst, hat angekündigt, in den kommenden Tagen bis Weihnachten aufs Neue zuzuschlagen. Er will uns Geschenke machen, schreibt er.«

»Ich kenne den Brief«, sagte Parkov leise.

»Was?«

Parkov wandte sich zu ihr um und durchmaß den Raum in einer Geschwindigkeit, die sie einen Schritt zurücktreten ließ. In seinen Augen glühte nun ein altes, düsteres Feuer. »Hören Sie mir zu, denn ich werde es nur ein einziges Mal sagen. Letzte Chance auszusteigen.«

Marie bewegte ihre Hand in Richtung ihrer Waffe.

»Die werden Sie nicht brauchen.« Parkov musterte sie traurig. Für einen winzigen Augenblick fiel die Maske, die er trug, die Maske des vornehmen Milliardärs, und enthüllte, was dahinterlag: Verzweiflung. Verlust. Seelenpein.

Sie ließ die Hand sinken. »Sie haben mir einen Schrecken eingejagt.« Das war zwar nicht die Wahrheit, doch wollte Marie sehen, wie er reagierte.

»Dann bitte ich Sie um Verzeihung. Ich wollte Ihnen keine Angst machen.«

»Versuchen Sie das nicht noch einmal.«

»Sie täuschen mich nicht, Oberkommissarin. Nicht mehr.«

»Wie meinen Sie das?«

»Ich dachte, ich könnte Sie aller Vernunft zum Trotz zur Umkehr bewegen. Aber Sie sind dieser elenden Sucht ebenso verfallen, wie ich es bin. Sie werden nicht ablassen, selbst wenn ich versuche, Sie zu überzeugen.«

»Es ist mein Job.«

»Nein. Es ist Ihre Obsession. Wie ich schon sagte, ich kenne Menschen wie Sie.« Parkov trat zur holzvertäfelten Wand, die die Eingangshalle begrenzte. »Letzte Chance.«

»Sonst?«

»Was ich Ihnen zeige, wird Sie vermutlich entsetzen, Ihnen einen Schrecken einjagen im ersten Moment. Und dann werden Sie nichts anderes mehr kennen als das Verlangen, ihn zu jagen. Tag und Nacht.«

»Ihn? Wovon sprechen Sie?«

»Vom Dezembermann. Sie werden ihn jagen wollen, wie ich ihn jage, seit jenem Tag vor fünf Jahren.«

12.

»Elvis?«

»Sir?«

»Öffne die Tür zu den Kellern.«

Marie sah zu, wie eine versteckte Tür in der Holzverkleidung zur Seite fuhr. »Diese Computerstimme«, sagte sie, »was ist das? Ihr hauseigener HAL 9000?«

»Das ist nur E.L.V.I.S. Mein Zentralcomputer, das elektronische Lage-, Verteidigungs- und Informationssystem. Er steuert das Haus und hilft bei meinen Nachforschungen. Bei Weitem keine fortgeschrittene künstliche Intelligenz, die uns gefährlich werden könnte, aber ich bewundere Ihren Filmgeschmack.« Er deutete auf die Öffnung. »Bitte.«

»Nach Ihnen«, sagte Marie. »Ich bestehe darauf.«

»Als nicht fortgeschritten bezeichnet zu werden, kränkt mich, Sir«, sagte die Computerstimme.

Auch die Treppe, die nach unten führte, war hell erleuchtet. *Das hier ist kein muffiger Keller*, dachte Marie, *das ist ein voll ausgebautes Stockwerk in der Tiefe. Bei diesen nassen Böden hier muss all das ein Vermögen gekostet haben.*

»Bereit?« Parkov war vor einer weiteren Doppelflügeltür stehen geblieben.

»Nur zu.«

Parkov öffnete die Tür und gab den Blick frei auf einen großen unterirdischen Raum, der von blinkenden Geräten, Computern und Bildschirmen dominiert wurde. Auch hier war alles hell erleuchtet. Auf dem größten der Monitore war ein bekanntes Gesicht zu sehen, das auf sie herabblickte.

Erik.

Sie trat einen Schritt zurück. *Erik, wie war das nur möglich?*

Das Lächeln des Mannes, den sie geliebt hatte, schien auf sie herab.

Das Lächeln des Mannes, den sie getötet hatte.

Der Raum begann, sich vor ihren Augen in Bewegung zu setzen, obwohl sie sich sicher war, dass sie mit beiden Beinen fest auf dem Boden stand und sich nicht rührte.

»Setzen Sie sich, Frau Winter.«

Sie spürte Parkovs Hand auf ihrem Arm, eine warme und weiche Berührung, die in diesem Augenblick ganz und gar nicht unangenehm war. Dann schüttelte sie seine Hand ab. Parkov machte eine einladende Geste in Richtung zweier Sessel, die bei einem Kamin standen, in dem ein weiteres Feuer hell loderte.

»Erklären Sie das«, sagte sie laut. »Sagen Sie mir, wieso ich nicht sofort …«

»Gehen sollte?«

»Ja.«

»Erik Winter.« Parkov deutete überflüssigerweise auf das Monitorbild. »Ihr Mann, Marie, der Mann, dem Sie das Versprechen ewiger Treue gegeben haben, der Mann, der der Vater Ihrer Tochter Lucie war.«

Marie ließ sich in den Sessel sinken. Ihre Beine drohten unter ihr nachzugeben. Sie hatte mit allem gerechnet, nicht jedoch mit einer direkten und plötzlichen Konfrontation mit ihrer eigenen entsetzlichen Geschichte. Parkov nahm ihr gegenüber Platz. Er legte die Fingerspitzen aneinander und sah ihr darüber hinweg in die Augen. »Erik Winter, der Sie eines Morgens aus heiterem Himmel mit einem Küchenmesser angegriffen hat, sodass Ihnen nichts anderes übrig blieb, als ihn mit Ihrer eigenen Dienstwaffe außer Gefecht zu setzen.«

Marie schloss die Augen. Die Bilder waren zurückgekehrt, als hätte man ihr einen Film auf die Pupillen gelegt und ihn in Zeitlupe abgespielt. Erik. Das Messer. Der Ausdruck auf seinem Gesicht, apathisch und völlig emotionslos.

»Er starb kurz danach während der darauffolgenden Notoperation an den von zwei deformierten Hohlspitzgeschossen hervorgerufenen Verletzungen, weil eines seine Lunge perforiert und das andere sein Herz gestreift hatte. Sie haben gezielt und abgedrückt, nicht, um ihn zu töten, doch in jedem Fall, um ihn aufzuhalten. Sie wussten zu diesem Zeitpunkt, dass Sie im vierten Monat schwanger waren. Sie wussten, dass das Kind von ihm war.«

Marie starrte ihn an. »Woher …?«

Parkov schob ein Glas, das zur Hälfte mit einer klaren Flüssigkeit gefüllt war, zu ihr hinüber. »Trinken Sie. Es ist nur Wasser.«

Sie rührte das Glas nicht an. »Woher wissen Sie das?«

»Weil ich Sie im Auge behalten habe, seit ich von dieser Sache erfuhr. Weil ich den Zusammenhang herstellte. Weil ich Ihren Mann obduzieren ließ.«

»Ich kann nicht glauben, was ich hier höre.«

»Der Rechtsmediziner hat nichts feststellen können«, sagte Parkov. »Er hat nichts Ungewöhnliches entdeckt, nichts, das die Tat erklären könnte. Ein Rätsel, das unaufgeklärt bleiben würde.«

»Ich habe damit abgeschlossen.«

»Dann muss ich Sie abermals um Verzeihung bitten. Denn ich wollte nicht glauben, dass ein Mann einfach aus heiterem Himmel seine schwangere Ehefrau angreift – und es gab schließlich keinen Grund, an Ihrer Aussage zu zweifeln, dass Sie sich selbst sein Handeln nicht erklären konnten.«

Marie spürte, wie sich ihre Augen mit Tränen füllten, obwohl sie das hatte vermeiden wollen. Sie wandte den Blick ab. *Lass nicht zu, dass er dich so sieht. Du hast schrecklichere Dinge gesehen. Dinge, die dich anfangs aus dem Schlaf aufschrecken ließen. Dinge, die weitaus entsetzlicher waren als das …*

Aber waren sie tatsächlich schlimmer?

Parkov reichte ihr ein Taschentuch. »Es tut mir leid. Deshalb gab ich Ihnen die Wahl umzukehren.«

»Verschonen Sie mich damit.« Sie wischte sich energisch über die Wangen. »Haben Sie etwas herausgefunden?«

»Nicht bei der Autopsie. Erik Winter wurde mit keiner mir bekannten Methode durch chemische oder andere Mittel dazu getrieben, die Tat zu begehen.«

»Also war es völlig nutzlos.«

»Nein.« Parkov schüttelte den Kopf. »Ich weiß, wer Ihren Mann so manipuliert hat.«

Marie holte tief Luft. »Von wem sprechen Sie?«

»Es ist derselbe Täter, der sich heute Morgen gemeldet hat. Es ist derselbe Täter, der meine Frau ermorden ließ. Der Dezembermann.«

»Der Dezembermann?«

»So nennt er sich.«

»Wie können Sie sich dessen sicher sein? Was soll er denn getan haben?«

»Der Auslöser für die Tat war rein psychisch. Es gibt Methoden, die längst vergessen sind. Alte Methoden, verbotene Dinge. Manche Menschen kennen sie noch.«

»Das ist Unsinn. Er hätte mich nie …« Sie senkte den Blick. Der Schmerz war noch immer groß und schneidend, auch wenn die Wunde mittlerweile vier Jahre alt war und allmählich verheilte. Als sie wieder aufsah, bemerkte sie Parkovs Blick, der auf ihr ruhte. »Er, der Ihre Frau ermorden ließ? Erklären Sie das.«

»Der Serienmörder, den man den Vogelfänger nannte, handelte auf Anweisung eines anderen. Ich begriff zu spät, dass er mich hinters Licht geführt hat.«

»Sie haben ihn getötet. Das stimmt doch, nicht wahr?«

Parkov schüttelte den Kopf. »Nein, habe ich nicht. Aber das ist keine Geschichte für heute Abend.« Er wandte sich an den Monitor, der über ihren Köpfen hing. »Elvis. Den Brief.«

»Sehr wohl, Sir.«

Auf dem Monitor erschien ein sauberer Scan des Briefes, den sie am Morgen erhalten hatte.

»Wer hilft Ihnen? Wie können Sie diesen Scan hier haben?«

»Das bleibt mein Geheimnis. Aber ich sagte ja bereits, dass ich noch immer den ein oder anderen Freund bei der Polizei habe.«

»Schön.« Marie seufzte. Das Gespräch hinterließ einen schalen Geschmack in ihrem Mund.

Sie sah Erik, der mit dem Messer auf sie zukam.

Sie sah sich selbst, als sei sie ein unbeteiligter Dritter im Raum, wie sie nach ihrer Waffe griff, die auf einem Stapel Bücher in der Nähe lag.

Erik, wieso nur?

All der Schmerz, das Leid. Ihr Leben war nicht mehr dasselbe gewesen nach diesem Tag. Der Mann, den sie liebte – von dem sie gedacht hatte, dass er sie liebte. Hatte sie ihn überhaupt je richtig gekannt?

»Nichts davon ist schön«, erwiderte Parkov. Er studierte den Brief.

»Sie wollen mir also weismachen, dass irgendein Irrer, der sich der Dezembermann nennt, Erik dazu gebracht hat, mich anzugreifen? Außerdem hat er zuvor einen psychisch labilen Täter, der sich der Vogelfänger nannte, angestiftet, Ihre Frau zu töten? Was dann? Fünf Jahre Ruhe? Bis er heute aus dem

Nichts wieder erschienen ist?« Sie beugte sich vor. Parkov hatte sie schockiert, aber vermutlich mit dem einzigen Ziel: den Jagdtrieb in ihrem Inneren aufs Neue zu wecken. Die Flamme loderte bereits, und sie loderte hell.

»Fünf Jahre. Was hat er in der Zwischenzeit getrieben?«

»Ich kann leider nur mutmaßen.« Parkov sah sie nicht an. »Als die Mordserie Häussers endete und er ums Leben kam, erhielt ich einen einzigen Brief. Er war nicht zurückzuverfolgen, ohne DNA-Spuren, Haare, Fasern oder Fingerabdrücke. Unterschrieben war er von *ihm.*« Parkov wandte sich an den Monitor. »Zeig mir seine erste Nachricht gleich daneben.«

Marie warf einen Blick auf den Monitor. Neben dem Brief, den sie bereits kannte, war ein zweiter erschienen.

> An Marie A. Winter
> Du hast also mein Ausstellungsobjekt entdeckt. Hat es dir gefallen? Ich hoffe es. Sie wird nicht die Einzige bleiben.
>
> Achtzehn Tage, Marie. Bis dahin gibt es viele Geschenke – und am Ende das größte von allen.
>
> Sucht Daniel Parkov. Vielleicht ist er der einzige Gegner, der mich stellen kann. Der Einzige, der mir würdig ist. Sucht ihn schnell, ehe es zu spät ist, und sagt ihm, Suzann war eine Huhre. Ihr hat es gefallen.
>
> PS: Siehst du das Licht, Marie? Siehst du das Licht?
>
> Der Dezembermann

Und gleich daneben:

An Daniel Parkov

Du hast mein Geschöpf also gefangen. Das war eine Leistung, für die ich dich bewundere. Nicht vielen wäre es gelungen, meine Ränke zu durchdringen und hinter die Dinge zu blicken.

Du hast gewonnen – fürs Erste.

Doch wisse: Was du auch tust, ich werde dir voraus sein. Ihre Schreie wirst du niemals vergessen. Sie wird niemals schweigen.

Geh, leck deine Wunden und trauere. Ich werde im Dunkel warten, beobachten, zurückkehren und dich treffen, wenn du nicht damit rechnest.

Deine Welt wird brennen.

Der Dezembermann

»Ihre Frau«, sagte Marie leise, »sie starb im Dezember, nicht wahr?«

»Wie Ihr Mann, Marie. Wie das Mädchen. Deshalb nennt er sich so. Es ist der *einzige* Monat, in dem er zuschlägt.«

»Also ist er … was? Wahnsinnig?«

»Mit Sicherheit ist er wahnsinnig, wenn wir die uns bekannten Maßstäbe an Vernunft und Unvernunft bei seinem Geist anlegen. Er selbst würde sich als genial bezeichnen. Sein Modus Operandi ist hochkomplex, da er durch Dritte hindurch agiert. Häusser. Erik Winter.«

»Aber was hat er mit ihnen gemacht?« Marie ballte eine Hand zur Faust. »Was hat er mit Erik gemacht? Wie in aller Welt ist das möglich?«

»Das, Frau Winter, ist das große Rätsel hinter der ganzen Geschichte.«

»Und sein Motiv? Was haben Sie in den letzten fünf Jahren über ihn herausfinden können?«

»Er ist ein Geist. Alles, was mir blieb, war, meine Wunden zu lecken und darauf zu warten, dass er erneut auftauchen würde.« Parkov lächelte. »Doch nun ist er wieder da … und er hat seinen ersten Fehler gemacht.«

»Welchen Fehler? Wir haben keine Spur, kein Motiv.«

»Das nicht – noch nicht. Aber er hat Sie mit hineingezogen. Das hier war ein Duell, ein Zweikampf: er gegen mich. Nicht länger. Jetzt sind wir drei. Sie, ich und er. Seine Chancen, diese Sache zu überstehen, sind dadurch deutlich gesunken.«

»Parkov, Sie sind ein Zivilist. All das hier …«, sie deutete auf die Monitore und Computer, »ist noch lange kein Grund, sich in Ermittlungen einzumischen und uns wichtige Informationen vorzuenthalten.«

»Mir genügt ein einziger Anruf beim Präsidenten des BKA, und ich bin wieder dort, wo ich vor fünf Jahren aufgehört habe.«

»Man hat Sie rausgeworfen.«

»Richtig.« Er zuckte mit den Schultern. »Wen kümmert das?«

Marie lachte. »Für wen halten Sie sich?«

»Ich halte mich für *mich*. Es gibt niemanden, der ist wie ich. Der Dezembermann ist zurück und hat es dieses Mal nicht nur auf mich abgesehen. Sie erwähnt er mit Ihrem Namen. Ich wollte Ihnen nicht nur den Anblick Ihres Mannes ersparen und das Aufreißen alter Wunden vermeiden. Ich wollte Sie schützen.«

»Mich schützen?«

»Er ist gefährlicher, als Sie sich ausmalen können.«

»Daher der Ratschlag, ich solle Urlaub nehmen? Wieso sollte es ihn interessieren, wenn ich nicht nach ihm suche? Er kann mir dennoch alles Mögliche antun.«

»So ist er nicht. Er liebt die Herausforderung, den Wettstreit mit dem Gegner. Er ist wie Jack the Ripper, der seinen Inspector Abberline sucht. Eine Kommissarin, die sich über den Dezember mit ihrer Tochter in den Urlaub zurückzieht, interessiert ihn nicht.«

Marie erwiderte nichts. *Lucie. Ist es das, was ich tue? Bringe ich dich in Gefahr, weil ich meinen Job erledigen will?*

Sie dachte an Lelands Worte: *Nehmen Sie sich frei, Marie.*

»Ich werde mich nicht von einem Irren verängstigt fortjagen lassen. Ich werde ihn finden.«

»Nicht alleine.« Parkov hatte sich erhoben. »Es ist gleich neun. Wir sollten das Dinner einnehmen.«

Das Dinner einnehmen, welch eine altertümliche Formulierung. »Vielleicht werde ich Sie enttäuschen, Parkov, aber ich bin nicht hergekommen, um mit Ihnen ein *Dinner einzunehmen.*«

»Steak tartare, Austern und Loup de mer. Ich glaube, Johann hat passend dazu einen der außergewöhnlichen Jahrgänge aus dem Keller geholt. Es wäre mir eine Freude, wenn Sie mit mir zu Abend essen würden. Ich bitte Sie darum.«

Für einen Augenblick war sie geneigt, das Lächeln von seinem Gesicht zu wischen, sein Angebot auszuschlagen und zu gehen. Für einen Augenblick nur, dann begriff sie, dass Parkov sie *bat* zu bleiben. »Na gut. Wenn Sie mich so höflich einladen.«

»Es ist mir eine Ehre, Frau Winter.«

13.

Parkov hatte nicht übertrieben: Das Essen war köstlich und der französische Weißwein, den er ihr einschenkte, ohne Zweifel exquisit. »Sie versuchen, sich bei mir einzuschmeicheln«, sagte sie, nachdem sie die Teller beiseitegeschoben hatten und für einen Augenblick eine Stille eingekehrt war, die nur vom Knistern des Kaminfeuers unterbrochen wurde, das wärmend den großen Saal erhellte. »Ich muss Sie enttäuschen. Es wird Ihnen nicht gelingen.«

Parkov lächelte und schüttelte den Kopf. »Sie sind eine hart arbeitende Ermittlerin. Ich weiß Ihre Erfolge zu schätzen. Ich weiß Ihre Denkweise und Ihr Vorgehen zu schätzen. Und nicht zuletzt sind Sie mir sympathisch. Das genügt, um Sie zum Dinner einzuladen.«

Marie lauschte der leisen Musik, die das Speisezimmer in einen sanften Klangnebel einhüllte. »Sie sind Mozart-Liebhaber?«

»Eigentlich ziehe ich Beethoven vor. Ich versuche, sämtliche Einspielungen der Werke der großen klassischen Meister zu sammeln. Das ist wirklich eine Lebensaufgabe.« Er legte den Kopf schief und musterte sie mit einem verschmitzten Lächeln.

»Habe ich etwas an der Nase?«

»Erkennen Sie mich nicht wieder?«

»Wie meinen Sie das?« Dann begriff sie. Seit Marie Parkov an der Eingangstür getroffen hatte, hatte er sie an jemanden erinnert, dem sie bereits früher am Tag begegnet war. »*Sie* waren das! Sie waren dieser Fotojournalist im Kaufhaus, der mir seinen Presseausweis gegeben hat!«

»Verzeihen Sie mir, aber ich musste den Fundort selbst in Augenschein nehmen, an dem Ort stehen, wo der Täter Stunden zuvor gewesen war, die gleiche Luft atmen wie er. Eine alte Gewohnheit.«

»Die Verkleidung war durchaus trickreich.«

»Vielen Dank.« Er warf einen Blick auf die Standuhr, die neben einem großen Ölgemälde, das fast die gesamte Wand einnahm, leise tickte. »Eine Stunde bis Mitternacht. Ein neuer Tag bricht an. Er wird uns ein neues Geschenk machen, ganz wie er es angekündigt hat.«

Marie warf ebenfalls einen Blick auf die Uhr. Die Zeit war verflogen, als hätte jemand auf einer unsichtbaren Beschleunigungstaste den Ablauf der Dinge in größte Eile versetzt. »Ich muss los.«

»Sagen Sie mir nur noch eines: Welche Spuren haben Sie?«

»Tut mir leid. Solange Sie nicht wieder einsteigen, kann ich nichts weitergeben. Das wissen Sie ganz genau.«

Parkov schüttelte den Kopf. »Marie, Sie werden das hier nicht allein bestehen können. Nicht auf die übliche Weise, nicht wenn Sie die Ermittlungen wie gewöhnlich führen. Dafür ist er zu gerissen, zu gefährlich. Lassen Sie mich Ihnen helfen.«

»Dann tätigen Sie Ihren Anruf und bringen Sie sich wieder ins Spiel, sofern das nicht bloß leere Versprechungen waren.«

Parkov seufzte. »Das wollte ich vermeiden.«

»Und wieso?«

»Es würde jede Menge Aufsehen erregen. Ich will diese Sache so lange wie möglich unter dem Radar halten.«

»Sie machen sich Sorgen wegen der Kollegen? Oder der Presse?«

»Nein. Die sind mir alle egal. Ich fürchte, er hat einen Zugang, eine Quelle, von der wir nichts wissen. Wenn ich zurückkehre, weiß er, dass ich mich seines Falles angenommen habe. Wenn ich zurückkehre, weiß er, dass ich ihn jage.«

14.

Ehe sie die große Eingangstür erreichten, kam ihnen ein Mann im maßgeschneiderten grauen Anzug entgegen. Marie schätzte ihn bereits auf Anfang sechzig, und die Art, wie er ging, Kopf und Schultern hielt, ließ sie auf eine lange Militärerfahrung schließen.

Er vertrat ihr und Parkov den Weg.

»Marie Winter, das ist Johann Münz, Butler, engster Vertrauter und hervorragender Koch. Sie durften seine Künste gerade erleben.«

»Freut mich.«

»Da ist etwas bei der Tür, Sir. Die Kameras zeigen nur einen vermummten Mann mit einer Gesichtsmaske, die mich an einen Habicht erinnert. Er hat eine Box zurückgelassen, die mit einer großen Schleife umwickelt ist.«

»Er ist es«, sagte Parkov. »Seine zweite Botschaft, das zweite Geschenk – wie er es uns angekündigt hat. Oh, ich dachte nicht, dass er es wagen würde hierherzukommen. Er wird dreist. Und er dachte, wir würden sein Geschenk erst am neuen Tag finden. Er ist zu früh. *Vorzüglich.*«

Uns. Er spricht von *uns.* Marie berührte die Heckler &

Koch unter ihrem Mantel. Für einen Augenblick war sie sich sicher, dass die Waffe verschwunden war. Was sie in den vergangenen Stunden erlebt hatte, war mehr, als sie erwartet, und seltsamer als alles, womit sie gerechnet hatte. »Wo ist er hin?«

»Fort. Verschwunden in der Nacht. Wir werden ihn nicht finden.«

»Elvis! Das Video auf den Schirm, sofort!« Parkov eilte zu einem Schrank, der im Flur an der Wand lehnte, tippte auf einem Tastenfeld einen Code ein, worauf die Tür aufschnappte und er dem Inneren eine kurzläufige Pistole entnahm. Marie erkannte eine Walther P99.

»Sie haben eine … Parkov, haben Sie überhaupt noch einen Schein dafür?«

Er eilte an ihr vorbei, ohne sie zu beachten. Auf dem Monitor in der Eingangshalle war nun eine dunkle Gestalt zu erkennen – schwarze Trainingsjacke und ebensolche Hosen und auf dem Kopf eine Vogelmaske.

Der Fremde stellte das Geschenk auf die oberste Stufe vor der Tür, dann hob er den Kopf und nickte in die Kamera. Mit einer schnellen Bewegung war er daraufhin auch schon wieder verschwunden.

»Steht es noch immer dort?«

»Ja, wir sollten es mit größter Vorsicht behandeln.« Johann strich sich über die grauen Schläfen. »Wenn er uns nun einen Sprengsatz geschickt hat?«

Parkov nickte. »Das halte ich für nicht wahrscheinlich. Doch er ist leider nur schwer zu berechnen. Elvis, öffne den Schacht.«

»Sehr wohl, Sir.«

Jenseits der Tür war ein metallisches Geräusch zu hören.

»Analyse.«

»Läuft.«

Marie deutete auf das Videobild, das sich erneut wiederholte. »Er war also hier. Ist er mir gefolgt? Wie kann er von diesem Haus erfahren haben?«

»Nur vier Personen kennen diesen Ort neben Johann und mir. Franz Leland vom K 11, Hugo Silberbach, Präsident des BKA, mein Bruder … und Sie, Marie, nun kennen auch Sie diesen Ort. Ja, ich schätze, er ist Ihnen gefolgt.«

Marie spürte, wie ein kalter Schauer über ihren Rücken lief, als sei ein Sturmwind den Kamin herabgefahren und hätte das Feuer gelöscht. »Kann nicht sein. Niemand war auf der Straße hinter mir. Ich habe darauf geachtet.«

»Analyse abgeschlossen«, sagte die Computerstimme von überallher. »Sprengstoffbefund: negativ.«

»Gift? Biologische Erreger?«

»Negativ.«

»Was für eine Technologie ist das?« Marie warf Parkov einen interessierten Blick zu. »So etwas sollten wir uns in Frankfurt auch zulegen.«

»Das ist Militärtechnik. Nichts, was für den freien Markt bestimmt ist. Elvis? Schick es hoch.«

»Wie Sie wünschen. Ich empfehle allerdings noch immer höchste Vorsicht im Umgang mit unerwarteter und ebenso ungewünschter Post.«

Ein Teil der Wandverzierung fuhr zur Seite und gab einen Schacht frei, in dem eine kleine Plattform nach oben fuhr.

»Sie sind auf alles vorbereitet, was?«

»Das ist nur Spielzeug, mehr nicht.« Parkov tippte sich gegen die Schläfe. »Die richtige Arbeit findet hier oben statt.«

»Was Sie nicht sagen.«

Die Plattform kam an, ein leises Klingeln ertönte, und Parkov, der aus dem Nichts zwei Handschuhe hervorgeholt hatte, nahm das Geschenk heraus.

Rot war es, mit einem breiten goldenen Band, das in einer Schleife endete. Parkov zerschnitt das Band und hob den Deckel ab.

»Ah. Wie einfallsreich.« Er warf Marie einen Blick zu. »Das wird Ihnen nicht gefallen.«

Sie trat einen Schritt näher. Im Inneren der Geschenkbox lagen einige Seiten, die dicht bedruckt waren. Auf den ersten Blick erkannte sie nicht, was das alles mit ihr zu tun haben sollte. Dann entdeckte sie den Namen auf einer der hinteren Seiten, die aus den übrigen hervorragte.

Lucie.

»Ich verstehe. Dieses Arschloch.«

Parkov packte ihr Handgelenk, als sie zur Tür gehen wollte. Sie schüttelte ihn ab. »Wenn er ihr etwas angetan hat …« Marie spürte, wie der Wall der Selbstbeherrschung, den sie in diesem Augenblick um sich aufbaute, gleich wieder bröckelte und zu brechen drohte.

»Er will Sie provozieren. Dieses Geschenk hat keinen anderen Zweck.«

»Er war in der Klinik. Er war dort, und das …«

»Es ist eine Kopie«, sagte Parkov. »Eine Kopie des Befunds Ihrer Tochter.« Er nahm die Seiten heraus und blätterte sie durch. Auf der letzten hielt er inne, las und reichte sie Marie.

»Er hat die Viruserkrankung rot eingekreist.«

»Ja. Erst heute Morgen hat mir einer der Ärzte davon erzählt.« Marie blickte zu den Fenstern, die auf den Vorplatz hinausgingen. Von draußen hatte das Haus dunkel und verlassen gewirkt. Er musste die Fenster speziell zu diesem Zweck eingebaut haben. Sie wandte sich Parkov zu, der sich durch das blonde Haar fuhr. »Schön. Er wollte mich provozieren – er hat mich provoziert. Und nun?«

»Die Vogelmaske ist eine Anspielung. Er greift sowohl Sie als auch mich an. Das Spiel ist eröffnet, er hat den ersten Zug getan, jetzt sind wir dran.« Parkov zauberte aus dem Nichts eine Visitenkarte hervor, die er Marie reichte. »Fahren Sie zu Ihrer Tochter ins Krankenhaus. Rufen Sie mich an, sobald Sie etwas Ungewöhnliches bemerken.«

Marie nahm die Karte entgegen.

Daniel V. L. Parkov

Darunter eine Telefonnummer.

Kommen Sie zurück, Parkov. Wir brauchen Sie. Die Worte lagen ihr auf der Zunge. »Ist gut.«

»Und morgen«, fügte er hinzu, »werden Sie das tun, was Sie immer tun. Besorgen Sie sich die Fakten aus der Rechtsmedizin.«

»Sie müssen mir nicht erklären, was ich zu tun habe, Parkov. Ich bin gut zurechtgekommen, ohne …« Sie verstummte. Das Gesicht ihrer Tochter war wieder vor ihr erschienen. Dieses Mal bewegte Lucie ihre Lippen. *Hilf mir, Mama*, sagte sie. *Hilf mir.*

»Ich rufe Sie an«, sagte sie knapp und trat zur Tür.

»Frau Winter?«

Sie wandte sich nicht mehr um. Ihre Hand schob den schweren Türflügel auf. Die Nacht jenseits der hellen Eingangshalle hing finster und tief über ihrem Kopf. Finster und kalt wie ein Leichentuch, das jemand über den Vorplatz geworfen hatte. Ein kalter Dezemberwind strich über den Weg, der zwischen den Tannen in der Dunkelheit verschwand, und erzählte von Schnee und eisigen Tagen.

»Frau Winter?«

»Herr Parkov?«

»Bitte geben Sie auf sich acht.«

15.

Die Uniklinik strahlte hell in der Nacht wie ein Leuchtfeuer, das ihr den Weg wies.

Lucie.

Lass es nicht zu spät sein.

Bitte, lass es nicht zu spät sein.

Sie stürmte über den Parkplatz, während ihr Mantel hinter ihr herwehte, am Pförtner vorbei und hinauf zur Station.

Der Korridor lag im Dunkeln.

Sollte das Schwesternzimmer mit Blick auf den Flur nicht rund um die Uhr besetzt sein?

Weiter!

Vor der Tür, die zum Zimmer ihrer Tochter führte, hielt sie inne. Ihr Herz schlug ihr bis zum Hals. Was immer er ihr angetan hatte …

… was immer hinter dieser Tür auf sie wartete …

Sieh schon nach!

Sie holte tief Luft und trat ein.

Das Zimmer lag kühl im Licht des Vollmonds, dessen Schein schräg zwischen den halb geschlossenen Jalousien hereinfiel. In der Dunkelheit blinkte ein kleines rotes Licht an der Vorderseite eines Wandpaneels mit Knöpfen und Schaltern.

Lucie lag friedlich auf der Seite unter ihrer Decke und schlief.

Gott sei Dank.

Marie nahm die kleine Hand ihrer Tochter in ihre Hände, berührte die warme Stirn, küsste sie sanft und wischte sich über die Wange. Erst jetzt, als ihr kleine Tränen über das Gesicht liefen, fiel ein Teil der gewaltigen Anspannung von ihr ab, die sie ergriffen hatte, seit Parkov ihr erklärt hatte, was mit Erik geschehen war.

Mit ihm, seiner Frau … und wer hinter alldem stand. Drohend, böse, alles Licht schluckend wie ein unheilvolles schwarzes Loch zwischen den Sternen.

Siehst du das Licht, Marie? Siehst du das Licht?

Sei nicht albern. Er war vielleicht im Haus, um die Akte zu kopieren. Aber er war nicht hier. Er weiß wahrscheinlich nicht einmal, wo sie liegt.

Maries Finger strichen über das Haar ihrer Tochter. Lucie lächelte im Schlaf. Dieses Lächeln übertrug sich auf Marie. Dann stießen ihre Finger gegen ein Etwas, das unter dem Kopfkissen ihrer Tochter hervorragte.

Ein kleiner Zettel.

Gott, nein.

Sie zog ihn hervor und nahm ihn mit sich hinaus auf den Korridor, wo sie im Schein des Displays ihres Mobiltelefons las, was dort geschrieben stand:

> Lucie ist so süß, wenn sie schläft. Schlafen nun auch Sie gut, Marie.
> Grüße und schöne Träume – Ihr bester Freund, der Dezembermann

Ein Schrei bahnte sich in ihrer Kehle seinen Weg – ein Schrei, wie ihn nur eine Mutter ausstoßen kann, wenn sie begreift, dass ihren Kindern etwas angetan wurde.

Sie wählte Parkovs Nummer. Der ehemalige BKA-Hauptkommissar meldete sich augenblicklich.

»Geht es ihr gut?«

»Er war hier«, sagte Marie mit heiserer Stimme. »Er war hier und hat mir eine Nachricht hinterlassen.« Und dann sagte sie etwas, das sie am helllichten Tag nach einigen Minuten klaren Nachdenkens niemals gesagt hätte: »Ich bringe ihn um.«

»Lesen Sie mir die Nachricht vor. Ganz ruhig, Marie. Lesen Sie.«

Marie las. Auf der anderen Seite folgte einige Zeit lang Schweigen.

»Sind Sie noch in der Leitung, Parkov?«

»Ich bin noch dran. Ich denke nicht, dass er zurückkommt. Aber das Risiko ist zu groß. Rufen Sie Ihre Leute an. Sagen Sie Leland, dass der Dezembermann nun Ihre Tochter bedroht. Bestehen Sie darauf, dass man einen Streifenbeamten vor ihre Tür stellt.«

»Okay.« Sie zwang sich, tief Luft zu holen und langsam ein- und auszuatmen. »Ich bin für gewöhnlich nicht … aber das hier ist anders.«

»*Er* ist anders. Er ist gefährlicher als alle, denen Sie jemals gegenüberstanden. Rufen Sie Leland an. Dann gehen Sie nach Hause und versuchen zu schlafen. Ich werde mich ab morgen selbst der Sache annehmen. Lorenz muss sich beeilen. Es wird Zeit, dass ihm jemand Daumenschrauben anlegt.«

»Was? Parkov, nein! Sie sind draußen, Sie können nicht einfach in die Rechtsmedizin platzen, das werden die Ihnen nie verzeihen!«

»Bis morgen, Frau Winter.« Er legte auf.

Marie starrte auf ihr iPhone hinab. »Ich glaube es nicht, Parkov, was machen Sie denn?«

Dann wählte sie Lelands Privatnummer.

16.

Am nächsten Morgen wurde sie nach einer kurzen, unruhigen Nacht vom Schellen ihrer Türklingel geweckt. Sie hüllte sich in einen Morgenmantel und ging zur Tür – der Wecker zeigte kurz vor sechs –, halb in der Annahme, sich Parkov gegenüber wiederzufinden, der sie aus irgendeinem absurden Grund hier aufgespürt hatte. Der ganze vergangene Abend war verhüllt – als hätte Christo höchstpersönlich sein Werk getan – und seltsam abgeschieden vom Rest ihrer Erinnerungen; als sei alles, was seit ihrer Ankunft in Parkovs Landhaus geschehen war, nur Fantasie und Fiebertraum eines Kranken gewesen.

Sie trat zur Tür und hielt die Dienstwaffe in der Hand – etwas, das sie bisher noch nie getan hatte.

Vor ihrer Tür stand jedoch bloß Jörg Bodenfeld, nicht Parkov.

»Morgen, Häschen.«

Sie hatte sich nach den gemeinsamen Jahren damit abgefunden, ja, sogar halbwegs damit angefreundet, dass er sie oft neckisch ›*Kleine*‹ oder ›*Häschen*‹ nannte. Die Anspielung auf ihre Körpergröße und ihre etwas zu langen Schneidezähne war Bodenfelds Einfall gewesen, und niemandem sonst ließ sie diese Spitznamen durchgehen. Sie unterdrückte ein Gähnen. Ihre unteren Lendenwirbel schmerzten und ihr Nacken ebenso, als wollte er im internen Schmerzwettstreit ihres Körpers mithalten. Die wenigen Stunden des Schlafs forderten ihren Tribut.

»Morgen, Kleiner«, erwiderte sie.

Er hielt eine Tüte und zwei große Becher Kaffee hoch, aus denen es verführerisch duftete. »Muntermacher, wenn du magst.«

Nachdem sie sich angezogen und am Küchentisch unter dem lächelnden Sonnenblumenfeld – einem Bild, das ihr Lucie gemalt hatte – Platz genommen hatte, sagte Bodenfeld: »Die Nacht war vollkommen ruhig. Ich habe den Mann, der vor Lucies Tür steht, selbst ausgewählt. Max Gintner, ein Polizeikommissar. Guter Mann.«

Marie dachte an den Polizisten, der im Kaufhaus vor Ort gewesen war und sich darüber hinaus für die Kripo beworben hatte. »Ja, ich bin ihm schon begegnet. Und danke für den Kaffee. Bin hundemüde, konnte die halbe Nacht nicht schlafen.«

»Wieso bist du nicht bei ihr geblieben?« Sein Blick ging zu der Heckler & Koch, die sie zurück ins Holster steckte und so gesichert an den Rand des Küchentischs legte. Das war gegen die Dienstvorschriften, aber seit Eriks Tod fühlte sie sich nur noch selten ohne eine Waffe wirklich sicher.

Marie trank einen Schluck, der ihr die Zunge verbrannte. War das ein Vorwurf? Es klang jedenfalls wie einer.

»Jetzt? Du weißt, dass ich in diesem Zimmer kaum ein Auge zumachen kann. Du weißt, dass ich kaum eine Hilfe für euch bin, wenn …« Sie seufzte. »Anders gesehen hast du natürlich recht. Aber ich konnte einfach nicht mehr. Und ich wollte ihr keine Angst einjagen. Ihre Mama bleibt nur über Nacht, wenn es ihr schlecht geht und sie es von mir verlangt. Und wenn ein Beamter vor der Tür sie nicht schützen kann, werde ich es auch nicht, wenn ich völlig übermüdet doch neben ihr einschlafe.«

»Schon gut.« Er drückte ihr die Hand, eine freundschaftliche, warmherzige Berührung. »War das Parkov, der dich so in Aufregung versetzt hat?« Seine Miene verfinsterte sich. »Was hat der Spinner gesagt?«

Der Spinner. Marie war sich nicht sicher, ob sie mit Jörg Bodenfelds Einschätzung d'accord gehen wollte. Parkov war etwas seltsam, da bestand kein Zweifel, doch war dort auch noch etwas anderes – eine tiefer gehende Wunde, die ihn so werden ließ, wie er heute war. Der Tod seiner Frau und die Umstände, die dazu geführt hatten.

Er sagte, dass Erik mich angegriffen hat, weil ihn jemand auf eine verteufelte Weise zu dieser Tat manipulierte. Er sagte, dass wir einem Mann gegenüberstehen, der gefährlicher ist als alles, was uns jemals begegnet ist. Ein Todesbringer, dessen Taten dich des Nachts nicht mehr schlafen lassen, weil sie deine Seele vergiften. Sie *auffressen.*

»Parkov hat mir gesagt, dass er seit fünf Jahren auf seiner Spur ist. Häusser, also der, der Parkovs Frau getötet hat, handelte auf Anweisung des Mannes, der auch hier und heute wieder aktiv ist. Und Parkov sagte, dass der Dezembermann sich dieses Mal nicht nur an *ihm* rächen will, dieses Mal hat er auch mich ins Visier genommen.«

»Wieso sollte er das tun?«

»Die Nachricht unter Lucies Kopfkissen ist Grund genug, davon auszugehen, dass er seine Worte ernst meint.«

»Und das war alles?«

»Alles was?«

»Alles, was Parkov zu dir gesagt hat. Ist er so seltsam, wie die Geschichten erzählen?«

»Er wollte, dass ich Urlaub nehme. Er wollte mich beschützen. Sagte, der Dezembermann würde keine Ermittlerin jagen, die ihn in Ruhe lässt. Er sagte, der sucht die Herausforderung. Wie Jack the Ripper seinen Inspector Abberline suchte, sucht er … nun, ich denke, es ist hauptsächlich eine Sache zwischen ihm und Parkov. Er ist seine Nemesis.«

»Dann nimm den Urlaub, wenn sogar der BKA-Spinner dir dazu rät. Parkov weiß, wovon er redet – in dieser Sache wenigstens. Du hast Mörder und Totschläger zur Strecke gebracht, Männer, die im Affekt ihre Frauen erschlugen. Aber das hier, ein echter Serienmörder, ist vielleicht tatsächlich eine Nummer zu groß. Wenn er Lucie mit in die Sache hineinzieht, solltest du an ihr Wohl denken.«

Marie stellte die Kaffeetasse mit einem lauten Geräusch auf den Küchentisch. »Verflucht! Du bist der Dritte seit gestern Morgen, der mir rät, ich solle die Sache euch überlassen! Hast du vergessen, dass das hier mein Job ist? Mehr noch, meine *Berufung*? Habt ihr alle das vergessen? Hast du vergessen, wer dir schon zweimal den Arsch gerettet hat? Hast du vergessen, wer versucht hat, mich mit einem Messer zu …?« Sie verstummte. Fast wäre es über ihre Lippen gekommen. Sie sprachen nicht davon, niemals.

Beinahe.

Bodenfeld nahm ihre Hand in seine warmen, großen Pranken. Isabelle nannte ihn einen *›sanften Riesen‹*. »Niemand macht dir einen Vorwurf, wenn du dir Zeit für Lucie nimmst. Schon gar nicht jetzt. Aber genauso wenig macht dir jemand einen Vorwurf, wenn du dabeibleibst und dich mitten in die ganze Sache stürzt – wie immer.«

»Und das werde ich. Und wenn mir noch einer von euch rät, Urlaub zu nehmen, dann schreie ich.«

Bodenfeld lächelte. »Du warst eben schon immer ein Sturkopf. Der sturste Sturkopf, der mir je begegnet ist.«

»Wer bist du jetzt, meine Mutter?«

»Du weißt, dass wir alle nur dein Bestes wollen, Marie.«

»Wie geht's Bine?«

»Wieder besser. Der Arzttermin ist heute Nachmittag.«

»Du begleitest sie.«

»Ich wollte eigentlich dir helfen, Lorenz endlich die …«

»Hast du nichts erreicht?«

»Lorenz hat mir die Tür vor der Nase zugeschlagen. Morgen, sagte er, frühestens. Das heißt, heute.«

Marie schüttelte den Kopf. Trotz seiner eindrucksvollen Gestalt und Präsenz ließ sich Jörg Bodenfeld noch immer von dem Rechtsmediziner an der Nase durch die Manege führen. »Schon okay. Ich rede mit Lorenz. Du hingegen bist an Bines Seite, da gibt es gar keine Diskussion.«

»Klar.« Das Leder seiner Jacke knirschte leise, als er sich erhob. Er trat zur Tür, drehte sich dann aber noch einmal um, schielte leicht und hielt die Hand in einer ironischen Columbo-Parodie erhoben.

»Eine Sache, Miss Winter, gibt es da noch.«

Sie lächelte. Selbst wenn es ihr mies ging, fand Bodenfeld immer einen Weg, sie zum Lachen zu bringen. »Du hättest wirklich Schauspieler werden sollen. Was ist?«

»Leland will bei der Dienstbesprechung um neun die Nachrichten, die der Dezembermann uns bis jetzt geschickt hat, bis ins Detail analysieren. Und ich hörte, dass das LKA Interesse an dem Fall zeigt. Kommst du?«

»Was ist mit dem Restaurant? Bist du weitergekommen?«

»Ja. War aber nicht besonders vielversprechend. Ich erzähle dir die Neuigkeiten unterwegs.«

Sie saßen in Bodenfelds klapprigem BMW und standen vor einer roten Ampel im Schneeregen eines frühen Frankfurter Morgens. Das Licht hatte eine eisblaue, winterliche Schwere angenommen, und in den Pfützen auf dem Asphalt, die noch nicht gefroren waren, spiegelten sich die Lichter: das Scharlachrot der Rücklichter, das Signalgelb der Ampeln, die hie und da ausgefallen waren.

»Fortloff hat die Wahrheit gesagt. Sie haben das Restaurant

im Westend gemietet, um eine Feier im engsten Kreis zu veranstalten. Das Restaurantpersonal bestand aus nur zwei Köchen, dem Souschef und dem Küchenchef persönlich. Dann waren da noch der Inhaber des Ladens, den die Fortloffs seiner Aussage nach gut kennen, ein Sommelier und zwei Kellner. Die Köche haben die Küche die ganze Zeit nicht verlassen, was der Inhaber bestätigt. Fortloff saß an der Kopfseite und wurde überhaupt nur vom Oberkellner bedient, was das Personal so bestätigt. Der einzige Mann, der also den Schlüssel an sich genommen haben könnte, kann nur der Oberkellner sein, wenn ihn nicht einer der Gäste gestohlen hat. Und der Oberkellner, ein Spanier namens Pablo Hernandez, weiß selbstverständlich von nichts. Ich glaube, wir kommen hier nicht weiter.«

»Das sieht ganz danach aus. Neuigkeiten von Fischer und der Schreibmaschine?«

»Alle Nachrichten wurden auf dem gleichen Papier mit demselben Schreibmaschinenmodell geschrieben. Das Fehlen jeglicher DNA-Spuren, Haare und Fingerabdrücke auf den Umschlägen und den Nachrichten sagt uns zumindest eines: Der Dezembermann weiß, was er tut.«

»Zumal das Tragen von Handschuhen nicht immer ausreicht. Den Umschlag und die Botschaft an den Blumenladen hat er mit einem gewöhnlichen Kugelschreiber geschrieben. Wenn er, was die meisten Menschen tun, sich mit dem Stift auch nur einmal durch die Haare gefahren wäre oder nachdenklich darauf herumgekaut hätte … Glückwunsch, da ist seine DNA.«

»Genau. Bleibt Lorenz. Und Professor Dr. Lorenz verbittet sich eine Einmischung in seinen Arbeitsbereich.«

»Was für ein Idiot.«

Marie war sich einen Moment lang sicher, dass Bodenfeld den Rechtsmediziner meinte, dann sah sie aber den schweren nachtschwarzen Wagen, der an ihnen vorbeizog und über eine

Ampel bretterte, ehe diese eine Millisekunde später auf Rot umschaltete.

Bodenfeld bremste. »Ich hätte große Lust, das Licht aufs Dach zu packen und ihm nachzufahren.«

Seine Finger umklammerten das Lenkrad. Dann senkte er den Kopf und verbarg sein Gesicht in den Händen.

»Jörg?« Marie spürte die Wellen der Verzweiflung, einer unterdrückten Angst, die in diesem Augenblick von ihm abstrahlten wie die Wellen in tiefem Wasser, das von einem Stein aufgewühlt wurde. »Hey, komm schon.« Sie beugte sich zu ihm herüber und nahm ihren mächtigen, bärengroßen Kollegen behutsam in ihre Arme. »Es ist Bine, nicht wahr?«

Sie hörte, wie er tief Luft holte. Das Geräusch glich nicht dem eines Ertrinkenden – sie wusste leider, wie das klang –, war aber nahe dran. »Der Arzt sagte, es wird mit hoher Wahrscheinlichkeit zu Komplikationen kommen. Sie werden wohl schon nächste Woche … oder spätestens die Woche darauf …«

Marie spürte, wie die Kälte, die in diesem Augenblick von ihm abstrahlte, auf sie übergriff. Nächste Woche schon. Ein sehr frühes Frühchen. »Es tut mir so leid, Jörg. Aber das heißt nicht, dass nicht doch alles gut gehen kann, hörst du? Red dir das ja nicht ein.«

»Bine hat Angst, und ich … ich hab keine Ahnung, wie ich ihr beistehen soll. Das ist nichts, was ich … ich weiß nicht … anpacken und reparieren könnte.«

Männer und die Geburt. Sie nahm ihn in den Arm und drückte ihn an sich. »Alles wird gut werden.« Dann rückte sie von Jörg ab, als hinter ihnen ein Fahrer verärgert hupte. »Die Ärzte wissen, was sie tun. Ich bin mir sicher, dass alles gut gehen wird.«

Jörg fuhr wieder. Er warf ihr einen skeptischen Blick von der Seite zu. »Die Geburt? Der Kaiserschnitt? Oder all das hier? Der Fall?«

Sie sah zum Fenster hinaus. Auf dem Gehsteig hockte ein in einen speckigen Mantel gehüllter Penner, der eine Münzenbüchse vor sich hin und her schwang. Niemand, der an ihm vorüberkam, warf ihm auch nur einen flüchtigen Blick zu. »Setz mich bei der Rechtsmedizin ab. Hoffen wir einfach auf das Beste. Schließlich ist bald Weihnachten.«

17.

Das rechtsmedizinische Institut in der Kennedyallee war ein herrschaftliches, villenartiges Jugendstilgebäude mit Dachgauben, Türmchen und pastellfarbener Fassade, dessen größter Teil sich unterirdisch in Kellern befand.

Wie jedes Mal, wenn sie hier war, erhoffte sich Marie gewinnbringende Erkenntnisse – vielleicht den wichtigen Hinweis, der sie ein Stück näher an den Täter bringen, die Jagd auf die nächste Ebene heben würde. Und wie jedes Mal mochte sie keine einzige Sekunde ihres Aufenthalts. Innerhalb dieser Wände beherrschte der Tod alles Denken und Tun; und meist war es der Tod in seiner unnatürlichsten, verdrehtesten Form.

Der Geruch, der über sie hinwegbrandete, als sie den holzvertäfelten Flur verließ, die Treppe ins Kellergeschoss hinabstieg und in den weiß gekachelten Korridor trat, war eine Mischung aus scharfen chemischen Reinigungsflüssigkeiten und Leichengeruch, der trotz der Lüftungsanlage durch alle Ritzen und Türschlitze drang. Sie schloss die Augen. Irgendwo jaulte eine Knochensäge. Die Rechtsmediziner verlangten seit Jahren nach besseren Schallschutztüren – und seit Jahren blieb im Etat kein Platz für ihre Wünsche.

Marie hängte ihren Mantel an einen der Haken, die aus der

gekachelten Wand hervorwuchsen wie Krallen eines eingemauerten Monsters. Sie entdeckte nur noch zwei andere Kleidungsstücke. Ein abgetragenes Sakko, das ohne Zweifel Professor Dr. Peter Lorenz gehörte, und einen schwarzen, langen Mantel, der sehr exquisit und teuer aussah.

Sie schlüpfte in Überschuhe und Kittel, dann betrat sie Saal eins, in dem Licht brannte.

Lorenz war mit der Knochensäge zugange. Marie sah die Spreizer, die aus dem Brustkorb eines Toten ragten, und wandte sich ab. Seit Lucies Erkrankung konnte sie nicht mehr mit ansehen, wie die Rechtsmediziner ihrem Handwerk nachgingen.

Sie entdeckte auch eine kleinere, mit einem Tuch bedeckte Gestalt auf einem Tisch gleich daneben: die Tote aus dem Schaufenster, das junge, unbekannte Mädchen, das niemand vermisste.

Das Geräusch der Säge verstummte, als Professor Lorenz sie erkannte. Er schob sich das Visier des Schutzhelms nach oben und legte die Knochensäge auf den Beistelltisch.

»Sie auch noch? Ich sagte ihm doch schon, dass ich noch etwas Zeit brauche.« Die Stimme des Mediziners war das Knarren eines längst nicht mehr geölten Türbands.

»Ihm? Wovon sprechen Sie? Von Bodenfeld?«

Hinter Marie erklang ein zaghaftes Räuspern. Sie wandte sich um. Da war er: mit Überziehern über den Lederschuhen und einem weißen Kittel über dem perfekt sitzenden Anzug, der ganz nach englischer Maßarbeit aus der Savile Row in London aussah.

»*Parkov.* Ich hätte es mir ja denken können.«

»Guten Morgen, Frau Oberkommissarin.« Daniel Parkov nickte ihr zu. Er wirkte entspannt und ausgeruht und lehnte mit einer eleganten Lässigkeit an der rückwärtigen Wand, als sei er auf einer Konferenz für Herrenausstatter und nicht in einem gleißend hell erleuchteten Saal der Rechtsmedizin, kaum mehr als drei Meter von den Toten entfernt. »Würden Sie mich ein Stück begleiten, bis unser Professor seine Untersuchung abgeschlossen hat?«

Unser Professor.

»Einverstanden.«

Er warf Lorenz einen eindringlichen Blick zu. Lorenz erwiderte nichts und nickte bloß, was für ihn schon ein sehr ungewöhnliches Zeichen war.

Marie begleitete Parkov in den Nebenraum, in dem ein Obduktionstisch, blank geputzt und hell im Licht der Neonröhren schimmernd, vor ihnen stand und auf sein nächstes Opfer wartete.

»Parkov, Sie wissen, dass Sie hier alle Grenzen überschreiten? Ich darf das *eigentlich* nicht einfach hinnehmen.«

Er hielt ihr einen Ausweis unter die Nase. »Dies dürfte Sie zunächst beruhigen.«

Daniel V. L. Parkov, Erster Kriminalhauptkommissar
Forensische Psychologie, Operative Fallanalyse, Geiselbefreiung
Abteilung Schwere Serienkriminalität
Bundeskriminalamt Wiesbaden

»Sie sind tatsächlich wieder an Bord?«

»An Bord? Ich muss sagen, ich *mag* Ihren nautischen Wortschatz. Wer war es? Ihr Vater? Ein Onkel?«

»Mein Vater fuhr zur See.« Sie warf einen zweiten Blick auf den Ausweis. »Abteilung Schwere Serienkriminalität? Ich wusste nicht, dass das BKA dafür überhaupt zuständig ist.«

»Halten wir uns doch einfach nicht zu sehr an Einteilungen und exakten Abgrenzungen auf.« Er lächelte erneut, dieses Mal mit einer großen Portion Schalkhaftigkeit. »Ich habe diese

Abteilung praktisch erfunden. Bislang bin ich ihr einziger Mitarbeiter. Dürfte ich Sie um etwas bitten?«

»Ja«, erwiderte sie vorsichtig.

Er drehte sich um. »Die elenden Schnüre dieses Kittels. Ich bekomme sie einfach nicht zu. Wären Sie so freundlich?«

»Äh … okay«, sagte Marie. Sie band einen ordentlichen Knoten mit Schleife. »So.«

Parkovs unbeschwerte Art entsprach so gar nicht der Aussage des Spurensicherers Fischer, wonach ihn die dunkelsten Abgründe umgaben wie Motten, die vom Licht angezogen werden. Aber es war wohl zugleich nicht sein wirkliches Selbst, begriff sie, jedenfalls nicht in Gänze, nur eine Maske, die er aufgesetzt hatte. Wie sein Landhaus, nur umgekehrt: Dort verbarg er das gepflegte Innere hinter einer abschreckenden Fassade, hier versteckte er seine Seele hinter einer lächelnden Maske der Unbeschwertheit. Dahinter lag ein verletzter Kern, den sie in Parkovs Haus für einen kurzen Augenblick entdeckt hatte.

Er zog ein gefaltetes Blatt aus seiner Anzugtasche. »Vielleicht haben Sie es noch nicht mitbekommen: die Vermisstenmeldung des toten Mädchens. Ihr Name war Julia Ginski. Ihre Mutter hat sich vor einer Stunde völlig aufgelöst auf dem Revier gemeldet und den Beamten mitgeteilt, dass sie ihre Tochter seit zweieinhalb Tagen vermisst. Die Streife war dort, das Foto passt, der DNA-Abgleich läuft, die Mutter wird in Kürze hier sein.«

»Endlich.« Marie betrachtete das Foto, auf dem die Jugendliche mit dem Leichtsinn einer jungen Frau in ihrem Alter in die Kamera lächelte. Nicht mehr so unbeschwert, wie sie es vielleicht als Kind getan hätte – sie hatte wohl bereits Kontakt mit den Erschwernissen des Lebens –, doch auch noch nicht wie eine Erwachsene.

»Wie kommt es, dass wir davon noch nichts wissen?«

»Wer ist wir?«

»Ich bin mit Jörg Bodenfeld hierhergefahren.«

»Ah, Jörg Bodenfeld. Hervorragend.« Parkov legte die Fingerspitzen unterm Kinn aneinander. »Sagen wir so: Ich habe meine Quellen. Aber ich verspreche Ihnen, dass ich ab sofort die normalen Dienstwege beschreiten werde, was den Fluss von Informationen angeht. Zumindest, wenn sich ein anderes Vorgehen nicht als Notwendigkeit offenbart.«

»Gut zu wissen. Die Mutter ist also unterwegs, um sie zu identifizieren. Wurde sie schon vernommen?«

»Nein. Das werden wir übernehmen.«

»Wir? Parkov, sind Sie offiziell zuständig?«

»Nein. Nicht *offiziell*, auch wenn ich wieder im Dienst bin. Wenn ich Sie höflich darum bitte, Sie begleiten zu dürfen? Sie führen die Befragung, ich rühre mich nicht und schaue nur zu. Ich sagte bereits, ich will nur helfen.«

Marie seufzte. Sie konnte ihm den Zugang zu einer Zeugenbefragung ohnehin nicht verwehren, wenn er sich offiziell als BKA-Ermittler einschaltete. Und außerdem wollte sie es auch gar nicht. Wenn Parkov sein Handwerk noch immer beherrschte, wie er es damals getan hatte, war er kaum verzichtbar.

Das hier ist anders, erinnerte sie sich an seine Worte. *Marie, Sie werden das hier nicht allein bestehen können. Nicht auf die übliche Weise, nicht mit Ermittlungen wie gewöhnlich. Dafür ist er zu gerissen, zu gefährlich. Lassen Sie mich Ihnen helfen.*

»Gehen wir zurück zu Professor Lorenz. Sie dürfen mich begleiten, Parkov, aber Sie werden sich an eine Regel halten: Ich bin diejenige, die die Entscheidungen trifft, einverstanden?«

»Selbstverständlich.« Er deutete eine kleine Verbeugung an. »Es wäre mir eine Ehre.«

Er wandte sich um, doch Marie rührte sich nicht von der Stelle. »Parkov?« Sie verkniff sich, ihn ironischerweise *mein lieber Daniel* zu nennen. »Wir leben nicht mehr im letzten Jahrhundert. Vielleicht passen Sie Ihre Formulierungen an. Ist nur so eine Idee.« Sie lächelte, um ihren Worten die unbeabsichtigte Schärfe zu nehmen. »Auch wenn ich es als angenehm und höflich empfinde – diese Stadt ist aber weniger angenehm und höflich. Sie würden nur auffallen.«

»Ich verstehe. Ich war eine gewisse Zeit nicht mehr unter Menschen.«

»Ach, ich glaube, Sie werden sich schnell wieder eingewöhnen.«

»Hoffen wir es, Frau Winter. Hoffen wir es.«

Lorenz erwartete sie bereits. Er hatte die Leiche der jungen Frau mit einem Tuch bedeckt und faltete es ein Stück weit zurück, als sie näher kamen.

Das Opfer, dachte Marie und hörte in ihrem Kopf die Worte von Franz Gruber, ihrem alten, pensionierten Ausbilder bei der Kripo, als stünde er gleich neben ihr. *Merk dir eines, Marie: Wag es ja nicht, sie jemals Opfer zu nennen. Nenn sie bei ihren Namen. Für viele der Kollegen mögen es nur Opfer sein, die man abhandelt und hoffentlich vergisst, wenn die Akte geschlossen und abgelegt ist, aber für irgendwen da draußen waren diese Menschen die besten Freunde, die Väter oder Söhne, die Mütter oder Töchter, die Frauen oder Geliebten, die Kollegen oder ärgsten Feinde. Also nenn sie beim Namen und nicht nur Opfer.*

Julia Ginski, dachte sie, während sie sich ein wenig des mentholhaltigen, geruchsunterdrückenden Balsams unter die Nase strich, das die Rechtsmediziner stets für ihre Kripokollegen bereithielten.

»Die Mutter ist oben«, sagte Lorenz. »Ich weiß nicht, was die Streife zu ihr gesagt hat, aber ich hörte, dass sie es nicht – Überraschung! – besonders gut aufnimmt.«

»Sie sind ja wieder lustig drauf, Lorenz. Sagen Sie uns, was mit ihr passiert ist.« Marie sah sich nach Parkov um, doch der BKA-Hauptkommissar hielt sich, ganz wie er versprochen hatte, im Hintergrund.

»Ich mache es einfach, damit die anwesenden Laien meine Erkenntnisse nachvollziehen können: Sie starb nicht in diesem Schaufenster. Als er sie dort abgelegt hat, war sie etwa fünf Stunden tot. Zuvor hat man sie gezwungen, sich die Schnitte, mit denen ihr Körper übersät ist, größtenteils selbst zuzufügen. Sie war am Leben, und sie musste sich all dies antun, über etwa fünfzehn, sechzehn Stunden hinweg. Ich schätze sie auf etwa siebzehn Jahre.«

Marie schluckte. Das Menthol ließ ihre Nase laufen und ihre Augen tränen, doch vertrieb es wenigstens etwas von dem Geruch, der wie ein schwerer Nebel in der Luft hing. »Den Schnitt an ihrer Kehle auch?«

»Das war der letzte und tiefste, der ihr vom Täter selbst zugefügt wurde. Sie starb schließlich am Blutverlust. Etwa vier bis fünf Stunden bevor er sie in der Schaufensterauslage platziert hat. Übrigens: Post mortem hat er ihr Herz entfernt.«

»Gott, nein.« Marie blickte auf die schmächtige Gestalt unter der weißen Decke hinab. Also gab es einen Grund, warum sie auf dem Bauch gelegen hatte. Er hatte seinen zweiten Schrecken für denjenigen zurückbehalten, der sie umdrehen würde. Isabelle hatte vermutlich doch damit recht, dass er sie schockieren wollte.

»Wenn ich von *entfernt* spreche, dann nicht in einer Weise, wie man es in der Rechtsmedizin tun würde. Das Entfernen war weit weg von allen fachlichen Standards. Er hat es *herausgesäbelt*. Mir lag vor wenigen Minuten ein Begriff auf der Zunge, der diese Sache treffend umschreibt …«

»Spielen Sie nicht den Silbenstecher.« Parkov hatte die Arme vor der Brust verschränkt. »Kommen Sie zum Punkt.«

»Wie ein Leser von medizinischen Fachbüchern, der jedoch noch nie ein Skalpell und eine Säge in der Hand gehalten hat.

Ein Theoretiker ohne Praxiserfahrung, und in dem Augenblick, in dem er bemerkt, dass all seine Theorie nicht ausreicht, dreht er durch und schneidet wie ein Wilder drauflos.«

»Spuren?«

»Jede Menge. Fingerabdrücke auf der Haut, aber es sind ausschließlich ihre eigenen. Sie muss gefroren und sich die Arme um den Körper geschlungen haben. Fesselspuren an ihren Handgelenken, Rückstände von Fasern, einem Hanfseil, das er überall gekauft haben kann, und von einer Art sehr großem Seesack, in dem man sie vermutlich transportiert hat. Keine Haare, keine DNA-Rückstände, auch nicht unter ihren Nägeln. Sie wurde nicht vergewaltigt. Dennoch waren ihre letzten Stunden ein Martyrium, das ich mir kaum ausmalen möchte.«

»Höchst interessant«, sagte Parkov mit leiser Stimme. »Er hat sie auch gebissen, wenn ich mich nicht irre. Das ist ungewöhnlich.« Lorenz warf dem BKA-Ermittler einen irritierten Blick zu. Marie wartete auf einen zweiten Kommentar, doch Parkov hatte sich offenbar entschlossen zu schweigen.

Professor Lorenz räusperte sich. »Korrekt. Die DNA aus der Wunde wird gerade analysiert, aber das dauert noch. Das Gebiss deutet auf einen jüngeren Mann hin, etwa zwanzig bis dreißig Jahre alt. Der linke obere Schneidezahn ist etwas verdreht, aber zitieren sie mich da nicht. Das muss sich ein Spezialist ansehen.«

Marie notierte sich in Gedanken, einen Zahnforensiker hinzuziehen. »War sie Jungfrau? Sie sagten, sie sei nicht vergewaltigt worden.«

»Das ist korrekt, ich konnte weder eine vaginale noch eine anale Penetration feststellen.« Für den Blick, den ihr Lorenz zuwarf, hasste ihn Marie noch mehr als sonst. »Aber sie war auch keine Jungfrau mehr.«

Marie tauschte einen Blick mit Parkov. »Was soll das? Eine Siebzehnjährige ohne ein sexuelles Motiv zu töten? Ergibt nur wenig Sinn.«

»Wer sagte denn etwas von einem sexuellen Motiv?«

»Haben Sie eine bessere Idee?«

Parkov schüttelte den Kopf. »Im Moment nicht.«

»Wie bringt man ein siebzehnjähriges Mädchen dazu, sich selbst zu verletzen? Und das auch noch über Stunden hinweg.« Marie schüttelte den Kopf. »Das ist doch verrückt.«

»Denken wir in Kategorien jenseits des gewöhnlichen Wahnsinns«, sagte Parkov. »Er hat sie gezwungen, sich das selbst zuzufügen. Sie hat dem Folge geleistet, weil er ihr gleichzeitig entweder angedroht hat, ihr oder einem ihr lieben Menschen wesentlich Schlimmeres zuzufügen – vermutlich konnte sie zu diesem Zeitpunkt noch davon ausgehen, dass sie lebendig aus der Situation entkommen könnte –, oder aber, weil er ihr versichert hat, dass er sie gehen lässt, wenn sie tut, was er von ihr verlangt. Sie war zutiefst verängstigt.«

Marie nickte. »Bitte weiter, Professor.«

»Eine Sache, aber etwas durchaus Ungewöhnliches.« Professor Dr. Lorenz hielt Marie ein kleines Plastikkästchen unter die Augen. Im Inneren des Kästchens lagen kleine goldene, rote und silberne gezackte Sterne, kaum einen Fingernagel groß.

»Auf ihren Fußsohlen. Weihnachtsdekoration, kleine Schneeflocken.«

»Was ist daran ungewöhnlich?«

»Das Kaufhaus hat diese hier nicht verwendet. In der Schaufensterauslage, in der man sie auffand, gab es nicht einen einzigen von ihnen, das habe ich mit Ihren Kollegen vom Erkennungsdienst abgeklärt.«

»Als wäre sie durch ein Meer von bunten Schneeflocken gegangen.« Parkov trat zum Kopfende und sah der Toten lange ins Gesicht. Dann beugte er sich vor und öffnete den Mund des Mädchens. Marie sah, dass er ein Paar Handschuhe trug, die die Rechtsmediziner verwendeten.

»Ihre Zähne befinden sich in einem bemerkenswert schlechten Zustand«, sagte er. »Was ist mit ihrem Mageninhalt?«

»Ach ja. Ihr Magen. Nun, es ist nicht besonders ungewöhnlich …«

»Professor Lorenz, bitte. Sagen Sie uns nur, was Sie gefunden haben«, erwiderte Marie. »Die Beurteilung treffen wir.«

»Schokolade. Eine ganze Menge Schokolade. Sie muss bis zu ihrem Tod davon gegessen haben, und zwar über längere Zeit hinweg.«

»Wieso dachten Sie, dass es nicht besonders ungewöhnlich sei?«

»Wir haben Weihnachtszeit. Die Leute essen nun mal gerne ihre Schokosachen.« Mehr sagte er nicht.

»Und ihre Zähne? Was ist mit ihren Zähnen?«

»Wie soll ich es nennen? Mangelnde Hygiene? Jedenfalls liegt eine Karies vor, die über eine relativ kurze Zeit schnell gewachsen ist. Vielleicht sollten Sie ihre Mutter zu ihrer Zahnhygiene befragen.«

»Wie schnell kann das passieren?« Marie blickte von Lorenz zu Parkov, der nun auf seinem Mobiltelefon herumtippte. »Dass sich der Zustand dermaßen verschlechtert?«

»Nicht schnell. Wir sprechen nicht von ein paar Tagen, sondern von Wochen.«

»Hat die Blutuntersuchung Ungewöhnliches ergeben?«

»Ja. Erhöhter Blutzucker. Sie war nicht zuckerkrank, wäre es aber in Kürze geworden, wenn sie sich weiter dermaßen ernährt hätte.«

Marie blickte auf die junge Frau hinab. *Was ist nur mit dir geschehen?*

»Sie hat freiwillig Schokolade in diesen Mengen gegessen? Wieso sollte sie das tun?«

Lorenz zuckte mit den Schultern. »Das weiß ich nicht.«

Parkov räusperte sich. Offenbar hatte er beschlossen, doch noch etwas zu sagen. »Verraten Sie mir, Professor, abgesehen von diesen zahlreichen Misshandlungsspuren, die sie sich Ihrer Meinung nach selbst zugefügt hat, war da noch mehr?«

»Bitte?«

»Ältere Verletzungen.«

Marie begriff, worauf Parkov hinauswollte. »Anders gesagt, können Sie feststellen, ob Julia früher misshandelt wurde?«

»Nun, in der Tat. Ich fand einen alten Knochenbruch. Linker Unterarm, Elle. Ein paar Hämatome am Oberschenkel, die länger zurückliegen. Aber das muss nicht bedeuten …«

»Muss nicht, doch es kann.«

»Noch was?«

»Nein. Ich bin hier fertig. Sie haben den Bericht bis heute Mittag, mit Ausnahme des Gebissbefunds.«

»Danke, Professor.« Verwundert über die neu gewonnene Arbeitsgeschwindigkeit des Rechtsmediziners warf sie Parkov einen Blick zu, doch der hatte sich bereits dem Ausgang zugewandt.

»Gehen wir, Frau Winter.« Parkov warf die Überziehhandschuhe in den Abfalleimer und hob die Brauen, als er Lorenz eine Wurststulle auspacken sah, die der Rechtsmediziner in aller Ruhe zu essen begann. »Wir haben alles, was wir wissen müssen. Er hat soeben seinen ersten Fehler begangen.«

18.

»Kein Mädchen ihres Alters isst so viel Süßes, dass seine Zähne sich dermaßen verschlechtern. Das ist nicht normal.«

»Sie wurde dazu gezwungen.« Parkov ging den weiß gekachelten Korridor entlang. Er entledigte sich des Kittels, indem er ihn einfach über den Kopf zog, ohne die Schnüre zu öffnen, die Marie so sorgfältig für ihn gebunden hatte. »Wir werden uns jetzt mit ihrer Mutter unterhalten. Nur zweieinhalb Tage verschwunden bei diesem Gebissbefund? Das ist wahrscheinlich eine Lüge. Es sei denn …«

»Parkov, warten Sie!«

Als sie ihn einholte, war er bereits im Wartesaal oben angekommen und hatte sich in seinem langen Mantel wie ein großer schwarzer Schatten vor der Frau aufgebaut, die verängstigt vor ihm hockte.

»Marta Ginski«, sagte Parkov.

»H-Hallo«, sagte die Mutter der Toten, eine Frau mit kantigem, müdem Gesicht und grauen Strähnen in ihrem blonden Haar. Dasselbe Haar wie das ihrer Tochter. »Sind Sie von d-der Polizei?«

»Genau«, erwiderte Parkov mit unnachgiebiger, harter

Stimme. Marie begriff in diesem Augenblick, dass er es gewohnt gewesen war, Verdächtige reihenweise zu verhören und zu brechen. Sie hörte es an dem Tonfall, der sprödem Eisen glich, das eher selbst brach, als sich zu beugen. »Woher hatte Ihre Tochter die Schokolade?«

Die Mutter starrte Parkov ins Gesicht. Ihre Unterlippe zitterte, ihr Blick huschte wieder und wieder in Richtung Boden. *Sie lügt*, dachte Marie und wusste, dass Parkov es ebenfalls bemerkte.

Und zugleich sah sie in der Frau sich selbst. Erschüttert, am Boden zerstört. Von der Welt in ihrer Brutalität überrollt. Wie sie selbst, nachdem sie den Finger gekrümmt und ihre Dienstwaffe das Leben ihres Mannes beendet hatte, weil ihr keine andere Wahl geblieben war. Weil nichts geschehen war, wie es hätte geschehen sollen. Weil die Welt am Ende eine kalte war – hart, grausam und unnachgiebig wie Eisen.

»Sagen Sie mir, was mit ihr geschehen ist. Sagen Sie mir sofort, was Sie wissen! Jemand hat Ihre Tochter gezwungen, Schokolade zu essen, über Wochen hinweg, und Sie haben zugesehen! Lügen Sie nicht! Keiner Mutter wäre entgangen, was mit Ihrer Tochter geschehen ist! Sie fahren in den Bau, Ginski, und man wird Sie dort nicht mit offenen Armen empfangen.«

Parkov war in diesem Augenblick das Ebenbild dieser Welt. Auch er war grausam, hart und unnachgiebig wie das Eisen, das vor Jahren sein Herz umschlossen hatte. Marie berührte seinen Arm.

»Sie machen ihr Angst, Parkov«, sagte sie. »Schluss damit.«

Der BKA-Hauptkommissar richtete sich auf. Innerhalb weniger Sekunden war er wieder er selbst, sein altes, gefasstes Ich, das nichts und niemand berühren konnte. »Übernehmen Sie, Winter. Ich habe mich vergessen.«

Er machte kehrt und ging hinaus. Marie ließ sich neben der aufgelösten Mutter in den knarrenden, harten Stuhl sinken und nahm den Digitalrekorder aus der Manteltasche. »Ich werde dieses Gespräch aufzeichnen, wenn Sie einverstanden sind. Helfen Sie mir, Frau Ginski. Können Sie das? Wollen Sie mir helfen?«

Sie nickte. Eine schwere, silbrige Träne rollte über ihre Wange. »J-Ja. Ich wollte … wollte *nie* … dass ihr etwas geschieht.«

»Ich kann Ihnen nicht versprechen, dass Ihnen keine Konsequenzen drohen, wenn Sie uns tatsächlich etwas verheimlichen. Aber ich versichere Ihnen, dass ich alles daransetzen werde, um diejenigen zur Strecke zu bringen, die ihr das angetan haben.«

Sie nickte wieder. Ihre Hand fuhr zu ihrer Wange, wischte die Tränen fort und fiel zurück in ihren Schoß, erschlafft, müde, leer. »Sie hat einen Mann getroffen«, sagte Ginski heiser, »und er hat ihr Geld gegeben. Viel Geld. *Gutes* Geld. War oft bei ihm. Ihr Freund.«

»Ihr Freund? Wie ihr *fester Freund*?«

»V-Vielleicht. Sie hat nie viel über ihn gesprochen.«

»Können Sie mir diesen Mann beschreiben? Seinen Namen nennen?«

Ginski schüttelte heftig ihren Kopf, und die grauen Strähnen flogen hin und her. »Kenne Namen nicht. Nie gesehen.«

»Ist Ihre Tochter von dem Mann bedroht worden? Hat sie etwas gesagt, das sie sonst nicht erwähnt hätte? Hat sie sich anders verhalten? Wollte sie eines Tages nicht mehr zu ihm gehen?«

»Weiß nicht … sie … sie … *ich* wollte nicht, dass sie geht. Aber sie …«

Marie wartete, bis die Frau ihre Worte gefunden hatte.

»Sie ist aus irgendeinem Grund doch gegangen.« Ginski seufzte. »Sie war zu alt und wollte nicht auf ihre Mutter hören.«

»Wir werden das Zimmer Ihrer Tochter in Augenschein nehmen müssen.« Marie sah zum Fenster des Wartesaals, das in Richtung Straße ging. Sie sah Parkov, der dort stand, das Mobiltelefon ans Ohr hielt und hineinsprach.

»Ist gut.«

»Was ist mit Julias Vater?«

»Er ist in Polen. Nicht hier.«

»Sein Name?«

»Piotr.«

»Hatte Julia vorher schon einmal einen Freund?«

»N-Nein.«

»Frau Ginski, Sie sagten den Kollegen, Ihre Tochter werde seit zweieinhalb Tagen vermisst. Sie wurde jedoch erst gestern Morgen tot aufgefunden. Wo war sie in der Zwischenzeit? War sie wieder bei dem Mann, von dem Sie sprachen?«

»Ich weiß n-nicht. Ihr Zimmer war leer … es war leer, und sie kam nicht zurück.«

»Wieso haben Sie das Verschwinden erst heute gemeldet? Sie haben über zwei Tage verstreichen lassen.«

»Julia war häufig über das Wochenende fort. Ich dachte mir nichts dabei. Sie hat sich nicht mal verabschiedet … wollte wieder zu *ihm*, aber ich schrie sie an: Geh nicht … das war das letzte Mal, dass ich sie gesehen habe.«

»Besaß Ihre Tochter ein Mobiltelefon?«

»Sicher. Aber es ist weg. Ich weiß nicht … weiß nicht, wo es ist.«

Marie zog ihr kleines Notizbuch aus der Manteltasche. »Bitte geben Sie mir die Handynummer Ihrer Tochter.«

Marta Ginski nannte ihr die Nummer.

»Sind Ihnen die Zähne Ihrer Tochter aufgefallen?«

»Nein.« Ihr Blick ging unbewusst nach links und oben, als sie das für Halbwahrheiten und Lügen zuständige Gehirnareal benutzte. Sie log, und ihr Körper reagierte, ohne dass sie es bemerkte. Marie hatte die unterbewusste Geste schon so häufig in Vernehmungen gesehen, dass sie wusste, womit sie es zu tun hatte.

»Sie haben nichts bemerkt? War Ihrer Tochter häufig schlecht? Hat sie sich unwohl gefühlt, nachdem sie zurückkam? Gab es Probleme in ihrer Schule?«

»Sie war immer eine gute Schülerin! Immer. Keine Probleme, nie. Sie wollte Abitur machen.«

Sie log. Vielleicht würden Julias Klassenkameradinnen mehr wissen, vielleicht ein Lehrer.

»Hatte Ihre Tochter Feinde?«

Die Mutter schüttelte energisch den Kopf. »Nein. Niemand, von dem ich wusste.«

»Wo waren Sie in der Nacht von Sonntag auf Montag?«

»Im Bett, wo sonst? Ich habe geschlafen.«

Marie klappte ihr Notizbuch zu. »Wir werden Sie aufs Revier laden, wo Sie eine offizielle Aussage machen müssen. Bitte halten Sie sich bereit. Auf Wiedersehen, Frau Ginski.«

Marie ging hinaus, doch der leere, stumpfe Blick in den Augen der Mutter, die ihre Tochter für immer verloren hatte, verfolgte sie noch lange Zeit.

Parkov ließ das Handy sinken, als Marie herauskam. Sie sah, wie er sie aus blassblauen Augen musterte. Er hatte den langen Mantel bis zum Hals zugeknöpft, was ihn noch mehr wie eine aus einem Roman entsprungene Schauergestalt erscheinen ließ.

»Julia Ginski traf sich mit einem Mann, doch ihre Mutter weiß nicht, wer er ist. Sie sagt uns mit Sicherheit nicht alles, was sie weiß, verheimlicht uns einiges. Die Spur ist gut. Wir sollten ihr Zimmer in Augenschein nehmen, die Lehrer ihrer Schule befragen und ihr Handy orten. Und jemand muss überprüfen, was mit Ginskis Mann los ist, der sich in Polen aufhalten soll.«

»Die Schokolade«, sagte Parkov, »bereitet mir Sorgen.«

»Inwiefern?«

»Er muss sie ihr gegeben haben. Er zwang sie, die Süßigkeiten zu essen. Aber das ist es nicht, was mich stört: Wieso wählt er Schokolade? Wieso lässt er sie eine ganze Zeit lang für Geld zu sich kommen und tötet sie erst dann? Zwingt sie auch noch, sich selbst zu verletzen …«

»Es gab kein sexuelles Motiv.«

»Nein.«

»Und am Ende entnimmt er ihr Herz.«

»Sie sehen müde aus, Marie. Ich werde Sie zu Ihrer Dienststelle zurückbringen.«

Parkov steuerte auf einen schwarzen Wagen zu, der am Straßenrand im Halteverbot parkte. Ein Bentley Continental GT, erkannte Marie – eben der Wagen, der sie und Bodenfeld an der roten Ampel überholt hatte. Verblüfft hielt sie inne. »Das ist Ihrer?«

»Nur ein fahrbarer Untersatz.«

»Dieses Mal halten wir uns an die Verkehrsregeln?«

Ein Schmunzeln schlich sich auf Parkovs Miene. »Aber natürlich, meine Liebe.«

Die Dienstbesprechung fand um halb zehn statt. Der Saal, in dem sie sich trafen, war mit einem Projektor ausgestattet, der sämtliche Nachrichten auf die Leinwand projizierte, die ihnen der Dezembermann bisher gesandt hatte.

Marie hatte sich von Parkov verabschiedet – was der BKA-Hauptkommissar vorhatte, wusste sie nicht, wenngleich er kryptisch angedeutet hatte, dass sie sich schon sehr bald wiedersehen würden. Ein einfaches Frühstück in der Uniklinik folgte, eine halbe Stunde am Bett ihrer Tochter. Lucie schlief, doch um ihre Augen zeigten sich tiefe Ringe der Erschöpfung.

Als Marie zur Konferenz stieß, waren etwa fünfzehn Personen anwesend, die alle mehr oder weniger mit dem Fall Dezembermann zu tun hatten – etwa ein Viertel des Fachkommissariats 11. Neben Franz Leland, Jörg Bodenfeld, Isabelle Odinsdottir, Heinz Adler und Thomas Grün von der Mordkommission 1 waren auch Herbert Fischer und einer seiner Kollegen von der Spurensicherung da. Fischer und Adler sahen aus, als würden sie Zitronen kauen. Der Grund dafür stand vor den mit Jalousien verdeckten Fenstern: Parkov, der auf seinem iPhone tippte.

Oh, das wird wirklich interessant.

»Marie, ist alles in Ordnung mit Lucie?« Isabelle war ehrlich besorgt.

»Keine Veränderung.« Sie nahm neben ihr Platz.

»Fangen wir an.« Leland hatte offenbar beschlossen, Parkov zu ignorieren. »Die Nachrichten. Drei Stück, die erste am Morgen nach Julia Ginskis Tod. Nummer zwei: unter Lucie Winters Kopfkissen. Nummer drei: die Nachricht an Daniel Parkov, fünf Jahre alt. Ich nehme an, ich muss den anwesenden Herrn nicht vorstellen.«

Leland drückte eine Taste auf seinem Notebook, woraufhin der Projektor einen Bluescreen auswarf.

»Ach, Mist. Kann jemand das hier richtig machen?«

»Ich mach das schon.« Bodenfeld schnappte sich das Notebook.

»Setzen Sie sich hin, Parkov. Setzen Sie sich und nerven Sie mich nicht mit diesem Handy.«

»Natürlich, Franz.« Parkov zog einen Stuhl heran und nahm Platz. »Ich muss sagen, der Sitzkomfort ist seit meinem letzten Aufenthalt nicht besser geworden.«

»Witzig«, erwiderte Fischer. »Sehr witzig.«

»Streitet euch nicht«, sagte Isabelle. »Bitte, Leute. Werft diese Sachen über Bord, wenigstens so lange, bis wir ihn haben.«

»Vielleicht sitzt er doch genau dort.« Fischer zeigte auf Parkov. »Vielleicht ist er in den letzten fünf Jahren irgendwann auf die andere Seite gewechselt. Vielleicht war es einfach nicht mehr genug, nur Fälle zu lösen! Hm, Spinner, hat der Kick dir nicht mehr genügt?«

»Herbert!«, riefen Marie und Isabelle zugleich.

»Der letzte Kommentar dieser Art«, sagte Leland mit kühler Stimme. »Der letzte, Fischer.«

»Ja, ja.«

»So.« Bodenfeld hatte das Notebook dazu gebracht, wieder ein Bild auszuwerfen. »Läuft. Hier sind seine Botschaften.«

> An Marie A. Winter
> Du hast also mein Ausstellungsobjekt entdeckt. Hat es dir gefallen? Ich hoffe es. Sie wird nicht die Einzige bleiben.
>
> Achtzehn Tage, Marie. Bis dahin gibt es viele Geschenke – und am Ende das größte von allen.
>
> Sucht Daniel Parkov. Vielleicht ist er der einzige Gegner, der mich stellen kann. Der Einzige, der mir würdig ist. Sucht ihn schnell, ehe es zu spät ist, und sagt ihm, Suzann war eine Huhre. Ihr hat es gefallen.
>
> PS: Siehst du das Licht, Marie? Siehst du das Licht?
>
> Der Dezembermann

»Kommentare? Anmerkungen?« Leland sah von einem zum anderen. »Schlaue Ideen?«

»Er nennt die Tote ein Ausstellungsobjekt«, sagte Bodenfeld. »Er sieht sie nicht mehr als ein menschliches Wesen. Und dann dieses *Hat es dir gefallen*, er verhöhnt uns. Er verhöhnt dich, Marie, er versucht, dich auf seine Ebene hinabzuziehen, indem er dir diese Frage stellt.«

»Die Nachricht ist viel zu kurz, als dass wir irgendetwas Sinnvolles daraus schließen können.« Isabelle schüttelte ihre lange blonde Mähne. »Einzig der Schreibfehler – Hure mit zwei H – fällt ins Auge. Und natürlich die Sache mit dem Licht. Was hat es damit auf sich, Marie?«

Sie räusperte sich. »Das war ein alberner Witz zwischen Erik und mir, aus der Zeit, als wir zusammen durch Kanada gereist sind. Ist das relevant?«

Isabelle beugte sich zu ihr und berührte ihren Arm. »Sag du es uns.«

»Relevant ist nur, woher der Dezembermann von diesem Witz eines verlobten Paares wusste.« Parkov blickte zu den Fenstern hinüber, die auf den Parkplatz und ein hohes Mietshaus gegenüber hinausgingen. »Ich würde sogar sagen, dies ist von *allerhöchster* Relevanz.«

»Ich weiß es nicht.«

»Es hat keinen Sinn, dass ich meine Theorie den Kollegen verschweige«, sagte Parkov ruhig. »Es tut mir leid, Frau Winter.«

»Nein, nein, schon gut.«

Parkov berichtete, was er ihr selbst am Vorabend erklärt hatte. Seine Theorie, dass der Angriff ihres Mannes auf sie und ihr ungeborenes Kind mit dem Wirken des Dezembermannes in Verbindung stand.

Bodenfeld war fassungslos, Fischer schnaubte, und Heinz Adler starrte Parkov an, als hätte der gerade vorgeschlagen, die Paulskirche in die Luft zu jagen. »Haben Sie«, Leland räusperte sich, doch seine Stimme war noch immer belegt, als er fortfuhr, »irgendeinen Beweis für diese Theorie?«

»Nein. Daher nenne ich sie auch nur eine Theorie.«

»Wie kommen Sie dann auf diesen Unsinn?«, rief Adler. »Das ist doch absurd!«

»Es gibt Anhaltspunkte, dass Sebastian Häusser, der selbst ernannte Vogelfänger, von einem Mann indoktriniert wurde, der nie gefasst wurde. Eine zweite unbekannte Person im Hintergrund. Genauso kann das mit Erik Winter geschehen sein.«

»Häusser hat das behauptet«, sagte Bodenfeld, »aber Ermittlungen in diese Richtungen haben nie …«

»… etwas ergeben«, ergänzte Parkov. »Das ist mir bewusst. Doch der Dezembermann gab selbst zu, dass er mit Häusser Kontakt gehabt hatte, er sprach von seinem *Geschöpf* in seiner einzigen Botschaft, die an mich gerichtet war. Eine Verbindung zwischen Erik Winter und dem Dezembermann gibt es offenbar nicht, ich bin jedoch überzeugt, dass sie existiert, irgendwo da draußen, verborgen vor unseren Augen. Das, liebe Kollegen, ist sein Modus Operandi: Er stiftet an, kontrolliert, das Töten überlässt er anderen. Ich selbst habe, als ich von seinem neuen Brief und dem Mord an Julia Ginski erfuhr, mögliche Verbindungen zwischen Häusser, Winter und den Ginskis überprüft. Nichts, auch nicht in den internationalen Datenbanken.«

»Weil es keine Verbindung gibt!«, rief Adler. »Winters Mann angestiftet von einem Serientäter? Das ist doch absurd!«

»Wer sagt überhaupt, dass es ein Serientäter ist? Ginski ist die einzige Tote, die auf diese Weise mit dieser Täterhandschrift aufgefunden wurde.« Bodenfeld schüttelte den Kopf.

Marie schloss die Augen, als ihre Kollegen und Parkov sich über den Tisch hinweg angifteten. Schließlich schlug sie mit aller Wucht mit der Hand auf die Tischplatte. »Genug!«

Stille. Das Geräusch einer fallenden Stecknadel wäre in diesen Sekunden kaum weniger erschreckend gewesen als ein Schuss während einer Andacht.

Bodenfeld senkte beschämt den Blick, Parkov wirkte mitgenommen, Adler wütend. Lelands Miene war ein einziges Fragezeichen. Isabelle hingegen musterte die Männer ungehalten.

»Ich bin diejenige, die seit diesem verfluchten Tag mit der Erinnerung leben muss«, sagte Marie mit rauer Stimme. Sie fühlte sich elend. Für den Moment eines Herzschlags sah sie ein Messer im Licht funkeln, ein Messer an einem kalten Morgen, sah Wasser über ihre blutverschmierten Finger laufen. Sie blinzelte, holte tief Luft und wandte sich Leland zu. »Parkov sagt, es ist nur eine Theorie. Er sagt, es gebe einen Zusammenhang. Irgendwoher muss dieser Mann«, sie deutete in Richtung des projizierten Briefs, »dieses Wissen doch herbekommen haben. Von mir hat er es nicht. Sonst wusste es niemand außer Erik.«

Die Stille hielt noch immer an.

»Es war ein Fehler«, sagte Parkov dann. »Ich hätte nicht damit anfangen sollen.«

»Es war kein Fehler. Es ist immens wichtig.«

»Wenden wir uns bitte wieder den Nachrichten zu«, sagte Leland.

»Achtzehn Tage, Marie. Bis dahin gibt es jeden Tag ein Geschenk – und am Ende das größte von allen«, zitierte Bodenfeld. »Ich denke, die beste Möglichkeit, ihn zu schnappen, ist, ihn gleich beim Abliefern seiner Botschaften zu stellen, ihn oder seinen Boten. Mit jedem Geschenk wird es schwieriger für ihn werden, unentdeckt zu bleiben.«

»Das ist nicht völlig korrekt. Nicht im Fall eines Serienverbrechers. Er lernt mit jeder neuen Tatbegehung dazu, lernt, alte Fehler zu vermeiden. Und außerdem sprechen wir von keinem gewöhnlichen Täter.« Parkov warf Marie einen Blick zu, der fast schon entschuldigend wirkte. »Wie Frau Winter den Kollegen bereits gestern Nacht mitteilte, haben wir Geschenk zwei erhalten, als sie mich zur Befragung aufsuchte.« Er warf einen Blick in die Runde, die Reihe angespannter Mienen, die ihn musterte. »Die wenigsten kennen den Ort. Wir kamen zu dem Schluss, dass er ihr gefolgt sein muss.«

Marie erinnerte sich an seine Worte: *Ich fürchte, er hat einen Zugang, eine Quelle, von der wir nichts wissen*, und bemerkte die eindringlichen Blicke, die Parkov den anderen zuwarf. Taxierend waren sie, abschätzend. Nur Leland selbst kannte die Adresse, dies hatte Parkov ihr gegenüber zugegeben.

»Die neuesten Untersuchungsergebnisse von Lucie«, sagte Bodenfeld. »Das wissen wir.«

»Habt ihr die Videoüberwachung der Klinik geprüft? Konnten die sich erklären, wie er an die Unterlagen gekommen ist?«

»Ja. Es gab einen größeren Notfall am Abend, da könnte er tatsächlich einfach hineinspaziert sein und sich die entsprechenden Unterlagen besorgt haben. Auf den Videobändern ist aber niemand zu sehen, der im fraglichen Zeitraum plus/minus einiger Stunden hinein- oder hinausgeht.« Isabelle schrieb auf das Whiteboard unter die Eintragung von Tag eins: Tag zwei – Geschenk, Untersuchungsergebnisse Lucie Winter. »Das bedeutet, er muss früher hineingegangen sein, früher hinein und später hinaus. Mit größeren Besucher- und Patientenmengen während des Tages. Die andere Möglichkeit ist, dass er sich über einen der Nebeneingänge reingeschlichen hat. Zufällig war dort eine Kamera ausgefallen, die ganze Nacht lang.«

»Die ganze Nacht?« Leland sah alarmiert auf. »Das wäre aber ein großer Zufall.«

»Die Kliniktechnik gab zu Protokoll, dass das leider völlig normal sei bei den etwas veralteten Systemen.«

»Wir werden ihn nicht auf diesem Weg aufspüren können. Unter gewöhnlichen Umständen hätte Bodenfeld recht, dass wir ihn beim Überbringen einer seiner Nachrichten stellen könnten«, sagte Parkov. »Aber nicht hier. Ich bin mir sicher, dass uns der Dezembermann seine künftigen Mitteilungen auf eine Weise zukommen lässt, die keine Rückschlüsse zulassen wird. Denken wir an die Blumenlieferung.«

Leland blätterte durch die Seiten seiner Kopie des Untersuchungsberichts, den sie aus der Rechtsmedizin erhalten hatten. »Parkov, Sie jagen diesen Mann seit fünf Jahren. Vielleicht bringen Sie uns auf den aktuellsten Stand. Aus dem hier«, er tippte auf den Bericht, »werde ich nicht schlauer. Er ist eiskalt und berechnend, geht ein hohes Risiko ein, in einem Schaufenster in der Innenstadt herumzuschleichen, ist aber zugleich auch impulsiv, was die Entfernung des Herzens der kleinen Ginski und die Bissspuren angeht. Darüber hinaus existiert kein sexuelles Motiv. Wie passt das zusammen?«

Isabelle Odinsdottir fügte hinzu: »Und wie passt der Mord an Ginski mit den sexuell motivierten Morden des Vogelfängers zusammen, wenn dieser tatsächlich von einem unbekannten Dritten, Dezembermann genannt, angestiftet wurde?«

Parkov legte die Fingerspitzen unter seinem Kinn aneinander, was ihn besonders nachdenklich aussehen ließ. »Der Mann, der Julia Ginski ermordet hat, muss nicht zwangsläufig der Dezembermann selbst sein. Ich halte das sogar für äußerst unwahrscheinlich. Sein Modus Operandi war und ist noch immer derselbe. Wenn er ihn verändern würde, könnten wir seiner ohnehin nicht habhaft werden. Er bedient sich anderer Verbrecher, agiert durch Dritte. Häusser war der klassische Sexualtriebtäter, gesteuert vom Trieb und dem Drang, seine Vorstellungswelt zu verwirklichen. Der Vogelfänger sagte mir in den Vernehmungen, dass er auf Geheiß eines Mannes handelte, der ihn, und das wissen Sie, ausgebildet hat. Ich wiederhole: *ausgebildet*. Das war der Begriff, den Sebastian Häusser mir gegenüber verwendet hat. Wir haben keinen einzigen Mord, den wir nicht ihm, sondern seinem ›Lehrer‹ zuordnen könnten. Er sagte, dieser Fremde hätte ihm alles beigebracht, was er wissen musste, um der Polizei nicht vorzeitig in die Hände zu fallen. Und vorzeitig bedeutete, nicht, ehe nicht alles bereit war.«

Leland nickte. »Diese Aussage ist uns bekannt.«

»Worauf wollen Sie hinaus, Parkov?«

»Ich glaube, der Dezembermann war fünf Jahre verschwunden, weil er einen neuen, geeigneten Schüler gesucht hat. Jetzt hat er ihn gefunden, ihn hinreichend für seine Zwecke indoktriniert. Deshalb ist der Mord an Julia Ginski nicht die Tat des Dezembermannes, sondern die seines neuen Schülers.«

19.

Für einen Augenblick herrschte Stille im Konferenzsaal. Unten auf der Straße jagte ein Funkstreifenwagen mit eingeschalteter Sirene zwischen dem Verkehr hindurch.

»Blödsinn. Serientäter bilden doch niemanden aus.« Fischer schüttelte energisch den Kopf. »Das ist absurd.«

»Der Dezembermann ist weit mehr als ein einfacher Serientäter. Das Bild, das ich mir bisher von ihm machen konnte, zeigt mir einen Komponisten des Bösen, einen Architekten des Verderbens. Nichts von dem, was er tut, ist zufällig, nichts ungeplant. Seine Handlungen zielen auf einen einzigen Zweck ab: das Grauen in dieser Welt zu mehren. Wenn er zuschlägt, was immer er orchestriert, die Welt wird danach ein dunklerer Ort sein.«

»Und der Vogelfänger?«, fragte Marie.

»Die Sache ist klar. Häusser war lange in psychiatrischer Behandlung. Man hat eine manisch-depressive Persönlichkeitsstörung bei ihm festgestellt. Ich will nicht mit Details langweilen, all das befindet sich in den Akten, aber auf der einen Seite war er ein gewöhnlicher, wenn auch verschlossener Mann – auf der anderen ein Monster. Seine Erlebniswelt während der Tatbegehung war von sexuellen Fantasien motiviert, mit denen er versuchte, seiner sexuellen Hemmung, die seiner Kindheit entstammte, zu entkommen. Dem Dezembermann ist es gelungen, diese Seite zu stärken, ihn zu den Morden an den Frauen zu treiben, bis er schließlich … nun, bis *ich* ihn am Ende stellen konnte.«

Marie wusste, was Parkov beinahe gesagt hätte: *Bis er schließlich meine Frau Suzann getötet und mich selbst gezwungen hat, alles mit anzusehen.* Sie öffnete eine der Sprudelflaschen, die auf dem Tisch standen, schenkte sich ein und nahm einen Schluck.

»Und niemals war es möglich, eine Spur zu seinem Lehrmeister zu finden?«

»Nein. Wir stehen wieder am Anfang«, erwiderte Parkov. »Mit einem Unterschied: Dieses Mal tritt er uns direkt gegenüber und versteckt sich nicht hinter seinem Schüler. Dieses Mal ist er sich seiner Sache äußerst sicher. Er prahlt. Das macht ihn angreifbar, macht ihn verwundbar.«

»Wenn es denn einen Schüler gibt.«

»Ich bin mir sicher, dass es ihn gibt.« Parkov wandte sich direkt an Leland. »Ich halte die Spur Julia Ginski für vielversprechend. Grün und Odinsdottir sollten sich das schulische Umfeld der Toten ansehen, Mitschüler, Freunde, Lehrer.«

»Das haben nicht Sie zu entscheiden, Parkov«, sagte Adler mit Nachdruck. »Da können Sie noch zehnmal mit Ihrem BKA-Ausweis hin und her wedeln.«

»Selbstverständlich überlasse ich die Einteilung der Ermittlungsarbeit dem leitenden Beamten der Mordsache.« Er tat so, als blicke er sich im Raum um. »Wer ist das für gewöhnlich?«

Welch ein Fuchs, dachte Marie. *Er weiß genau, was er tut.*

»Valentin Sanders«, sagte sie neutral. »Aber er hat sich krankgemeldet. Eine Magen-Darm-Geschichte.«

»Wenn Sie sich bereit erklären, Winter, dann können Sie die zentrale Sachbearbeitung übernehmen«, sagte Leland und warf ihr einen hoffnungsvollen Blick zu. Auch mit Lelands Reaktion hatte sie gerechnet, nachdem Parkov dermaßen geschickt übergeleitet hatte.

»Ist schon gut«, sagte sie. »Ich mach es.« Sie wandte sich an Parkov. »Sie wissen, dass eine Zeugin von gegenüber dem KDD berichtet hat, dass sie gegen halb eins eine laute Unterhaltung in der Nähe des Tores hören konnte. Vielleicht ein Streit. Sie konnte sich nicht an die Worte erinnern, aber das würde auf zwei Täter hindeuten.«

Parkov nickte bedächtig, jedoch zustimmend.

»Eine Frage«, sagte Thomas Grün, der achtundzwanzigjährige Kommissar, der erst vor einem Jahr zur MK 1 gekommen war. Es war das zweite Mal, dass Marie ihn bei einer dieser großen Besprechungen etwas sagen hörte. Grün fühlte sich mit seinen Rechercheprogrammen am PC am wohlsten und war dort auch am besten zu gebrauchen. Auch Grün war es offenbar ein wenig unangenehm, und er zerstrubbelte sogleich sein hellblondes Haar. »Eine Frage …«

Parkov warf ihm einen schlecht gelaunten Blick zu, der den jungen Mann auf seinem Stuhl schrumpfen ließ.

»Ich frage mich nur, was das Motiv sein könnte. Das Motiv des Dezembermannes. Wir kennen den Schüler nicht, wenn es ihn denn gibt, aber der Dezembermann selbst kommuniziert. Er spielt und will, dass wir mitspielen.«

»Nun, das ist doch offensichtlich«, sagte Bodenfeld. »Rache. Weil man seinen ersten Schüler, Häusser, eingesperrt hat. Jetzt will er sich an Parkov rächen und zieht dabei Marie und uns alle mit hinein.« Das klang unzweideutig vorwurfsvoll. Der Blick, den Bodenfeld Parkov zuwarf, war ohne Zweifel mehr als anklagend.

»So einfach ist es nicht. Er erwartet, dass wir ihm ebenbürtige Gegner sind. Runde eins …« Parkov warf einen Blick zu den Fenstern, bevor er sich erhob und eine der Jalousien nach oben kurbelte, sodass sie hinausblicken konnten: Schneetreiben im trüben Tageslicht. Marie fühlte sich mit einem Mal inmitten ihrer Kollegen im warmen Präsidium geborgen und sicher. Irgendwo dort draußen jedoch war *er*. Er und der andere … lauernd, wartend, bereit, erneut zuzuschlagen.

»Runde eins ging unentschieden aus. Runde zwei …« Parkov wandte sich wieder um. »Wir werden sehen. Ich denke nicht, dass er aus Rachemotiven handelt, jedenfalls nicht aus Rachemotiven gegen meine Person.«

»Stattdessen?«

»Das weiß ich eben noch nicht. Ein falsches Profil kann verheerende Folgen haben. Der Vogelfänger mordete, weil er einen unzähmbaren Hass auf Frauen entwickelt hatte, einen sexuell getriebenen Hass, den der Dezembermann weiter anfachte; Hass, der seinen Ursprung in Häussers Kindheit hatte. Häusser war in Therapie – vielleicht wollte er beweisen, dass ein jeder von uns unter bestimmten Umständen zum Mörder werden kann. Vielleicht ist es ihm auch gelungen.«

»Sie sagten, Sie hätten Häusser nicht in der U-Haft getötet.«

»Ach, Adler. Die Untersuchungsergebnisse waren doch eindeutig: Häusser ist an Herzversagen gestorben. Es gab keine Einwirkung von außen. Die interne Ermittlung hat mich entlastet, ich habe mich freiwillig aus dem Dienst zurückgezogen.«

»Was soll dann dieser Satz?«

»Es ist *kein* Rachemotiv.« Parkov blieb bei den Fenstern stehen und blickte hinaus, als trieben dort draußen im Schnee verborgene Dinge vorüber, die nur er sehen konnte, und schwieg.

»Sie sagten vorhin in der Rechtsmedizin zu mir, dass er seinen ersten Fehler begangen hätte«, erinnerte ihn Marie.

»Ja. Julia Ginskis Zähne. Die Schokolade. Wissen Sie, ich habe vorhin noch einmal mit Professor Lorenz gesprochen. Es gibt eine Möglichkeit, aus den Rückständen in ihrem Gebiss das Produkt zu bestimmen.«

»Die Schokoladensorte? Und dann?«

»Kollege Grün hat es richtig erkannt«, sagte Parkov. »Er will, dass wir sein Spiel mitspielen. Ich bin überzeugt, dass uns die Schokoladenspur näher an ihn heranbringt, weil er es *zulässt.*«

»Mit wem haben wir es zu tun? Können Sie das eingrenzen, Herr Parkov?« Isabelle nahm, ganz ihrem Naturell entsprechend, eine ausgleichende, beruhigende Rolle ein. Marie selbst spürte die zum Zerreißen gespannte Atmosphäre, die zwischen Parkov und den übrigen Männern in der Luft lag, und wusste, dass sie die Herren in keinem Fall aufeinander losgehen lassen durfte.

Wenn wir uns hier streiten, dachte sie, *wird er gewinnen. Er wird gewinnen und uns auslachen, während wir übereinander herfallen.*

»Natürlich weiß er das nicht. Er wird sich irgendeinen Unsinn einfallen lassen, um mit seinem Intellekt anzugeben. Warum hören wir hier überhaupt zu? Diese forensische Psychoanalyse führt doch zu nichts.« Fischer stützte den Kopf in die Hände. Marie warf ihm einen Blick zu und fragte sich, wieso der Leiter der Spurensicherung so auf Krawall gebürstet war.

»Herr Parkov?« Isabelle schenkte dem BKA-Hauptkommissar ein Lächeln, das ihr schon so häufig Zugang zu den verschlossensten Zeugen gewährt hatte, wenn alle anderen gescheitert waren. »Bitte. Ich würde es gerne hören.«

»Zwei Täter«, sagte Parkov, »der Jüngere der beiden ist Ende zwanzig bis Mitte dreißig wie der erste Schüler zuvor. Ich denke, Professor Dr. Lorenz wird dies anhand der Abdrücke an den Bissspuren am Körper Julia Ginskis bestätigen – sollte er sich nicht festlegen wollen, wird es der entsprechende Experte tun.«

»Den ziehe ich hinzu«, sagte Marie. »Aber Erik war auch etwas über dreißig, als …«

»Erik Winter passt dennoch nicht ins Schema«, sagte Parkov. »Das ist ein weiterer Punkt, der mir Sorgen bereitet.«

»Sag ich doch.« Adler schüttelte den Kopf. »Ich dachte schon, Sie würden jetzt auch noch behaupten, Winter hätte einen Wahnsinnigen geheiratet.«

»Nein. Erik Winters Motivation ist freilich nicht dort zu suchen, wo Häussers Motivation lag … oder die des neuen Schülers.« Er warf Marie einen nachdenklichen Blick zu.

»Ich gab alles zu Protokoll, was ich weiß«, erwiderte Marie. »Ich kann es mir nicht erklären. Unsere Beziehung war intakt. Isa, du hast alles unzählige Male umgedreht und von allen Seiten begutachtet. Ich selbst habe Nachforschungen angestellt: eine Sackgasse.«

»Eine Sackgasse«, wiederholte Parkov. »Exakt.«

»Was ist mit dem Dezembermann?«

»Nun, der Dezembermann selbst ist älter, zwischen vierzig und sechzig. Er ist gebildet, belesen, mit einem Intellekt, der den Durchschnitt weit übersteigt. Der Schreibfehler in seiner Nachricht ist nichts als eine falsche Fährte. Lassen Sie sich nicht täuschen, er beherrscht die Kunst, die menschliche Psyche zu manipulieren, wie nur wenige andere. Vielleicht ist er ein studierter Psychologe, vielleicht jemand, dessen beruflicher Alltag Menschen berührt – ein Lehrer, ein Pfarrer, ein Sozialarbeiter, vielleicht auch nur ein Handelsreisender, ein Vertreter. Zugleich ist er ein Meister darin, sein wahres Ich hinter dieser sorgfältig aufbereiteten Maske zu verbergen. Wer immer er ist – niemand in diesem Raum darf jemals den Fehler machen, ihn und seine Taten auf die leichte Schulter zu nehmen. Er wird jeden Fehler nutzen und ihn gegen uns verwenden, er wird rücksichtslos und eiskalt agieren und Tod und Verderben säen.« Er wandte sich an Fischer. »Diese Schreibmaschine. Können wir das Modell eingrenzen?«

»Die Kollegen der Technik sind dran. Aber ich kann jetzt schon sagen, dass das Schriftbild der Maschine ein etwas verdrehtes N aufweist. Jedes N weicht um knapp fünfzehn Grad von den übri…«

»Gut«, unterbrach ihn Parkov. »Wir dürfen freilich nicht vergessen, dass er genau das mit hoher Wahrscheinlichkeit ebenfalls weiß.«

»Was ist mit dem zerrissenen Schild, das Isabelle und ich unter einer der Lagerkisten gefunden haben? Das Wort darauf lautet …«

»…*stellt*«, meinte Fischer. »Das war alles. Keine Abdrücke, keine DNA, nichts.«

»Vielleicht ein Hinweis, den er zurückgelassen hat«, sagte Marie.

»Mit einer ganzen Menge von möglichen Worten, die sich aus dieser Endung bilden lassen. Das führt zu nichts.«

»Wieso die Mütze?« Isabelle sah Parkov interessiert an, doch der BKA-Kommissar reagierte zunächst nicht, als sei er in Gedanken versunken. »Wieso der Mistelzweig? Wieso die Schokolade? Wieso kein sexuelles Motiv?«

Parkov hob einen Finger. »Möglichkeit eins: Sollte er die Tat selbst begangen haben, dann ist das nur ein Spiel für ihn. Falsche Fährten. Keine Bedeutung. Er steht über den gewöhnlichen, trieb- und maniegesteuerten Handlungen eines serienmäßig agierenden Täters. Möglichkeit zwei: Sein Schüler ermordete Julia Ginski. Seine Tat ist psychologisch motiviert. Die Zurschaustellung, die Dekoration am Fundort wie auch die erzwungene Selbstverstümmelung und Erniedrigung des Mädchens sind Teil der Fantasien des Täters, und der Dezembermann bestärkte ihn im Ausleben dieser Vorstellungen. Julia Ginskis Gesicht war unverletzt, also kannte er sie nicht persönlich, da Angriffe aufs Gesicht auf einen starken, personenbezogenen Hass hindeuten. Die Messerverletzungen, die zum Teil erzwungenerweise von ihr selbst stammen, zum Teil vom Täter, könnten ein Symbol für sexuelle Penetration sein.

Ein Messer, das in Haut eindringt. Möglich wäre das in der Vorstellung des Täters, allerdings fehlen für ein ausgeprägtes sexuelles Motiv sämtliche Vergewaltigungsspuren. Nein, alles in allem muss ich auf einen Sadisten schließen, den er sich zum Schüler gemacht hat. Das unsauber, jedoch nicht hinreichend dilettantisch entfernte Herz sagt mir außerdem, dass wir unsere Suche in Richtung Medizinstudenten oder Ähnlichem lenken sollten.« Parkov hob den dritten Finger. »Der Dezembermann selbst weist alle Züge eines hochintelligenten Psychopathen auf, der sich, wie ich bereits sagte, bestens auf die Manipulation der menschlichen Psyche versteht.«

»Ein Psychopath?«

»Sein Auftreten lässt mich auf kein anderes Profil schließen. Keine Anzeichen für ein triebgesteuertes Verhalten, nicht in den Briefen, nicht in der Weise, wie er Häusser oder seinen neuen Schüler einsetzt.«

»Haben Sie anhand dieses Profils nach Verdächtigen gesucht?« Marie sah von Bodenfeld, der sie mit gerunzelter Stirn ansah, zu Parkov. »Konnten Sie einen Kreis von Verdächtigen ausmachen, die Häusser zu seinen Taten angestiftet haben könnten? Unter Psychologen und anderen Personen mit Fachkenntnissen?«

»Das habe ich …« Parkov zögerte. Marie war sich für einen Augenblick sicher, dass es ihm schwerfiel, den Satz zu Ende zu bringen. »Ich kam zu keinem Ergebnis. Häusser war lange Zeit untergetaucht, wir wissen nicht, was er getrieben hat. Er sprach nie von dem Mann, der ihn indoktrinierte – er verriet nur spöttisch, dass es ihn gäbe. Und dass man mir vorwarf, Häusser in der U-Haft getötet zu haben, war der Sache natürlich nicht gerade zuträglich.«

Fischer gab ein halblautes Husten von sich.

»Und der neue Schüler …«

»Wie ich bereits sagte: ein Sadist. Dass er sein Opfer beißt, ist sehr bedenklich, aber ich glaube, kannibalistische Neigungen können wir ausschließen. Möglicherweise mit geringen medizinischen Kenntnissen. Vielleicht ein Medizinstudent, der von der Uni geworfen wurde. Ende zwanzig, Mitte dreißig höchstens.«

»Dann sollten wir in diese Richtung ermitteln und abermals nach dem Dezembermann suchen, mit der neuen Verknüpfung Ginski, Fortloff – und Erik.«

»Diese Verknüpfungen habe ich bereits berücksichtigt«, sagte Parkov. »Der Zusammenhang existiert, aber ich konnte ihn nicht finden.«

»Da waren Sie allein.« Marie deutete in die Runde. »Jetzt sind wir ein Team.«

Adler schnaubte.

Leland räusperte sich. »Winter, teilen Sie bitte die Aufgaben ein? Wir müssen endlich Fortschritte machen.«

Marie nickte und sah sich um. »Jörg, Isabelle, ihr übernehmt die Opferseite, das schulische Umfeld von Julia Ginski. Ihre Schulfreunde, ihre Lehrer, mögliche Feinde. Versucht, mehr über das Mädchen und seine Beziehung zu Gleichaltrigen herauszufinden. Versucht, diesen Mann, mit dem sie sich ihrer Mutter nach häufiger getroffen hat, ihren Freund, einzugrenzen.«

»Geht klar«, sagte Isabelle. Jörg Bodenfeld nickte nur. Marie sah ihm an, dass er in Gedanken bei Sabine war.

»Thomas, ich möchte, dass du die Nummer von Ginskis Handy überprüfst. Geh zum Richter und besorg dir einen Beschluss, um es aufzuspüren, und was dir sonst noch einfällt. Mach dem LKA Dampf wegen der Ortung, du weißt, dass die gerne Fahndungsanfragen aufschieben. Und als Zweites möchte ich, dass du nach Verdächtigen suchst, die ins Profil des Schülers und des Dezembermannes passen. Medizinstudenten nicht vergessen, vielleicht ist einer bereits auffällig geworden.« Sie wandte sich an Heinz Adler, der mit seinen einundsechzig Jahren nach Leland der älteste Kommissar der MK 1 war. Adler besaß eine hervorragende Beobachtungsgabe, doch ging er die Dinge gern gemütlich an, nur um sie dann bevorzugt auf dem einfachsten und geradlinigsten Weg abzuschließen. Das war nicht das, was sie gerade brauchte – und wenn Parkovs Einschätzung ihres Gegners richtig war, konnte jeder Ermittlungsfehler fatale Folgen haben.

»Heinz, ich möchte, dass du dich noch einmal in dem Restaurant umsiehst, wo Fortloff und seine Freunde gefeiert haben. Irgendetwas an der Schlüssel-Geschichte gefällt mir überhaupt nicht.«

Adler würde mit seiner einnehmenden, gemütlichen und etwas großväterlichen Art vielleicht Hinweise entlocken, auf die Bodenfeld nicht gestoßen war.

»Des ist eine kalte Spur«, sagte Adler in schönstem Hessisch. »Aber wenn du meinst …«

»Dann werde ich noch einmal mit Marta Ginski sprechen, mir die Wohnung der beiden und Julias Zimmer ansehen«, sagte Marie. Sie warf Parkov einen Blick zu, doch der blickte noch immer gedankenverloren aus dem Fenster ins dichte Schneetreiben.

»Fein«, schloss Leland, offenbar zufrieden, dass er die Besprechung ohne weiteren Streit hinter sich gebracht hatte. »Dann an die Arbeit, Leute. Schnappen wir diese Irren. Bereiten wir ihnen ein Ende.«

20.

Beim Hinausgehen sah Marie, wie sich Adler, Fischer und ein paar der anderen in einigem Abstand zu Parkov hielten, als besäße er eine ansteckende Krankheit. Sie bemerkte zugleich, dass Parkov wahrnahm, wie man auf ihn reagierte, und sah, dass er sich in keinem Fall etwas anmerken lassen wollte, was ihm jedoch nicht wirklich gelang.

Er tat ihr leid. Sie holte ihn ein, als er am Treppenhaus vorbei auf den Aufzug zuging. »Was haben Sie jetzt vor?«

»Ich muss etwas erledigen.« In dem Spiegel, der die Rückwand des Fahrstuhls ausfüllte, waren seine Gesichtszüge blass und noch müder, als sie sie vom vorherigen Abend in Erinnerung hatte. Für einen Augenblick dachte sie an Fischers Worte: Was ist, wenn ihm die Jagd auf Mörder nicht mehr ausreicht? Was ist, wenn der Mann, den wir suchen, uns gleich dort gegenübersteht, in teurem englischen Anzug und maßgefertigten Herrenschuhen?

Doch tief in ihrem Inneren spürte Marie, dass Daniel V. L. Parkov alles Mögliche war – ein Exzentriker, ein verschrobener Kauz, vielleicht sogar der Spinner, als den ihn Bodenfeld bezeichnete –, aber kein Mörder. Das sagten ihr ihre Intuition und ihr kriminalistischer Instinkt.

»Sie denken nach, ob Sie mir vertrauen können«, sagte Parkov leise. Sein Blick ging flüchtig zu einer Ecke neben Marie, jedoch wandte er ihn schnell wieder ab, als stünde dort jemand, dessen Anblick er nicht lange ertragen könnte. *Wie in seinem Landhaus*, dachte Marie. *Auch dort hatte ich den Eindruck, er sähe jemanden … jemanden, den nur er wahrnimmt.*

»Versuchen Sie, meine Gedanken zu lesen?«

»Selbst für mich ist die weibliche Psyche das größte Geheimnis von allen. Eine Herausforderung – um nicht zu sagen, eine unlösbare.«

Marie musterte ihn. *Gott, er vermisst sie noch immer. Nach all den Jahren. Aber geht es dir nicht genauso? Vermisst du Erik nicht auch noch immer – noch immer nach all der Zeit, trotz allem, was geschehen war?*

»Ich vertraue Ihnen«, sagte sie. »Parkov, ich vertraue Ihnen.« Für einen Augenblick wollte sie eine Hand ausstrecken und ihm auf den Arm legen, so verzweifelt wirkte er – dann jedoch gab der Aufzug ein Klingeln von sich, als sie die Erdgeschossebene erreicht hatten.

»Sagen Sie mir, was Sie vorhaben, oder gibt es einen wichtigen Grund, wieso Sie es mir verschweigen?«

»Da oben wollte ich es jedenfalls nicht sagen«, erwiderte er. Parkov ging mit zielstrebigen Schritten in Richtung seines Bentleys, der ganz in der Nähe ihres Dienstwagens parkte. An der Wagentür wandte er sich noch einmal um.

»Frau Winter?«

»Ja?«

Schneeflocken sammelten sich auf seinem Mantel, in seinem Haar. Die Farbe seiner Wangen ähnelte dem gefallenen Schnee, der unberührt auf den Flächen zwischen Präsidium und Adickesallee lag. Stille hatte sich über sie gesenkt, als hätten die Welt und die viel beschäftigte, hektische Stadt vergessen, was sie in Bewegung hielt. Marie vermochte ihren Pulsschlag in ihren

Ohren zu hören und das Knirschen ihrer Absätze im Schnee.

Parkovs durchdringende blassblaue Augen musterten sie, fanden ihre und verhakten sich mit ihrem Blick – für einen kurzen Herzschlag nur, als würde ein winziges Zahnrad ins nächste greifen. Parkov öffnete den Mund. Er hob an, um etwas zu sagen, und schloss ihn wieder.

»Parkov?« Sie hatte das Gefühl, dass in diesem Augenblick etwas Wichtiges ungesagt blieb, konnte den Moment jedoch nicht wieder zurückholen.

»Ich muss etwas überprüfen. Eine Ahnung«, sagte er kryptisch, »mit der ich hoffentlich falschliege.« Er holte tief Luft und blickte zum schneewolkenverhangenen Himmel. »Wissen Sie, das bringt alte Erinnerungen zurück. Erinnerungen, die besser verschüttet geblieben wären.«

»Mir geht es ähnlich.« Der kalte Ostwind, der zwischen den Gebäuden hindurch über den Platz strich und in den kahlen Kronen der Lindenbäume heulte, die die Straße säumten, ließ sie frieren und den Mantel enger um ihren Körper schlingen. »Und ich bin mir sicher, dass er das weiß. Er will, dass wir uns in den alten Zeiten verlieren.«

»Erinnerungen sind manchmal alles, was einem Menschen bleibt.« Parkovs Atem wehte in einem weißen, nebligen Hauch über ihre Köpfe davon. »Manchmal das Einzige, weshalb er noch weitermacht. Wissen Sie, die russische Seele ist zuallererst eine melancholische.« Er öffnete die Tür des Bentleys und stieg ein. »Bitte passen Sie auf sich auf, Marie.«

Sie sah ihm nach, als er wendete und mit knirschenden Reifen die Straße hinabfuhr. *Wir alle sollten aufeinander aufpassen*, dachte sie. *In diesen Zeiten mehr denn je.*

21.

Das Kaufhaus, in dem man Julia Ginski im Schaufenster gefunden hatte, war wieder geöffnet. Parkov stellte den Bentley Continental GT auf den nächstgelegenen Parkplatz, hielt sich aber nicht damit auf, einen Parkschein zu lösen, sondern näherte sich dem Hintereingang auf einem sorgfältig gewählten Weg an den Schaufenstern vorbei, sodass er den Fundort von der anderen Seite in Augenschein nehmen konnte.

Der Tatortreiniger hatte ganze Arbeit geleistet. Nun standen im Fenster ein Schlitten, ein Weihnachtsbaum und eine Reihe von dekorativen Geschenken, die mit Gewissheit nichts anderes enthielten als Leere. Dazwischen war teures Elektronikspielzeug ausgestellt, das sich die Jugend von heute wohl wünschte. Fortloff ließ die Geschäfte weiterlaufen, als sei nichts geschehen.

Parkov schüttelte den Kopf. Der modernen Konsumkultur stand er mit nichts als Misstrauen gegenüber.

Am Hintereingang stand eine Verkäuferin herum, die kaum zwei Jahre älter als Julia Ginski sein konnte, in der Hand eine Zigarette, die sie bei Parkovs Näherkommen auf den Boden warf und austrat.

»Geht's Ihnen nicht gut?«, sagte sie. »Das hier ist nur für Mitarbeiter. Besonders jetzt.«

»Mein Befinden ist vorzüglich, aber hier nicht von Belang, herzlichen Dank.« Parkov blickte den Weg hinab, den er soeben zurückgelegt hatte. Zwischen dem Hintereingang und dem in den Zaun eingelassenen schmiedeeisernen Tor lagen etwa zehn Meter. Ob der Zentralschlüssel, der Fortloff entwendet worden war, auch für das äußere Tor passte? In keiner der Akten wurde erwähnt, dass sich jemand mit dieser Frage beschäftigt hatte. Alle waren davon ausgegangen, dass der Zentralschlüssel dem Täter sämtliche Türen geöffnet hatte.

»Würden Sie mir einen Gefallen tun? Holen Sie den Manager.«

»Was?« Die Frau musterte ihn, als sei er verrückt geworden.

Parkov hielt ihr seinen BKA-Ausweis unter die Nase. »Holen Sie Maximilian Fortloff. *Sofort.*«

»Oh Mann.« Sie verschwand mit einem Kopfschütteln im Inneren. Als sie fort war, näherte sich Parkov dem Zaun, der in geschmiedeten Eisenspitzen endete. An einer davon hing ein Überbleibsel von etwas, das er zunächst nicht ausmachen konnte. Parkovs Hand verschwand in seinem Mantel und tauchte mit einer Pinzette und einem Spurensicherungsbeutel wieder auf.

Kaum hatte er das Überbleibsel im Beutel verstaut, erschien Fortloff mit roten Wangen hinter ihm. »Und Sie wünschen? Was bitte *machen* Sie da?«

Wieder erschien der BKA-Ausweis aus dem Nichts. »Parkov, Bundeskriminalamt.«

»Ich habe schon mit einer Frankfurter Kommissarin gesprochen und alles geklärt. Sie hieß, äh, Sommer oder Winter oder dergleichen. Ich weiß also nicht, was das hier soll.«

»Der Zentralschlüssel ist nicht wieder aufgetaucht?«

»Natürlich nicht. Wir geben gerade einen Haufen Geld aus, um die Schlösser auszutauschen.«

Parkov lächelte ein kaltes Lächeln. »Herr Fortloff, passt Ihr

Zentralschlüssel auch in dieses Schloss am äußeren Zaun?«

»Was? Natürlich nicht. Die Tore haben ihre eigenen Schlösser.«

Höchst interessant. »Und die passenden Schlüssel?«

»Ein Schlüssel steht im Besitz unseres Hausmeisters, Herrn Müller. Den zweiten besitze ich, und er ist mir auch nicht abhandengekommen.«

»Dann war das Tor am Abend also verschlossen?«

»Das weiß ich nicht, dafür ist Müller zuständig. Ich benötige die Torschlüssel für gewöhnlich nicht, da die Hausverwaltung die Tore bereits aufgesperrt hat, wenn ich gegen halb acht zur Arbeit erscheine. Abends machen sie auch wieder als Letztes zu.«

Parkov nickte. »Ich verstehe. Dann hat also Hausmeister Müller, wie war noch gleich der Name?«

»Müller«, warf Fortloff ein, »Oswald Müller.«

»Also hat Müller das Tor geöffnet, um die Reinigungskräfte hereinzulassen, die daraufhin die Leiche entdeckten.«

»Ja. Aber das wissen Sie doch schon alles. Ich habe mich dazu bereits gegenüber dem Kollegen geäußert, der mich an besagtem Morgen aus dem Bett geklingelt hat. Vom Kriminaldauerdienst, sagte er. Kriegen Sie Ihren Informationsfluss in den Griff, Mann!«

Parkov setzte ein unverbindliches Lächeln auf. »Ich würde mich sehr gerne einmal mit Hausmeister Müller unterhalten.«

»Tja, das würde ich auch gerne.« Fortloff machte ein Gesicht, als bisse er auf eine äußerst saure Zitrone. »Er ist seit gestern nicht mehr zur Arbeit erschienen. Hat sich aus heiterem Himmel krankgemeldet, weil ihm die Sache mit der Toten dermaßen auf den Magen geschlagen ist.«

Und damit kurz nachdem ihn die Kollegen des Kriminaldauerdiensts befragt hatten – eine Befragung, die ebenso wenig ergeben hatte wie die Befragung der Reinigungskräfte, die Ginski gefunden hatten. Doch Parkov folgte seinem Instinkt, folgte einer Intuition und sagte: »Hätten Sie die Adresse von Müller für mich?«

Fortloff warf einen Blick auf seinen PDA und nannte ihm die Adresse. »Wenn Sie ihn treffen, würde ich mir wünschen, dass Sie ihm klarmachen, dass ich ihn hier brauche. Er soll endlich seine Nerven unter Kontrolle bekommen.«

»Zeigen Sie mir Ihre Torschlüssel, Herr Fortloff?«

»Von mir aus.« Er kramte in seiner Tasche und zog einen großen Schlüssel hervor, der mit einigen anderen an einem Bund hing. Demonstrativ steckte er den Schlüssel ins Torschloss, schloss ab und wieder auf. »Reicht das?« Fortloff wandte sich ab und strebte dem Hintereingang entgegen.

»Eine Frage noch, wenn Sie gestatten«, sagte Parkov mit erhobener Stimme, die so mühelos durch das Schneetreiben und den Verkehrslärm in ihrem Rücken schnitt wie ein heißes Messer durch Butter.

»Was denn? Sie sind eine Nervensäge, wissen Sie das? Haben Sie überhaupt eine Legitimation, in dieser Sache zu ermitteln?«

»Mein lieber Herr Fortloff«, sagte Parkov und trat einige Schritte näher, bis er dem Manager so dicht gegenüberstand, dass der zurückwich. »Wenn Sie mir nicht trauen, dann rufen Sie den Bürgermeister oder den Polizeipräsidenten an, da ich davon ausgehe, dass Sie mit beiden ohnehin per Du auf dem Golfplatz abschlagen, nicht wahr?«

Fortloff grinste. »Worauf Sie sich verlassen können.« Er sah ihn dabei nicht an.

»Und wenn Sie sich beschweren, vergessen Sie den Namen nicht: Parkov, Daniel Parkov.«

Fortloff erstarrte. »Was wollen Sie von mir?«

»Sagen Sie mir eines, Herr Fortloff. Sagen Sie mir, sind Sie ein gläubiger Mann?«

22.

Marie stand am Fuße des zwanzigstöckigen Wohnblocks in Sachsenhausen und spähte das gewaltige Gebäude hinauf: eine graue Waschbetonfassade, an der sich Balkon an Balkon reihte. Unten quälte sich der Verkehr über die Darmstädter Landstraße, oben brüllte ein Betrunkener auf seinem Balkon und hantierte mit einer Gießkanne. Ein als Weihnachtsmann verkleideter Mann ging mit einem braunen Leinensack, einer Spendenbüchse und einer goldenen, scheppernden Glocke die Straße entlang. »Ho ho«, rief er Marie zu, »Lust, mal in den Sack zu greifen und einen Gewinn zu machen?«

»Wofür sammeln Sie?«

»Fürs Tierheim in Nied. Sie können was Schönes gewinnen.« Der Weihnachtsmann hielt ihr die Spendenbüchse hin.

»Na schön. Für die Tiere, weil bald Weihnachten ist.« Sie steckte zwei Zweieuromünzen und einen Einer in den Schlitz, woraufhin der leicht schwankende Santa ihr den Leinensack hinhielt.

»Nein danke«, sagte Marie.

»Kommen Sie, ich mach nur meinen Job. Ich bin Student.«

»Na klar.« Sie wandte sich ab, bemerkte jedoch, dass der Mann nun selbst in den Leinensack griff.

»Bitte schön.«

Er drückte ihr eine kleine Schneekugel in die Hand. »Na gut. Danke.«

Der Weihnachtsmann schwankte die Straße hinab, während Marie die Kugel schüttelte und den Flocken zusah, die auf ein winterliches Dorf fielen, in dem ein Junge ganz allein Schlitten fuhr. Das Motiv hatte etwas Trauriges an sich.

Schließlich wandte sie sich wieder dem Miethaus zu und ließ die Schneekugel in ihrer Manteltasche verschwinden. Die Treppenstufen, die zum Eingang des Wohnungskomplexes führten, waren mit hauchdünnem Eis überzogen, das rutschig und damit genickbruchgefährlich war.

Marie entdeckte den Klingelknopf mit der Aufschrift *Ginski*, drückte ihn und wartete. Als sich Marta Ginski meldete, klang sie verweint und müde, doch vielleicht war es auch nur der schlechte Zustand der Gegensprechanlage, die ihre Stimme verfälschte.

Der Türöffner summte.

Marie nahm die Treppenstufen zum vierten Stock, hauptsächlich deswegen, weil sie die Kälte aus ihrem Körper vertreiben wollte. In der Luft des Treppenhauses hing eine Geruchsmischung aus beißender orientalischer Küche, scharfen Reinigungsmitteln und feuchter Kleidung. Marie stieg hinauf und sehnte schon jetzt das Ende des Tages herbei, den Besuch bei Lucie und eine heiße Dusche.

Ein lichtloser, schlauchartiger Korridor tat sich vor ihr auf. Die Wohnung der Ginskis lag zu ihrer Linken, eine nüchtern braune Pressspantür, an der jemand – vermutlich Marta Ginski selbst – einen schlichten Adventskranz angebracht hatte.

Die Tür schwang nach dem ersten Läuten auf.

»Frau Ginski? Marie Winter, Kripo Frankfurt, wir haben bereits miteinander gesprochen.«

»Ich weiß.« Die Mutter der Toten trug eine geblümte

Schürze. Ihr Gesicht war blass und verweint, ihre Finger in ständiger Bewegung. »Kommen Sie meinetwegen rein, wenn es sein muss.«

Marie folgte Marta Ginski ins Innere der Wohnung. In der Luft hing der Geruch von altem Zigarettenrauch. Auf einer Kommode stand eine Vase mit vertrockneten Blumen gleich neben einem gerahmten Foto, auf dem Julia neben ihrer Mutter und einem Mann in den Vierzigern, der ohne ein Lächeln in die Kamera sah, abgebildet war. Vor einem Fenster, das zum Innenhof ging, hing ein dünner, verwaschener Vorhang.

»Wollen Sie mir erzählen, wer dort auf dem Bild zu sehen ist?«

Ginski nahm das Bild in die Hand. Der Blick, mit dem sie es ansah, war voll zwiespältiger Gefühle. »Das bin ich, Julia und … Piotr, mein Exmann.« Sie wischte sich über die Wangen. Mit einer knappen Geste deutete sie den kurzen Flur hinab in Richtung Küche. »Möchten Sie Kaffee?«

»Gerne.« Während Ginski in ihrer Küche verschwand, folgte Marie ihr nicht, sondern näherte sich der einzigen geschlossenen Tür, auf der ein *Betreten verboten*-Schild klebte. Das war Julias Zimmer, da bestand kein Zweifel.

Das Zimmer eines pubertierenden Mädchens. Marie fragte sich einen Augenblick, ob Lucie jemals so alt werden würde. Sie musste sich an der Türzarge abstützen.

Reiß dich zusammen.

Die Luft im Inneren war abgestanden und roch, als sei wochenlang nicht mehr gelüftet worden, roch, als schimmelte es in irgendeiner Ecke. An den Wänden hingen ein paar Poster, die angesagte Stars zeigten, und auf dem aufgeräumten Schreibtisch lagen Schulbücher, Stifte und Hefte.

Das war alles ordentlich. Zu ordentlich, als hätte jemand hinter ihr aufgeräumt. Hier würde Marie kein verschwundenes Handy finden. Und wenn es Julia bei sich gehabt hatte, als sie ermordet worden war, dann befand es sich nun ohnehin in den Händen des Täters.

Marie betrachtete die Romane, die sich im Regal an der Wand stapelten.

»Sie hat gerne gelesen«, sagte Marta Ginski, die mit zwei Tassen in den Händen im Raum erschienen war. »Sie mochte diese Geschichten, wo sich ein Mädchen in einen älteren Mann verliebt, diese Geschichten, wo die Helden viel Geld haben.«

»Hat sie sich zu älteren Männern hingezogen gefühlt? Sie sagten, sie hätte keinen Freund gehabt, nicht bis zuletzt.«

»Keinen, von dem ich weiß. Sie hat keinen mit nach Hause gebracht.«

»Wieso?« Marie deutete auf die Bücher. »Darf ich?«

Ginski nickte, und Marie begann, die Romane einen nach dem anderen aus dem Regal zu nehmen und auszuschütteln. Aus einem, der im Gegensatz zu den anderen auf dem Kopf gestanden hatte, fiel ein gelber Zettel.

»Vielleicht hat sie sich geschämt. Für all das hier. Die kleine Wohnung. Das wenige Geld.«

Marie klaubte den Zettel vom Boden. Daran klebte ein kleines Schlüsselchen unter einem durchsichtigen Streifen Klebeband. Darüber stand in einer geschwungenen, mädchenhaften Handschrift: *Nur für den Fall.*

»Können Sie sich das erklären?«

»N-Nein.«

»Ich denke, Ihre Tochter hat Tagebuch geführt, Frau Ginski. Das ist der Schlüssel für das Schloss eines verschließbaren Tagebuchs.«

»Nein …«

»Wo ist es?«

»Ich weiß nicht.«

»Wieso nehme ich Ihnen das nicht ab?«

»N-Nein … ehrlich.«

»Wo? Wo ist es?«

»Es m-müsste eigentlich hier sein.« Wieder ging ihr Blick nach oben und links, wieder log sie. »Ich weiß nicht! Kann sein, dass sie ein Tagebuch geschrieben hat! Ich bin nicht sicher …«

Draußen im Flur ging die Haustür.

»Erwarten Sie Besuch?«

Ginski wich zurück und verschwand im Flur, ehe Marie reagieren konnte.

»Hallo?« Marie steckte den Schlüssel in die Tasche, ehe sie Ginski hinausfolgte.

Der Mann im Flur kam wie ein brüllender, wahnsinnig gewordener Stier, der ein rotes Tuch jagt, in ihre Richtung gestürmt. Marie sah die Faust, die ihrem Gesicht entgegenraste, und drehte den Kopf instinktiv zur Seite, sodass er sie statt auf die Nase am Wangenknochen traf. Dennoch war der Schlag heftig und ließ ihren Kopf dröhnen wie eine Bronzeglocke, die mit einem großen Hammer geschlagen wurde.

Marta Ginski schrie, während Marie in den Flur in Richtung Eingangstür zurückwich. In ihrem Kopf donnerte es, ihre Wange brannte vor Schmerzen, und ihre Hand flog unter ihren Mantel zu ihrem Holster mit der Dienstwaffe.

Marie erkannte den Unbekannten von jenem Foto wieder, das Julia, ihre Mutter Marta und ihn zeigte: Piotr, so hatte sie ihn genannt, *Piotr, mein Exmann*, das waren Marta Ginskis Worte gewesen. Der Mann machte einen Schritt auf sie zu. Im selben Moment zog Marie ihre Heckler & Koch P30 und richtete sie auf den Angreifer.

»Stehen bleiben.« Ihr Tonfall war ruhig und autoritär. »Kriminalpolizei. Stehen bleiben, die Hände nach oben. *Sofort.*«

»Nicht, Piotr!«, stieß Marta Ginski aus. »Tu es nicht. Mach, was sie sagt!«

Marie hielt ihren Zeigefinger ausgestreckt neben dem Abzug. Sie atmete ein, atmete aus, war ruhig wie ein kalter

Gebirgsbach, der unablässig und ohne Hektik durch sein Bett floss. Etwa drei Kilogramm Druck auf den Abzug, mehr nicht, und die Kugel würde ihr Ziel mit gnadenloser Präzision finden. Ein Neun-Millimeter-Hohlspitzgeschoss mit hervorragender Mannstoppwirkung.

Schon seit jeher war sie eine hervorragende Schützin gewesen. Seit Harald, ihr Vater, sie mit zehn Jahren auf den Schießstand mitgenommen und sie zum ersten Mal das Zusammenspiel von einem leichten Druck, einer einfachen Fingerkrümmung, Präzisionsstahl, einem Vollmantelgeschoss und einer Zielscheibe bewusst wahrgenommen hatte, war ihr klar, dass sie hierfür geschaffen war.

Die Waffe in ihrer Hand war nur eine Verlängerung ihres Arms, eine Verlängerung des Willens. Sie war ihre älteste und tödlichste Freundin. Schwarzer Stahl, in ungeladenem Zustand siebenhundertvierzig Gramm schwer.

Erik war gefallen, mit seinem albernen Küchenmesser in der Hand, der Mann, den sie einst geliebt hatte, der Mann, der sie aus welchen Gründen auch immer angegriffen hatte; er war gefallen, weil ihre älteste Freundin getan hatte, wozu sie gebaut worden war – ihrem einzigen, ultimativen Zweck.

»Nicht, Piotr«, wiederholte Marta Ginski, »sie hat nichts getan.«

»Polizei, hm?« Piotr Ginski war stehen geblieben. Er musterte Marie, musterte die Pistole in ihrer Hand, als wollte er abschätzen, ob sie wirklich in der Lage war, am Ende im Fall des Falles zu tun, was womöglich nötig werden würde.

»Frau Ginski, wussten Sie, dass Ihr Exmann hier erscheinen würde?«

»N-Nein.«

Und wieder log sie. Marie verfluchte die Frau innerlich. Mit der Linken zog sie ihr Mobiltelefon hervor und drückte die Kurzwahltaste.

»Marie Winter, Oberkommissarin bei der MK 1, K 11 Frankfurt. Ich brauche sofort Verstärkung. Wiederhole: Zivilbeamtin im Einsatz.« Sie nannte Adresse, Stockwerk und Wohnung in Sachsenhausen, und der Diensthabende versicherte ihr, augenblicklich einen Streifenwagen zu ihrer Position zu senden.

Vor ihr machte der Exmann einen Schritt zur Seite.

»Bleiben Sie genau da, wo Sie sind.«

»Sie wissen gar nichts!«, rief Piotr Ginski. »Er wird dich fertigmachen! Du wirst dir wünschen, nie geboren worden zu sein!«

Hinter ihrem Exmann weinte Marta Ginski stumm in ihre Hände, in denen sie ihr Gesicht verborgen hatte.

Irgendwo weit unten, gedämpft durch die Wände und zahllosen Wohnungen zwischen ihnen und der Straße, kam eine Polizeisirene näher. Der Funkstreifenwagen war unterwegs. Marie war erleichtert, doch sie senkte die Waffe nicht. Die Worte des Mannes beunruhigten sie mehr als sein Angriff, auch wenn ihr Kopf nach wie vor schmerzte und ihre Wange brannte, als hätte sie jemand mit vielen spitzen Nadeln punktiert.

Marie musterte den verschwundenen und unerwartet wiederaufgetauchten Exmann über den Lauf ihrer Dienstwaffe hinweg. »Wer wird mich fertigmachen, Herr Ginski? Wieso drohen Sie mir?«

»Keiner von euch konnte meine Kleine beschützen. Keiner von euch wird ihn kriegen. Alles, was ihr könnt, ist mit euren Kanonen herumfuchteln und unschuldige Leute bedrohen.« Ginski sank an der Wand herab und setzte sich auf den Boden, während seine Frau hinter ihm stehen blieb, das Gesicht in den Händen verborgen und wie ein Häuflein Elend vor sich hin schluchzend.

Auf nicht eine ihrer Fragen erhielt Marie von einem der beiden eine Antwort.

Die Kollegen platzten zur Tür herein. Marie legte ihre

Dienstwaffe zur Sicherheit auf den Boden hinter sich. Sie hatte der Leitstelle zwar mitgeteilt, dass eine Zivilbeamtin vor Ort war, konnte sich jedoch nicht absolut sicher sein, ob diese Information auch an die Kollegen weitergegeben worden war.

»Ich bin vom MK 1«, sagte sie, als ein junger Kollege der Schutzpolizei mit einer Hand an der Waffe argwöhnisch zwischen ihr, den Ginskis und ihrer Dienstwaffe hin- und herblickte.

»Schon gut.« Der ältere Kollege, der mit einem Schnaufen die Treppe heraufkam, nickte ihr zu. »Ich kenne Sie. Brauchen Sie einen Arzt, Kollegin?«

»Nein.« Sie berührte ihre Wange. »Autsch.« Das würde eine böse, nicht schön anzusehende Schwellung geben. »Nein, es geht schon. Ich komme zurecht.« Sie wandte sich an Piotr Ginski. »Herr Ginski, Sie werden uns zum Präsidium begleiten. Ich nehme Sie vorläufig fest wegen eines tätlichen Angriffs auf eine Polizeibeamtin.« Sie warf dem älteren Kollegen einen Blick zu. »Rechte und Anmeldung machen bitte Sie.«

»Frau Ginski, würden Sie ebenfalls mitkommen?«

»Muss ich?«

»Sie müssen nicht. Aber ich kann aufgrund der Ungereimtheiten in Ihrer Aussage, was Ihren Mann betrifft, einen Haftbefehl ausstellen lassen.«

Sie seufzte. »Ich komme schon.«

Marie sah zu, wie man die Ginskis nach unten brachte, die Hände des Mannes mit Handschellen auf den Rücken gefesselt. Marie telefonierte mit Leland, der ihr versprach, alles Nötige mit Staatsanwalt Jäger abzuklären, um die beiden Ginskis festhalten und vernehmen zu können.

»Aber Sie müssen mir schon etwas liefern, Winter«, fügte er hinzu. »Dass er Sie angegriffen hat, beweist überhaupt nichts. Wenn Sie nichts Konkretes in die Hände kriegen, muss ich sie wieder laufen lassen.«

»Wir machen nur eine informatorische Befragung, wir vernehmen sie nicht als Beschuldigte. Ihr Exmann sei in Polen«, sagte Marie und sah aus dem Fenster zu, wie der Funkstreifenwagen davonfuhr, »das war die erste Lüge seitens der Mutter. Sie schien keineswegs überrascht, ihn hier in ihrer Wohnung anzutreffen. Zweitens denke ich, dass sie uns die Unwahrheit in Bezug auf ihre Tochter sagt. Das Mädchen hat ein Tagebuch geführt, das nun genau wie ihr Handy verschwunden ist.«

»Ich verstehe. Dann sehen Sie sich in der Wohnung um, ich kläre das mit Jäger.«

»Danke, Chef.«

Anschließend rief sie Bodenfeld auf seinem Mobiltelefon an und berichtete ihm, was gerade geschehen war. Jörg stieß einen herzhaften, lauten Fluch aus, den er in Sabines Nähe niemals auch nur in den Mund genommen hätte. Marie musste lachen, was beim derzeitigen Zustand ihrer Wange eine etwas schmerzhafte Angelegenheit war. Aber das störte sie nicht, es war gut. Jörg brachte sie meistens zum Lachen – und die Fähigkeit zu lachen bedeutete, am Leben zu sein.

»Diese miese kleine Ratte«, fügte er anschließend hinzu. »Das gibt's doch nicht. Was glaubt der denn, wer er ist? Was glaubt er denn, wie das jetzt aussieht?«

»Ich bin mir nicht sicher, inwieweit er gerade überhaupt nachgedacht hat.« Marie setzte sich in einen der Sessel, die im Wohnzimmer der Ginskis standen, schloss die Augen und atmete durch. Als Piotr Ginski auf sie zugestürmt war, hatte er alte, unangenehme Erinnerungen geweckt. »Was er zu mir gesagt hat, war nicht besonders viel. Aber er erwähnte, dass niemand von uns seine Kleine beschützen konnte.«

»Niemand von *uns*?«

»Ja. Uns. Die Polizei.«

»Das ist doch Unfug.«

»Würdest du die Befragung machen? Ich weiß nicht, ob ich

heute noch in der Lage bin, diesem Paar gegenüberzutreten, ohne herumzuschreien.«

»Na ja«, sagte Bodenfeld. »Bine liegt jetzt auf Station.«

»Oh nein.« Marie schloss erneut die Augen. »Ist es schlimm?«

»Sie sagen, es ist nur zur Sicherheit. Aber ich bin mir nicht sicher, ob das alles ist. Ob es die Wahrheit ist.« Sie konnte die Verzweiflung in seinen Worten hören, als wäre die ein Gift, das etwas Reines und Gutes verdorben hatte.

»Jörg?« Sie bemühte sich, so viel Zuversicht in ihre Stimme zu legen, wie sie nur konnte. »Ich will, dass du weißt, dass – gleich wer auch immer sich dort draußen herumtreibt – deine Familie das Wichtigste ist. Mach nicht den gleichen Fehler wie ich. Geh zu ihr. Kümmere dich um sie. Hörst du? Das ist wichtiger als alles andere in diesen Zeiten.«

»Ich kann dich nach dieser Sache aber schlecht allein lassen, Häschen. Dafür haben wir zu viel gemeinsam durchgemacht.« Er seufzte. »In diesen Tagen hat sich mal wieder einiges verschworen.«

»Hast du gehört, was ich dir gesagt habe?« Marie ließ ihren Blick durch das Wohnzimmer schweifen, das ebenso penibel aufgeräumt war wie Julias Zimmer. »Du kommst heute in keinem Fall mehr rein.«

»Marie …«

»Als deine Vorgesetzte in diesem Fall ordne ich an, dass du dir den Abend freinimmst. *Verstanden?*«

In der Leitung entstand für einige Augenblicke Stille. »Okay, Marie. Dann werde ich tun, was du sagst.«

»Habt ihr Neuigkeiten?«

»Julia Ginski war eine zurückhaltende, gute Schülerin, die nicht besonders viel Kontakt mit Gleichaltrigen hatte. Es gibt keine Clique, von der wir erfahren haben. Isabelle ist im Präsidium und schreibt den Bericht. Sie sagte übrigens dasselbe zu mir wie du. Geh zu deiner Frau, Jörg, sei kein Feigling.«

»Wir wissen eben, was Bine jetzt braucht. Und den Feigling – du weißt, dass sie das nicht so meint.« Marie lag für einen Augenblick ein zweiter Satz auf der Zunge, doch sprach sie ihn nicht aus. Es hätte Jörg zu sehr verletzt, wenn auch sie ihm vorgeworfen hätte, dass er sich aus Furcht vor der Zukunft lieber mit einem Mörder herumschlug, als an der Seite seiner Frau zu stehen.

»Eine Sache noch, Marie. Es gab einen Lehrer, der suspendiert worden ist, weil man ihm eine Beziehung zu zwei seiner Schülerinnen vorgeworfen hat. Und jetzt rate mal, wer eine davon war.«

Da gab es nicht besonders viel zu raten. »Julia Ginski«, erwiderte Marie. »Das ist ein ganz großer Haufen Mist.«

23.

Das Frankfurter Bahnhofsviertel war eine Ansammlung von Spielhallen, Sexshops, Bordellen, Dönerbuden und billigen Handyläden. Die bunten Neonlichter der Werbetafeln, mit denen die Häuser übersät waren, spiegelten sich in den gefrorenen Pfützen auf dem Asphalt. Noch immer schneite es, doch verwandelte der sich zäh durch die Karlsruher Straße wälzende Verkehr augenblicklich alles Weiß zu einem grauschwarzen Matsch.

Die Kälte, die Frankfurt in diesen Tagen im Griff hielt, zeigte Wirkung: Außer den hartgesottensten Junkies, einigen Dealern und kältefesten, betrunkenen Obdachlosen waren nicht besonders viele auf den Straßen unterwegs.

Für Jochen Charwitz und Bernd Ziering von der Operativen Einsatzeinheit Mitte, die sich hauptsächlich mit dem Rauschgiftgeschäft und dem Rotlichtgewerbe auf der Straße beschäftigte, war es ein ruhiger Abend. Der Dienstwagen, den sie ein bisschen abseits geparkt hatten, bot ihnen ein wenig Schutz vor Wind und Kälte; doch trotz des fünften Bechers Kaffee rieb Charwitz nach ereignislosen anderthalb Stunden die Finger über dem Lenkrad aneinander und stieß laut hörbar die Luft aus, die sich in einem weißen Hauch im Wageninneren verflüchtigte.

»Mach mal an«, sagte Ziering. »Ich hol mir hier noch den Tod.«

Charwitz wollte gerade nach dem Schlüssel greifen und Motor und Heizung anstellen, als sich ihr Funkgerät meldete.

»OEE fünf, seid ihr noch wach?«

»Sehr witzig«, sagte Charwitz. »Was ist denn?«

»Wir haben hier drüben einen Sonderfall, der sich jetzt seit zwei Stunden zwischen den Dealern und Obdachlosen herumtreibt. Ecke Karlsruher Straße und Münchener. Keines der üblichen Gesichter.«

Charwitz und Ziering sahen sich an. Im operativen Geschäft war es nicht unüblich, bei den kleinen Dealern hin und wieder ein Auge zuzudrücken, um dichter an die großen heranzukommen. »Als ich das letzte Mal nachgesehen habe«, sagte Ziering ins Funkgerät, »war der Aufenthalt bei nordafrikanischen Dealern und den anderen Arschlöchern noch keine Straftat. Schickt doch eine Streife hin. Ich wette, das ist überhaupt nichts.«

In der Leitung knisterte es. Nach einigen Augenblicken sagte die Einsatzleitstelle: »Der Typ hat mit Manic gesprochen. Und Manic hat ziemlich verängstigt ausgesehen. Ich glaube, dass die beiden jetzt noch zusammen sein könnten.«

»Okay, das klingt nun doch ein wenig interessanter. Wir fahren hin.« Es war direkt um die Ecke. Charwitz startete den Wagen und fädelte sich in den Verkehr ein, der mit dem Fortschreiten der Stunden immer dünner wurde.

»Manic hat Angst? Den Typen, der das geschafft hat, will ich sehen.«

Manic war eine lokale bulgarische Untergrundgröße; seit seiner Jugend polizeibekannt und einer der Herren, die in regelmäßigen Abständen zur ›Kundschaft‹ der Operativen Einsatzeinheit zählten – einer der ganz harten Jungs der Mafia, die sich nicht daran störten, sich die Finger dreckig zu machen.

Charwitz und Ziering hielten vor dem Laufhaus ›Pink

Lady‹, einem der zahllosen Läden, die Manic für seine Bosse verwaltete. Die Kälte der Frankfurter Nacht traf sie wie ein Faustschlag. Ein Betrunkener kotzte in eine Ecke. Scherben und Zigarettenstummel lagen am Boden. Irgendwo bellte ein Hund. Der Türsteher ließ sie mit einem knappen Nicken ein. Der weinrote Teppich dämpfte ihre Schritte, die Musik war laut, die Wände und die Decke rot wie in einem Schlachthof. Doch das Geschäft lief nicht besonders gut, nur wenige Freier gingen zwischen den Türen auf und ab.

»Geh hintenrum«, sagte Ziering zu Charwitz. »Er türmt gerne.«

»Jo.«

Ziering machte sich durch eine mit dem Schild *Personal – Kein Zutritt* versehene Tür in Richtung des Büros auf, in dem sie Manic zwei-, dreimal verhört hatten. Das waren damals üble Geschichten gewesen. Dieses Mal – das sagten ihm sein Bauch und jenes Zusammenspiel aus Erfahrung und Gespür, das unterbewusst die Intuition eines Kriminalisten oder Fahnders formte – würde es nicht anders sein.

Manic hatte schon früher gesessen, doch das meiste war ihm nicht nachzuweisen gewesen. Eines Tages, das dachte sich Ziering jedes Mal, wenn er dem Typen begegnete, würde der Bulgare jedoch dran sein. *Dich wird keiner beweinen*, hatte er ihm gesagt, doch Manic hatte nur gelacht, als sei die ganze Welt ein geheimer Witz, den nur er verstehen konnte.

Er mochte diese Typen nicht. Sie waren gegenüber den Frauen, die sie in die Bordelle und auf die Straße schickten, gewalttätig und brutal und lebten von der Furcht vor Rache, die die Frauen davon abhielt, zur Polizei zu gehen. Denn Rache gab es und hatte es immer gegeben, und Ziering wollte gar nicht wissen, wie viele der rumänischen, ukrainischen und bulgarischen Frauen, von denen viele noch halbe Kinder waren, irgendwo im Wald verscharrt lagen.

»Manic?« Ziering stieß die Bürotür auf. Seine Hand wanderte zu seiner Dienstwaffe. In diesen Situationen war er froh, eine Schutzweste zu tragen. »Manic, ich hoffe, Sie benehmen sich.«

Der Bulgare war tatsächlich da. Er hatte eine Whiskyflasche samt Glas auf den Tisch gestellt und soff für zwei. Als er Ziering erkannte, hellte sich sein Gesicht auf. Er grinste, was bei seiner Schlägervisage kein besonders angenehmer Anblick war.

»Bernd! Bernd Ziering!«

Erst als er in den Raum trat, erkannte Ziering, dass Manic nicht allein war. An der Rückwand lehnte ein Typ, den Ziering noch nie gesehen hatte – groß, in einem feinen Nadelstreifenanzug, der vermutlich mehr kostete, als er und Charwitz zusammen in einem Monat verdienten, und mit einem geschäftsmäßigen, kalten Ausdruck im Gesicht, der Ziering größere Sorgen bereitete als Manics kaum unterdrückte Brutalität.

Wenn die Mafia einen Typen brauchte, der kam, sobald die harten Jungs wie Manic zurück in die Reihe verwiesen werden mussten, dann sah der dort so aus, als könnte er diesen Job mit Leichtigkeit erledigen. Ziering hörte, wie Charwitz hinter ihm den Raum betrat, und atmete erleichtert durch. Seine Frau Sophie und sein fünfjähriger Sohn Max sollten noch ein wenig von ihrem Vater und Ehemann haben.

Ziering begriff nun auch, wieso Manic, den er noch nie hatte trinken sehen, plötzlich zur Flasche griff. Was er dort auf dem Gesicht des Bulgaren sah, war Angst – und zugleich Erleichterung darüber, dass zwei Polizisten bei ihm waren.

Wie seltsam diese Zeiten doch waren.

»Manic, wie ich sehe, haben Sie Besuch«, sagte Charwitz. »Möchten Sie uns den Herren nicht vorstellen?«

Manic öffnete den Mund, schloss ihn jedoch sofort wieder, als sein Gast aus der Ecke in die Mitte des kleinen Kabuffs trat, das Manic ironischerweise als sein Büro bezeichnete, als wäre er ein gewöhnlicher Geschäftsmann.

»Wir verstehen uns«, sagte der Gast zu Manic. »Ich erwarte dich mit guten Neuigkeiten.«

Manic nickte eilig, ohne ihn anzusehen. »Ja. Schon klar.«

Der Gast wandte sich Charwitz und Ziering zu. »Meine Herren? Vielleicht unterhalten wir uns an einem, äh, zivilisierteren Ort, würde ich vorschlagen.«

»Gehen Sie vor«, sagte Ziering. Der Kerl gefiel ihm gar nicht, nicht seine Haltung, die blassblauen Augen, die seltsame, arrogante Art.

Draußen hielten sie ihn auf, Ziering mit der Hand an der Waffe. »Wir hätten gerne Ihren Ausweis.«

»Mit meinem Personalausweis kann ich nicht dienen.« Der Mann langte mit einer vorsichtigen Bewegung in seinen Anzug, was auch Charwitz dazu brachte, nach seiner Waffe zu greifen.

»Nur die Ruhe«, sagte ihr Gegenüber. »Das dürfte genügen.«

Charwitz und Ziering starrten auf den Ausweis, der ihnen von ihrem seltsamen Gast unter die Nasen gehalten wurde, einen Ausweis, auf dem drei unverwechselbare Buchstaben standen.

Sie tauschten einen Blick. »BKA«, sagte der Fremde, »und der Name ist Daniel V. L. Parkov.«

Sie begleiteten Parkov zu einem heruntergekommenen Café in der Karlsruher Straße. »Ich warte auf die Kollegin von der Mordkommission, die mich hier abholen wollte.«

»Was genau hat Manic Ihnen denn versprochen?«

»Oder vielmehr: Was haben Sie ihm gesagt?«, wollte Ziering wissen. »Ich habe ihn noch nie so … demütig gesehen.«

»Ich habe seinem Boss einmal geholfen, das Gerichtsverfahren eines alten Freundes in die gewünschte Bahn zu lenken.«

»Aha. Sie haben also die Unschuld eines Mafioso bewiesen.«

Parkov schüttelte den Kopf. »Nein, ich habe dafür gesorgt, dass er zu lebenslanger Haft verurteilt wurde. Manic weiß, wer ich bin. Es genügt, dass er tut, was ich von ihm verlange.«

Ziering und Charwitz wechselten einen weiteren Blick. »Und das wäre?«

»Ich brauche seine Leute. Ich brauche ihre Augen und Ohren auf den Straßen, in den Schatten, an all den dunklen, schmutzigen und verdorbenen Orten, wo sich der Mann, den ich suche, vielleicht aufhalten könnte.«

»Es ist die Kaufhausleiche, nicht wahr?« Charwitz musterte Parkov mit neu gewonnenem Respekt. »Irgendein Irrer, der das Mädchen dort abgelegt hat. Ich kenne das Fernschreiben, das an alle Dienststellen rausging.«

»Genau an dem bin ich dran.« Parkov winkte, als ein dunkler Mercedes die Straße herabkam und in Richtung Straßenrand ausscherte. »Meine Herren, es war mir ein Vergnügen. Und nun muss ich gehen. Guten Abend.«

Parkov stieg in den Wagen und sagte etwas zu dem Fahrer, den Ziering und Charwitz hinter den getönten Scheiben nicht ausmachen konnten. Schließlich fuhr der Wagen davon und ließ die Beamten der Operativen Einsatzeinheit stehen.

»BKA, ich fasse es nicht«, sagte Charwitz und rieb sich die Hände. »Was für ein seltsamer Typ.«

»Das kommt davon, wenn man tagein, tagaus diese Irren jagt, gegenüber denen Manic geradezu freundlich erscheint. Nicht unser Geschäft. Ich bin jedenfalls froh, dass er auf unserer Seite steht und nicht auf der anderen.« Ziering zuckte mit den Schultern. »Komm schon. Irgendetwas leckeres Türkisches und Kaffee zum Aufwärmen, was hältst du davon?«

24.

Marie sah die Kollegen der Operativen Einsatzeinheit im Rückspiegel kleiner und kleiner werden. Charwitz und Ziering. Sie erinnerte sich an einen äußerst unschönen Todesfall im Bahnhofsviertel, bei dem das MK 1 mit den beiden und einigen ihrer Kollegen zusammengearbeitet hatte. Die Beamten der OEE waren ein sonderbares Völkchen. Nicht erst seit gestern gab es im Frankfurter Präsidium das Gerücht, sie würden es mit dem vorschriftsmäßigen Vorgehen nicht wirklich genau nehmen und das Milieu besser kennen, als der Polizeiführung lieb sein konnte.

Schließlich warf sie Parkov einen Blick zu. Auch einer, der es mit den Vorschriften nicht so genau nahm. Und doch war das in diesen Zeiten vielleicht das einzige Mittel, um Erfolge zu erzielen.

Er hatte sie erreicht, gerade als sie die Durchsuchung von Julias Zimmer beendet hatte. Kein Handy, dafür eine verletzte Wange und das Tagebuch, das unter einer losen Diele versteckt gewesen war. Der Schlüssel passte, doch als sie es aufschlug, erwartete sie eine Enttäuschung: Es war leer. Einzig ein zerrissenes Foto flatterte heraus, das Piotr Ginski zeigte, auf dessen Schulter der Arm eines anderen lag. Wer auch immer dort neben ihm auf dem Foto zu sehen gewesen war – jemand hatte ihn entfernt und entsorgt. Und dann hatte Parkov sie am Telefon gebeten, ihn abzuholen, und das ausgerechnet in einer der zwielichtigsten Ecken des Bahnhofsviertels. Marie war für wenige Sekunden versucht gewesen, ihm seine Bitte abzuschlagen, aber als er ihr berichtet hatte, was er dort tat, willigte sie ein.

»Verzeihen Sie mir meinen Anruf, aber jetzt ist jede Minute kostbar. Und wie ich hörte, ist die U-Bahn ein unangenehmer Ort.«

»Sogar für Sie, wo Sie doch mit den lokalen Unterweltgrößen verkehren?«

»Sogar für mich.«

»Hoffentlich nutzt es etwas«, sagte Marie in einem milderen Ton.

»Die Zeiten ändern sich. Verbrecher können in verzweifelten Zeiten zu Verbündeten werden, Verbündete werden manchmal zu Verbrechern. Verzweifelte Zeiten, das musste ich bereits vor Langem lernen, erfordern besondere Maßnahmen.«

»Auch solche, die sich über das Gesetz erheben?«

»Würde Sie das stören, Marie? Selbst in den schlimmsten aller Zeiten?«

Marie dachte an Lucie. Ihr Blick fiel auf die Uhr am Armaturenbrett, und ihr wurde siedend heiß klar, dass sie schon vor einer halben Stunde im Krankenhaus hätte sein sollen. *Verdammt. Eine wunderbare Mutter bist du, nicht wahr?*

»Nein«, erwiderte sie, sah Parkov jedoch nicht an. Diesen Triumph wollte sie ihm nicht gönnen. »In den schlimmsten aller Zeiten würden mich solche Maßnahmen nicht stören.«

»Dann verstehen wir uns.«

Sie wählte über die Freisprecheinrichtung Elise an. Ihre Mutter erklärte sich sofort bereit, zu Lucie zu fahren. »Sag ihr, dass sie sich keine Sorgen machen muss. Ich sehe später noch nach ihr.«

»Was ist denn nur los bei dir? Du klingst erschöpft.«

»Es ist wieder ein Fall, Mama. Ein schwieriger Fall.«

Nachdem sie das Gespräch beendet hatte, spürte Marie, wie Parkov sie von der Seite musterte, während sie den Dienstwagen durch die kalte Frankfurter Nacht lenkte. Als sie ihm einen flüchtigen Blick zuwarf, stand ein besorgter Ausdruck in seinem Gesicht.

»Was denn? Habe ich irgendetwas an meiner Nase?«

»Das nicht, aber eine unschöne Prellung auf Ihrer Wange.«

Marie bemerkte, dass er sie ebenfalls wieder siezte, und fragte sich, ob das mit diesem kurzen Moment auf dem verschneiten Präsidiumsparkplatz zu tun hatte. Jenem Augenblick, als sie sich nicht des Eindrucks hatte erwehren können, dass er ihr etwas sagen wollte, etwas Wichtiges.

»Ginski hat nicht die Wahrheit gesagt. Weder in Bezug auf ihre Tochter«, sagte sie freiheraus, »noch in Bezug auf den Aufenthaltsort ihres Mannes. Piotr Ginski hat mich in ihrer Wohnung überrascht. Er ist auf mich losgegangen.«

»Mussten Sie Ihre Waffe ziehen?«

»Ja.«

»Das tut mir leid.«

Sie sah ihn an. Parkov war mit einem Mal offenbar sehr an den Lichtern der nächtlichen Stadt interessiert. »Was meinen Sie damit?«

»Ich wusste, dass es irgendwann dazu kommen würde. Irgendjemand würde angegriffen werden, doch nicht deswegen, weil wir dem Dezembermann zu nahe gekommen wären, das nicht, nein. Es geschieht, weil die Menschen Angst bekommen. Weil sie uns nicht mehr trauen, ihr Vertrauen in die Fähigkeit der Polizei, sie zu schützen, verlieren.«

»Piotr Ginski sagte tatsächlich, wir hätten seine Tochter nicht schützen können.«

»Und nun hat die Presse davon Wind bekommen. Das war

unvermeidlich. Sehen Sie sich die Onlineportale an, die Aufmacher der großen Zeitungen morgen früh. Twitter, Onlineforen, Facebook. Die Sache wird groß aufgezogen und die Angst zunehmen. Sie wird grassieren wie eine Virusinfektion, die er über die Stadt gebracht hat. Das ist, was er will, was er genießt: Angst verbreiten. Die Angst, allein gelassen zu sein. Die Angst, ihm schutzlos in der Dunkelheit gegenüberstehen zu müssen.«

»Aber ist es nicht genau so?«

»Nicht, wenn wir den Dezembermann rechtzeitig fassen.«

»Sie klingen nicht besonders überzeugt, dass uns das gelingen könnte.«

»Er ist eine Herausforderung. Vielleicht meine größte bisher. Ich muss ehrlich zugeben, dass ich nicht weiß, was der Morgen bringen wird. Ich muss zugeben, dass ich zum ersten Mal nicht weiß, was er vorhat.«

»Wie kommt das?«

»Hauptsächlich, weil er noch weiter ist als vor fünf Jahren.«

»Weiter?«

»Trickreicher. Gefährlicher.«

»Was schlagen Sie jetzt vor?«

Parkov schenkte ihr ein warmes Lächeln. »Sie sind die leitende Ermittlerin, Marie. Ich bin nur ein einfacher BKA-Hauptkommissar, der sich in Dinge einmischt, die ihn nichts angehen.«

»Das … das stimmt nicht, Parkov, und das wissen Sie. Wir alle sind froh, dass Sie bei dieser unangenehmen Sache mit an Bord sind.«

»Kollege Adler vermittelte mir einen anderen Eindruck.«

»Ich kann nicht für ihn sprechen, aber ich bin mir sicher, dass es allein die Umstände des Falls sind, die bei uns allen – auch bei Adler – die ohnehin schon gereizten Nerven bis zum Anschlag anspannen.«

»Das wird es wohl sein.«

»Alles klar?«

»Ich komme schon zurecht.«

Die Lichter der nächtlichen Stadt zogen an ihnen vorüber, während sie den Dienstwagen in Richtung Präsidium lenkte. Als Marie schließlich parkte und Parkov ansah, der die Hände im Schoß gefaltet und die Augen geschlossen hatte, war sie sich längst nicht mehr sicher, ob er wirklich zurechtkam, wie er behauptete.

25.

Das elektronische Schloss an der Tür, die den Zugang zu Flur und Büros des K 11 absperrte, klickte laut, als Marie ihre Chipkarte über den Kartenleser zog. Die Uhr an der Wand zeigte halb acht. *Hallo, Überstunde, alter Freund*, dachte sie. Doch ehe sie nicht mit Isabelle gesprochen, Adlers Bericht gelesen und Grüns Ergebnisse der Handyortung und der Profilfahndung gesehen hatte, würde es keinen Feierabend geben.

Parkov deutete den Gang hinab. »Wussten Sie, dass es zumindest eine gute Neuigkeit an diesem Tag gibt?«

»Sie werden sie mir mit Sicherheit gleich erzählen, hab ich recht?«

»Ich habe mir ein Büro gleich hier einrichten lassen. Leland stellt mir den Konferenzraum 2 zur Verfügung.«

Marie hob eine Braue. Dieser Konferenzraum war das hellste und schönste von allen Büros des K 11. Sie war sich nicht sicher, ob das gute Neuigkeiten waren. Bodenfeld und Fischer würden mit Sicherheit lautstark protestieren, von den Kollegen der Mordkommission 2 einmal abgesehen. Schließlich entdeckte sie zwei Arbeiter, die einige große tropische Pflanzen und ein großes Ölgemälde in besagten Raum trugen, und daneben Isabelle Odinsdottir, die mit belustigter Miene davorstand und ihnen zusah.

Wenigstens sie scheint es nicht zu stören, dachte Marie. *Parkov macht seinem Ruf tatsächlich alle Ehre.*

»Parkov? Wieso dekorieren Sie um?«

»Ich brauche meine vertraute Umgebung, um vernünftig zu denken. Daher habe ich Johann gebeten, diese Herren zu schicken, um einige Objekte aus meinem Haus hierherzubringen.« Er verschwand in seinem neuen Büro, tauchte jedoch augenblicklich wieder auf, um die Arbeiter fortzuschicken, jedoch nicht ohne ihnen einige Scheine Trinkgeld in die Hände zu drücken. »Das genügt. Ich erwarte Sie morgen mit dem Rest.« An Marie und Isabelle gewandt, fügte er hinzu: »Kommen Sie nur herein, meine Damen. Ich denke, es ist an der Zeit, dass wir einen Kriegsrat halten.«

Marie tauschte einen Blick mit Isabelle. »Kriegsrat?«

»Nennen Sie es, wie Sie wünschen«, rief Parkov, der bereits wieder im Inneren des Büros verschwunden war. »Aber beeilen Sie sich. Und wenn eine von Ihnen so nett wäre – eine Kanne grüner Jasmintee würde mir jetzt vorzüglich schmecken.«

»Wir sind nicht Ihre Teeköchinnen«, sagte Isabelle, als Marie und sie mit Parkovs dampfender Teekanne in der Hand sein neues, improvisiertes Büro betraten. »Das ist eine einmalige Ausnahme, verstanden?«

Parkov deutete eine kleine Verbeugung an. »Selbstverständlich. Und selbstverständlich werde ich mich für diese kleine Aufmerksamkeit erkenntlich zeigen. Nehmen Sie bitte Platz.«

Marie sah, dass Parkovs Helfer einen großen Schreibtisch aus dunklem, antikem Holz vor dem Ölgemälde, das ein Segelschiff auf hoher See zeigte, platziert hatten – und vor den bodentiefen Fenstern des Konferenzraums drei ausladende Sessel. Anstelle der kälteren, tageslichtähnlichen Deckenleuchten brannten zwei Stehlampen, die ein warmes buttergelbes Licht verbreiteten.

Parkov nahm Platz, Marie und Isabelle neben ihm. Die Sessel waren äußerst bequem. Mit der Teekanne auf dem niedrigen Beistelltisch vor ihnen, aus der Parkov gerade eingoss, fehlte nur noch ein offener Kamin, und die Umwandlung vom nüchternen Präsidium zu Parkovs Landhausstil wäre annähernd perfekt.

Zu Maries Verblüffung entzündete er nun in einem kleinen Räuchergefäß eine Kerze, die ihrerseits getrocknete Kräuter in einer Schale darüber erwärmte, wodurch ein ätherischer Geruch in die Luft strömte.

»Das wird dem Brandschutzbeauftragten aber nicht gefallen«, sagte Isabelle.

»Ich habe den Rauchmelder abgestellt.« Parkov schenkte sich Tee nach. »Nun. Wo stehen wir?« Er wandte sich Isabelle zu. »Die Schule, die Lehrer, die Mitschüler.«

Isabelle trug eine ausführlichere Version der Zusammenfassung vor, die Marie bereits von Jörg am Handy bekommen hatte. Julia Ginski war eine Einzelgängerin gewesen, ein eher stilles, ordentliches und strebsames Mädchen. »In der Gruppe der Gleichaltrigen – der Peergroup, wie es die Pädagogen mittlerweile nennen – hatte sie nur flüchtige Bekanntschaften, die sich auf das schulische Umfeld beschränkten. Was Jörg und ich von den Lehrern erfahren konnten, war die Existenz von ein paar älteren Freunden, mit denen Julia hin und wieder ihre Zeit verbracht haben soll. Und dann natürlich die angebliche Affäre mit einem der nun suspendierten Lehrer. Norman Holdinger, Studienrat, fünfunddreißig, Fächer Religion und Geschichte.«

»Parkov, Sie sagten doch, der Dezembermann sei womöglich jemand, der beruflich viel mit Menschen zu tun hat? Ein Lehrer würde genau in dieses Schema passen.«

»Ja.« Parkov nickte nur.

»Wie viel älter waren diese älteren Freunde?«

»Namen kannte am Gymnasium niemand. Ginskis Deutschlehrerin schätzte sie vom Sehen auf etwa vier bis sechs Jahre älter.«

»Das ist nicht relevant«, sagte Parkov. »Abgesehen davon, dass es Julia Ginskis Charakter definiert.«

»Inwiefern? Reifer? Mit einer Vorliebe für Männer, die wesentlich älter waren als sie?«

»Das ist anzunehmen. Wer übernimmt diesen Holdinger?«

»Unser Studienrat wohnt jetzt in Darmstadt«, erwiderte Isabelle. »Eigentlich sollte Jörg das machen, aber dann kam die Sache mit seiner Frau dazwischen, also war noch niemand dort.« Sie deutete auf die Fallakte, die sie auf den Tisch gelegt hatte. »Die Adresse steht darin. Wenn ihr wollt …« Sie blickte zwischen Parkov und Marie hin und her. Etwas lag im verschmitzten Blick und im Lächeln der Isländerin, das Marie nicht richtig interpretieren konnte. Wollte sie etwa andeuten …?

»Das machen wir morgen früh«, sagte Parkov in die Stille hinein. »Neuigkeiten aus Fortloffs Restaurant?«

»Adler sagt, dass er nichts Wichtiges in Erfahrung bringen konnte.«

»Weil er keine Lust hatte nachzuhaken oder weil es nichts Wichtiges zu erfahren gab?« Parkov schüttelte den Kopf. »Schon gut. Darauf müssen Sie nicht antworten, meine Liebe.«

»Sag mir, dass wenigstens die Handyortung funktioniert hat.« Marie hatte bisher nur an ihrem Jasmintee genippt. Sie zog zu jeder Zeit Kaffee dem Geschmack von grünem Tee vor, doch Parkov schien regelrecht auf das Zeug abzufahren. Wenigstens war das Getränk angenehm heiß.

»Thomas meinte, er hätte den richterlichen Beschluss zwar bekommen, aber das LKA Wiesbaden hat ihn abblitzen lassen. Sie hätten – ich zitiere – derzeit schlicht keine Kapazitäten für eine einfache Fahndungsanfrage in Sachen Überwachung oder Ortung frei, wenn es nicht gerade um eine Entscheidung über

Tod oder Leben ginge, würde alles für Gefährderüberwachung, Terrorfahndung und dergleichen benötigt. Thomas hat die Daten durchgegeben und den Beschluss gefaxt, aber das LKA konnte uns nicht einmal einen Termin nennen, wann sie zur Bearbeitung Zeit finden.«

»Mist.« Marie strich sich eine Strähne aus der Stirn und blickte zum Fenster, wo die Winternacht sich gegen die Scheibe drückte. Mit einem Mal war ihr kalt, sehr kalt, und das, obwohl die Heizkörper an den Wänden bullerten und glühten. Sackgassen und lose Fäden an allen Enden.

»Idioten«, sagte Parkov. »Das machen wir anders.«

»Und wie?«

»Geben Sie mir einfach die Nummer.«

Isabelle reichte ihm den Zettel.

»Was ist mit der Profilfahndung? Ist Grün da weitergekommen?«

»Keine Treffer. Keine bekannten Serientäter, die diesen Modus Operandi nutzen, und keine verdächtigen Medizinstudenten. Noch nicht.«

»Dafür ist unser Feind zu schlau«, warf Parkov ein. »Er sorgt dafür, dass sein Schüler nicht auf diese Weise entdeckt wird.«

»Sind die Ginskis hier, Isa?« Marie stellte ihre Tasse ein wenig zu heftig auf dem Tischchen ab. Der Tee im Inneren dampfte noch immer. Sie hatte Julia Ginskis Eltern die letzten beiden Stunden erfolgreich verdrängt, doch nun kehrte alles zurück und wie gerufen auch die Schmerzen an ihrer Wange.

»Sie stecken unten im vorläufigen Gewahrsam. Er wird, wenn Jäger zustimmt, heute Abend noch in die U-Haft verlegt. Ich habe den Kollegen gesagt, dass sie sie in jedem Fall trennen sollten, weil ich mich des Eindrucks nicht erwehren konnte, dass er ganz schön wütend auf seine Frau war. Du weißt, dass die unten die Mittätertrennung nicht immer so genau nehmen.

Ich habe ihn als Beschuldigten belehrt.« Isabelle beugte sich vor, streckte eine Hand aus und berührte behutsam Maries Wange.

»Aua«, sagte die.

»War er das?«

»Jep.«

»Ich hol dir etwas Salbe. Warte.«

»Du musst nicht …«

»Komm schon, ist ein isländisches Geheimrezept. Es wird dir helfen.« Sie verschwand mit einem strahlenden Lächeln zur Tür hinaus.

»Ist Odinsdottir immer so fröhlich?« Parkov hob die Teekanne. »Wie schade, sie ist schon halb leer.«

»Meistens.« Marie betastete ihre Wange. »Sie und Jörg halten den Laden zusammen, wenn alle anderen am Durchdrehen sind. Wie jetzt.«

»Das ist gut. Der innerpolizeiliche Zusammenhalt, insbesondere innerhalb einer Mordkommission, ist immens wichtig für die Qualität der Arbeit und die Aufklärungserfolge. Ich habe einmal einen Kommentar für die Polizeiführung dazu geschrieben.«

»Ist er gut angekommen?«

»Mein Artikel?« Parkov lachte. »Vermutlich nicht. Wahrscheinlich wurde er nicht gelesen, weil er vom BKA kam, und vor allem deswegen, weil *Parkov* draufstand.«

»Die mögen Sie nicht?«

»Es sind meine Methoden, die man nicht mag. Und damit meine ich all die Theoretiker und Schönwetterpolitiker, die entsetzlich wenig von der Wirklichkeit wissen, aber umso mehr Einbildungskraft besitzen.«

»So hatte ich Sie gar nicht eingeschätzt.«

»Dann danken Sie mir für die Überraschung.«

»Nein, im Ernst. Ich dachte, Sie sind bestens mit der Führung gestellt.«

»Mit dem derzeitigen BKA-Präsidenten, ja, durchaus. Er ist ein alter Freund der Familie. Wenn er geht, wird man mir wieder Steine in den Weg legen. Aber wenn es so weit kommt, werde ich ohnehin …« Er winkte ab. »Vergessen Sie meine Worte.«

Marie sah ihn an. *Aber dann werde ich ohnehin … was?* »Was ist los mit Ihnen, Parkov? Ich bemerke immer mehr die Spur einer fatalistischen Einstellung in Ihren Worten.«

»Fatalistisch? Nein. Religion und der Glaube an das Schicksal sind Erfindungen für Menschen, einfaches Volk, und – wenn sie auch dem Einzelnen in Notlagen spirituellen Halt und Festigung geben mögen – weitestgehend überholt. Ich bin überzeugt, dass wir allein unser Schicksal bestimmen. Ende der Überlegung.«

»Sie halten nicht viel vom gewöhnlichen Menschen, nicht wahr?«

»Das ist bestimmt nur ein Eindruck, den Sie gewonnen haben.«

»Und was hält das Schicksal für Sie bereit? Oder sollte ich sagen: Welchen Weg haben Sie selbst für Ihre Zukunft gewählt?«

»Ich werde ihn fassen.« Parkov warf ihr einen Blick zu. Seine blassblauen Augen schienen sie durchdringen zu wollen. »Das Ende dieses Falles wird *sein* Ende sein. Und für den unwahrscheinlichen Fall, dass es anders kommt und das Ende mein eigenes sein wird, dann müssen Sie zu Ende bringen, was ich begonnen habe. Bringen Sie zu Ende, Marie, woran ich womöglich scheitern werde.«

»Parkov …«

»Und erzählen Sie niemandem, was ich gerade gesagt habe.«

Isabelle kam mit Schwung in den Konferenzraum zurück, blieb dann jedoch irritiert stehen. »Störe ich?«

»Natürlich nicht«, erwiderte Marie. »Komm herein.«

Isabelle setzte sich ihr gegenüber. Aus dem kleinen Tiegel in ihrer Hand strömte ein ätherischer, frischer Duft, fast jenem gleich, den Parkovs Kräuter von sich gaben. »Das ist ein altes Rezept meiner Großmutter.«

»Und die haben Sie hier im Schreibtisch?«

»Was dagegen? Kollege Bodenfeld war vor ein paar Monaten ganz froh, dass ich sie hier hatte.«

Parkov lächelte sein wissendes, geheimnisvolles Lächeln. »Keineswegs. Ich bin gespannt, was die isländischen Naturheilmethoden leisten.«

Isabelle strich über Maries Wange. Die Salbe hatte eine schmerzlindernde Wirkung, angenehm und kühl. »So«, sagte sie, »schon fertig.«

»Danke, Isa.« Marie spürte die Müdigkeit, ausgelöst von wenigen Stunden Schlaf und zu viel Arbeit, tief in jedem Muskel, jeder Sehne und jedem Knochen. Aufgrund ihrer puckernden Wange und beim Gedanken an Lucie kam sie zu dem Entschluss, die Dinge für heute genug sein zu lassen. »Wir machen die Vernehmung der Ginskis morgen«, sagte sie. »Ich hätte dich gerne dabei.«

»Kein Problem.«

Marie reichte Isabelle und Parkov das zerrissene Foto, das sie in der Wohnung der Ginskis entdeckt hatte.

»Wir sollten herausfinden, wer dort neben Piotr Ginski zu sehen gewesen war. Und wieso man ihn entfernt hat.«

»Das sollten wir. Und da ist noch etwas.« Parkov erzählte von seiner Begegnung mit Fortloff am Kaufhaus und vom verschwundenen Hausmeister.

»Zwei Schlüssel?« Marie rief sich den Bericht von Grünbaum in Erinnerung, in dem er die erste und einzige Befragung des Hausmeisters protokolliert hatte. »Das haben wir übersehen. Scheiße, wie konnte das passieren? Und der Streit vor dem Tor, den die Zeugin von gegenüber gesehen haben will, hat der etwa damit zu tun? Und Müller ist nicht mehr zur Arbeit erschienen? Hat er etwa gelogen, was die Scharfschaltung der Alarmanlage angeht?« Sie massierte sich die Schläfen. Wieder sah sie Lucies blasses, von der bösartigen Krankheit verzehrtes Gesicht vor sich. »Ich weiß nicht, wie ich das Leland erklären soll.«

»Fehler passieren.« Isabelle sah sie ernst an. »Das ist einfach so. Wir sind nur Menschen.«

»Solche Fehler *dürfen* nicht passieren! Nicht hier, nicht bei einer Mordermittlung!«

»Nur die Ruhe. Ich werde mir die Wohnung des Herrn spätestens morgen früh ansehen. Es wird sich alles auflösen.« Parkov schenkte Marie nach. »Trinken Sie. Und dann haben wir dies – eine weitere mögliche Spur.« Er griff ins Innere seines Jacketts und förderte einen Spurensicherungsbeutel zutage. »Das habe ich auf einer der Spitzen am Zaun gefunden, der das Gelände umgibt.«

Marie betrachtete das Innere des Beutels. Ein winziges Stück Leder lag darin, Leder, auf das lange tierähnliche Haare aufgearbeitet waren. »Was in aller Welt ist das?« Isabelle hatte sich neugierig zu ihr herübergebeugt. »Haare? Tierhaare?«

»Die Kanten sind gerissen«, sagte Marie. »Als wäre das hier aus irgendetwas Größerem herausgerissen worden.« Sie warf Parkov einen fragenden Blick zu, und der nickte zustimmend.

»Eine Verkleidung, nehme ich an. Ein Tierkostüm mit einem Fell. Es ist Ziegenhaar, das habe ich bereits überprüfen lassen, doch sonst findet sich keine DNA oder anderes Haar am Objekt.«

»Soll das bedeuten, jemand ist in einem Tierkostüm über den Zaun geklettert und hat sich an einer der Spitzen ein Stück seiner Verkleidung abgerissen? Das würde zu den Tierhaaren passen, die Fischer am Fundort entdeckt hat.«

»Davon müssen wir ausgehen«, sagte Parkov. Er bat Isabelle, ihm die Akte mit Lorenz' rechtsmedizinischem Gutachten zu reichen, überflog den Bericht und seufzte. »Wie ich es mir dachte, Lorenz hat unsauber gearbeitet. Ich kann mir nicht vorstellen, dass sie es anders gemacht haben.«

»Das heißt?«

»In diesem Gutachten fehlt etwas, und zwar die Spuren auf Julia Ginskis Rücken, die uns zeigen, dass man sie über den Zaun geschleift haben muss, weil das Tor verschlossen war. Wir wissen jetzt auch, wieso sie sich vor dem Tor gestritten haben. Das war keineswegs geplant, sie mussten improvisieren.« Parkov erhob sich und begann, Mantel und Handschuhe anzuziehen. »Ich werde der Rechtsmedizin einen zweiten Besuch abstatten müssen.«

Isabelle und Marie folgten ihm zur Tür, wo er sich abermals zu ihnen umdrehte, während er sich einen karierten Wollschal um den Hals legte. »Ich melde mich. Gehen Sie nach Hause. Sie können hier nichts mehr tun. Schlafen Sie und verschließen Sie Ihre Türen. Wir wissen nicht, worin sein nächstes Geschenk besteht.«

»Parkov, auf Ginskis Rücken waren keine Spuren. Ich habe sie doch mit eigenen Augen gesehen. Und wenn Sie mir nicht glauben, schauen Sie sich die Fotos von Fischers Tatortfotografen an.« Marie schüttelte den Kopf. »Sie verrennen sich da in eine falsche Spur. Lorenz hätte das niemals übersehen.«

»Es muss Spuren geben. Ich weiß, dass es sie gibt. Wir sind alle davon ausgegangen, dass der Dezembermann mit dem Zentralschlüssel auch eine Zutrittsmöglichkeit für die Tore besaß. Fortloff jedoch sagt, es gebe eigene, getrennte Schlüssel und seiner sei ihm nicht entwendet worden. Wenn Ginskis Körper Spuren von den Zaunspitzen auf Rücken oder Bauch aufweist, dann beweist das, dass Fortloff die Wahrheit sagt. Sie haben sie über den Zaun gehoben, weil ihr Zentralschlüssel nicht passte.«

»Und wenn nicht?«

»Ich bin überzeugt davon, dass die Spuren da sind, selbst wenn sie auf den Fotos nicht zu sehen sind. Wahrscheinlich hat Lorenz sie sogar entdeckt, ihnen jedoch keine besondere Bedeutung beigemessen, angesichts der anderen erheblichen Verletzungen. Die Spitzen am Zaun sind abgeflacht, verursachen also stumpfe Abdrücke. Unwahrscheinlich, dass ihre Haut verletzt oder durchdrungen wurde. Und zweitens haben sie die Spitzen mit irgendetwas abgedeckt. Vielleicht mit dem Tierkostüm – vielleicht mit etwas anderem, und der Täter selbst trug die Verkleidung.«

»Möglich«, sagte Marie. »Aber wieso besorgen sie sich die Zentralschlüssel für das Kaufhaus, nicht aber für den davorliegenden Zaun? Da stimmt etwas nicht.«

»Es ist essenziell, den Ablauf der Tatnacht zu rekonstruieren. Deswegen habe ich Manic gebeten, mir zu helfen. Vielleicht treibt er irgendeinen Obdachlosen auf, der in der Nacht in der Nähe des Kaufhauses beobachten konnte, was uns entgangen ist.« Parkov nickte ihnen zu. »Danke für den Tee und die Gesellschaft. Bis morgen.«

Er verschwand mit wehendem Mantel. Nur Augenblicke später war es, als sei er nie da gewesen.

»Gott, ich bin so müde. Dieser Fall macht mich fertig.« Marie streckte sich. Isabelle neben ihr rieb sich die Arme, als sei ihr mit einem Mal kalt, und zugleich bemerkte Marie, wie ihre Kollegin sie eindringlich ansah.

»Zugegeben: Er ist seltsam.« Sie legte den Kopf schief. »Aber ich glaube, du magst ihn.«

»Das ist doch Unsinn. Wir kennen uns nicht.«

»Komm schon. Der geheimnisvolle BKA-Ermittler, der plötzlich aus dem Nichts auftaucht. Er sieht gut aus, er hat ein dunkles Geheimnis. Ich sage dir ständig, du musst mal wieder unter Leute, und ich glaube, ihm geht es nicht viel anders. Ihr beide«, sagte Isabelle mit einem Grinsen, »könntet gut zusammenpassen.«

»Du spinnst.«

»Und du merkst es wieder mal nicht, wenn ich dich nur aufziehe.« Die Fröhlichkeit auf Isabelles Miene verschwand. »Im Ernst, Marie. Bist du okay? Du kommst nicht so rüber, als wärst du du selbst.« Sie deutete zur Tür, aus der Parkov verschwunden war. »Und er schon mal gar nicht.«

Sie tauschten einen wortlosen Blick. Marie war froh, dass keiner der Männer mehr da war. Isabelle Odinsdottir war das, was einer sehr guten Freundin am nächsten kam. Ihrer einzigen Freundin.

»Wenn ich ehrlich bin …«

»Sei ehrlich, Süße. Bitte. Wenigstens zu mir. Meine Güte, du bist heute angegriffen worden.«

»Ich weiß nicht, wie's mir geht. Ich sehe Lucie kaum noch, vielleicht eine Stunde am Tag, renne hin, renne her. Und dann mache ich solche dummen Fehler wie in der Wohnung der Ginskis. Isa, er hätte mich beinahe zu Boden geschlagen. Was dann? Wenn er meine Waffe in die Finger bekommen hätte? Das habe ich niemandem erzählt. Ich schlafe kaum noch. Ich sehe die kleine Ginski vor mir, doch wenn ich im Traum ein zweites Mal hinsehe, liegt Lucie dort, tot, von diesem Wahnsinnigen abgeschlachtet.«

»Süße, komm mal her.« Isabelle nahm Marie in die Arme, drückte sie fest an sich, strich ihr über den Rücken und das Haar und hielt sie fest. »Du reagierst nicht anders als wir alle. Mich nimmt die Sache mit, Jörg, Thomas … und ich bin mir sicher, dass auch Parkov so fühlt. Du bist nicht allein bei dieser Sache, weißt du? Wir sind ein Team, wir stehen das gemeinsam durch.«

Marie vergrub ihren Kopf an Isabelles Schulter. »Du hast ja recht.«

»Lass uns für heute Schluss machen, einverstanden?« Isabelle schob Marie ein Stück von sich und sah ihr in die Augen. »Komm schon. Wir besuchen Lucie und kochen dann etwas Leckeres.«

»Chris wird sich freuen, wenn er dich an euren seltenen gemeinsamen Abenden auch noch mit mir teilen muss.« Marie wischte sich über die Wange. »Scheiße, das ist alles einfach …«

»Ein ganz großer Mist? Ja, das ist es. Unser Täter hätte sich gerne eine andere Zeit aussuchen können. Aber dann würde er sich wohl nicht Dezembermann nennen.«

Marie blickte auf. »Was hast du gerade gesagt?«

»Was meinst du?«

»Wiederhole, was du zuletzt gesagt hast.«

»Er würde sich nicht Dezembermann nennen, wenn er zu einer anderen Zeit zuschlagen würde. Vielleicht würde er sich April- oder Julimann nennen, aber nicht Dezem…«

»Parkov hat erwähnt, dass er vermutet, unser Täter würde tatsächlich nur in diesem Monat zuschlagen. Wie eine Obsession.«

»Das war doch klar, oder nicht? Wieso sonst hätte er diesen Namen gewählt?«

»Genau das ist doch die Frage. Wir analysieren sein Vorgehen, versuchen, sein Motiv zu verstehen, vergessen dabei aber das wichtigste Detail, weil es direkt vor unserer Nase liegt. Sein Name. Der Name, den er selbst für sich gewählt hat. Und zwar nicht erst seit heute, sondern bereits seit Jahren.«

»Seit er Parkov die erste Nachricht zukommen ließ.«

»Genau.«

»Vielleicht gehen wir das völlig falsch an.«

»Wie, du meinst, wir sollten nach einem … obsessiven Dezemberliebhaber suchen?«

»Misteln, eine Weihnachtsmannmütze. Wonach sieht das denn für dich aus?« Marie griff nun doch noch einmal nach dem Bericht, den Professor Lorenz abgegeben hatte. »Weihnachtssternchen, wie sie zur Dekoration verwendet werden, auf ihren Fußsohlen und ihrem Rücken. Die kamen von ihm.«

»Parkov sagte, das sei nur Ablenkung, ein Spiel. Es hätte keine Bedeutung.«

»Und was ist, wenn Parkov sich irrt? Es ist ihm nicht gelungen, den Typen zu fangen. Er kann sich irren. Er ist nicht unfehlbar.«

»Natürlich ist er das nicht. Aber er hat Häusser gestellt und eine der furchtbarsten Serien beendet, die wir in Frankfurt hatten.«

»Ja. Ja, das ist wahr.« Sie seufzte abermals. Im selben Augenblick klopfte es an der Tür.

»Ja?«

Ein Bote trat ein. »Ein eiliges Dokument aus dem rechtsmedizinischen Institut. Bitte unterschreiben Sie hier … und hier.«

Nachdem der Bote gegangen war, warf Marie einen Blick auf die Nachricht des Labors. »Die DNA-Analyse der Bisswunden ist da«, sagte sie. »Clausen schreibt, dass ein Großteil der Bisswunden mit Ammoniak ausgewaschen wurde, um die DNA-Spur zu vernichten. Die wenigen Überbleibsel, die er dennoch aufspüren konnte, sind einem männlichen Täter etwa zwischen Ende zwanzig und Mitte dreißig zuzuordnen, der zugleich noch nie auffällig geworden und in keinem System und keiner Datenbank enthalten ist.« Sie sah auf. »Also eine weitere Sackgasse.«

»Parkov lag jedoch richtig, was das Alter des Schülers angeht.«

»Und? Das genügt nicht.« Sie seufzte. »Weißt du was? Mir reicht es für heute.«

»Na endlich wirst du vernünftig.«

26.

Später am Abend

Der Schnee fiel und fiel. Heller Mondschein ließ den Boden leuchten wie ein fluoreszierendes, exquisites Mineral. Niemand war hier, seine Spur die einzige im unberührten schneeweißen Untergrund. Parkov öffnete die Eingangstür des rechtsmedizinischen Instituts mit seinem Zweitschlüssel. Er war allein, das Gebäude dunkel und verlassen hinter pastellfarbenen Wänden. In der Linken hielt er eine kleine, aber leistungsstarke LED-Taschenlampe, deren Lichtkegel über holzvertäfelte Wände, das Parkett, Teppiche und Ölgemälde huschte, die den Besuchern im Erdgeschoss einen völlig anderen, warmen, willkommen heißenden Eindruck vermittelten, als er in den Kellern vorherrschte. In der Luft lag der Geruch von Vergänglichkeit und Bohnerwachs.

Der Warteraum für Angehörige, die man zur Opferidentifikation einbestellte, lag still und verlassen vor ihm. Die Stühle warfen lange, skelettartige Schatten. Silbrig fiel das Mondlicht durch die Sprossenfenster und beschien den knarrenden Boden aus Nussbaumparkett.

Draußen fuhr ein Wagen vorüber. Die Xenonscheinwerfer

strichen über das Gebäude und erhellten Vorraum und Wartezimmer wie ein Blitz in einer Sommernacht, dann war der nächtliche Fahrer wieder fort.

An der Wand blinkte der Countdown der elektronischen Alarmanlage: zehn, neun, acht … Parkov tippte den Code ein, den er einmal einem Mitarbeiter des Instituts entlockt hatte, ehe das Alarmsignal automatisiert an die nächstgelegene Dienststelle geleitet werden konnte. Für einen Augenblick verharrte er auf der Stelle, lauschte und wartete. In den Wänden gluckerten Rohre. Sonst nichts.

Er war allein.

Parkov hatte einige Minuten mit dem Gedanken gespielt, seinen letzten Gefallen bei Professor Lorenz einzufordern und ihn zu bitten, ihn hier zu treffen, doch dann hatte er den Gedanken wieder verworfen. Es war besser, wenn Lorenz ihm weiter etwas schuldete und er den Gefallen dann einfordern konnte, wenn er ihn wirklich brauchte.

Parkov eilte die Treppe ins Kellergeschoss hinab, wo ihn weiß gekachelte Wände und der altbekannte, nicht zu verdrängende Geruch des ringsum präsenten Todes erwarteten.

Naserümpfend öffnete er die Tür zum Kühlhaus. Aus der Gästeliste, wie sie die Rechtsmediziner zynisch nannten, entnahm er im Handumdrehen, wo sich Julia Ginski befand. Parkov zog sich zwei Handschuhe über, wählte das Fach und zog die Schublade heraus. Das Kühlaggregat gab ein leises Gluckern von sich.

Die Leiche des Mädchens war mit dem üblichen weißen Tuch bedeckt. Als er es wegzog, geschahen mehrere Dinge zugleich: Zuerst fiel der Lichtkegel seiner Taschenlampe auf einen Briefumschlag, den die Tote in der Hand hielt. Oben heulte die Alarmanlage auf. Zuletzt prallte in der Dunkelheit hinter Parkov eine Metallschale auf den Boden. Das Geräusch war einschneidend laut inmitten der Stille. Parkov fuhr zusammen. Dann wirbelte er herum. Innerhalb von Sekunden lag die Walther P99 in seiner Hand.

»Wer ist da? Stehen bleiben!«

Nichts geschah. Dann drang ein Kichern aus der Dunkelheit, gefolgt von Schritten, die sich rasch entfernten. Der Lichtkegel seiner Taschenlampe fand einen Schatten, der den Korridor hinab- und die Treppe hinaufhuschte.

»Halt! Polizei!«

Parkov stürzte in den Korridor, zielte präzise und feuerte. Von der Treppe wehte ein gepresster, spitzer Schrei heran. Ein Bein des Schattens verschwand nach oben. Parkov jagte die Treppe hinauf. Die Alarmanlage jaulte, draußen zeichnete sich Blaulicht ab, das schnell näher kam.

Der Schatten war fort. Parkov richtete die Lampe auf das Parkett, die letzten Treppenstufen, den Teppich. Blut. Kleine Tropfen auf dem Holz, dem Teppich.

Ein Streifschuss, dachte er. *Besser als nichts.*

Er war mit wenigen Schritten beim Ausgang, dann auf der Straße. Ein Schatten humpelte den Gehweg entlang. Parkov riss die Waffe hoch. Ein Kastenwagen, der mit offener Tür am Straßenrand stand, war das Ziel des Schattens. Während Parkov näher kam, schnellte ein Arm aus der Fahrerkabine und half dem Schatten beim Einsteigen. Dann fuhr der Wagen mit knirschenden Reifen an. Das Nummernschild fehlte.

Parkov fluchte. Rasch kehrte er ins rechtsmedizinische Institut zurück, zu jener Stelle, an der das Blut des Verwundeten deutlich zu sehen war, kramte in den Taschen seines Mantels nach seinem Werkzeug – ein Proberöhrchen samt Wattestäbchen hatte er immer griffbereit –, nahm eine Blutprobe auf und eilte zurück in den Keller. Dort griff er sich den Briefumschlag und lauschte erneut. Die Funkstreifenwagen hatten ihre Sirenen abgestellt. Er würde sich beeilen müssen: Ein Zusammentreffen mit übereifrigen Streifenpolizisten war das Letzte, was er an diesem Abend brauchte.

Er drehte Julia Ginski behutsam auf den Bauch. Von oben drangen Schritte und unverständliche leise Worte zu ihm herab. *Sie sind schon hier? Verdammt.* Schlecht, dass er geistesabwesend die Türen offen stehen gelassen hatte.

Er beugte sich tiefer über die Leiche. Hier und da waren einige der kleinen bunten Weihnachtssterne auf ihrem Rücken zurückgeblieben, die Lorenz auch an ihren Fußsohlen entdeckt hatte. Die Fesselspuren des Hanfseils waren deutlich auszumachen, und dort waren sie: kleine Abdrücke, stumpfe Druckspuren, die von einer der Zaunspitzen herrühren mussten. Parkov drehte sie wieder auf den Rücken.

»Ich wusste es.«

»Nehmen Sie die Hände hoch! Polizei!«

Parkov fand sich inmitten dreier Lichtkegel wieder. Er kam der Aufforderung nach und drehte sich um. Drei Polizisten standen ihm gegenüber, die Hände an den Waffen.

Er sah die Überraschung in ihren Augen. Er sah, wie schockiert sie waren. Nichts davon war gut. Er würde die Situation schnell unter Kontrolle bringen müssen.

»Ich bin vom BKA«, sagte er müde. »Ich habe meinen Ausweis bei mir. Lassen Sie mich in meine Tasche greifen?«

»Nein.«

Einer der Männer näherte sich. »Welche Seite?«

»Links.«

Das ist nur logisch, dachte Parkov. *Wenn es Spuren gibt, die belegen, dass sie die Tote über den Zaun heben mussten, dann war das Tor verschlossen. Sie hatten zwar den passenden Zentralschlüssel, nicht jedoch den für das Tor. Einer von ihnen, derjenige, der das Kostüm getragen hat, kletterte hinüber und riss dabei ein Stück seiner Verkleidung ab.*

Der Polizeibeamte hatte mittlerweile den Ausweis gefunden. »Parkov«, sagte er. »Daniel Parkov, Erster Hauptkommissar. Und wieso brechen Sie hier ein?«

»Ich bin nicht eingebrochen. Ich musste eine Sache überprüfen.« Parkov erklärte den Beamten, wieso er hier war. »Sagen Sie mir lieber, ob Sie den Kastenwagen gesehen haben und eine Fahndung herausgeben.«

Einer der Polizisten hatte das Licht eingeschaltet und die Patronenhülse im Flur gefunden. »Sie haben geschossen?«

»Einen Schuss abgefeuert, einen Schuss auf den Tatverdächtigen. Er hat mich angegriffen. In der Hektik habe ich ihn aber nur gestreift. Daraufhin konnte er fliehen. Beantworten Sie jetzt meine Frage?«

»Wir haben niemanden gesehen.«

Parkov schloss die Kühlschublade, warf die Überziehhandschuhe in den Müll und verbarg seine Hände in den Taschen. Der Briefumschlag in seiner Rechten war so kalt wie die Haut der Toten.

»Geben Sie die Fahndung nach einem Kastenwagen heraus, der ohne Kennzeichen fährt. Ein VW, dunkelblau oder schwarz.«

»Aber …«

»Sofort.«

»Machen Sie's, Brandow.«

Einer der Polizisten entfernte sich ein Stück und sprach ins Funkgerät.

»Wir müssen das melden. Dass Sie geschossen haben, meine ich.« Der Beamte sah sich nervös zu seinem dritten Kollegen um. »Es ist so, dass wir das melden müssen. Konnten Sie denn sicher sein, dass es der Tatverdächtige war? Das Licht war doch aus.«

»Das Licht war aus? Woher wollen Sie das wissen? Nur weil Sie es gerade eingeschaltet haben, schließen Sie darauf, dass es abgeschaltet war, als ich den Tatverdächtigen hier unten gestellt habe?«

»Das war naheliegend.«

»Aber falsch. Das Licht war eingeschaltet. Ich vermute, dass Sie alle die Räumlichkeiten der Rechtsmedizin nicht kennen, sonst wüssten Sie, dass die Lichtsteuerung mit einer Zeitschaltuhr versehen ist, die verhindert, dass eine vergessene Beleuchtung die ganze Nacht hindurch angeschaltet bleibt. Ich stand mit dem Rücken zur Tür. Er griff mich von hinten an, ich verteidigte mich. Der Kampf trug uns aus dem Saal hinaus in den Korridor, wo ich Abstand gewinnen und meine Dienstwaffe ergreifen konnte. Als mein Gegenüber einen neuerlichen Angriff in meine Richtung startete, musste ich zwangsläufig schießen. Es war das verhältnismäßige, letzte Mittel. Er floh und stieg in den Kastenwagen. Danach bin ich hierher zurückgekehrt, um meine Untersuchung abzuschließen, als sich das Licht automatisch abschaltete.«

Die Polizeibeamten tauschten abermals einen Blick. Parkov war sich sicher, dass er wusste, was jetzt kam.

»Wir haben natürlich von der Sache gehört. Fürchterlich, von dem Mädchen im Schaufenster zu hören. Vielleicht … vielleicht lässt sich das hier auch auf dem kleinen Dienstweg regeln. Sie haben nicht geschossen. Sie haben jemanden hier überrascht, den Tatverdächtigen im Kaufhausmordfall, der in einem Kastenwagen fliehen konnte. Das wäre einfach.«

Parkov nickte. »Was Sie melden, ist Ihre Sache. Aber ich nehme an, dass Sie *mich* kennen, wenn ich Ihre Reaktion auf meinen Ausweis berücksichtige. Vergessen Sie nicht, dass ich immer an meine Freunde denke. Und jetzt muss ich gehen.«

Sie ließen ihn ziehen. Wieder im Erdgeschoss angelangt, folgte er der Blutspur nach draußen. Im Schnee waren mehrere Abdrücke: seine eigenen, die der drei Polizisten, die hinein- und nicht wieder herausführten, und zwei andere, die in Richtung Straße verschwanden. Eine der Spuren war von Blutstropfen begleitet.

Parkov kniete sich in den Schnee, fotografierte die Abdrücke und nahm Maß. Einmal Schuhgröße fünfundvierzig, einmal siebenundvierzig.

Also hatte er tatsächlich einen neuen Schüler.

Irgendwo in den Tiefen seines Verstandes hörte er Suzanns Schreie. Für den Augenblick eines Erinnerungsbruchstücks stand er wieder in einer kalten Fabrikhalle. Für den Augenblick eines Herzschlags machte er den entscheidenden Schritt zur Seite, als der Vogelfänger hinter ihm aus dem Schatten auftauchte und versuchte, ihn niederzuschlagen. Für einen Augenblick machte er alles richtig. Seine Hände ballten sich zu Fäusten.

Der Briefumschlag, den sein Gegner bei Julia Ginskis Leiche zurückgelassen hatte, war unverschlossen. Parkov wusste, dass es unentschuldbar leichtsinnig war, ihn hier und jetzt zu öffnen. Doch wenn er den Dezembermann richtig beurteilte, dann würde der ihn nicht vergiften. Nicht mithilfe eines Briefes. Nicht hier, nicht schon jetzt.

Die Nachricht war kurz, dafür umso bedrohlicher:

> Spielen wir ein Spiel, Parkov, Winter oder wer auch immer dies lesen wird.
>
> Ihr jagt mich. Ab sofort werde ich euch jagen – jeden von euch. Eure Kinder. Eure Geliebten, eure Frauen und Männer. Seht euch um, liegt nachts wach. Es wird euch nichts nützen.
>
> Der Dezembermann

27.

Früh am Morgen

Marie träumte ihren alten Albtraum.

Sie spürte, wie das warme Wasser über ihre Finger floss, um dann mitsamt Seife und Blut gurgelnd im Abfluss zu verschwinden. Sie spürte, wie einer der Polizisten ihr eine Decke über die Schultern legte, während in der Ferne die Sirenen des Rettungswagens verschwanden. Als man sie befragte, gab sie ihre Antworten wie in Trance.

Und schließlich waren alle gegangen, selbst die Polizeipsychologin, die sie selbst fortgeschickt hatte.

Das Wasser umströmte ihre Finger, ihre Handgelenke, floss weiter, selbst als alles Blut längst fortgewaschen war, und vermischte sich mit den Tränen, die aus ihrem Gesicht tropften.

Und dann hörte sie, wie Schritte die Treppe in Richtung ihrer Wohnung heraufkamen.

Marie blickte auf. Irgendwo tief in ihrem Inneren wusste sie, dass sie träumte. Aber all das war wirklich geschehen – der Krankenwagen, der Notarzt, der ihre Wunde versorgte, die erste kurze Befragung durch die Kollegen –, doch irgendwo dazwischen, während das Wasser lief und lief, war Realität in Traum übergegangen.

Die Wohnungstür wurde heftig aufgestoßen, prallte mit einem Knall gegen die Rückwand und schwang zur Hälfte wieder zu. Dann griff eine blutüberströmte Hand an die Tür und schob sie langsam, fast schon gemächlich auf. Ein blutiger, vierfingriger Abdruck blieb zurück, als die Hand wie die einer Marionette, deren Fäden von einem unsichtbaren Puppenspieler fallen gelassen wurden, nach unten fiel.

Erik stand auf der Türschwelle.

»Du hast mich umgebracht.« Die Stimme war tief und gedämpft, als würde geronnenes Blut seine Kehle verklumpen. Die beiden Schusswunden auf seiner Brust schimmerten dunkelrot wie kleine Augen. Noch immer trat schwarzes Blut in kleinen Rinnsalen hervor, floss seine Jeans hinab auf den Boden. Mit jedem Schritt in ihre Richtung machten seine Schuhe ein feuchtes, quatschendes Geräusch.

»Wieso hast du mir das angetan.«

Marie wich einen Schritt zurück. »Bleib, wo du bist«, sagte sie mit rauer Stimme. Er war hier, war zurückgekehrt, und jetzt, da man ihre Dienstwaffe mitgenommen hatte, besaß sie nichts mehr, um sich zu verteidigen. »Geh. Du hast hier nichts mehr verloren.«

»Nichts mehr verloren?« Erik lachte ein gurgelndes Lachen. »Ich bin noch nicht fertig.« Er hob das Messer. Hinter Marie war nichts – keine Fluchtmöglichkeit, kein Ausweg, nur die Wand und das Fenster.

Der Mann, der einst Erik gewesen war, kam näher. Das Messer funkelte scharfkantig. Ein Messer an einem kalten Morgen.

Kein Ausweg.

Keine Gelegenheit zur Flucht.

»Marie!«

»Sag meinen Namen nicht.«

Erik legte den Kopf schief. »Das war ich nicht.«

»Marie, wach auf.«

Die Berührung, sanft, doch zugleich drängend, riss sie aus ihrem Albtraum.

Marie schlug die Augen auf. Für einen Augenblick wusste sie nicht, wo sie war. Ein Gästezimmer im Halbdunkel, eine brennende Kerze, schräg durch Gardinen hereinfallendes Mondlicht. Schatten und Konturen, Schneefall vor dem Fenster.

Isabelle saß am Bettrand und beugte sich über sie. Auf ihrem Gesicht zeichnete sich Sorge ab.

»Isa? Was ist denn los?« Als Marie ihre Stirn berührte, spürte sie kalten Schweiß, der auf ihren Fingern zurückblieb. Die Erinnerung an ihren Albtraum kehrte schlagartig zurück, und mit ihr Entsetzen, Schmerz und unbeantwortete Fragen. Ein Messer an einem kalten Morgen. *Erik, wieso?*

»Habe ich … hast du mich gehört?«

»Ja.« Isabelle nahm sie in den Arm. Die Berührung war warm, zart und tröstlich. »Du hattest einen Albtraum.«

»Wie spät ist es?«

»Früher Morgen. Kurz vor fünf. Wir waren bei Lucie, und dann habe ich dich mit nach Hause genommen. Chris, du und ich haben gekocht, weißt du nicht mehr?«

»Doch. Natürlich weiß ich das.« Sie warf einen Blick zum Fenster, wo sich eine kleine Schneewehe auf der Fensterbank ansammelte. Im Mondlicht glichen die Flocken silbernen Federn, die in aller Stille zu Boden segelten.

»War es schlimm? Ich wusste nicht, dass er dich noch immer verfolgt.«

Natürlich nicht. Marie hatte es bisher vermieden, sich diese Blöße zu geben. »Manchmal kommt er wieder«, sagte sie sehr leise. »Ich hoffe, du hältst mich jetzt nicht für völlig durchgeknallt.«

»Keineswegs.« Isabelle strich ihr übers Haar. »Aber das bist wieder du. Weißt du, Süße, du musst das nicht allein durchstehen.«

Marie senkte den Kopf. »Wahrscheinlich hast du recht, aber ich will niemanden belasten. Die Kollegen schon gar nicht.«

»Okay. Und sonst? Was unternimmst du dagegen? Gehst du zu einem Therapeuten?« Als Marie nicht antwortete, stieß Isabelle einen Seufzer aus. »Sag mir nicht, dass du das seit vier Jahren mit dir herumschleppst.«

»Ich war beim Polizeipsychologen. Er half mir, zu Beginn wenigstens. Aber ja, genauso ist es. Meine Therapie lautet Arbeit, jede Menge davon, weil das die einzige Sache ist, die mir hilft.«

»Und wenn das nicht mehr genügt?«

»Weißt du, worüber ich die ganze Zeit nachdenke?«, wich Marie aus. »Parkov und der Dezembermann kennen sich. Was ist, wenn er ihn deshalb nicht erwischen konnte? Weil es jemanden von außerhalb braucht, der mit neuen, frischen Gedanken an die Sache herangeht.«

»Wie du?«

»Wie wir.«

Das Läuten eines Mobiltelefons hallte in der Stille wider.

»Das ist meins«, sagte Marie und schnappte es sich von dem Nachttisch, auf dem es im Vibrationsalarm hin und her fuhr. Die Nummer auf dem Display war ihr unbekannt, aber als Handy zu identifizieren.

»Marie Winter.«

Auf der anderen Seite herrschte für einen Augenblick Schweigen, das nur von leisem Atmen unterbrochen wurde. *Er ist es*, dachte Marie, *er hat irgendwie meine Nummer bekommen und ruft mich jetzt an, um mich endgültig in den Wahnsinn zu treiben.*

»Frau Winter«, sagte eine Männerstimme, »von der Polizei?«

»Ja. Mordkommission Frankfurt. Mit wem spreche ich? Woher haben Sie diese Nummer?«

»Ich bin … Pablo Hernandez.« Der Name schlug eine Saite an, eine Ahnung, die sogleich bestätigt wurde. »Ich bin der Oberkellner im Restaurant ›La Chiladad‹. Zwei Ihrer Kollegen haben mit mir gesprochen.«

Bodenfeld und Adler. »Guten Morgen, Herr Hernandez«, sagte Marie. »Wie kann ich helfen?«

»Der ältere Kommissar, der gestern hier war, gab mir diese Nummer. Sie leiten die Ermittlungen?«

»Ja.« Marie machte sich einen Vermerk, dass sie einmal ein ernstes Wort mit Adler sprechen musste, was die Weitergabe von Handynummern anging. Für die Weiterleitung von Anrufen war die Leitstelle im Präsidium zuständig. »Ihnen ist also noch etwas eingefallen. Sie können offen mit mir sprechen. Oder wäre es Ihnen lieber, wenn wir uns treffen?«

»Nein. Ich will nur …« Er seufzte laut und hörbar verzweifelt. »Ich habe nicht die ganze Wahrheit gesagt.« Er sprach ›gesagt‹ so schnell und hart aus, dass es eher nach *›gesackt‹* klang. Marie sah, wie Isabelle sie neugierig musterte. »Das Restaurant«, sagte sie leise. Ihre Kollegin nickte.

»Dann erzählen Sie mir doch einfach jetzt, was Sie den Kollegen nicht sagen wollten.« Marie bemühte sich, ihrer Stimme einen warmen, einladenden Klang zu geben, was ihr nach dem Traum und zu dieser Stunde schwerer fiel als üblich. Manche Zeugen mussten etwas härter angefasst werden, andere mit weichen Handschuhen. Ihr Instinkt sagte ihr, dass es sich bei Hernandez um letztere Sorte handelte.

»Ich war an dem Abend da. Die Gesellschaft hatte den ganzen Laden gemietet. Eine Feier, weil eine der Damen Geburtstag hatte. Es wurde laut, feucht und sehr, äh, fröhlich. Sie hatten Spaß, lobten das Essen und die Getränke.«

»Sie waren der einzige Kellner, der Herrn Fortloff bediente?«

»Ja. Das ist so üblich.« Wieder zögerte er. Marie spürte, dass der Grund seines Anrufs, die Aussage, die er bisher zurückgehalten hatte, nicht mehr fern war. Sie schwieg.

»Fortloff war überhaupt nicht gut drauf«, sagte Hernandez dann. »Alle anderen hatten Spaß. Aber er … ich sagte, mir wäre nichts Besonderes aufgefallen, aber jetzt, na ja, es stimmt nicht. Er war still, und er hat geschwitzt, obwohl es nicht besonders warm war. Und einmal …«

Marie drückte auf den Lautsprecherknopf und ließ Isabelle mithören.

»… einmal bin ich ihm auf der Toilette begegnet. Wir haben eigentlich eine Personaltoilette hinter der Küche, aber ich dachte, es wäre niemand darin, und bin einfach hineingegangen. Da war er. Fortloff stand einfach vor dem Spiegel, sah sich in die Augen und weinte.«

Isabelle hob die Brauen.

»Er weinte?«, wiederholte Marie. »Konnten Sie einen Grund für diese Reaktion ausmachen? Hat er sich vielleicht mit jemandem gestritten?«

»Nein. Aber ich glaube, dass irgendetwas zwischen ihm und seiner Frau war. Sie haben sich kaum angesehen. Kaum ein Wort gewechselt, wenn es nicht nötig war. Jedenfalls fand ich ihn so vor. Als ich in der Zeitung gelesen habe, was da geschehen ist, da konnte ich nicht mehr. Ich wusste, dass ich Ihnen das erzählen muss.«

»Sie haben richtig gehandelt, Herr Hernandez. Konnten Sie noch etwas beobachten? Was hat Herr Fortloff getan, als Sie ihn in der Toilette überraschten?«

»Er hat mich angesehen, als wollte er mir gleich an den Hals gehen, und ist zur Tür hinaus. Das war alles. Mehr konnte ich nicht sehen, auch weil die beiden kurz darauf von der Feier verschwunden sind.«

»Erinnern Sie sich an die Uhrzeit?«

»Gegen zwölf. Das habe ich aber schon dem Kollegen gesagt.«

»Haben Sie Ihren Kollegen im Restaurant von Ihrer Beobachtung erzählt?«

»Nein. Frau Winter, ich hoffe, ich habe nichts falsch gemacht.«

»Nein. Nein, das haben Sie nicht, abgesehen davon, dass Sie Ihre Beobachtung gleich meinen Kollegen hätten mitteilen sollen.«

»Es tut mir leid. Ich kenne Fortloff nur vom Sehen, aber, na ja, es gibt Geschichten, er sei ein gefährlicher Mann. Ich wollte nicht, dass man mir etwas anhängt. Ich bin nur ein einfacher Angestellter.«

»Okay. Wenn Ihnen noch etwas einfällt, rufen Sie mich bitte sofort an. Guten Tag, Herr Hernandez.« Marie legte auf und ließ das Handy auf ihren Schoß sinken.

»Fortloff hat geweint und war den ganzen Abend still, blass und verschwitzt. Was halten wir davon?«

»Er war fürchterlich nervös. Der Grund? Ich schätze, da müssen wir ihn noch mal fragen. Aber dieses Mal mit angezogenen Daumenschrauben.«

»Er hat mich eiskalt angelogen.« Marie streckte sich. »Dieser blöde Scheißkerl hat gedacht, er ist so groß und unantastbar, dass ihm niemand etwas kann.«

Wieder meldete sich ihr Mobiltelefon. »Es ist Jörg«, sagte Marie. »Weißt du, ich habe das miese Gefühl, dass der Tag völlig durchgeknallt werden wird.«

28.

Die Wohnung des Hausmeisters lag in einem heruntergekommenen Wohnblock im Gallusviertel. Aus den Mülltonnen quollen überfüllte Säcke, die trotz der Eiseskälte Gestank verbreiteten. Graffitis zogen sich über die Fassade, auf dem Gehweg lagen Einwegspritzen und zerschlagene Schnapsflaschen, und an einem Laternenpfahl lehnte ein Fahrradrahmen ohne Räder.

Jägermeister und Bierflaschen. Was für eine wunderschöne Gegend, dachte Parkov. Er drückte alle Klingelknöpfe, den der Wohnung des Hausmeisters jedoch mehrmals hintereinander, bis die Gegensprechanlage sich kratzend meldete. »Heizungsnotdienst«, antwortete Parkov einer verschlafenen Stimme. »Mit Ihrer Zentralheizungsanlage stimmt etwas nicht. Bitte öffnen Sie.«

Wie erwartet schwang die Tür auf. Parkov huschte hinein.

Menschen waren leicht zu manipulieren – viel zu leicht. Vielleicht war das der Grund, warum er sich damals von ihnen zurückgezogen hatte. Bis vor wenigen Tagen hatte es nur noch wenig gegeben, was die Welt ihm zu bieten gehabt hatte. Früher, als Suzann noch am Leben gewesen war, waren die Dinge anders gewesen. Sie hatte ihm gegeben, was ihm fehlte. Sie war ein helles Licht in einer sich verfinsternden Welt, doch jetzt, da das Licht erloschen war, existierte nichts mehr, was ihn besonders interessierte. Nicht seine Sammlung schneller Fahrzeuge, nicht die Kunst oder die Musik, nicht einmal die immer weiter verwehende Spur des Dezembermannes, von dem er vor fünf Jahren zum letzten Mal gehört hatte.

All das war bis vor wenigen Tagen so gewesen. Dass er eines Tages zurückkehren würde, hatte Parkov zwar immer vermutet, doch dass die Rückkehr auf diese Weise stattfände, hätte er sich niemals träumen lassen.

Und nun war er zurück. Sein Jagdfieber war aufs Neue entfacht. Mit einem Mal war die Welt wieder voller Farben, Gerüche und Geheimnisse.

Und schließlich war *sie* in sein Leben gekommen. Selbst nachdem er ihr seine Theorie präsentiert hatte, die ihren Mann und den Anschlag auf ihr Leben betraf, war sie nicht zurückgewichen. Sie war eine Kämpferin, da bestand kein Zweifel. Sie erinnerte ihn an bessere, hellere Zeiten. Wenn es einen Grund neben seiner Rache und dem Wunsch nach Herstellung von Gerechtigkeit gab, der ihn dazu trieb, den Dezembermann zu stellen, dann war sie es.

Parkov stieg über knarrende Treppenstufen hinauf zu Müllers Wohnung. Vor einer braun gestrichenen Tür, einer Fußmatte, die ihn mit *Willkommen – es sei denn, Sie sind Gerichtsvollzieher!* begrüßte und einem Paar schwarzer, ausgetretener Sportschuhe, die gleich neben der Tür standen, verharrte er. Nichts rührte sich im Inneren.

Vielleicht hätte er doch das SEK mitbringen sollen, wie die LKA-Beamten es ihm vorgeschlagen hatten. Jetzt, da das LKA tatsächlich mit im Spiel war, würden die Dinge anders ablaufen.

Parkov verharrte abermals in aller Stille und ging seine

nächsten Schritte durch. Dann drückte er den Klingelknopf, der gleich neben dem Wort *Müller* stand, das der Mann dort in einer kindlich großen Handschrift niedergeschrieben hatte.

Die vergangene Nacht hatte erwartungsgemäß nur wenig Schlaf für Parkov bereitgehalten. Er war zurück zu seinem Landsitz gefahren, hatte die Kurven so schnell genommen, wie es die Allwetterreifen seines Bentley Continental GT hergaben.

Johann erwartete ihn bei der Tür.

»Da ist Besuch für Sie, Sir«, sagte er ungehalten, »ein Herr Mark Fahrenheit und eine Dame namens Anna Sörensen. Sie sind vom LKA und wollten partout nicht gehen, ehe sie mit Ihnen sprechen konnten, Sir. Ich habe sie in der Bibliothek warten lassen.«

»Schon gut, Johann.« Parkov schlüpfte aus seinem Mantel und wischte sich den Schnee vom Haar. »Das ist kein Grund zur Aufregung. Ich kenne die beiden.«

»Sagten Sie nicht einmal, das LKA sei eine Ansammlung von Dilettanten und politischen Opportunisten?«

»Nein, mein lieber Johann, das sagte ich über den Bundestag. Sind Sie so nett und bringen mir Jasmintee, Fahrenheit schwarzen Kaffee und Sörensen eines dieser neumodischen Getränke, Sie wissen schon, dieses Zeug mit dem Kürbisgewürz?«

Johann nickte. »Sehr wohl, Sir.« Leise vor sich hin murmelnd verschwand er in Richtung der Gewölbeküche.

Parkov betrat die Bibliothek, deren raumhohe Sprossenfenster in Richtung Osten auf den Park und die Wälder gerichtet waren. Mark Fahrenheit saß in einem Sessel vor dem Kamin, in dem ein Feuer brannte, knisterte und knackte, während Anna Sörensen vor der Fensterfront stand und hinausblickte und jenseits des Glases der Schnee fiel.

Mark war ein großer, bulliger Mann mit lauter Stimme, der den meisten bösen Jungs allein durch seine Erscheinung Respekt einjagen konnte, Anna hingegen war klein und schlank und trug einen rotblonden Zopf, der ihr bis zur Rückenmitte fiel. Sie wandte sich um, als Parkov hereinkam.

»Danny-Boy!« Anna umarmte ihn herzlich, vielleicht sogar eine Spur zu eng und zu lang. »Meine Güte, wie lange ist es her?«

»Fünf Jahre«, sagte Parkov kühl.

Mark Fahrenheit schüttelte ihm die Hand. »Daniel Parkov. Hätte nicht erwartet, dich noch mal zu sehen.«

»Ihr zwei arbeitet jetzt also in einem Team. Meinen Glückwunsch, Mark.«

Anna lächelte eine Spur zu wissend. Doch bereits einen Wimpernschlag später war sie wieder professionell und abgeklärt, wie Parkov sie in Erinnerung hatte, und von Fahrenheits Miene war jede Freundlichkeit verschwunden.

Johann trat herein und servierte die Getränke, bevor er sich wieder zurückzog.

»Ich nehme an, dass ihr zwei nicht den ganzen Weg von Wiesbaden hierhergekommen seid, um mir Gesellschaft zu leisten, Tee zu trinken und über alte Zeiten zu plaudern.« Parkov trat vor die Sprossenfenster und betrachtete die lautlos fallenden Flocken, die den Vorplatz unter sich begruben. Er spürte, dass dieser Besuch nichts Gutes mit sich bringen würde. Und er ahnte bereits, weshalb sie hier waren.

Mark Fahrenheit überließ derweil seiner Kollegin das Reden. *Er kennt ihre und meine Vergangenheit*, dachte Parkov. *Aber leicht werde ich es euch dennoch nicht machen.*

»Daniel, du musst wissen, dass diese Sache gerade jetzt, vor Weihnachten, ein schrecklicher Imageverlust für die Stadt ist. Sie fürchten, dass er wieder eine Frau ermordet und das Ganze außer Kontrolle gerät.«

»Diese Befürchtung habe ich auch, und mehr noch, ich denke, sie wird bald Wirklichkeit werden. Seit wann wisst ihr davon?«

»Ein paar Stunden. Die Kollegen sind gerade dabei, sich einen Überblick über den Aktenstand zu verschaffen.«

»Jetzt gerade? Mitten in der Nacht? Ihr verschwendet wirklich keine Zeit. Wer ist vom MK 1 dabei und koordiniert sich mit euch?«

»Mein Chef hat den Ersten Hauptkommissar Leland angewiesen, die Übergabe schnell und sauber abzuwickeln.«

»Übernehmt ihr die Ermittlungen ganz offiziell?«

Anna nickte. Parkov fand, dass diese Geste fast schon bedauernd wirkte. »Du weißt doch genau, wann das LKA hinzugezogen werden sollte. Die Staatsanwaltschaft hat uns eingeschaltet, Jäger hat mir gegenüber ausdrücklich auf die Dringlichkeit in dieser Angelegenheit hingewiesen. Wir werden die Mordsache Dezembermann morgen offiziell übernehmen, damit ist das MK 1 Frankfurt aus der Geschichte raus.«

»Raus? Wie in – *ganz raus*?«

»Ja.«

»Jäger ist wie jeder Staatsanwalt weisungsgebunden. Also kommt die Entscheidung von weiter oben.« Parkov schüttelte den Kopf. »Ich würde lügen, würde ich sagen, es überrascht mich.«

»Als die Sache auf meinen Tisch kam, war ich verblüfft, als ich auf einem der Protokolle deinen Namen las.« Anna trat neben Parkov und folgte seinem Blick hinaus. »Was hat dich dazu getrieben, wieder zurückzukommen?«

»Er ist wieder da.« Mehr sagte er nicht, und seine Stimme war sehr leise.

»Weißt du, warum ich hier bin? Warum Mark und ich hier sind? Ich fand, es wäre nur angebracht, dich zu informieren. Und gleichzeitig …«

Parkov wandte sich Anna Sörensen zu. »Die Antwort lautet genau wie immer.«

»Du weißt doch nicht einmal, was ich sa…«

»Selbstverständlich weiß ich, was jetzt kommt. Hilf mir! Hilf uns, ihn zu fassen. Wir vom LKA haben die größeren Mittel, die fähigeren Mitarbeiter. Ich bitte dich, Anna. Du weißt, was ich vom Großteil deiner Kollegen halte, und das völlig zu Recht.«

»Vielen Dank auch.« Sie sah sich nach Mark um. »Ich glaube, es war ein Fehler hierherzukommen.«

»Nein. Der Fehler liegt in diesem Fall bei euch und der Polizeiführung. Der Mann, den ihr sucht, wird nicht zulassen, dass die Jäger mitten während der Jagd ausgetauscht werden. Es wird ihm nicht gefallen. Er hat mich ausgewählt, mich und Winter vom MK 1. Seine Reaktion wird heftig ausfallen und schnell über uns kommen. Ich kann euch nur raten, gut aufzupassen.«

»Klingt, als würdest du ihn fast bewundern«, sagte Mark mit skeptischem Blick.

»Ich bewundere ihn nicht. Ich unterschätze ihn nicht. Anna, worauf konzentriert ihr euch?«

Sie zögerte, als würde sie überlegen, ob es nach seinem letzten Kommentar überhaupt angemessen sei, ihm zu antworten. »Wir haben den Hausmeister, dessen Aussage mir Bauchschmerzen bereitet, weil er trotz besseren Wissens kein einziges Mal den zweiten Schlüssel erwähnt hat, den die Täter benötigt hätten. Er benimmt sich, als wüsste er nicht mal, dass es einen zweiten Schlüssel gibt. Und natürlich die Alarmanlage, die nicht auslöste – das ist eine seltsame Sache.

Zweitens, der Lehrer, mit dem Julia Ginski Kontakt hatte, Norman Holdinger. Es ist dringend notwendig, den Mann zur Einvernahme zu holen.

Drittens, die Familie Ginski. Der Mann, der entgegen der Aussage seiner Frau plötzlich in die ehemals gemeinsame Wohnung platzt und eine Oberkommissarin angreift? Das riecht förmlich nach einer unsauberen Geschichte.« Anna Sörensen streckte einen Finger aus, mit dem sie anklagend auf ihn deutete. »Überhaupt, diese Winter. Nach dieser Sache mit ihrem Mann lässt man sie diesen Fall leiten? Ich weiß nicht, was ich davon halten soll. Eine psychisch angeschlagene Ermittlerin – das erklärt auf der anderen Seite natürlich, warum es solche Fehler wie mit diesem Hausmeister Oswald Müller gibt.« Sie gab Fahrenheit ein Zeichen, der ihr daraufhin ein Dokument reichte, das sie Parkov zum Lesen gab.

Doch Parkov war nicht überrascht. »Ach, diese Sache. Ich glaube, du unterschätzt Marie Winter, wenn du denkst, sie hätte diese Information übersehen.«

»Du wirkst jedenfalls nicht überrascht. Aber ich glaube dir nicht, dass Winter davon wusste.«

»Sie macht ihren Job mit größter Sorgfalt. Sie ist hervorragend in dem, was sie tut. Ich rate dir, Anna, was immer dir über sie erzählt wurde, hör nicht auf die Geschichten.«

»Höre ich da mehr als professionelle Bewunderung?«

»Ich weiß nicht, was *du* hörst. Mein Hörvermögen jedenfalls befindet sich in hervorragendem Zustand.«

Anna lächelte schwach. »So ist jedenfalls der derzeitige Stand der Dinge. Die Mordkommission 1 ist raus, wir sind drin. Also bleibt die Frage, wie du dich entscheidest.«

»Die Antwort lautet nein. Ich werde euch nicht unterstützen. Nicht, wenn ihr anständige und hart arbeitende Ermittler mitten in der laufenden Ermittlung vor den Kopf stoßt, nur weil irgendein hohes Tier die Pressemeldungen von morgen früh vorab vorgelegt bekam und danach ein erregtes Telefonat mit der Polizeiführung führte.«

»Gehen wir, Anna.« Mark zuckte die Achseln. »Ich bedauere deine Entscheidung, aber ich bin mir sicher, dass wir ihn auch ohne dich stellen können. Mach es gut, Parkov.«

»Gib mir noch eine Minute, ja?« Sie bedachte Mark mit einem typischen Anna-Sörensen-Blick, den Parkov von früher kannte. Ihr Kollege ging hinaus. Einige Augenblicke später sahen sie ihn über den verschneiten Vorplatz gehen und in den Dienstwagen steigen.

»Es tut mir leid«, sagte Anna leise. »Das hätte nicht so laufen sollen.«

»Hätte es nicht?« Parkov sah sich nach dem Tablett um, das Johann serviert hatte. »Du hast dein Getränk gar nicht angerührt.«

»Jetzt lass das Getue! Wen interessiert denn diese …« Sie seufzte. »Mir gefällt diese Sache auch nicht. Politische Einflussnahme auf laufende Ermittlungsarbeiten, da bin ich ganz bei dir. Aber wir beide wissen, wie das läuft. Und jetzt sag mir, was ich tun muss, damit du uns hilfst.«

»Ich dachte, ich hätte gerade gehört, dass ihr ihn auch ohne mich stellen könnt.«

»Mark. Du kennst ihn. Und ich schätze, dass du ganz genau weißt, dass das nicht stimmt.« Sie trat einen Schritt zurück. Ihre Miene zeigte nun einen verärgerten Ausdruck. »Ich werde dich nicht anflehen, uns zu helfen. Wenn wir aber eine Mordserie vor Weihnachten in der Stadt haben, nur weil du dein Ego nicht einmal unterordnen kannst, dann hast du mich hier zum letzten Mal gesehen.«

»Das wäre schade.« Parkov lächelte ein schiefes Lächeln. »Dabei klang deine Überraschung vorhin so echt.«

»Halt den Mund, wenn du willst, dass ich dir weiterhin Interna zuspiele.«

»Unser kleines Geheimnis ist bei mir sicher. Mark ist nicht

mehr hier, du kannst also offen sprechen. Wo liegt das Problem? Du bist die Ermittlungsleiterin, du entscheidest, wer hinzugezogen wird.«

»Ja. Aber in dieser Sache sieht man mir genau auf die Finger. Komm schon. Was willst du?«

»Ganz einfach. Hol mich ins Boot. Ganz offiziell. Und wenn du schon dabei bist, dann bitte zur Personalverstärkung von der MK 1 Frankfurt Winter, Odinsdottir, Grün und Bodenfeld dazu. Die sind kompetent, mindestens so sehr wie der Verein in Wiesbaden.«

»Dich kriege ich ja noch durch«, sagte Anna. »Wobei auch das ein ganz schönes Gerede auf den Fluren erzeugen wird. Ich will gar nicht wissen, wie du es geschafft hast, die Marke zurückzubekommen.«

»Man kennt seine Freunde.«

»Die Damen und Herren der MK 1 wieder an Bord zu holen, wird der Führung absolut sauer aufstoßen. Dafür wird man mich zusammenstauchen und danach nie mehr auch nur eine Ermittlung leiten lassen.«

»Muss ja schlimm geworden sein.«

»Tu mir das nicht an, Daniel. Bitte.«

Parkov trat zum Globus, der vor einer Bücherwand mit romantischer Lyrik stand, klappte ihn auf und holte einen erlesenen Brandy sowie zwei Gläser heraus.

»Stoßen wir an«, sagte er.

»Worauf?«

»Auf die Freundschaft.«

»Das löst nicht mein Problem.«

»Dein Problem ist bereits gelöst.«

»Ach ja? Ich weiß nicht, wovon du sprichst.«

»Tu, was ich dir gesagt habe. Und wenn sie dich zusammenstauchen wollen, dann sagst du, dass die Idee allein meine war.

Vielmehr war es meine Forderung, als du mich gebeten hast, das LKA bei seinen Ermittlungen zu unterstützen. Du bist meinen Forderungen nachgekommen, weil du aus Sorge vor einem zweiten Leichenfund keinen anderen Ausweg gesehen hast. Das wird sie beruhigen. Wenn nicht, dann verweist du sie an mich und entlastest dich auf diese Weise.«

»Aber dann hast du … dann wirst du Ärger bekommen. Ich weiß nicht, wie du es angestellt hast, aber du bist bestimmt nicht vor allem gefeit, und wenn man dich erst mal in die Schusslinie genommen hat, wird man dich im Handumdrehen aus der Sache heraushaben wollen, gerade bei deiner Vergangenheit. Aus allen Sachen, Daniel.«

»Das wäre nicht das erste Mal. Einverstanden?«

»Wieso tust du das?«

»Weil wir ihn fassen müssen. Gleich, was es uns kostet.«

»Mir gefällt nicht, wie das klingt.«

»Und ich frage abermals: Bist du einverstanden?«

»Ja.« Die Gläser klirrten leise, als sie anstießen. »Warte. Zweiter Leichenfund?«

»Er wird es wieder tun. Vielleicht morgen. Aber am Tag danach wird der Drang, auf die Neuigkeiten zu reagieren, mit hoher Wahrscheinlichkeit so stark sein, dass er sich nicht wird zurückhalten können. Der Dezembermann wird es hassen, dass sich die Umstände, unter denen man ihn jagt, außerhalb seiner Kontrolle geändert haben. Er wird seinen Schüler wieder losschicken.«

Das war am Vorabend gewesen. Sörensen und Fahrenheit waren abgezogen, und Parkov hatte den Rest der Nacht mit der Analyse der Blutprobe aus der Rechtsmedizin verbracht. Zugleich war Johann damit beschäftigt gewesen, das Handy von Julia Ginski zu orten.

In beiden Fällen standen die Ergebnisse noch aus.

Die Zeit lief ihnen davon, unablässig und in aller Stille, wie die Schneeflocken, die sanft in die Spuren des LKA-Dienstwagens auf dem Zufahrtsweg fielen und diese nach und nach verschwinden ließen.

29.

Parkov zog die Walther P99, als sich hinter der Tür nichts rührte.

»Müller«, wiederholte er und klopfte heftiger. »Oswald Müller, hier ist die Polizei. Machen Sie auf, ich weiß, dass Sie sich in Ihrer Wohnung aufhalten.«

Das war keine Unwahrheit, Parkov hatte den Schatten des Mannes im Spalt zwischen Boden und Unterkante der Tür gesehen, ehe dieser dahinter versucht hatte, das Licht möglichst leise abzuschalten. Er wusste, dass ihm nur noch ein paar Minuten blieben.

Anna würde liefern müssen – und nachdem sie Müller schon mal im Visier hatten, würden sie auch zugreifen. Parkov kannte das LKA, kannte das Vorgehen.

»Herr Müller? Wenn Sie nicht möchten, dass wir Ihre Tür zerstören, dann machen Sie jetzt auf.«

Die Tür öffnete sich. Müller, der in Socken im Flur stand, trug einen weiten schwarzen Pullover und Jogginghosen. Mit Knopfäuglein musterte er Parkov. »Sie sind ja allein«, sagte er heiser. »Wollen Sie mich verarschen?«

»BKA, Parkov. Gehen wir hinein.« Parkov drängte ihn mit ausgestrecktem Arm und vorgehaltener Waffe zurück in seine

Wohnung, in ein kleines, überheiztes Wohnzimmer, das von einem Fernseher mit angeschlossener Konsole dominiert wurde. »Hinsetzen!«

»Ich hab nichts gemacht.« Müller ließ sich mit einem Ächzen in den Sessel fallen. »Nichts! Ich halte mich an die Auflagen.«

»Sie sind ein verurteilter Sexualstraftäter, Müller, ich gebe nur recht wenig auf Ihre Worte.« Als Anna Sörensen ihm am Abend zuvor den Ausdruck von Müllers Akte gezeigt hatte, war Parkov nicht überrascht gewesen. Er hatte Müller selbst recherchiert, sobald Fortloff den Namen des Mannes erwähnt hatte. Was das MK 1 betraf, hatte Sörensen jedoch höchstwahrscheinlich recht behalten. Winter hatte sich auf Grünbaums Protokoll verlassen, und der hatte Müller nicht überprüft. Ein kleiner Fehler nur, ein entschuldbarer Fehler inmitten all des Trubels, und doch ein Fehler, der sie die Ermittlung kosten könnte. »Wissen Sie, was in dem Kaufhaus geschah, in dem Sie zufällig als Hausmeister angestellt sind? Wissen Sie, welches Licht das auf Sie wirft?«

»Und? Was denn? Ich kann nicht mehr schlafen, seit ich sie gesehen habe. Oh Gott, ich habe nichts damit zu tun, das schwöre ich!«

»Erzählen Sie mir exakt, was Sie am Abend zuvor getan haben.« Parkov blieb stehen und lauschte in Richtung des Treppenhauses. Der winzige, lasergestützte Bewegungsmelder, den er unten bei der Eingangstür angebracht hatte, war mit dem In-Ear-Kopfhörer verbunden, der nun in seinem linken Gehörgang steckte. Sobald sie kamen, würde er ein kurzes akustisches Signal bekommen, das ihn vorwarnte.

Er blickte auf Müller hinab. »Reden Sie. Ich bin heute Morgen wahrscheinlich Ihr bester Freund.«

»Es war nicht anders als sonst. Ich habe den Laden um halb elf abgeschlossen. Für gewöhnlich mach ich es früher, aber wir bekamen noch eine Lieferung rein. Ich hab abgeschlossen …«

»Was haben Sie verschlossen? Werden Sie konkret.«

»Den Vordereingang, die Lieferantenzufahrt, Neben- und Hintereingang. Und die Tore, eins am Hintereingang und eins am Lieferanteneingang.«

»Und alles mit dem Zentralschlüssel. Zeigen Sie mir den.«

Müller warf den Schlüssel vor Parkov auf den Boden. »Der Zentralschlüssel und der Torschlüssel. Zufrieden?«

»Welcher ist der Torschlüssel?«

»Der lange, silberne neben dem großen Bund.«

»Gegenüber dem Kollegen vom KDD haben Sie nicht angegeben, dass es zwei verschiedene Schlüssel für die Türen und die Tore gibt.«

»Was?« Müller schluckte heftig, und an seinem Hals hüpfte der Adamsapfel. »Das ist doch selbstverständlich! Außerdem hat er mich nicht danach gefragt. Woher soll ich wissen …«

»Was hat er gefragt?«

»Na der wollte einfach wissen, was ich gemacht habe, am Abend zuvor und am Morgen, als wir die Leiche entdeckt haben. Ob ich etwas Besonderes bemerkt hätte und so. Hören Sie, Mann, Sie müssen mir glauben, ich bin in Therapie, ich hab nichts damit zu tun, das müssen Sie mir glauben! Ich rede jede Woche mit meiner Psychologin!« Müllers kleine Augen verengten sich. »Haben Sie Beamtenarsch überhaupt eine Ahnung, wie schwer es ist, in meiner Lage einen Job zu bekommen? Ich kann Fortloff jetzt noch auf Händen und Knien danken, dass er mich genommen hat. Wenn ich jetzt rausflieg, war's das für mich!«

»Sie gaben also an, dass es nur einen Schlüssel gebe.«

»Nein! Ich sagte, ich hab abends abgeschlossen, gegen halb elf, und morgens wieder auf. Und dann haben wir sie auch gleich gefunden gehabt, die Kleine. Von den Schlüsseln wollte er gar nichts mehr wissen, nachdem ich ihm den Bund gezeigt hab.«

»Waren am Morgen, als Sie wiederkamen, alle Türen so verschlossen, wie Sie sie zurückgelassen haben?«

»Ja.«

»Das Tor am Hintereingang auch?«

»Ja, das war ebenfalls zu.«

»Und die Alarmanlage?«

»Die war immer noch angeschaltet, so wie ich sie zurückgelassen hab, und nicht ausgelöst worden.«

Parkov nickte. »Gut.«

»Glauben Sie mir?«

»Sie sagten gerade, es sei äußerst schwer, in Ihrer Lage einen Job zu finden. Fortloff hat Ihnen also einen großen Gefallen getan, als er Sie eingestellt hat. Wie kam es dazu?«

Jetzt erbleichte Müller deutlich. »Ich … ich weiß nicht«, stammelte er. »Keine Ahnung, da müssen Sie ihn fragen, woher soll ich …«

»Kennen Sie *Marius* Fortloff? Hat er mit Ihnen Ihr Einstellungsgespräch geführt?«

»Maximilian heißt er. Und nein, das war die Personalabteilung.«

»Name?«

Müller begann zu schwitzen. »Kann mich nicht mehr erinnern.«

Parkov hob die Brauen. »Müller, Sie kennen Fortloffs Vornamen. Sie haben mich gerade korrigiert. Wieso sollten Sie das tun? Wieso sollte es Sie überhaupt interessieren, wie er mit Vornamen heißt? Haben Sie in Ihrem alltäglichen Geschäft auch nur eine Minute mit ihm zu tun? Nein. Nicht direkt, das läuft alles über Dritte. Und dennoch korrigieren Sie mich, als würde es Ihnen etwas bedeuten.«

Müller öffnete den Mund, schloss ihn wieder, sah zu Boden. »Ich sag nichts mehr. Ich will einen Anwalt.«

»Wissen Sie, wer gleich durch diese Tür kommt?«

»Mir scheißegal. Ihr Bullen seid alle gleich.«

»Das LKA wird Sie abholen. Sie haben vor elf Jahren zwei junge Frauen vergewaltigt, beide im Alter der Toten aus dem Kaufhaus. Sie sind vor fünf Jahren entlassen worden.« Parkov öffnete ungefragt einen der Wandschränke und blickte auf Arbeitskleidung und verwaschene Jeans. »Man wird vielleicht einen großen Seesack oder eine Tasche finden, und darin Haare, wenigstens aber Hautschuppen des Mädchens. Fasern des Seesacks oder der Tasche aus dieser Wohnung wird man mit denen vom Fundort verknüpfen können. Dann fahren Sie wieder ein.« Parkov wandte sich zu Müller um. »Die Zeit muss hart gewesen sein. Vergewaltiger von jungen Mädchen, wo stehen die derzeit in der Knasthierarchie? Unten oder ganz unten?«

»Halten Sie das Maul, Mann«, sagte Müller. »Ich war's nicht. Ich hab überhaupt keinen Seesack oder eine große Tasche. Was soll das?«

Er zerfällt förmlich vor meinen Augen, dachte Parkov. *Ein wenig mehr Druck und er wäre nur noch Staub, formbar wie Wachs unter einer heißen Kerzenflamme.*

»Ich gehöre nicht zum LKA«, sagte er leise. »Ich bin an der Wahrheit interessiert, das LKA hingegen an einem schnell gefundenen Täter, den man in diesen hektischen Tagen der aufgeregten Öffentlichkeit präsentieren kann.«

»Ich war es nicht!«, brüllte Müller.

Parkov steckte die Walther weg. Der Bewegungsmelder hatte ausgelöst und ein Warnsignal an seinen In-Ear-Kopfhörer gesendet. Aus dem Treppenhaus drangen zwar noch keine Schritte, doch viel Zeit würden sie sich nicht mehr lassen. »Bleiben Sie sitzen. Ich glaube Ihnen.«

»Was?« Müller schien wie vor den Kopf geschlagen. »Auf einmal?«

Parkov folgte seiner Intuition. »Beantworten Sie mir noch folgende Frage, dann sind Sie, was mich angeht, aus dem

Schneider. Waren Sie gegen halb eins in der Nacht noch einmal vor Ort? Sie und jemand anders, mit dem Sie sich stritten.«

Ein Schaudern durchlief Müllers Körper. »Gott, was … woher wissen Sie das?«

»Jemand hat Sie beobachtet. Wer war der andere? Schnell, wenn Sie nicht in Teufels Küche geraten wollen! Wenn Sie mir die Wahrheit sagen, hier und jetzt, dann werde ich sehen, was ich für Sie tun kann, wenn man Sie verhaftet hat. Beeilen Sie sich.«

Müller holte tief Luft. Seine Zähne mahlten, als würde er an einem besonders widerspenstigen Bissen kauen. »Er war da«, knurrte Müller. »Und ich liege seit Tagen wach und frage mich, ob der Grund, aus dem er mich … oh Gott.«

Parkov lauschte in Richtung Treppenhaus. »Sie kommen«, sagte er. »Reden Sie oder lassen Sie es sein.« Er wandte sich zur Tür, bereit, alles auf eine Karte zu setzen.

»Fortloff war da. Halb eins in der Nacht war er da. Ich war in einer Kneipe ganz in der Nähe, dann bin ich zu Fuß heimgelaufen, am Kaufhaus vorbei, wo ich … Oh Gott, ich hatte mir geschworen, es nicht zu sagen. Ich brauch den Job, Mann, was hätte ich denn tun sollen?« Er schüttelte den Kopf. »Er war dort, Fortloff, und er hat gerade das Tor auf- oder abgeschlossen, das kann ich nicht sagen.«

»Und was haben Sie getan?«

»Ich ging zu ihm hin, überrascht und angetrunken, wie ich war, und fragte ihn im Scherz, ob er denn irgendwas vergessen hätte. Fortloff fiel der Schlüssel aus der Hand, so entsetzt war er, mich dort zu sehen. Er hat mich gefragt, ach was, regelrecht angeschissen hat er mich, was mir denn einfällt, ihn mitten in der Nacht so zu erschrecken. Einen Scheißdreck geht es mich an, was er hier macht, sagt er zu mir, macht auf der Stelle kehrt und verschwindet.«

»Wohin verschwindet er?«

»BMW. Großer Geländewagen. X5, denk ich. Sein eigener.«

»War das Tor, als er weg war, verschlossen oder offen?«

»Verschlossen. Aber ich hatte das Gefühl, Mann, ich hatte das Gefühl, als wollte er es gerade aufschließen. Und ich …« Müller blickte auf einen Punkt hinter Parkov. »Oh Scheiße.« Er hob die Hände, auf seinem Gesicht stand Angst.

Parkov wandte sich um. Wie er erwartet hatte, zögerte das LKA nicht. Vermummte SEK-Polizisten strömten zur Tür herein, die er offen stehen gelassen hatte.

»BKA!«, rief er und hob die Marke, was die Polizisten jedoch nicht davon abhielt, ihn ebenfalls unsanft auf den Boden zu befördern und ihm Handschellen anzulegen.

»Ich war's nicht! Ich war es nicht!«, brüllte Müller. »Sie sagten, Sie würden dafür sorgen, dass das nicht passiert! Sie verfluchtes Bullenschwein! Sie haben mich verarscht!«

Parkov und Müller wurden wieder auf die Beine gestellt, als Anna Sörensen in Begleitung eines zweiten LKA-Beamten und des SEK-Einsatzleiters hereinkam.

»So sieht man sich also wieder«, sagte Sörensen. »Nehmt ihm die Handfesseln ab.«

»Ich war es nicht«, sagte Müller abermals.

»Oswald Müller, ich nehme Sie fest aufgrund des Verdachts, Julia Ginski ermordet zu haben.« Anna belehrte den Mann als Verdächtigen, danach führten die SEK-Beamten den noch immer schreienden Hausmeister nach unten.

»Er war es wirklich nicht«, sagte Parkov. »Ich weiß, dass er es nicht getan hat. Das hier ist gefährlich, Anna. Ich hoffte, du hättest begriffen, was ich dir gestern Abend erklärt habe. Unserem wahren Gegner wird nichts von all dem, was du hier tust, gefallen. Er wird entsprechend reagieren.«

»Wieso treffe ich dich dann hier?«

»Weil ich dich kenne.«

»Du bist raus.« Sie verschränkte die Arme vor der Brust. Ihr rotblonder Zopf schimmerte im blau-weißen Licht des Fernsehers der überheizten, winzigen Wohnung. »Haberland hat meine Anforderung von Verstärkung abgelehnt. Er hat mich angesehen, als hätte ich den Verstand verloren: ›Parkov? Haben Sie vor, einen besonders einfallsreichen Witz zu machen, Sörensen? Wenn wir die Beratung des BKA benötigen, fordern wir sie auf dem üblichen Wege an.‹«

Parkov ballte die Rechte zur Faust. »Haberland. Ich ahnte es.«

»Es tut mir leid. Und du weißt, was das bedeutet: Wenn ich dich noch einmal an einem Ort antreffe, der in Fallzusammenhang steht, muss ich entsprechend reagieren.« Sie gab ihrem Kollegen und den verbliebenen SEK-Beamten ein Zeichen. »Bringt ihn bitte nach unten.«

Parkov hob die Hand und bedeutete einem Polizisten, einen Augenblick abzuwarten. »Das ist ein Fehler. Ein gefährlicher Fehler, weil er unschuldige Menschen das Leben kosten könnte. Aber wenn du mich brauchst«, sagte er ruhig, »dann werde ich da sein. Du weißt, wo du mich findest.«

Mit diesen Worten ging er.

30.

Marie blickte auf ihr Mobiltelefon hinab. Noch immer konnte sie nicht fassen, was Jörg ihr gerade mitgeteilt hatte.

Ein Schlag ins Gesicht hätte sie nicht härter treffen können. Wahrhaftig, Ginskis Schlag am vorherigen Tag hatte sie weniger verletzt, als es die Entscheidung tat, die das LKA und die Staatsanwaltschaft getroffen hatten.

Als Isabelle wieder zu ihr ins Gästezimmer zurückgekehrt war, sagte Marie nur: »Jörg hat mir gerade erzählt, dass der Fall Dezembermann ans LKA übergeben wurde. Ich konnte ihm gerade noch die Hernandez-Geschichte erzählen, ehe er wieder auflegen musste.«

Isabelle stemmte die Hände in die Hüften. Irgendwo hinter ihr, vermutlich aus Richtung der Küche, dudelte im Radio ein Song, den der Moderator offenbar für einen wunderbaren Muntermacher hielt. »Gut für dich. Die zentrale Sachbearbeitung liegt dann in Wiesbaden, was macht das schon?«

»Du verstehst mich falsch. Wir werden komplett abgezogen. Das LKA wird diesen Fall ohne uns weiter bearbeiten.«

»Was? *Nicht deren Ernst.* Ruf Leland an, Marie, ruf ihn sofort an und leg dein Veto ein. Das geht nicht, wir haben gute

Arbeit geleistet …«

»Das wird nichts nützen.« Sie schüttelte den Kopf und seufzte. »Ich weiß, dass er mich am liebsten im Urlaub gesehen hätte. Er steht nicht auf meiner Seite, nicht in dieser Sache. Es gibt nichts, was ich noch machen könnte.«

Wieder ging Maries Handy. Erneut war Jörg Bodenfeld auf der anderen Seite. »Ich glaube es nicht«, sagte er. »Sie ziehen das MK 2 hinzu. Wir sind raus, aber das MK 2 von gegenüber unterstützt das LKA. Und weißt du was? Hier heißt es gerade, dass Parkov vom SEK aus der Wohnung von Müller im Gallus begleitet wurde. Parkov ist offenbar ebenfalls abgezogen worden, weil er schon vorher von Müllers Akte wusste und kein Wort gesagt hat.«

»Ich weiß nicht, was ich gerade sagen soll«, erwiderte Marie leise. »Es tut mir leid. Ich übernehme die volle Verantwortung.«

»Verantwortung? Marie, das war nicht dein Fehler. Grünbaum hätte die Sache in der Akte vermerken müssen. Wenn überhaupt, dann war es *sein* Fehler. Aber wenn ich ehrlich bin, dann macht das LKA hier gerade einen Aufstand, der weder gerechtfertigt noch angemessen ist.« Irgendjemand im Hintergrund, den Marie nicht verstehen konnte, sagte etwas zu Bodenfeld. »Bist du noch dran?«

»Jörg, es war *mein* Fehler, da gibt es überhaupt nichts zu diskutieren. Ich war nicht bei der Sache, war in Gedanken ständig bei Lucie, und da ist mir … ich hätte ihn überprüfen *müssen.* Nicht der KDD, ich hätte es tun müssen, es war *meine* Aufgabe.«

»Hör auf, dich fertigzumachen. Das hier ist völlig überzogen. Politische Einflussnahme, nichts anderes. Gott, wie ich das hasse.«

»Jetzt klingst du fast wie Parkov.«

»Lass mich ja mit dem in Frieden. Was hat er zustande gebracht, hm? Nichts, außer Unruhe und Chaos zu stiften.«

Jörg antwortete erneut der Stimme im Hintergrund, die Marie nach wie vor nicht verstehen konnte.

»Was ist da los bei dir?«

»Das LKA ist los. Sie holen gerade die restlichen Akten. Vorhin hat einer in Parkovs improvisiertem Büro den Schlüssel für die Schreibtischschublade gesucht, aber der ist verschwunden.«

»Geh zu Leland und sag ihm, dass du für die Dauer dieses Falls zur MK 2 versetzt werden willst. Er wird einverstanden sein. Sag es auch den anderen. Mein Fehler, nicht eurer. Ich will nicht, dass diese Sache auch euch noch zum Nachteil gereicht.«

»Jetzt mach aber mal einen Punkt!«

»Bitte, Jörg.« Sie fuhr sich durchs Haar. Jenseits der grauen Fassaden der Nachbarhäuser, auf die sie vom Fenster aus blicken konnte, ging die Wintersonne auf. Es schneite nicht mehr, doch hielt die Kälte die Stadt nach wie vor in ihrem eisigen Griff. Irgendwo in der Nähe jaulte eine Krankenwagensirene. »Ich komme gleich vorbei und gebe meinen Bericht über Hernandez ab. Damit hat sich der Dezembermannfall für mich erledigt.«

»Okay, Marie. Wir sehen uns dann. Und, Häschen?«

»Ja?«

»Halt die Ohren steif. Du wirst sehen, dass der Schnee irgendwann auch wieder tauen wird und wärmere Tage kommen.«

»Danke. Danke, Jörg. Du weißt, dass ich das nicht besonders häufig sage, weil ich nicht gut darin bin. Aber … ich bin froh, dass du da bist.«

Nachdem sie aufgelegt hatte, verharrte sie einen Augenblick auf der Bettkante. Sie betrachtete ihre eigenen Zehen, krümmte und streckte sie in dem hochflorigen Lammfell, das Isabelle im Gästezimmer als Bettvorleger auf den Boden gelegt hatte, und dachte an Lucie. Ihre Tochter schlief nun fast den ganzen Tag, und wenn sie wach war, hustete sie einen keuchenden, schrecklich mit anzuhörenden Husten. Ihr zarter, so zerbrechlicher Körper zitterte in Maries Armen, wann immer sie ihrer Tochter übers Haar und den Rücken strich, sie beruhigte, ihr sagte, dass sie bald wieder gesund und alles gut werden würde.

Dr. Neumann sagte, Lucie sei eine tapfere kleine Kämpferin. Sie würde den Virus besiegen, und später auch den Krebs. Er sagte, diese Kämpfernatur musste sie von ihrer Mutter geerbt haben. Marie war sich da nicht sicher. Sie war sich nicht sicher, was von der Kämpferin noch übrig geblieben war.

Aber weiß ich nicht, irgendwo tief in meinem Inneren, dass Neumann recht hat? Ich bin eine Kämpferin. Sonst wäre es mir nicht gelungen weiterzumachen, mich in die Arbeit zu stürzen, nach jenem Morgen in unserer alten Küche. Mir wäre es nicht gelungen durchzuhalten, nachdem meine älteste, stählerne Freundin meinen eigenen Mann fällen musste.

Der Polizeipsychologe sagte mir damals, nur selten hätte er einer derart starken Persönlichkeit gegenübergesessen. Dieser Charakterzug ließ mich durchhalten.

Sie hatte sich keinen Fehler erlaubt, als sie kurz darauf vom K 12, dem Raubdezernat, zum K 11 und der Mordkommission 1 versetzt wurde. Jörg und Isabelle hatten sie nach wenigen Tagen in ihr Herz geschlossen; umgekehrt war es eine Sache von Wochen gewesen. Sie war nie das beliebte Mädchen auf der Schule gewesen, auch nicht die Außenseiterin, doch stets die, die mit ihrem ausgeprägten Gerechtigkeitssinn mehr als einmal aneckte, stets die, die sich zu den Ausgestoßenen und Schwachen hingezogen fühlte. Und Freundschaften zu schließen, war noch nie die leichteste Übung in ihrem Leben gewesen.

Hätten Jörg und Isabelle sie nicht aufgefangen, Marie war sich nicht sicher, wie sie die Zeit nach Eriks Tod überstanden hätte.

Aber nie, nie hatte es einen Fehler gegeben. Jetzt, mit Lucie und dem Dezembermann, musste sich Marie eingestehen, dass ihr die Dinge über den Kopf gewachsen waren. Müller nicht zu überprüfen war unverzeihlich.

»Marie?« Isabelle war wieder hereingekommen. »Kommst du frühstücken? Chris hat Pfannkuchen gemacht. Ich weiß nicht, wie die schmecken, aber …«

Isabelle würde alles tun, um ihr zu helfen, sie aufzuheitern und ihr ein Lächeln zurück auf die Lippen zu bringen. Doch in diesem Augenblick fühlte sie sich wie ein Fremdkörper in dieser Wohnung, in diesen vier Wänden, in denen dieses glückliche Paar lebte.

Du bist ein Fremdkörper, Kleine, dachte sie. *Und wenn Isa es auch niemals zugeben würde, so will doch auch sie nicht die Lasten und Probleme ihrer Arbeit mit nach Hause bringen. Und du, Marie, bist in diesem Augenblick ein einziges Problem. Es ergibt keinen Sinn, Chris und Isa weiter zu belasten.*

Sie schüttelte den Kopf. »Nein, schon gut. Ich … Ich fahre ins Präsidium und schreib den letzten Bericht. Und dann werde ich mir freinehmen, wie Leland und Parkov es verlangt haben, und tun, was ich schon die ganze Zeit hätte tun sollen: mich um meine Tochter kümmern.«

31.

Zwei Tage später

»Sir? Vor der Tür steht diese Anna Sörensen. Sie bittet Sie, mit ihr zu sprechen. Ich weiß, Ihre Anweisungen, dass Sie niemanden empfangen wollen, waren eindeutig, aber sie ist wirklich beharrlich. Ich kann sie natürlich abweisen, wenn Sie möchten.«

Parkov blickte auf. Johann, wie üblich in seinen grauen Nadelstreifenanzug gekleidet, stand auf der Treppe des Kellergangs und warf lange Schatten über die Analysecomputer und Mikroskope, die hier unten in Reih und Glied standen. Die Lüftungsanlage surrte leise, und der Computer, auf dem die noch immer äußerst instabile Software arbeitete, mit der er das Mobilfunksystem des LKA umgehen und selbsttätig Ortungen vornehmen konnte, gab ein leises Piepen von sich.

Analyse zu 98 % abgeschlossen, stand dort.

»Ich treffe sie in der Bibliothek«, sagte Parkov knapp. »Bitte informiere sie, dass ich nur wenig Zeit für sie habe.« Er war noch immer zornig darüber, dass Bürokraten und Politiker die Lösung des Falls um ein Vielfaches erschwert und zurückgeworfen hatten. Winter meldete sich nicht, im Präsidium wollte man ihm keine Auskunft geben, und ihre Kollegen mauerten.

Das LKA hatte eine zweite Verhaftung vorgenommen, die er aus dem Wagen heraus beobachtet hatte: Norman Holdinger, der suspendierte Lehrer, war von einem weiteren Aufgebot des LKA aus seinem Darmstädter Einfamilienhaus geholt worden, während seine Frau und die achtjährige Tochter an ihrer Hand geweint hatten.

Feinfühlig wie immer, dachte Parkov und wendete den Wagen, ehe einer der Streifenpolizisten, die die Straße absperrten, auf ihn aufmerksam wurde.

Das Analyseprogramm piepste abermals. *Analyse abgeschlossen,* stand nun dort. *Funkmasten-Triangulations-Genauigkeit bei 80 %.* Der Ort, den das Programm direkt darunter ausspuckte, lag im Gallus, gar nicht weit von Müllers Wohnung entfernt.

Parkov seufzte. Das war alles zu offensichtlich, zu leicht.

Er erhob sich und warf abermals einen Blick auf sein Mobiltelefon, ehe er hinaufging. Winter hatte auf seine letzte Nachricht nicht reagiert. Allmählich begann er, sich Sorgen zu machen.

Marie, bitte rufen Sie mich an, wenn Sie dies lesen, und bereiten Sie sich darauf vor, zur Sache zurückzukehren. Ich erwarte schlechte Neuigkeiten.
Parkov

In der Bibliothek erwartete ihn Sörensen mit schlechter Laune und unausgeschlafenem Blick. Sie hatte ihre Jacke über einen der hohen Lehnstühle gehängt. Die Dienstwaffe, die sie oben an der Hüfte über einem hellen Rollkragenpullover trug, war nicht zu übersehen. Parkovs Blick ging an ihr vorbei: Draußen war die schneebedeckte Zufahrt trotz des beheizten Vorplatzes und der Streuarbeiten des Gärtners an vielen Stellen zu einer gefährlich glatten, eisbedeckten Fläche geworden, die im Licht der schmiedeeisernen Laternen, die das Gelände beleuchteten, eisblau schimmerte. Wenn die Kälte anhielt – die Meteorologen sprachen von einem der ungewöhnlichsten, kältesten Winter seit Beginn der Wetteraufzeichnungen –, würden sie effektivere Maßnahmen einleiten müssen, oder er würde hier festsitzen.

»Gut, dich zu sehen«, begann Anna, »wenn ich auch nicht begreife, was du bei diesem Wetter hier draußen machst.«

»Ich arbeite«, sagte Parkov nur.

»Am Fall?« Sie hob eine Augenbraue. »Etwa an der Dezembermannsache?«

»Willst du mich verhaften? Bist du deswegen hierhergekommen?«

»Nein.« Sie schüttelte den Kopf, und ihr rotblonder Zopf hüpfte auf ihrer Schulter. »Nein, ich will mich entschuldigen.«

Parkov schwieg.

»Es gibt schlechte Neuigkeiten. Eine zweite Vermisste, gewaltsam entführt. Wir sichern noch den Tatort. Eine weitere junge Frau, die verschwunden ist, und eine neue Nachricht des Dezembermannes.« Sie griff in ihre Jackentasche und reichte Parkov eine Klarsichthülle, in der das Dokument steckte.

> An das LKA
> Verschwindet aus diesem Fall. Letzte Warnung. Das ist eine Sache zwischen Parkov, Winter und mir. Wenn ihr euch weiter in Dinge einmischt, die euch nichts angehen, werdet ihr alle die Konsequenzen tragen müssen.
>
> Nehmt dieses Mädchen als Warnung. Ihr werdet sie nicht lebendig wiedersehen.
>
> Der Dezembermann

»Ich hatte es befürchtet.« Parkov senkte den Blick. »Das geht auf die Kappe all derer, die euch hinzugezogen haben. Du weißt, dass es sich so verhält. Ich habe dir gesagt, dass er höchstwahrscheinlich auf diese Weise reagieren wird.«

»Das hast du. Um ehrlich zu sein, fragen sich einige Leute aus meinem Team, wie es dir gelingt, seine Schritte in dieser Weise vorauszuahnen.«

»Und ich frage dich abermals: Bist du gekommen, um mich zu verhaften?«

»Bin ich nicht. Können wir die Schuldzuweisungen beiseitelassen, bis wir ihn haben? Ich war überhaupt nicht zufrieden damit, wie es gelaufen ist. *Du weißt, dass es sich so verhält.*« Sie lächelte ein müdes, gestresstes Lächeln. »Jedenfalls hat Haberland jetzt ein Einsehen.«

»Und das heißt?«

»Du bist wieder mit an Bord. Und Winter und ihr Team von der MK 1 auch, wenn sie wollen.«

Parkov hob die Brauen. »Ach ja?«

»Ja. Du bist nicht erfreut.«

»Ich bin nicht erfreut über die verschwendete Zeit. Mit jedem verstreichenden Tag ist er schwerer zu fassen. Aber davon verstehen die Bürokraten nichts.« Er seufzte. Suzann saß auf einer leeren Couch in der Nähe des Feuers und las. Er versuchte, nicht zu ihr hinüberzusehen. »Also fangen wir gleich wieder an. Bring mich auf den neuesten Stand. Was habe ich verpasst?«

»Ich habe die Ginskis persönlich vernommen. Piotr Ginski besteht darauf, dass er Marie Winter nur aus einem Grund angegriffen hat. Er war zornig und wütend auf die Polizei und konnte sich in diesem Moment nicht länger zurückhalten. Anstatt den wahren Täter zu finden, hält sich die Polizei damit auf, seine Frau zu belästigen – so seine Worte. Seine Frau gibt zu, dass sie gelogen hat, was den Aufenthaltsort ihres Mannes angeht. Er war die ganze Zeit in Deutschland, lebte aber bis zum Verschwinden ihrer gemeinsamen Tochter nicht in der Wohnung in Sachsenhausen. Für den Todeszeitpunkt hat er ein

Alibi, und zwar das wasserdichteste von allen: Er saß pöbelnd und angetrunken in der Gewahrsamszelle im elften Revier.«

»Weiter.«

»Die Spurensicherung hat die Wohnung auseinandergenommen. Kein Mobiltelefon, aber alte, verwischte Blutspuren im Badezimmer. Marta Ginski gab bei einer Konfrontation damit zu, dass ihr Mann sie häufig geschlagen hat, was zuletzt in einer offenen Wunde unter ihrem Auge mündete. Er hat die Tochter ebenfalls wiederholt heftig angepackt – körperlich, nicht sexuell, was er auch zugab. Das passt mit den älteren Verletzungsspuren auf Julias Körper zusammen.«

»Wieso ist er ausgezogen?«

»Weil die Frau ihm damit gedroht hat, zur Polizei zu gehen und alles zur Anzeige zu bringen, sollte er nicht gehen. Er blieb ihnen fern, bis sie ihm vom Verschwinden ihrer Tochter erzählte.«

»Hat er eine Ahnung, wer dieser Freund sein könnte, mit dem sich Julia traf?«

»Er hat sich selbst auf die Suche nach diesem Mann gemacht. Piotr Ginski glaubt, dass seine Tochter sich prostituiert hat.«

»Das wären interessante Neuigkeiten. Hat er dafür Beweise, oder ist es nur eine bloße Vermutung?«

»Mehr will er nicht sagen. Er traut uns nicht – im Besonderen traut er uns nicht, die geeignete Bestrafung für den Mörder seiner Tochter zu finden.«

»Und das zerrissene Foto, das Marie im Tagebuch fand?«

»Es soll angeblich ihn und seine Frau zeigen. Die hat es auch zerrissen, sagt er, sie hingegen will davon nichts wissen und kennt es nicht einmal. Der Arm, der darauf zu sehen ist, gehört nach Einschätzung der Techniker jedoch definitiv nicht zu einer Frau.«

»Was ist mit den anderen?«

»Müller bestreitet, dass er Ginski jemals gesehen hat, bevor er ihre Leiche im Schaufenster fand. Er wiederholte auch seine Beobachtung, die Fortloff betrifft.«

»Er ist unschuldig, was die Ermordung von Julia Ginski angeht.«

»Abwarten, denn du wirst gleich staunen. Bei der Überprüfung von Müllers Wohnung fanden wir eine Wolldecke, die in einem Müllsack steckte. Müller gibt an, diese Dinge weder zu besitzen noch sie jemals zuvor gesehen zu haben. Auf der Wolldecke fanden wir Haare von Ginski, ihr Blut und auch Partikel des Kunstschnees, der in dem Schaufenster verwendet wurde, in dem man sie fand. Derzeit müssen wir annehmen, dass die Tote in dieser Decke transportiert wurde.«

»Das überrascht mich nicht. Du ziehst hoffentlich in Betracht, dass dieses Beweismaterial bei ihm platziert wurde.«

»Möglich ist es, aber derzeit sieht es ganz danach aus, dass Müller rückfällig wurde.«

»Was ist mit Ginskis Lehrer?«

»Wir haben Norman Holdinger gestern zur Einvernahme mitgenommen. Er bestreitet nach wie vor, ein Verhältnis mit Ginski gehabt zu haben, wenn auch er das andere Verhältnis mit einer Schülerin, für das er suspendiert worden war, zugab. Er konnte uns den Namen von Julias Freundin nennen: Die Frau ist zweiundzwanzig, heißt Marlene Charwitz und lebt mit ihrem Freund in einem kleinen Einfamilienhaus in Offenbach. Sie ist seit zehn Tagen verschwunden. Sie ist diejenige, in deren Bett der Dezembermann die Nachricht an uns hinterlassen hat.«

»Zehn Tage? Also gut vier Tage vor Ginskis Verschwinden. Was sagt ihr Freund? Wie könnt ihr den Zeitrahmen eingrenzen?«

»Der Freund, Matthias Zahlbach, ist neunundzwanzig und ein Kollege, er arbeitet bei der Operativen Einsatzeinheit Mitte. Er war die letzten zehn Tage dienstlich nicht zu Hause und hat das Verschwinden seiner Freundin erst bei seiner Rückkehr bemerkt, kam dann aber ohne zu zögern zur zuständigen Dienststelle – das war heute. Für den fraglichen Zeitpunkt hat er ein Alibi mit Zeugen. Die Spurensicherung ist gerade an der Wohnung dran.« Sörensen betrachtete ihn geheimnisvoll, und Parkov begriff, dass es eine weitere Neuigkeit gab, die sie bisher vor ihm zurückgehalten hatte.

»Holdingers Einfamilienhaus, das er mit Frau und kleiner Tochter bewohnt, haben wir von oben bis unten überprüft. Es hat ganz den Anschein, als hätte unser Saubermann entgegen seiner Aussage tatsächlich noch in jüngster Zeit Kontakt zu Ginski gehabt. Im Gästezimmer, im Bett, Spuren von ihr an Rahmen und Fußboden.«

»Klingt nach einem Volltreffer.«

»Du bist nicht überzeugt.«

»Nein, das ist alles viel zu offensichtlich. Was ist mit seiner Frau?«

»Sie war mit der Tochter bei ihren Eltern, die das bestätigen. Holdinger hatte genug Zeit, um sich mit Julia Ginski zu treffen, sie gemeinsam mit Müller zu misshandeln und im Kaufhaus abzulegen. Das sind übrigens zwei Täter, was exakt zu deiner Theorie passen dürfte, falls du es noch nicht bemerkt hast.«

Parkov nickte. »Ich schätze, das wird bei vielen in der Führungsetage großen Gefallen finden. Wir haben sie, wir haben sie, und die Spuren sind eindeutig. Fall abgeschlossen. Wieso bist du dann dennoch hierhergekommen? Sehe ich da Zweifel? Zweifel, die den Ablauf betreffen?«

»Zeitlich war es für Holdinger oder Müller selbstverständlich auch möglich, Marlene Charwitz zu entführen und die Nachricht zu hinterlassen, die dann mehrere Tage bis zu ihrer Entdeckung in der Wohnung herumlag.«

»Habt ihr die beiden bereits konfrontiert?«

»Noch nicht. Ich warte auf die Ergebnisse des Erkennungsdiensts aus der Wohnung der Entführten. Wenn Holdinger und Müller gemeinsame Sache machen, dann lebt Marlene Charwitz möglicherweise noch.«

»Oder auch nicht. Das ist unmöglich zu sagen. Hat sich ein Entführer gemeldet?«

»Nein, nichts.«

»Und der Status von Julia Ginskis Handy?«

»Ich habe den Ortungsauftrag sofort zur Durchführung gegeben und an die Spitze unserer Prioritätenliste gesetzt, als ich den Fall übernommen habe. Das Handy war zuletzt in ihrem Zuhause, der Schule und auf dem Nachhauseweg dazwischen ins Netz eingeloggt. Sie war im Kinocenter an der Eschenheimer Anlage gewesen, einem Supermarkt in Sachsenhausen, in einer Bücherei auf der Zeil. Nichts, absolut nichts Ungewöhnliches. Die Spur des Handys verliert sich in Sachsenhausen, nur hundert Meter von ihrem Zuhause entfernt. Wir setzen derzeit die Kollegen vom Revier ein, um die Umgebung, die Mülltonnen und dergleichen abzusuchen.«

»Das können Sie sich schenken.« Parkov deutete auf den Monitor und wies E.L.V.I.S. an, die Ergebnisse der Ortungssoftware anzuzeigen. »Das Mobiltelefon befindet sich in Müllers Wohnung.«

»Unmöglich.«

»Nicht, wenn jemand in der Zwischenzeit dort war und das Telefon eingeschaltet abgelegt hat. Er wusste, dass eine zweite Ortung nicht stattfinden würde. Ich werde nun dir gegenüber etwas erwähnen, was ich auch gegenüber Winter erwähnt habe, und ich werde dich ebenso wie sie bitten, die Sache mit höchster Vorsicht zu behandeln. Jemand in unseren eigenen Reihen trägt unserem Gegner Interna zu.«

»Das ist eine schwere Anschuldigung.«

»Er wusste, dass ich allein eine zweite, spätere Ortung des

Telefons vornehmen würde. Er legte es also dort ab, weil er mich allein ansprechen will, mich und niemanden sonst.«

»Wir werden es holen.« Sie zögerte, als Parkov den Kopf schüttelte. »Nicht?«

»Ich werde es holen. Allein.«

»Müller oder Holdinger konnten es dort nicht hinterlegen, weil sie zwischen der ersten und der zweiten Ortung nicht mehr in Freiheit waren.«

»Korrekt. Du erwähntest, dass trotz allem Zweifel bleiben. Welche Zweifel sind das noch?«

Anna strich sich eine rotblonde Strähne aus der Stirn. »Holdinger wirkt auf mich nicht wie jemand, der eine solche Tat begeht und dann friedlich weiter mit Frau und Tochter zusammenlebt. Wir haben die beiden vernommen: Sie ist außer sich und kann überhaupt nicht nachvollziehen, was wir ihrem Mann vorwerfen. Und dann natürlich Fortloff, der am Abend zuvor gegen halb eins noch einmal am Hintereingang das Tor öffnet, nachdem er sich zuvor bei einer privaten Feier merkwürdig nervös und verängstigt verhielt.«

»Vorausgesetzt, dass wir den beiden Zeugen und Müller Glauben schenken können. Fortloff ist noch immer in Freiheit, nehme ich an? Habt ihr in Betracht gezogen, dass jemand dem Kaufhaus oder Fortloff persönlich schaden will? Habt ihr Nachforschungen nach möglichen Feinden angestellt?«

»Wir observieren ihn. Er benimmt sich völlig unauffällig. Morgens zur Arbeit, abends zurück zur Villa. Er verlässt nicht einmal das Haus. Feinde hat er einige, aber niemanden, der wirklich in Betracht kommt. All das lässt mich dennoch durchaus infrage stellen, ob Müller und Holdinger wirklich Mörder und Entführer sind, und deshalb bin ich hier. Du sagst, jemand will den beiden den Mord unterschieben? Schön, denn mit jeder Stunde, in der ich Holdinger vor Angst und Verzweiflung im Vernehmungsraum beinahe in Tränen ausbrechen sehe, glaube ich mehr und mehr daran. Hilf mir, es zu beweisen.«

Parkov trat zu den Sprossenfenstern und blickte lange nachdenklich hinaus. »Oswald Müller, ein verurteilter Vergewaltiger, der behauptet, seit Jahren niemanden mehr anzurühren. Norman Holdinger, der sich zu Mädchen, ja, seinen eigenen Schülerinnen hingezogen fühlt, zugleich seiner Frau den Familienvater vorspielt. Auf der anderen Seite jemand, der ein siebzehnjähriges Mädchen über eine gewisse Zeit hinweg zwingt, nichts als Schokolade zu essen, sich selbst zu misshandeln, ehe er es tötet und ausstellt, in ein seltsames Weihnachtsszenario gewandet. Das passt nicht. Es passt nicht.«

»Und weiter?«

»Ich habe mich in Müllers Fall eingelesen. Was er getan hat, war eine zweifellos verabscheuungswürdige, widerliche Tat, aber vom Modus Operandi völlig abweichend zum Mord an Julia Ginski. Selbst mit dem Beweismaterial, das Müller schwer belastet, kann ich nicht einen Bezug zu ihm herstellen. Die Handschrift des Täters ist eine völlig andere.«

»Und wenn Müller uns mit Absicht täuscht?«

»Müller, der uns einen fremden Modus Operandi vortäuscht? Du hast ihn verhört, Anna. Denkst du, er ist dazu wirklich in der Lage?« Parkov schüttelte den Kopf. »Ganz bestimmt nicht.«

»Und wenn es der Dezembermann im Hintergrund war, der ihn mit dem nötigen Wissen ausstattete, um uns zu täuschen?«

»Ein vorgetäuschter Modus Operandi ist zu neunundneunzig Prozent als Fälschung auszumachen. Die Rechtsmediziner werden den Unterschied erkennen. Du hast Professor Lorenz doch längst um einen entsprechenden Vergleich zwischen den Verletzungen an Müllers früheren Opfern und Julia Ginski gebeten.«

»Das hast du gut erkannt.«

»Was sagt er?«

»Die Fälle gehören nicht zusammen. Müller ist nicht der Täter.«

»Na also.«

»Wieso entlasten sie sich dann nicht? Irgendwie müssen diese Decke und die anderen Spuren doch in ihre Wohnungen gelangt sein. Wieso verteidigen diese Männer sich nicht? Keiner von ihnen hat nach einem Anwalt gerufen; alles, was sie tun, ist, zu bestreiten, dass sie Julia Ginski zur fraglichen Zeit gesehen hätten.«

Parkov schloss die Augen. »Alles ist unscharf, wie in dichten Nebel gehüllt. Er will es so. Alles geschieht in der Weise, wie er es inszeniert hat. Die Entführung des zweiten Mädchens … Wir müssen davon ausgehen, dass er seine Worte leider in die Tat umsetzt und wir Marlene Charwitz nicht lebendig wiedersehen.«

»Das befürchte ich auch.« Anna warf einen Blick auf den Arbeitstisch, der in der Nähe des Kamins stand. Zwei Bücher lagen dort, zwei Bücher, in denen Parkov vor Kurzem offenbar noch gelesen hatte, Bücher, die sie irritierten.

Eines handelte von europäischen Sagen und Brauchtümern rund um die Weihnachtszeit.

Das andere war ein psychiatrisches Standardwerk.

»Parkov? Diese Bücher …«

»Nur eine Theorie«, sagte er. »Etwas, das mir schon länger im Kopf herumspukt.«

»Was macht er, Daniel? Wie bringt er sie dazu, die Wahrheit zu verschweigen?«

Parkov wandte sich zu Anna Sörensen um. Aus den Augenwinkeln sah er, wie Suzann vor den Sprossenfenstern stand, das lange braune Haar um einen Finger zwirbelte und ihm eines ihrer strahlendsten Lächeln schenkte. Nur Mut, schien sie ihm sagen zu wollen. Doch aus irgendeinem Grund vermochte er ihren Anblick nicht länger zu ertragen.

»*Daniel? Hallo?* Was ist denn? Was macht er? Wie stellt er es an?«

»Wie er es macht? Das weiß ich noch nicht. Aber ich bin sicher, was er bezwecken will. Es sind Strafen. Er bestraft die Männer, deren Töchter sein Schüler entführt und ermordet.«

»Für was?«

»Genau das müssen wir herausfinden.«

TEIL ZWEI

DER HENKER, DER RICHTER UND DER SCHATTENMANN

Von einem Geschenk in einer Winternacht

32.

Der Mann, der sich in den Schatten herumtrieb, betrat die Kapelle mit klopfendem Herzen und schweißnassen Händen. Das gedrungene Gebäude aus braunem Mauerstein und roten Ziegeln mit der Tanne und ihren weit herabhängenden Ästen davor und den Spinnweben, die sich über der Eingangspforte zwischen First und Wand spannten, beunruhigte ihn jedes Mal aufs Neue. Es wirkte mehr wie eine aus der Zeit gefallene Geisterkirche denn wie ein echtes, seine Gläubigen willkommen heißendes Gotteshaus.

Vielleicht war der Mann, der sich hin und wieder im Inneren aufhielt, deswegen hier, weil das Äußere des Gebäudes sein Inneres, seine Seele, widerspiegelte. Vielleicht war es auch genau umgekehrt, vielleicht hatte sich das Böse, das seine Seele ergriffen hatte, auch auf dem Gebäude niedergeschlagen und gab es nun nicht mehr frei.

Der Mann, der sich in den Schatten herumtrieb, wusste es nicht. Er wusste nur, dass er hier war, weil man ihn sehen wollte. Wie jedes Mal, wenn er zurückkehrte, ergriff ihn ein Gefühl, das eine Mischung aus Nervosität, Freude und entsetzlicher Furcht war.

Er betrat das Innere der Kapelle. Auf dem Altar, der unter einem raumhohen Ölgemälde stand, das Maria und den kleinen Jesus zeigte, brannten drei Kerzen. Zwei waren schon erloschen, stellte der Mann fest, als er sich dem zu seiner Linken hinter Bänken aus hartem dunklen Holz gelegenen Beichtstuhl näherte.

Er schob den Vorhang am Beichtstuhl zurück und setzte sich. Das Holz wirkte im fahlen Licht der Kerzen und durch die Strahlen der untergehenden Sonne, die durch die hohen Bogenfenster einfielen, fast schwarz. Es knarrte, als er sich vorbeugte und einen kurzen, verstohlenen Blick durch die Trennwand warf, die ihn von seinem Gegenüber im Beichtstuhl abgrenzte.

Im Dunkel auf der anderen Seite war kaum etwas auszumachen. In der Luft lag der Geruch eines teuren Herrenparfüms.

»Vater«, sagte der Mann, der sich in den Schatten herumtrieb. »Vater, ich habe gesündigt.«

»Das hast du«, kam die Antwort aus der Tiefe der Dunkelheit. »Doch ich werde dir vergeben.«

33.

Vier Tage später

Lucie schlief.

Durch den Tropf, der über einen durchsichtigen Schlauch mit ihrem Handgelenk verbunden war, fiel leise und unablässig ein Tropfen nach dem anderen.

Marie sah liebevoll auf ihre Tochter hinab. Das Buch von Astrid Lindgren, »Lotta«, aus dem sie ihr vorgelesen hatte, lag noch aufgeschlagen auf der Bettdecke. Sie löste Lucies kleine Finger vom Buch, klappte es zu und legte es behutsam auf den Nachttisch.

»Schlaf gut«, sagte sie leise und gab ihrer Tochter einen sanften Kuss auf die Stirn. »Schlaf und werd schnell wieder gesund.«

Vorsichtig löschte sie das Licht, schlüpfte hinaus und schloss die Tür.

Auf dem Weg hinaus entdeckte Marie eine Tageszeitung, die ein Patient im Erdgeschoss herumliegen lassen hatte. Mit einem flauen Gefühl in der Magengegend spähte sie auf die Schlagzeile: *Dezembermann schlägt erneut zu – junge Frau aus Schlafzimmer entführt – Polizei machtlos.*

Sie ging weiter.

Es ist nicht mehr deine Sache.

Marie hatte den Bericht über Hernandez und Fortloff bei Leland abgegeben und den Ersten Kriminalhauptkommissar um Urlaub gebeten. Leland war sichtlich erleichtert gewesen, ihr diesen endlich gewähren zu können.

Als sie in die Kälte des Morgens hinaustrat, vibrierte ihr Handy erneut. Es war nicht Parkov, wie sie erwartet hatte, sondern Isa, die ihr abermals mitteilte, dass sie, ihr Mann Chris, Jörg und Sabine sie am Abend gegen halb acht zu den Bodenfelds im Ostend einluden. Kurz darauf folgte eine zweite WhatsApp-Nachricht, die ausführlicher war und sie mitten ins Herz traf.

> Süße, wenn du meinst, du müsstest dich wegen dieses Blödsinns vor uns verstecken, wenn du meinst, ich lasse dir durchgehen, dass du dich verkriechst, dann kennst du mich schlecht. Lass den Unsinn, wir alle wollen, dass du herkommst. Niemand ist sauer.
> Ruf mich zurück.
> Isa

Ach Isa. Sie spürte erneut, wie Tränen in ihre Augen schossen. Seit sie sich von Leland hatte beurlauben lassen, hatte sie weder auf Parkovs Nachrichten noch auf die Anrufe ihres Teams von der MK 1 reagiert, mit Ausnahme eines kurzen Telefonats mit Isabelle, in dem sie erklärte, dass sie sich ein paar Tage lang eine Auszeit nehmen würde.

Eine Auszeit. Es wäre amüsant gewesen, wäre es nicht so traurig, nicht wahr, Marie?

Und ganz offensichtlich kannte Isabelle sie besser als sie sich selbst. War sie nicht bei Lucie, starrte sie die Wände des Schlafzimmers ihrer Vierzimmerwohnung im Frankfurter Nordend an, weinte und dachte an Erik. Alles, woran sie in den vergangenen Jahren geglaubt hatte, war eine Lüge gewesen. Jemand hatte ihn manipuliert, auf irgendeine abseitige Weise dazu gebracht, sie anzugreifen … wenn Parkov recht behielt. Und die Auszeit war eine Folter, aus der sie nur eines retten konnte, so wie sie es stets getan hatte: sich kopfüber in die Arbeit zu stürzen.

Nun hatte man ihr sogar diese Möglichkeit genommen.

Wieso waren die Dinge gekommen, wie sie gekommen waren? Wieso hatte er sich entschlossen zu tun, was er getan hatte?

»Ich will nur die Wahrheit«, sagte sie leise, und ihre Worte trieben im weißen Nebelhauch in den trüben Tag davon. »Mehr verlange ich gar nicht.«

Zu spät bemerkte Marie, als sie bei ihrem Wagen angekommen war, dass sie nicht allein war. Für einen Augenblick dachte sie an den schwarzen Kastenwagen, von dem ihr Parkov erzählt hatte – das Gefährt, in dem der Flüchtige aus der Rechtsmedizin geflohen war. Doch als sich aus dem Nebel die Umrisse eines Wagens herauslösten, der direkt gegenüber parkte, wurde ihr klar, dass es natürlich kein Kastenwagen war, der dort auf sie wartete, und kein Dezembermann, der endgültig beschlossen hatte, sie zu beseitigen.

Es war ein Dienstwagen der Polizei, da bestand kein Zweifel. Marie kannte die Frau nicht, die ihr gegenübertrat, doch sie sah die unzweideutigen Umrisse der Waffe unter der Lederjacke.

»Marie Winter? Ich bin Anna Sörensen, Kriminalhauptkommissarin beim LKA Wiesbaden. Ich muss Sie bitten, mich zu begleiten.«

»Tut mir leid. Ich …«, sie zwang sich, es auszusprechen,

»ich bin im Urlaub.« Auch wenn ihr diese Worte schwerfielen, wandte sie sich ab und schloss den Mini auf. Sie spürte, wie Sörensen sich hinter ihr kein Stück rührte.

»Ich bin hier, weil Daniel Parkov ausdrücklich darum bittet, dass Sie zurückkommen.«

Parkov. Für einen Moment wünschte sich Marie, dass sie diesen Namen niemals gehört hätte. Ihr Blick wanderte die beleuchtete Fassade der Klinik hinauf, hinauf zu jenem Fenster, hinter dem Lucie lag und schlief. Der Gedanke versetzte ihr abermals einen Stich in der Herzgegend, doch zugleich ließ er die Wut in ihren Venen hochkochen, die Wut auf einen Mann, der ihre Tochter bedroht und von dessen Jagd man sie gegen ihren Willen abgezogen hatte.

Sie hielt inne, den Schlüssel noch in der Hand. Für einen Augenblick war alles still, als hielte die ganze Stadt den Atem an. »Sind Sie diejenige, die mich von dem Fall Dezembermann abgezogen hat?«

»Ja.«

Wenigstens war sie ehrlich. »Wieso sind Sie dann hier?«

»Parkov besteht darauf, Sie zurückzuholen.«

»Das sagten Sie bereits. Kennen Sie ihn? Vertrauen Sie ihm?«

»Ja, ich vertraue ihm.« Die Antwort kam ohne ein Zögern. »Mehr als allen anderen. Ich war diejenige, die mit ihm den Vogelfänger gejagt hat. Ich war diejenige, die dabei war, als alles vorüber war, ganz am Ende.«

Marie wandte sich um. Sörensen hatte die Arme vor der Brust verschränkt. Es war ihr deutlich anzusehen, dass sie sich unwohl fühlte, hier, mit dieser Botschaft.

»Ich dachte, Parkov sei ebenfalls von den Ermittlungen ausgeschlossen.«

»Jetzt nicht mehr. Es gibt Entwicklungen, die uns überzeugt haben, dass wir Sie und Parkov zurückholen müssen.«

»Welche Entwicklungen?«

»Steigen Sie ein.« Sörensen deutete auf den Dienstwagen, einen vermutlich hochmotorisierten BMW in Grau. »Wir fahren nicht ins Präsidium, sondern direkt zum Tatort. Ich erzähle Ihnen alles, wenn Sie mitkommen.«

Marie nickte. *Direkt zum Tatort.* Da war es wieder, wie ein Prickeln am Rande ihres Verstandes: das Fieber der Jagd. »Ein neuer Tatort? Er?«

»Ja.«

Sie holte tief Luft. »Dann werde ich mitkommen.«

»Super.«

Im Wagen sagte Sörensen: »Parkov hat mir vorgeschlagen, diese Sache ab sofort so weit wie möglich unter dem Radar laufen zu lassen. Er misstraut den offiziellen Strukturen, sowohl beim LKA als auch bei Ihnen im K 11. Er sagte, vielleicht gebe es jemanden, der Interna weitergibt. Ich habe ihm zugestimmt. Daher sind wir nur zu viert. Sie, Parkov, einer meiner Kollegen und ich.«

»Eine Ermittlungsgruppe mit nur vier Ermittlern?« War das ein Spaß, den die Frau sich mit ihr erlaubte?

Anna Sörensen sah sie von der Seite an. »Sagen Sie mir, wem können Sie wirklich in Ihrem Team trauen?«

Das war leicht. »Isabelle Odinsdottir und Jörg Bodenfeld. Ich würde jederzeit für sie meine Hand ins Feuer legen.«

»Gut.« Sörensen nickte erleichtert. »Dann holen wir sie hinzu. Am besten gleich jetzt. Rufen Sie sie an, und erklären Sie ihnen die neuen Umstände.«

Das würde ja eine Überraschung für den gemütlichen Abend werden. Aber Isabelle und Jörg würden es verstehen, und Chris und Sabine ebenso. »Was ist geschehen?«

»Ich bringe Sie gleich auf den neuesten Stand, aber zuvor …« Sörensen machte eine knappe Handbewegung in Richtung Handschuhfach. »Aufmachen und nachsehen. Sie sollten sie tragen, Oberkommissarin.«

Marie öffnete mit nervösen Fingern die Klappe des Handschuhfachs. Im Inneren lag ihre Dienstwaffe, die Heckler & Koch P30, gesichert im Holster. Ihre alte Freundin, die sie vor Urlaubsantritt im Präsidium abgegeben hatte. Das Ding, das sie nie wiedersehen wollte. Das Ding, das getötet und sie verteidigt hatte – und ohne das sie doch nicht auskommen konnte.

»Sie haben über das Aufhören nachgedacht«, sagte Anna Sörensen leise. »Parkov hat mir erzählt, was mit Ihnen geschehen ist. Ich kannte die Sache nur aus den Akten. Es tut mir sehr leid, besonders unter diesen Umständen, und ich möchte mich entschuldigen.«

»Schon gut.« *Warum wollte sich plötzlich jeder bei ihr entschuldigen?*

»Hat er recht? Sie haben darüber nachgedacht?«

Marie blickte auf ihre Waffe hinab. Der gebürstete Stahl war schwarz wie die Nacht selbst. »Ja«, sagte sie leise mit rauer Stimme. Parkov, der sie wie Isa offenbar besser kannte als sie sich selbst. »Tatsächlich habe ich mit dem Gedanken gespielt. Aber es war nur das, ein Gedanke, nichts Konkretes.« *Jetzt lügst du ein wenig*, dachte sie.

»Wir brauchen Sie.« Anna Sörensen schenkte ihr kein Lächeln, doch das musste sie auch nicht. Der Ausdruck auf dem Gesicht der älteren Hauptkommissarin erinnerte Marie für einen Augenblick an ihre Mutter Elise. Unnachgiebig, doch verständnisvoll, wenn es darauf ankam. »Nehmen Sie sie. Sie sind zurück im Dienst, Sie sollten Ihre Waffe tragen, ganz gleich, was früher geschehen ist. Besonders jetzt, in diesen dunklen Tagen, wenn sich dort draußen jemand herumtreibt, der uns allen Böses will.«

Marie holte tief Luft. Dann streckte sie die Hand aus und nahm die P30 heraus. Die Waffe war schwerer, als sie sie in Erinnerung hatte, als wöge die Fähigkeit, jederzeit Leben nehmen zu können, weitaus mehr als das reine Material.

Hallo, alte Freundin. Vielleicht hast du mich nicht vermisst, ich hingegen konnte dein Fehlen an jedem Tag spüren.

»Gut.« Sörensen schien zufrieden.

»Was ist geschehen?« Marie musterte sie von der Seite. Es war offensichtlich. »Er hat wieder gemordet, nicht wahr?«

»Ja. Wir haben eine zweite Tote. Der Dezembermann ist zurück.«

34.

Vor einem Einfamilienhaus in Offenbach, das abgesperrt und von einer Vielzahl von Streifenwagen belagert war, hielt Sörensen an. Marie entdeckte eine Menge Schaulustiger, die sich gegen das rot-weiße Absperrband drängte, und die Schupo, die ihre liebe Mühe hatte, die Gaffer zurückzuhalten.

»Es ist schlimm«, sagte Sörensen, ehe sie ausstiegen. »Wir haben es tatsächlich mit einem Serientäter zu tun. Ich muss zugeben, dass ich so etwas noch nie gesehen habe. Es ist gleich da vorn, das Häuschen rechts.«

Marie folgte Anna auf dem Gehweg. Auf der linken Seite ragte eine hohe Weißtanne nah bei der Buchshecke des Grundstücks nebenan in den Mittagshimmel, eine hohe Backsteinmauer versperrte den Blick zu den Nachbarn. Auf der rechten Seite hingegen, wo sich einige Kriminaltechniker an einem niedrigen Gartentor zu schaffen machten, war der Blick über einen flachen Vorgarten für jedermann offen.

Sie folgten einem kurzen Pfad durch den Garten zur Haustür, an der ein zweiter Techniker das Schloss auf Abdrücke untersuchte. Er nickte Sörensen zu und richtete sich auf, als er Marie erkannte: Herbert Fischer, der Chef der Spurensicherung des Frankfurter Präsidiums. Seine Augen weiteten sich, dann lächelte er sein typisches breites Fischer-Lächeln. Wie immer trug er ein Tweed-Jackett unter dem weißen Schutzanzug.

»Je später der Morgen, desto schöner die Gäste«, brummte er.

»Hallo, Herbert.«

Im Flur dahinter hatte die Spurensicherung einen schmalen Weg abgesteckt, den die Ermittlungsbeamten entlanggehen konnten. Marie blieb stehen, nachdem sie kaum mehr als drei Meter zurückgelegt hatte.

»Ich verstehe, was du meinst«, sagte sie. »Das ist übel.«

Die Wände waren blutgetränkt wie in einem Schlachthaus. Viele Spritzer waren an Decke, Boden und Möbeln zurückgeblieben. Die Luft roch schwer nach Eisen und Kupfer.

»Wessen Blut ist das?«

»Wir überprüfen das gerade«, sagte Anna. Sie wandte sich in Richtung Treppe und ging hinauf. Die Stufen knarrten so laut wie trockenes, morsches Gebälk. Der Flur im oberen Stockwerk glich dem unteren, mit der Ausnahme, dass jemand auf die besudelten Wände mit Blut die Worte *Parkov* und *Winter* geschrieben hatte – unzählige Male, in allen erdenklichen Richtungen, Größen und Handschriften.

»Ja, es ist schwer zu verdauen. Hier entlang.«

Marie hielt abermals inne. »Anna, warte. Wie war noch mal der Name der Toten?«

»Marlene Charwitz.«

Charwitz. In Marie keimte ein übler Verdacht. »Wir haben einen Charwitz bei der Frankfurter Polizei. Operative Einheit Mitte. Ich bin mir nicht sicher, ob der eine Tochter hat, aber …« Sie verstummte, als Anna mit trauriger Miene nickte.

»Es ist die zweiundzwanzigjährige Tochter von Jochen Charwitz von der OEE. Es gibt Fotos, auf denen er abgebildet ist, hier in der Wohnung. Ich selbst werde ihn heute noch aufsuchen und ihm Bilder zur Identifizierung vorlegen.«

»Warte mal. Sie war zweiundzwanzig. Okay, ich kann akzeptieren, dass sie in diesem Alter zu Hause ausgezogen ist. Aber du hast mir vorhin den aktuellen Stand der Dinge mitgeteilt: Zehn Tage lang hat niemand mit ihr Kontakt aufgenommen? Nicht ihr Vater, nicht ihre Mutter, nicht irgendein Freund? Sie bleibt zehn Tage verschwunden, und erst dann kommt ihr Freund hierher zurück und bemerkt, dass sie nicht mehr da ist. Aber da war all das hier«, Marie deutete in Richtung der Wände, »noch überhaupt nicht geschehen.«

»So war es. Wir haben Charwitz gleich nach dem Bekanntwerden ihres Verschwindens informiert – vor vier Tagen. In der Zwischenzeit war Matthias Zahlbach, der Freund der Toten, der übrigens wie Marlenes Vater bei der OEE arbeitet, wieder in der Wohnung. Seit vorgestern befinden sich er und ein Großteil der OEE auf einem Großeinsatz, das Haus steht also leer. Der Täter nutzt also den Leerstand, bringt Marlene Charwitz hierher zurück und inszeniert den Tatort in der Weise, wie wir ihn jetzt vorfinden.«

»Das war riskant. Hat keine Streife nach dem Haus gesehen?«

»Doch. Aber offenbar waren sie nicht zur richtigen Zeit am richtigen Ort.«

Marie atmete durch, was angesichts des Geruchs, der in jeder Ecke des Hauses und in der Luft hing, eine Herausforderung darstellte. »Okay. Sehen wir sie uns an.«

Das Schlafzimmer war mit Ausnahme des Rechtsmediziners Lorenz leer, als Anna und Marie es betraten. Auf dem schneeweißen Laken des Betts, das nun blutgetränkt war, lag Marlene Charwitz, Arme und Beine ausgestreckt, nackt. Neben ihr ein Zweig, auf der anderen Seite eine rote Weihnachtsmannmütze. Wie bei Julia Ginski klaffte in ihrem Brustkorb ein großer, grotesker Schnitt, ein zweiter in ihrer Kehle.

»Professor Lorenz«, sagte Marie leise. Der Anblick bot im Licht der hellen Polizeischeinwerfer, die die Spurensicherung rings um das Bett aufgestellt hatte, ein grelles, kaltes und seltsam überscharfes Abbild der Wirklichkeit.

Tote sehen niemals aus wie auf den Tatortfotos, dachte Marie. *Die Wirklichkeit kann durch keine Kameralinse in allen Details wiedergegeben werden.*

»Sind das erneut Misteln?«

»Ja. Misteln und eine Mütze, ganz wie im Schaufenster.«

»Und die Todesursache, Professor?«

»Sie ist am Blutverlust gestorben. Man hat sie durch den Schnitt in ihrer Kehle, der, soweit ich dies hier und jetzt feststellen kann, durch Aorta, Larynx und Kehlkopfmuskel bis hinab auf den Knochen geht, äh, ausbluten lassen. Wenn er wie bei dem anderen Mädchen vorgegangen ist, wurde das Herz, das ganz eindeutig fehlt, nach dem Tod entnommen. Erneut ist er wenig fachgerecht vorgegangen. Ich kann schon jetzt sagen, dass dies die Messerarbeit desselben Täters ist, der auch Ginski tötete und sie in diesem Schaufenster platzierte. Wir haben auch wieder Bissspuren, die mit Ammoniak ausgewaschen wurden.«

Marie wandte sich zu Sörensen um, die im Türrahmen innerhalb der Begrenzungen der Spurensicherung stehen geblieben war. »Wo ist Parkov?«

»Der ist draußen, hinter dem Haus. Jedenfalls war er dort, als ich ihn zuletzt gesehen habe.«

»Was sagt er?«

»Er hat nicht besonders viel gesagt. Kam herein, warf einen Blick auf das Mädchen, dessen Zähne, die Wände und die Worte und ist gleich wieder nach draußen verschwunden.«

»Die Zähne? Was ist mit ihnen?«

»Nichts Besonderes.«

»Im Gegensatz zu Julia Ginski.«

»Eine Übereinstimmung gibt es. Der Täter hat ihr ein Stück Schokolade in den Mund geschoben. Vermutlich musste sie auch davon essen.«

»Also doch.«

»Aber wenn Sie mich fragen«, warf Lorenz ein, »dann ist der liebe BKA-Hauptkommissar von der ganzen Situation mehr als nur ein wenig überfordert.«

»Danke«, sagte Sörensen. »Sagen Sie uns doch, ob das Mädchen hier gestorben ist und wieso die Wände voller Blut sind.«

Lorenz erhob sich. »Dazu werden Ihnen die Herren, die sich in der Blutspurenmusteranalyse weitaus besser verstehen als ich, gewiss eine genauere Auskunft geben können.«

Marie verdrehte die Augen. Lorenz spielte sich vielleicht auf. Schon jetzt war ihr die Gegenwart des Rechtsmediziners, seine verschrobene, seltsame Aura mehr als unangenehm. »Und wenn Sie eine erste Einschätzung abgeben müssten?«

»Zitieren Sie mich nicht, ja? Ich bin mir recht sicher, dass sie nicht hier in diesem Bett oder diesem Zimmer getötet wurde. Was den Rest des Hauses betrifft, fragen Sie die Kollegen. Aber im Moment gehe ich angesichts ihres äußerst blutleeren Zustands davon aus, dass das Blut, das sie dort im Haus an den Wänden verteilt finden, ihr eigenes ist.«

»Ist das nicht ein bisschen viel?«

»Der menschliche Körper enthält viereinhalb bis sechs Liter Blut. Ich halte es für möglich.«

»Und wenn nicht, dann hat er was genommen? Rote Farbe?«

Lorenz schüttelte den Kopf. »Nein. Der Geruch weist eindeutig auf Blut hin.«

Fischer trat ein. Er schwitzte, hatte sich die Handschuhe ausgezogen und hielt ein Mobiltelefon in der Hand. »Es ist ihres«, sagte er, »die Blutgruppe stimmt mit dem Blut an den Wänden überein. Außerdem hat er es gestreckt … mit Lammblut, weil ihm ihres offenbar nicht ausreichte, um diese Sauerei hier zu veranstalten.«

Sörensen schüttelte den Kopf. »Danke, Fischer. Das hilft weiter.«

Marie wandte sich noch einmal an den Professor. »Also hat er sie, wie Sie sagten … ausbluten lassen?«

»Im jüdischen und muslimischen Kulturkreis kennt man diese Technik als das Schächten, das Öffnen der Halsschlagader an einem zentralen Punkt, dem Hals, woraufhin das nach wie vor schlagende Herz des lebendigen Organismus nach und nach einen Großteil des Blutes aus dem Körper pumpt.«

»Ist sie … wurde sie missbraucht?«

»Nein.«

»Also erneut kein sexuelles Motiv. Ich gehe jetzt an die frische Luft.« Marie folgte dem Pfad der Spurensicherung zurück zur Treppe. Die unzähligen Worte auf Tapete und Putz, *Winter* und *Parkov* in blutiger, verlaufender Handschrift, verfolgten sie auf ihrem Weg hinab. Als sie endlich in der kalten, klaren Winterluft des Dezemberabends angelangt war, atmete sie tief und langsam durch.

Im Unterholz der dicht gewachsenen Hecken und niedrigen Krüppelkiefern, die den schmalen Vorgarten eingrenzten, raschelte etwas. Wie bei einem großen Tier, das sich dort versteckt gehalten hatte, bogen sich nun die Äste und Zweige zur Seite. Parkov trat heraus, mit Kiefernnadeln und welkem Laub auf seinem Mantel. Er hielt einen Spurensicherungsbeutel in der Hand, in dem etwas steckte, das sie nicht erkennen konnte.

»Marie«, sagte er, und sein Atem trieb davon. »Ich muss sagen, ich bin froh, dass Sie zurückgekommen sind. Es ist gut, Sie hier zu sehen.«

Parkov war müde und sehr, sehr blass.

»Sie sehen nicht besonders erholt aus«, erwiderte Marie, verkniff es sich jedoch, ein »mein Lieber« anzuhängen. In den letzten Minuten war ihr jeder Humor vergangen.

»Die zurückliegenden Tage waren mühsam. Kräftezehrend, kein Zweifel. Hat Ihnen Sörensen mitgeteilt, was in der Zwischenzeit geschehen ist?«

»Na ja, nur in aller Kürze.«

»Der Mord, den wir hier sehen, kann nicht von Holdinger oder Müller begangen worden sein, weil sie sich zum fraglichen Zeitpunkt in Untersuchungshaft befanden.«

»Ja, das macht freilich Sinn.«

»Außerdem sind wir in den Besitz von Ginskis Handy gelangt. Aus den SMS und WhatsApp-Nachrichten geht hervor, dass sie mit einem Mann Kontakt hatte, der sich summerboy_3457 nennt. Bis kurz vor ihrem Tod hat sie mit ihm Nachrichten ausgetauscht und Treffen verabredet.«

»Nur geplant oder auch tatsächlich mehr?«

»Sie hat sich mit ihm getroffen, das geht aus dem Gesprächsverlauf hervor. Die Nachrichten kamen aus einem Internetcafé auf der Zeil, und die Treffen fanden in einer Weise statt, die es uns nicht erlaubt nachzuvollziehen, wohin Julia Ginski mit ihrem uns unbekannten Kontakt gefahren ist. Er hat sie regelmäßig auf Parkplätzen abgeholt und dort auch wieder abgesetzt. Wir suchen nach Zeugen, sowohl im Internetcafé als auch auf den öffentlichen Parkplätzen, aber besonders viel erwarte ich nicht, allenfalls den Kastenwagen, den wir bereits kennen.«

Parkovs Mantel wehte im kalten Ostwind, der zwischen den Fassaden der Einfamilienhäuser hindurchstrich. »Er war da, sehr nah war er uns«, sagte er mit einer rauen Stimme, die Marie matt und kraftlos erschien, »und wir haben ihn wieder verloren.«

»Wie ist das Handy gefunden worden?«

»Über eine von mir vorgenommene zweite Ortung. Das Seltsame an der Sache ist, dass es jemand in Müllers Wohnung abgelegt haben muss, jemand, der uns bewusst die Informationen über Ginski und ihren unbekannten Kontakt zuspielen wollte.«

»Was ist mit Fortloff?«

»Fortloff steht unter dauerhafter Observation.«

»Hätte er das Handy dort verstecken können? Womöglich, weil er Müller belasten wollte. Schließlich hat der ihn in der Nacht am Kaufhaus erwischt.«

»Sicher. Das wäre möglich gewesen, da die Observation erst kurz nach der Verhaftung von Müller begann. Zeit- und Personalmangel, Sie kennen das alte Lied. Aber er musste schnell handeln, und ich glaube nicht daran. Es war eine uns unbekannte Person, die das Mobiltelefon dort hinterlegt hat. Wer? Ich habe keine Ahnung.«

»Und dann die Bissspuren und die Schokolade in ihrem Mund. Was soll das?«

»Es ist dieselbe, die er Julia Ginski zwang zu essen.«

»Und das sagt uns was?«

»Ich weiß es nicht. Es ist … ungewöhnlich.«

»Was machen wir hier, Parkov? Was machen wir nur?« Marie blickte hinauf zum wolkenverhangenen Himmel, spürte den Wind auf ihren Wangen, die Kälte des grauen, konturlosen Nebeltages und dahinter, kaum auszumachen im Nebel, das namenlose Grauen, das der Dezembermann über die Stadt gebracht hatte. »Was machen wir? Das Mädchen dort oben ist die Tochter eines Kollegen. Wieso lassen wir zu, dass er tun kann, was er will? Wieso lassen wir zu, dass er uns verhöhnt, mit uns spielt, wie er will, spielt, wann und was er will? Denn das ist es, was er tut: Er verhöhnt uns, Parkov, er lacht über uns!«

»Frau Winter …«

»Nein, halten Sie den Mund. Das muss ein Ende haben.«

Parkov schüttelte den Kopf. »Was glauben Sie, was ich unentwegt unternehme? Ich verbringe jede freie Minute damit, seine Spuren zurückzuverfolgen, um ihn endlich fassen zu können.« Sein Ton war schärfer geworden, und Marie spürte, dass Parkov einen solchen Ausbruch keineswegs beabsichtigt hatte. *Ihn nimmt all das ebenso mit wie alle anderen. Vielleicht sogar noch mehr, da er den Mann jagt, der ihm so viel genommen hat.*

Vielleicht ebenso sehr, wie es dich berührt.

»Verzeihen Sie mir«, sagte Parkov beherrscht. »Sie haben recht. Dies muss ein Ende finden … Und es wird ein Ende finden.«

Von der Straße, jenseits der Absperrung, drang ein Hupen an ihre Ohren. Ein uniformierter Kollege kam zu Marie und Parkov herüber. »Hauptkommissar Parkov? Da ist jemand, der Sie sprechen will«, sagte der Mann. »Gleich da vorn, hinter der Absperrung.«

»Wer ist es?«

»Großer Geländewagen mit getönten Scheiben, Mercedes G-Klasse. Bulgaren, denke ich.« Der Polizist musterte Parkov ernst. »Die sehen mir nicht danach aus, als wären sie zufällig hier. Und außerdem sehen sie nicht danach aus, als würden sie von hier verschwinden, bevor sie mit Ihnen gesprochen haben. Das sind die harten Jungs. Sollen wir Verstärkung anfordern? Das MEK kann in ein paar Minuten hier sein, die Kollegen sind gerade in der Stadt.«

»Nein. Schon gut«, erwiderte Parkov. »Ich weiß, mit wem wir es zu tun haben. Ich kümmere mich darum.«

Der Polizist verschwand mit einem knappen, wenn auch ungläubigen Nicken, und Parkov wandte sich zu Marie um. Auf seinem Gesicht stand ein Ausdruck, der sie einen Schritt näher treten ließ. Parkov war besorgt, erkannte sie, mehr noch, Parkov war höchst beunruhigt.

»Was ist hier los? Wer sind die?«

»Sie müssen mir eine Sache versprechen. Es ist eine Angelegenheit von heikler Natur, und ich habe niemanden, den ich um diesen Gefallen bitten könnte. Würden Sie das für mich tun?« Er griff in seine Manteltasche und holte den durchsichtigen Spurensicherungsbeutel und einen Briefumschlag, der mit Wachs versiegelt war, hervor. »Wenn Sie zustimmen, mir beizustehen, werde ich unter Umständen gegen halb sieben morgen früh bei Ihnen erscheinen, vielleicht auch schon ein wenig früher. Ich werde mich vermutlich in einem schlechten Zustand befinden, verletzt, aller Voraussicht nach, wenn auch nicht schwer. Alles, was ich von Ihnen verlange, ist, mir dann zu helfen. Sollten Sie sich fragen, wieso ich mich an Sie wende, Frau Winter, und nicht die offiziellen Wege beschreite …«

»Das frage ich mich tatsächlich.«

»Was ich im Begriff bin zu unternehmen, ist nicht mit den offiziellen Leitlinien zu vereinbaren. Es ist etwas, für das man mich aus dem BKA werfen könnte, sollte es publik werden. Verzweifelte Zeiten erfordern besondere Maßnahmen. Die Zeit für eine dieser Maßnahmen ist jetzt gekommen.« Er hielt ihr Brief und Spurensicherungsbeutel hin. »Behalten Sie den Brief. Geben Sie den Beutel der Spurensicherung. Wenn Sie einen Blick hineinwerfen, werden Sie erkennen, dass es mir gelungen ist, in diesem Gebüsch ein weiteres Stück des Fellkostüms zu entdecken, das unser Täter bereits im Kaufhaus getragen hat. Geben Sie einen DNA- und Haartest in Auftrag.«

»Parkov, das klingt … abenteuerlich.« Marie stellte sich auf die Zehenspitzen und versuchte, einen Blick auf den Geländewagen jenseits des Absperrbands zu erhaschen. Tatsächlich, dort war er, stand wuchtig mit abgeblendeten Scheinwerfern am Straßenrand wie ein Raubtier, das auf seine Beute wartete. Niemand war ausgestiegen.

»Ich bitte Sie in dieser Sache um Ihr Vertrauen, Marie. Die Herren dort drüben schulden mir einige Gefallen, und ich habe mich entschlossen, in unserem aktuellen Fall diese Schuld einzufordern. Deshalb sind sie hier.«

»Weshalb sollte Ihnen dann etwas zustoßen?«

»Nun, nennen wir einige der Herren … etwas nachtragend. Sie werden mir helfen, doch wird sie das zugleich nicht daran hindern, Rache und Vergeltung zu üben.«

»Das ist gefährlich.« Marie streckte die Hand aus und hielt

Parkov am Oberarm fest. Der Ausdruck auf seinem Gesicht war erschreckend, als wüsste er genau, dass er sich sehenden Auges in Lebensgefahr begab. »Es muss eine andere Lösung geben.«

»Nein.« Parkov schüttelte ihren Arm ab. »Es gibt nur diesen Weg. Vertrauen Sie mir. Morgen halb sieben bin ich wieder da.«

»Wieso gehen Sie nicht zu Ihrem Butler?« Als sie Parkovs Reaktion auf ihre Frage bemerkte, wünschte sich Marie, sie hätte diese nicht gestellt. Parkovs blassblaue Augen musterten sie erschöpft.

»Weil Johann mir, sollte ich jemals wieder dergleichen tun, mit seiner Kündigung gedroht hat. Und das kann ich nicht riskieren. Nun, was sagen Sie?« Marie begriff, was er ihr mitteilen wollte: Wenn sein Butler ginge, wäre er allein in dem riesigen Landhaus. Wenn Johann kündigte, wäre sein wohl letzter verbliebener Vertrauter fort.

»Sagen Sie mir noch eines«, verlangte sie. »Was hat es mit dem Brief auf sich?«

»Der Brief enthält eine Nachricht, die Sie im Augenblick nicht kümmern muss. Öffnen Sie ihn erst, wenn ich morgen nicht bis um Mitternacht zurück sein sollte.«

»Ich werde Sie nicht gehen und sterben lassen. Denn wenn es das ist, was dieser Brief sein soll, eine Art Testament, dann …«

»Es ist der einzige Weg.«

»Parkov …«

Die G-Klasse blendete auf. Im Fernlicht des Wagens, die grellen Xenonscheinwerfer direkt auf sie beide gerichtet, erkannte Marie, dass Parkovs Hände völlig ruhig waren. Er lächelte nun, und es war ein zuversichtliches, ehrliches Lächeln, das seine Augen erreichte und zurück zu seinem Mund wanderte.

»Vertrauen Sie mir«, sagte er abermals. »Bitte.«

Marie traf eine Entscheidung. »Na schön.« Sie nahm Brief

und Spurensicherungsbeutel. »Viel Glück«, sagte sie leise.

»Bis bald.« Parkov zögerte, dann hielt er ihr einen klobigen Schlüssel hin. »Fahren Sie den Wagen, während ich fort bin. Ich möchte ihn ungern in Offenbach stehen lassen.« Mit diesen Worten machte er kehrt, war im Handumdrehen unter dem Absperrband hindurch und in die G-Klasse eingestiegen, die ihn in den nebligen Tag davontrug.

35.

Aus der Ferne wehte leiser Glockenschlag herüber, der zwei Uhr verkündete. Isabelle und Jörg, die mittlerweile am Tatort eingetroffen waren, warteten auf Anna Sörensen, die telefonierend vor dem Haus auf und ab ging.

Der Briefumschlag steckte in Maries Manteltasche. Ihr gingen Parkovs Worte nicht aus dem Kopf. *Würden Sie mir helfen? Ich werde verletzt sein, wenn auch nicht schwer.*

»Marie? Du bist heute so abwesend. Und ehe ich es vergesse: Ist gut, dass du wieder da bist.«

Sie blickte auf und bemerkte, dass Isabelle sie musterte. Jörg sprach mit einem der Kollegen von der Spurensicherung, der rauchend neben der Haustür stand, während ein anderer einen Schuhabdruck im Schnee ausmaß.

»Ich dachte nur daran, dass er dieses Mal zu weit gegangen ist. Das dort drinnen ist das Werk eines Abartigen. Ich kann mir nicht vorstellen, dass er keine Spuren zurückgelassen hat. Dieses Mal kommen wir ihm näher. Und außerdem …« Sie warf Isabelle einen prüfenden Blick zu. Die feinen Antennen, die ihre Kollegin hatten spüren lassen, dass Marie die Suspendierung mehr getroffen hatte, als sie sich selbst eingestehen wollte, was empfingen sie nun, gerade jetzt, in diesem Augenblick? Ahnte sie, dass sie etwas verbarg?

»Erde an Marie«, sagte Isabelle mit einem Lächeln. »Anwesend?«

»Ja.« Sie blinzelte. »Außerdem gleichen sich die beiden Fundorte. Fischer sagt, dass die Eingangstür wieder nicht aufgebrochen wurde – wie auch am Kaufhaus. Er hatte wieder einen Schlüssel, oder die Tür stand offen, was ich für nicht besonders wahrscheinlich halte, denn in diesem Fall müsste ihr Freund, der nach ihrem Verschwinden noch einmal im Haus war, vergessen haben, sie zu schließen. Zweitens: Beide Frauen sind nicht an ihrem Fundort gestorben, sondern nur dort abgelegt worden. In beiden Fällen platziert er Misteln und diese Mütze, in beiden Fällen tauchen Namen auf, einmal Parkovs Name auf der Schaufensterscheibe, nun Parkovs und mein Name an den Wänden. Und natürlich die Schnittverletzungen, die zum Tod führten, ähnlich in beiden Fällen, wie auch das Herz, das beiden fehlt. Julia Ginski musste Schokolade essen, Marlene Charwitz ebenfalls. Lorenz geht bereits jetzt vom selben Täter aus.«

»Haben wir eine neue Nachricht?«

»Nein, ich glaube nicht. Aber vielleicht hat er sie auch einfach nur besonders gut versteckt …« Marie hielt inne. *Oh nein*, dachte sie, *nicht auch das noch.*

Auf der Straße war ein Wagen angekommen, aus dem zwei Männer auf die Straße sprangen, um schnell die Absperrung zu überwinden, während die Kollegen von der Streife ihnen hektisch folgten. Erst auf dem Pfad, der durch den Vorgarten zur Haustür führte, stellte man sie und hielt sie auf.

»Charwitz«, sagte Marie, »und der andere …«

Sörensen rannte auf die Streitenden zu, das Handy noch immer in der Hand, und winkte Marie und Isabelle heran. Aus dem Haus und dem Garten strömten noch mehr Uniformierte herbei.

»Sie ist meine Tochter, ihr Arschlöcher!«, brüllte Charwitz.

»Geht mir aus dem Weg!«

»Beruhigen Sie sich!« Sörensen baute sich vor dem Mann auf, doch vermochte sie gegenüber dem massigen Zivilfahnder der OEE Mitte kaum Eindruck zu machen. Als Charwitz Marie erkannte, starrte er sie an, das Gesicht eine Maske fassungslosen Entsetzens. Jetzt wusste sie auch, wer der Mann neben Charwitz war, der ihn gerade noch zurückhalten konnte, sich einen Weg durch die Menge hindurch zu bahnen: Bernd Ziering, einer von Charwitz' Kollegen bei der Operativen Einsatzeinheit.

»Beruhigen Sie sich«, sagte Sörensen, »oder ich muss Sie von hier fortschaffen lassen.«

»Ich will wissen, was geschehen ist. Geh mir sofort aus dem Weg.«

Ziering zog Charwitz rückwärts.

Sörensen öffnete den Mund, doch ehe sie etwas erwidern konnte, trat Marie zwischen Sörensen und Charwitz. »Du benimmst dich völlig unangemessen«, sagte sie leise, doch so eindringlich, dass er sie deutlich verstehen konnte. »Das hätte sie nicht gewollt. Geh.«

Charwitz sackte in sich zusammen. Ziering gelang es, seinen Kollegen zurück in Richtung Straße zu ziehen. »Marie?«, sagte er und sah sich Hilfe suchend nach ihr um.

Sie folgte den beiden zu ihrem Wagen. Charwitz warf ihr einen fassungslosen Blick aus Augen entgegen, die gerade gelernt hatten, was Verzweiflung ist. Dann lehnte er sich gegen die Wagentür und verbarg das Gesicht in seinen Händen.

»Danke«, sagte Ziering leise. »Das war gerade rechtzeitig.«

Marie sah, wie Charwitz sich von ihnen abwendete. Ihr selbst stiegen Tränen in die Augen. *Wenn er zuschlägt, was immer er orchestriert*, kamen ihr Parkovs Worte in den Sinn, *die Welt wird danach ein dunklerer Ort sein.*

»Seit wann weiß er es?«

»Sörensen hat ihn informiert. Mir war völlig klar, dass es

überhaupt nichts bringt hierherzukommen, aber … meine Güte, du kennst ihn ja. Er ist manchmal einfach nicht zu bremsen, der alte Irre.«

Marie sah Ziering an, dass der alte Hase ebenfalls schwer von der Sache mitgenommen war. »Er darf auf keinen Fall hinein«, sagte sie leise, sodass Charwitz ihre Worte nicht mithören konnte. »Sie ist noch nicht abtransportiert, und außerdem sieht das Haus fürchterlich aus.«

Ziering erbleichte noch ein wenig mehr. Charwitz und er waren harte Hunde, wie Marie wusste, und sie würde den Job der OEE nur ungern übernehmen wollen, und doch war ein Mordfall noch immer eine Besonderheit, das dunkelste Extrem der menschlichen Abgründe – ganz besonders dann, wenn er das eigene Umfeld betraf.

»Sag mal, hat Jochen, nachdem er von Marlenes Verschwinden erfuhr, irgendetwas auf eigene Faust unternommen? Hat er«, sie dachte an Parkov und die Herren in der schwarzen G-Klasse, die der Kollege als Bulgaren identifiziert hatte, »irgendetwas im Milieu herausgefunden? Sich da mal umgehört?«

»Während wir im Dienst waren, nicht. Ich hab ihm gesagt, lass die Kollegen ihren Job machen. Wenn die Jungs, mit denen wir tagtäglich verkehren, herausfinden, dass einer von uns Schwierigkeiten hat, dann bringt die das uns gegenüber in eine vorteilhafte Position. Gibt ihnen Macht, diese Sache. Deshalb sagte ich ihm, er soll wie immer Leute mit frischen, unbekannten Gesichtern ranlassen. Das LKA hat dann im Bahnhofsviertel auch ermittelt, wie es eben üblich ist, wenn die Tochter von einem von uns verschwindet.«

»Ich höre da noch ein leises, ungesagtes Aber.«

»Was er nach Dienstende gemacht hat, weiß ich nicht. Er war schon anders während der Zeit seit ihrem Verschwinden. Als wüsste er irgendwie, als spürte er schon, wie es eben ein Vater so spürt, dass seine Kleine nicht mehr lebend auftauchen wird.«

»Wir müssen ihn befragen, das weißt du. Oder besser gesagt, Isabelle oder ich werden ihn befragen, da sein Start mit Sörensen großer Mist war und ich ihm das Ganze in Wiederholung ersparen will.« Marie sah sich nach Charwitz um, der mittlerweile stur zu ihnen herübersah. Sie schenkte ihm ein mitfühlendes Lächeln, was ihr jedoch nicht besonders gut gelang. Wie sehr sie sich doch mit einem Mal danach sehnte, nach Hause zu fahren und unter einer heißen Dusche die Kälte und sämtliche Eindrücke des Tatorts von ihrer Seele zu waschen.

»Ihr kennt euch so viele Jahre «, sagte sie schließlich. »Versuch bitte herauszufinden, ob er irgendetwas unternommen hat, ob er irgendwas weiß, was uns weiterhelfen könnte.«

Ziering erwiderte Maries Blick mit ausdrucksloser Miene. »Schon klar«, sagte er abweisend.

»Schon klar?« Marie hob die Brauen. »Wir stehen auf eurer Seite. Ich weiß, ihr mögt das K 11 und die Mordkommissionen nicht besonders, weil wir euch hin und wieder ans Bein pinkeln. Aber bei mir machst du vielleicht eine Ausnahme, nach allem, was wir in der Bahnhofsmädchensache gemeinsam erreicht haben. Ich muss dich nicht erinnern, dass das immer noch eine Mordermittlung ist.«

»Ist angekommen.« Ziering wollte sich abwenden, doch Marie hielt den Hünen mit einer sanften Berührung am Arm zurück.

»Und was immer er versucht, richte ihm aus, dass hier nichts mehr auf eigene Faust unternommen wird. Nicht bei dem Gegner, mit dem wir es hier zu tun haben. Verstanden?«

Ziering nickte knapp. »Was stehst du noch hier? Schnappt ihn euch. Schnappt euch dieses Schwein.«

36.

Charwitz und Ziering stiegen ein und fuhren ab, und Marie sah ihnen nach, wie sie es zuvor auch schon bei Parkov getan hatte. Sie betrachtete das Kuvert, das der BKA-Hauptkommissar ihr gegeben hatte, und strich mit dem Finger über den Klecks des Siegelwachses, der das Kuvert verschlossen hielt. *Marie Winter*, stand in Parkovs enger, sorgfältiger Handschrift auf der Vorderseite.

»Was ist das?« Anna Sörensen war vom Grundstück auf die Straße herausgekommen und musterte sie neugierig.

»Nichts. Eine Privatsache.« Marie ließ den Umschlag wieder in ihrem Mantel verschwinden.

»Das war gute Arbeit. Charwitz hätte eine unschöne Aufregung veranstalten können.«

Marie nickte. Der Ostwind blies ihr feine Regentropfen ins Gesicht, doch war die Kälte längst nicht mehr so beißend wie noch einige Tage zuvor. »Es taut«, sagte sie. »Konnten wir die Spuren im Schnee identifizieren?«

»Schuhgröße siebenundvierzig. Dasselbe Profil wie bei den Spuren vor der Rechtsmedizin, wo Parkov angegriffen wurde.« Sörensen zog eine Schachtel Zigaretten aus ihrer Jackentasche und steckte sich eine an.

»Blödes Laster«, sagte sie. »Diese Sache zerrt an meinen Nerven.«

»Nur zu«, sagte Marie leise, und Sörensen blies schweigend eine blaue Rauchwolke in den Nebel. Irgendwo über ihnen schrie ein Kauz auf seinem Ast empört in die Kälte hinaus. Irgendwo in diesem dämmernden Nachmittag, irgendwo, vermutlich nicht weit entfernt, war derjenige, der für all das verantwortlich war.

»Wurden die Nachbarn befragt?«

»Ich habe Bodenfeld, Odinsdottir und meinen Kollegen Fahrenheit losgeschickt. Gegenüber war noch niemand, aber die sind gerade ohnehin nicht zu Hause.«

Marie wusste von Sörensen, dass nach dem Bekanntwerden des Verschwindens von Marlene Charwitz eine Nachbarschaftsbefragung und auch eine kriminaltechnische Untersuchung der Wohnung durchgeführt worden waren. Da die Entführung zehn Tage zurücklag, waren die Angaben naturgemäß voller Lücken. Eine türkische Hausfrau zwei Häuser weiter hatte etwas von einem abfahrenden Wagen berichtet und davon, dass sie gesehen haben wollte, wie Charwitz' Freund das Haus verließ. Später wollte ein Rumäne von gegenüber, der das Haus kurz vor Schichtbeginn in einer Wachfirma gegen halb zwölf in der Nacht verließ, einen Schrei gehört haben, andere Nachbarn, darunter auch ein Spaziergänger, der seinen Schäferhund jede Nacht die Straße entlangführte, hatten hingegen nichts wahrgenommen.

Die Spurensicherung hatte im Haus Spuren eines Kampfes entdeckt. Blut eines Unbekannten, der von Charwitz im Verteidigungskampf mit der Glasscherbe eines zersplitterten Couchtischs verletzt worden war; und Blut von Marlene Charwitz selbst, die sich am Glas geschnitten hatte. Außerdem hatte man Spuren von Chloroform entdeckt, einem Betäubungsmittel, mit dem der Täter Charwitz wohl am Ende doch überwältigen konnte.

Viele der Spuren waren sorgfältig abgewischt worden. Der Entführer hatte keine Fingerabdrücke hinterlassen – nur sein Blut, das in der Datenbank des BKA und in ViCLAS, dem Programm, das neue Spuren und Vorgehensweisen bekannten Sexual- und Serientätern zuordnen konnte, nicht erfasst worden war, dessen DNA jedoch mit den Bissspuren an Julia Ginski übereinstimmte. Fasern eines Hanfseils waren gefunden worden, daneben Tierhaare, die man Parkovs Probe vom Zaun am Kaufhaus zuordnen konnte. Fischer hatte Marie vor wenigen Minuten versprochen, dass sie die nun im Gebüsch gefundene Spur, die den übrigen Haarfunden ähnelte, ganz an die Spitze der zu überprüfenden Funde in der Kriminaltechnik setzen würden.

»Dieser Freund«, sagte Marie und verschränkte die Arme, »was wissen wir über ihn?«

Sörensen zog nachdenklich an der Zigarette. »Matthias Zahlbach, neunundzwanzig, Kommissar bei der OEE Mitte. Er hat nach dem Tod seiner Mutter eine ganz ansehnliche Summe geerbt, die es ihm erlaubte, dieses Haus zu kaufen. Sein Vater ist schon lange tot. Wir haben nach Marlenes Verschwinden ihn und die Kollegen von der OEE vernommen, auch Charwitz selbst, und niemand wollte irgendetwas Schlechtes über Zahlbach sagen. Überaus korrekt, ein ganz normaler Kerl. Sie waren verlobt und wollten nächstes Frühjahr heiraten.«

Marie spähte die Straße hinab, die nun verlassen dalag. »Mich wundert, dass er nicht hier auftaucht wie ihr Vater.«

»Er weiß vielleicht noch nichts von den schlechten Neuigkeiten. Erreicht habe ich ihn jedenfalls nicht, und die Leitstelle sagt, sie können ihn nicht auffinden. Wir fahnden jetzt nach ihm.«

Sörensen handelt schnell. Marie warf ihr einen Blick zu. »Nach einem OEE-Kollegen zu fahnden, dürfte eine Herausforderung werden. Da beneide ich das LKA nicht.«

»Wir tun, was wir können. Sagen Sie mir, Frau Winter, wo ist Parkov hin?«

Also wusste sie es. Natürlich, wenigstens ein Kollege von der Streife hatte mit angesehen, wohin Parkov verschwunden war. Marie bemerkte auch, dass Sörensen zum förmlichen ›Frau Winter‹ zurückgekehrt war. *Ich kann mich an niemanden wenden außer an Sie, Frau Winter.* Parkovs Worte hallten in ihren Ohren nach wie die Töne eines schlecht eingestellten Radios. Für einen Augenblick war Marie sich keineswegs sicher, ob sie das Richtige tat, indem sie Parkovs Alleingang deckte.

»Er hat mir nicht gesagt, was er will«, erwiderte sie dann. »Er gab mir nur das Objekt, das er gefunden hat, und bat mich, es der Spurensicherung mit höchster Prioritätseinstufung zu überreichen. Dann ist er gegangen.«

»Parkov bewegte sich schon früher am Rand der Legalität.« Anna hob die Brauen. »Hier wird es nicht anders sein. Ich hoffe nur, dass Sie wissen, worauf Sie sich da einlassen.«

Nicht wirklich. Doch sie wusste fast immer, wann jemand ihre Hilfe benötigte und wann er nur vorgab, sie zu brauchen. Parkovs Bitte war aufrichtig gewesen.

»Charwitz' Tochter«, sagte sie, um das Thema zu wechseln. »Der Modus Operandi sieht ganz nach dem Kaufhausmörder aus, unserem Dezembermann oder seinem Schüler. Aber wir haben hier die Tochter eines OEE-Beamten, die zugleich die Verlobte eines anderen OEE-Beamten ist. Vielleicht sollten wir die Ermittlungen ins Milieu lenken.« Wieder sah sie die schwere G-Klasse vor sich, die Parkov verschluckt hatte wie ein finsteres Raubtier auf vier Rädern. Bulgaren. Sie dachte an jenen Abend, als Ginskis Mann sie angegriffen hatte und sie danach Parkov in der Karlsruher Straße im Bahnhofsviertel abholen sollte. Manchmal müssen Verbrecher zu Verbündeten werden, hatte er an diesem Abend zu ihr gesagt, und manchmal Verbündete zu Verbrechern. Ein kalter Schauer, der nichts mit der Witterung zu tun hatte, lief über ihren Rücken.

»Sie meinen, das hier ist eine Art Rache für die Arbeit von Freund und Vater?« Sörensen schüttelte den Kopf. »Okay. Das kann durchaus möglich sein, aber …«

Aber.

Im Haus gleich gegenüber ging das Licht hinter einem halb verschlossenen Rollladen an. Die Streifen flackerten und warfen lange Schatten über die Hecken und die hohe Weißtanne, Schatten, die vermischt mit bläulich kaltem Licht zuckten und tanzten. Wahrscheinlich ein Fernseher. *Stünden wir auch nur einen halben Meter weiter links*, dachte Marie, *jeder Blick hinein wäre versperrt.*

Jemand ist zu Hause.

Und dann kam ihr ein zweiter Gedanke: *Von der gegenüberliegenden Seite hätte der Täter wunderbar das Häuschen von Charwitz und Zahlbach beobachten können, ohne von jemandem gesehen zu werden.*

Und schließlich … das *aber.*

»Er kann gar nicht wissen, dass Ginski das Herz entfernt worden ist«, sagte sie zu Sörensen. »Von Lorenz' Beurteilung abgesehen: Wenn der Täter, der Charwitz entführt und ermordet hat, aus dem Milieu kommt, sich an Vater und Freund rächen will und Ginskis Tod und dessen Umstände als Inspiration nahm, um dem ersten Täter auch seine eigene Tat unterzuschieben, dann wusste er aus der Presse zwar von der Schrift auf der Scheibe und den Misteln, aber nicht davon, dass ihr Herz fehlte. Ginski lag im Schaufenster auf dem Bauch, er konnte gar nicht sehen, dass ihr Brustkorb geöffnet war.«

Sörensen sah sie überrascht an. Schließlich schlich sich ein Lächeln auf ihre Lippen. »Stimmt. Das konnte er nicht wissen.«

»Täterwissen wie das entnommene Herz wurde nirgendwo erwähnt. Charwitz' Mörder muss auch Ginskis Mörder sein.

Und wenn er aus dem Milieu kommt, dann müssen wir überlegen, wieso er Ginski ermorden wollte. Ihren Vater, der mir das Veilchen verpasst hat, noch einmal vorzuladen, ergibt gerade immer mehr Sinn.«

»Es sei denn, jemand hat tatsächlich Interna weitergegeben, wie Parkov vermutet. Dann wusste Täter Nummer zwei mehr, als er eigentlich wissen sollte.«

»Ich glaube nicht, dass Parkov das so gemeint hat. Nein, wir haben es mit einem Täter zu tun. Mit einem oder zweien, die gemeinschaftlich agieren, wie Parkov vermutet, aber sie haben beide Frauen getötet.« Marie tastete in ihrer Manteltasche nach Dienstmarke und Ausweis. »Und jetzt werde ich da rübergehen und die Nachbarn von gegenüber, die ganz offensichtlich doch zu Hause sind, befragen.«

37.

Die Tür des Hauses von gegenüber öffnete sich entgegen Maries Erwartungen schon nach dem fünften Läuten.

Ein kleines Mädchen, vielleicht acht Jahre alt, stand ihr gegenüber und machte ein verschrecktes Gesicht. Von irgendwo hinter ihr drang lautes Stimmengewirr aus der Wohnung. Marie erkannte die Stimme von SpongeBob. Es war der Fernseher, kein Zweifel. Sie ging vor der Kleinen in die Hocke.

»Hallo, Prinzessin. Ich bin Marie von der Polizei. Holst du deinen Papa oder die Mama mal zur Tür?«

»Die sind …«, sie schien nach dem richtigen Wort zu suchen, »weg.«

»Sind Mama und Papa nicht zu Hause?«

Die Kleine schüttelte den Kopf. Ihre orientalische Abstammung war unübersehbar, dunkles Haar und kaffeebraune Haut und ein paar hübsche mandelbraune, große Augen.

»Ayla! Was machst du denn?« Ein Mann, der ein weißes islamisches Gewand trug, kam den Flur entlang und baute sich hinter dem Mädchen auf. Sein Blick aus dunklen Augen flog über Marie und verharrte einen Augenblick auf ihren Brüsten, ehe er sich ihrem Gesicht widmete. »Was wollen Sie?«

»Marie Winter, Kripo.« Ihr Ausweis wurde einer langen, gründlichen Prüfung unterzogen. Dann schickte der Mann das Mädchen mit einem kurzen arabischen Wort fort.

»Wir beobachten schon die ganze Zeit diese Sache auf der Straße«, sagte er, »und fragen uns, was da passiert. Ich bin Mohammed Hamdir.«

»Darf ich hereinkommen? Ich hätte einige Fragen.«

»Ich weiß, dass ich das nicht tun muss«, sagte er, »aber ich bin ja kein Unmensch. Sie werden frieren da draußen.« Er trat zur Seite, und Marie ging an ihm vorüber in einen warmen, fast schon überheizten Flur mit weißen Fliesen und gewebten orientalischen Wandbehängen zu beiden Seiten. Der Fernseher plärrte noch immer in hoher Lautstärke.

»Der Prophet sagt, wer Gastfreundschaft verweigert, der verweigert sich Gott. Möchten Sie Tee?«

»Da sage ich nicht Nein.« Marie folgte dem Mann in eine kleine Küche. Das weiße Gewand flatterte um seine Beine. Überall waren kleine Anzeichen dafür zu entdecken, dass eine Frau im Haus lebte. Bilder entdeckte sie nicht, dafür Bücher, die sich ausschließlich mit dem Islam beschäftigten.

»Was machen Sie beruflich, Herr Hamdir?« Sie probierte den Tee, der würzig schmeckte und schön heiß war.

Der Mann strich über seinen dichten schwarzen Bart, der ihm fast bis zum Kehlkopf reichte. »Ich bin Imam«, antwortete er und nannte den Namen einer Offenbacher Moschee, der Marie vage bekannt vorkam.

»Ich möchte Ihnen ein paar Fragen stellen, Ihnen, den Kindern und auch Ihrer Frau.«

»Meine Frau schläft derzeit.«

»Vielleicht reicht auch Ihre Aussage, Herr Hamdir. Kennen Sie die Nachbarn von gegenüber?«

»Junges Ehepaar. Ich kenne sie nur vom Sehen. Sie war immer nett zu meiner Frau und den Kindern, mir gegenüber etwas weniger … aber das hat sich alles auf kurze Worte beschränkt.«

»Inwiefern war sie zu Ihnen weniger nett?«

»Sie hatte Vorurteile. Wie ihr alle. Alle Deutschen sind so.«

Marie hob die Brauen. »Haben Sie mit allen Ihren Nachbarn Kontakt?«

»Nein. Nichts, was über ein Hallo, Guten Tag und Auf Wiedersehen hinausgeht.«

Und was für Offenbach wohl als recht zivilisiert und freundlich gelten dürfte, dachte Marie. *Böse Vorurteile, nicht wahr?*

»Ich möchte zunächst wissen, ob Sie in den letzten Tagen, besonders aber am vergangenen Abend, in der Nacht und am heutigen Tag, etwas bemerkt haben, das Ihnen ungewöhnlich erschienen ist, was das Haus der direkt gegenüberliegenden Nachbarn betrifft.«

»Ich weiß, dass sie verschwunden ist, weil schon mal jemand von euch hier war. Grünbaum hieß der Mann. Es ist Tage her. Ich habe nichts gesehen und gehört. Aber heute, nein gestern Abend … da war tatsächlich jemand dort drüben. Ich dachte erst, es wäre ihr Freund, denn der war auch da in der Zwischenzeit, aber dann … ich konnte ihn nicht genau sehen.« Er lachte.

»Was ist lustig?«

»Meine Tochter Ayla … sie schläft schlecht in den letzten Tagen. Ich weiß nicht, ob sie nur einen schlechten Traum hatte, aber sie sagte mir, dass sie etwas gesehen hätte.«

»Und was?«

»Es ist Unsinn, ich meine … das kann nicht sein. Sie sagte, sie hätte ein großes Tier gesehen, mit einem dicken Fell wie ein Hirsch. Nur dass es … auf zwei Beinen ging.«

Marie spürte, wie ein kalter Schauer über ihren Rücken lief und sich all die kleinen Härchen auf ihren Armen aufrichteten. »Das hat sie gesagt?«

Der Mann nickte. Wieder strich er sich über den Bart. »Sie hat vor ein paar Tagen etwas im Fernsehen gesehen, das sie erschreckt hat. Eine … wie war gleich das Wort?« Er überlegte, dann schüttelte er den Kopf. »Einen dieser Umzüge, die sie in Österreich abhalten, wo der Nikolaus mit diesen fürchterlich anzusehenden Gestalten durch die Straßen zieht …«

»Ich weiß, was Sie meinen. Ein Percht.«

»Gut möglich, dass das der Name ist. Jedenfalls war sie überzeugt, dass sie eine dieser Gestalten drüben vor dem Haus gesehen hätte. Sie hat eine lebhafte Fantasie.«

38.

Wieder draußen, traf Marie mit Sörensen, Fahrenheit, Odinsdottir und Bodenfeld zusammen. Hinter ihnen am Haus war die Spurensicherung noch immer mit vollem Einsatz zugange. Die Menge der Spuren und des Bluts, die der Täter hinterlassen hatte, würde die Kriminaltechniker noch bis weit in die Nacht hinein beschäftigen.

»Gute Neuigkeiten: ein schwarzer Kastenwagen mit einem Offenbacher Nummernschild«, sagte Jörg. »Drei Nachbarn geben übereinstimmend an, dass er da war.«

»Und damit auch der Wagen, den Parkov an der Rechtsmedizin gesehen hat«, ergänzte Sörensen.

»Wo ist der überhaupt?« Isabelle warf Marie einen Blick zu. »Wo ist Parkov?«

»Er musste fort. Einer Spur folgen, der nur er folgen kann, wie er sagte.« Sörensen zuckte mit den Schultern. »So ist er eben.«

»Haben wir Details des Kennzeichens?«, fragte Marie. Sie wich den Blicken aus, die Isabelle und Jörg in ihre Richtung sandten. *Es ist ein Versprechen*, dachte sie. *Was hätte ich denn tun sollen?*

»Nach der Befragung vor vier Tagen, als ihr Verschwinden

bekannt wurde, haben wir den Leuten eingeschärft, jede Beobachtung zu melden. Anrufe gingen keine ein, aber offenbar hat die Aufforderung doch genützt. Bodenfeld?«

Jörg räusperte sich. »Zwei Nachbarn haben sich das Nummernschild aufgeschrieben. Der dritte konnte es aufsagen.«

»Lass mich raten: Sie stimmen nicht überein?« Marie sah Jörg an, dass es sich so verhielt. Die Hochstimmung, die sie ergriffen hatte, nachdem er von dem Kastenwagen erzählt hatte, verflog.

»Sie unterscheiden sich, ja, und zwar jeweils an mehreren Stellen. Das macht …«, er blickte auf den Zettel hinab, auf den er handschriftlich Zahlen und Buchstaben notiert hatte, »… neunzehn Halter, die infrage kommen. Die Liste kommt innerhalb der nächsten dreißig Minuten.«

»So ein Mist«, sagte Isabelle. »Wie kann das passieren?«

»Schlechtes Licht. Hier gibt es zwar eine Straßenbeleuchtung, aber die Lichtverhältnisse sind kaum weniger als schwierig zu bezeichnen. Dennoch …« Sörensen warf Jörg einen verstimmten Blick zu, der zusammenfasste, was Isabelle gerade in Worte gefasst hatte.

»Neunzehn Halter«, sagte Marie leise, und alle drehten sich zu ihr um. »Das ist machbar.«

»Neunzehn Halter, von denen jeder ein gefährlicher Mörder sein könnte. Das heißt mehr oder weniger jedes Mal SEK. Und der Staatsanwalt wird durchdrehen.«

Marie hob die Hand. »Nicht unbedingt. Der Täter hat sich mit einem Kostüm verkleidet, wir haben die Spuren des Ziegenfells vom Kaufhaus, der Entführung und seiner Rückkehr hierher. Das Mädchen von gegenüber hat ihn beobachtet, und ihr Vater konnte mir sagen, was sie gesehen hat.« Sie fasste zusammen, was sie bei den Hamdirs erfahren hatte, erzählte von der Fernsehsendung und der Gestalt, die die kleine Ayla erblickt haben wollte.

»Eine Sagengestalt?« Mark Fahrenheit war skeptisch. »Ich weiß, was Sie meinen, aber das ist hier in Frankfurt doch im wörtlichen Sinne ein wenig weit hergeholt oder nicht?«

»Ich hab mich kurz in diese Sache eingelesen«, sagte Marie. »Für gewöhnlich treten diese Perchtengestalten erst nach Weihnachten auf, als eine Art Winteraustreibungsritual bei den Perchtenläufen. Zwei Gruppen gibt es: böse und gute Perchten, dargestellt von der örtlichen Dorfjugend. Vor Weihnachten tauchen sie im Zusammenhang mit dem Nikolaus auf, wie zum Beispiel der Krampus, der üble Begleiter des heiligen Bischofs Sankt Nikolaus. Das Ganze beschränkt sich auf Südbayern und Österreich.«

Mark nickte. »Genau. Und wir sind in Hessen. Vielleicht hat das Mädchen nur eine sehr lebhafte Fantasie. Sie hat etwas im Fernsehen gesehen und projiziert diese Angst nun in die Wirklichkeit … vielleicht ein Fall für die Kinderpsychologin.«

»Und das Fell? Was ist mit dem Fell?«

Fahrenheit zuckte die Achseln. »Das Fell ist einfach zur Ablenkung dort platziert worden.«

»Zur Ablenkung? Das klingt jetzt für mich etwas weit hergeholt. Außerdem sieht auch Parkov die Sache ganz anders.«

»Vielleicht ist es auch kein Zufall, dass ausgerechnet er die Fellspuren an den beiden Tatorten entdeckt hat.«

Sörensen blickte auf. »Was soll das bedeuten?«

»Du weißt genau, was ich meine, Anna. Ich habe dich früher gefragt, und ich frage dich heute wieder: Wie sehr kannst du Parkov trauen?«

Sörensen seufzte. »Wir diskutieren das nicht noch einmal. Ich vertraue ihm, und das sollte genügen.« Sie sah von Mark zu Marie. »Und ich bin nicht die Einzige, die das genauso sieht.«

»Marie, hast du das gesehen?« Isabelle hielt ihr ihr iPhone hin. »Gerade gefunden. Das wäre schon mehr als Zufall.«

»Einbruch und Diebstahl im Naturmuseum Senckenberg«,

las Marie. »In der Nacht vom 29. auf den 30. November wurde in die anthropologische Abteilung des Frankfurter Museums eingebrochen und aus der Sonderausstellung Brauchtümer und Sagen Süddeutschlands und des Alpenraums ein Perchtenkostüm entwendet. Ich fasse es nicht. Hey, erinnert ihr euch an dieses Stück eines Schilds, das im Kaufhaus lag? …*stellt*, stand darauf. Was, wenn es *ausgestellt* hieß und an diesem Kostüm befestigt war?«

»Okay, das ist verrückt genug, um der Sache nachzugehen.« Sörensen warf einen energischen Blick in die Runde. »Wir werden ihn in die Ecke drängen und jagen, bis er nicht anders kann, als von selbst aus der Deckung zu kommen. Bodenfeld, ich will, dass Sie dem Halter des Kastenwagens nachgehen. Sie werden von Oberstaatsanwalt Jäger alle Genehmigungen bekommen, die Sie brauchen, das verspreche ich.«

»Geht klar.«

»Winter, Sie schnappen sich eine der Fellproben und hören sich im Senckenberg um, ob das Zeug von diesem Perchtenkostüm stammen könnte. Und schließen Sie sich mit den Kollegen vom Raubdezernat kurz, was den Diebstahl und Einbruch angeht. Vielleicht haben die jemanden aufgespürt, der die ganze Theorie bestätigt – oder eben auch nicht.«

»Gut, das ist schnell erledigt.«

»Isabelle, Sie …«

»Wir sollten Fortloff endlich ein zweites Mal vernehmen«, warf Marie ein. Sie spürte, wie Sörensens und Fahrenheits kritische Blicke auf ihr lagen, doch konnte sie nicht anders, als in diesem Moment ihrer kriminalistischen Intuition zu folgen. »Und dieses Mal nicht mit Samthandschuhen, wie ich es beim ersten Gespräch getan habe.«

»Fortloff ist völlig unverdächtig. Das bestätigt die Observation. Wir beobachten ihn nur aus einem Grund: weil er derjenige ist, den Müller und der Oberkellner Hernandez belastet haben, und zugleich derjenige, der die Möglichkeit hatte, Ginski und Charwitz zu töten. Hat er es getan? Nein. Sein Alibi für die Tatzeit im Fall Ginski ist überprüft und hält stand. In Charwitz' Fall können wir mit hoher Wahrscheinlichkeit davon ausgehen, dass er es nicht war. Die Kollegen bestätigen, dass er sich nicht einmal in der Nähe befand und somit keinerlei Möglichkeit hatte, die Tote hier zu platzieren oder den Fundort zu inszenieren.«

»Aber …«

»In dieser Sache lasse ich kein Aber zu, Winter. Tut mir leid.«

»Kennen Sie Fortloffs Geschichte?«

»Er ist verurteilt, aber das steht in keinem Zusammenhang. Ende der Diskussion.« Sie wandte sich an Isabelle. »Ich möchte …«

Marie wandte sich ab. Dann war es also, wie Sörensen es für richtig hielt: Der angesehene Fortloff, der wahrscheinlich mit Oberstaatsanwalt Jäger golfen ging, würde unangetastet bleiben.

Aber.

Isabelle holte sie ein, als sie Parkovs Bentley erreicht hatte und die Funkfernbedienung betätigte. Die Blinker des Continental GT reagierten augenblicklich und leuchteten wie Katzenaugen in der Nacht.

»Sag mir nicht, dass Parkov dir seinen Wagen gegeben hat.«

»Doch. Danke übrigens für die Hilfe bei Sörensen.«

Isabelle verschränkte die Arme. »Sei nicht unfair. Was hätte ich denn tun sollen?«

»Wir haben zwei Verdächtige in U-Haft, die den zweiten Mord, dessen Modus Operandi dem ersten gleicht, nicht begangen haben können und in deren Wohnungen Spuren gefunden wurden, die höchstwahrscheinlich platziert worden sind. Wir haben zwei Verdächtige, die alles abstreiten und zugleich schweigen. Wir haben einen dritten, gegen den absurderweise nicht ermittelt wird, weil er …« Sie seufzte. Verrannte sie sich da in etwas?

»Was hat sie dir aufgetragen?«

»Ich soll mich persönlich um die Fahndung nach Matthias Zahlbach kümmern.«

»Wir sind doch Freunde, oder, Isabelle?« Marie sah sie nicht an. Im nächsten Moment schämte sie sich für die Frage.

»Natürlich sind wir das.«

»Dann musst du etwas für mich tun, etwas, das ich nicht selbst machen kann. Ich bitte dich darum.«

»Du klingst, als würdest du zu viel Zeit mit Parkov verbringen.« Isabelle lächelte ein trauriges Lächeln. »Sag schon. Du weißt, ich werde dir den Rücken freihalten, ganz gleich, was es ist.«

»Ich werde den Gedanken nicht los, dass Fortloff an der ganzen Sache weitaus mehr beteiligt ist, als er uns glauben lassen will. Wenn ich nun hingehe und die Protokolle und Zeugenbefragungen nach einer Verbindung zwischen Müller, Holdinger und Fortloff durchsuche, dann weiß Sörensen sofort, dass ich mich nicht an ihre Anweisung halte. Und so, wie sie mich auf dem Kieker hat, wird sie mich dann sofort wieder rauswerfen. Sie hat mir klar und deutlich zu verstehen gegeben, dass ich nur wegen Parkov wieder hier bin.«

»Verbindungen zwischen den drei Typen? Das haben wir doch schon gemacht. Wie auch die Nachbarn von Ginski, die übliche Umfeldüberprüfung. Du weißt, dass da nichts bei herausgekommen ist.«

»Dann nimm Charwitz dazu, Jochen Charwitz von der OEE Mitte. Und Piotr Ginski ebenfalls. Diese fünf.«

»Woran denkst du?«

Marie schüttelte den Kopf. »Ich bin mir noch nicht sicher. Nur ein Gedanke, eine kleine Überlegung. Erinnerst du dich an dieses Foto, das bei den Ginskis in der Wohnung stand, von dem ich erzählte? Das Foto, das zerrissen war? Jemand hatte Piotr Ginski den Arm auf die Schulter gelegt. Ein Freund, dessen Identität man uns nicht offenbaren wollte. Oder vielleicht sogar *mehrere*.«

»Okay. Ich ruf dich zurück.« Isabelle warf dem Bentley noch einen interessierten Blick zu und wollte gehen, wandte sich dann aber noch einmal um. Auf ihrer Miene stand nun ein besorgter Ausdruck. »Du weißt, dass sie Müller und Holdinger bald freilassen werden«, sagte sie. »Jäger wird nach dieser Sache keine Haftgründe anerkennen, wenn sich einwandfrei herausstellt, dass Ginskis Mörder auch Charwitz' Mörder ist, und er immer mehr zu der Überzeugung gelangt, dass die Spuren bei den beiden nur vorgetäuscht worden sind.«

»Ich weiß. Das ist auch der Grund, warum ich mir Sorgen mache, was alle fünf angeht. Wir müssen schnell sein.«

»Ich beeile mich. Wir sehen uns, Marie. Und fahr vorsichtig mit dieser Höllenmaschine.«

Nachdem Isabelle fort war, setzte sich Marie hinters Steuer des Bentleys. Der Innenraum roch fabrikneu nach teuersten Edelhölzern und feinem Leder. Sie erkannte sofort, dass Parkov den Wagen nach seinen Vorstellungen hatte anpassen lassen. Auf der Mittelkonsole entdeckte sie einige unbekannte Knöpfe, deren Sinn wie auch Beschriftung kryptisch und nicht sofort zu verstehen war.

Raketen und Maschinengewehre, dachte sie belustigt. Parkov wäre tatsächlich alles zuzutrauen.

Sie öffnete probeweise das Handschuhfach, fand eine zweite HK P30 und daneben einen schmalen Aktenordner.

Auf dem Deckel stand *Fortloff, Maximilian*.

Sie klappte ihn auf. Das Polizeifoto des Managers grinste sie von der obersten Seite an.

Wollte ihr Parkov damit vielleicht etwas mitteilen?

Sei nicht blöd, Marie, dachte sie. *Das ist nicht mehr als Zufall.*

Zufälle gibt es nicht, meine Kleine. Die Stimme ihres Vaters in den Ohren. *Das weiß ich genauso, wie ich auch weiß*, sagte er mit einer Stimme voller Wärme, *dass dir deine Sturheit eines Tages einmal das Leben retten wird.*

Sie startete den Wagen. Der Zwölfzylinder erwachte mit einem souveränen, dunklen Schnurren zum Leben. »Na gut«, sagte sie laut. »Wenn ich es nicht mache, kann ich mir nie mehr ins Gesicht sehen. Für Julia und für Marlene.«

39.

Fortloffs Villa im Westend war nicht zu übersehen. Ein schmucker Bau im Gründerzeitstil, der Vorgarten mit penibel beschnittenen Smaragdthujen und einem mächtigen, schmiedeeisernen Rundbogentor versehen, das jeden unbefugten Zutritt verhinderte.

Marie entdeckte den Observationswagen der Kollegen sofort. Sie fuhr einmal die Straße hinab, um das Grundstück sorgfältig in Augenschein zu nehmen, dann parkte sie und stieg aus.

Der Regen war stärker geworden und durchnässte ihren Mantel. Innerhalb von wenigen Augenblicken war der Stoff auf ihrer Haut kalt und klamm. Bereits jetzt, gegen drei am Nachmittag, senkte sich die Dämmerung über die Stadt.

Mit an Gewissheit grenzender Wahrscheinlichkeit hatte man sie spätestens jetzt genau im Blick. Ohne ein Zögern ging sie auf den Wagen der Observation zu und klopfte gegen die Scheibe. Zu ihrer Überraschung schreckten die beiden Beamten im Wageninneren aus dem Schlaf auf wie Pennäler, die beim Spicken erwischt werden. Marie hielt ihre Dienstmarke gegen die Fensterscheibe und wartete, bis die Kollegen ausstiegen.

»Mordkommission«, sagte sie knapp und hoffte, dass sich die Kollegen nach dem Schreck nicht nach ihrem Namen erkundigten. »Ich wusste nicht, dass die Taktik des gemütlichen Schläfchens während einer stehenden Observation mittlerweile genehmigt wurde. Ist Fortloff in seinem Haus?«

Die Männer tauschten einen Blick. Marie kannte sie nicht, doch das OEE Nord, das vom LKA für die Überwachung Fortloffs eingesetzt wurde, war wie die Kollegen der Abteilung Mitte mehr als nur einmal in die Schlagzeilen geraten, weil man es mit dem Handbuch nicht allzu genau nahm.

»Er ist gegen halb sieben hineingefahren und hat es danach nicht mehr verlassen. Wie an jedem anderen Tag, seit wir und die Kollegen an ihm dranhängen.«

Du benimmst dich immer mehr wie Parkov, dachte sie und ließ die Kollegen nicht aus den Augen. »Ich muss hinein und nachsehen, was Fortloff treibt, und ihn anschließend erneut vernehmen. Ich möchte, dass Sie beide mich begleiten. Nehmen Sie Ihre Funkgeräte mit und einen schweren Schraubenzieher aus dem Kofferraum.«

Wenn sie die Kollegen aufforderte, sie zu begleiten, würde keiner von beiden die Gelegenheit haben, im Präsidium oder beim LKA nach der Genehmigung ihrer Aktion zu fragen. *Halte sie in Bewegung*, dachte sie, *oder flieg auf.*

»Gülen«, stellte sich der eine vor.

»Kommissar Wagner«, der andere. »Alles klar.«

»Gut, dann gehen wir.«

Sie überquerten die Straße und näherten sich dem Tor. Der Wind, der den Regen mittlerweile nahezu waagerecht über die Straße trieb, ließ die hohen Smaragdthujen schwanken und rauschen. Der Schneematsch unter ihren Schuhen knirschte und schmatzte wie ein tiefes Moor.

»Und jetzt?« Gülen blickte die Eisenstäbe hinauf. »Klingeln

und fragen?«

Marie strich sich das Wasser von den Wangen. Bei allen Details, die sie bislang von Fortloffs Observation mitbekommen hatte, war stets eine Sache, die wie ein unangenehmes, schmerzhaftes Pochen im Hintergrund ihres Verstandes zurückgeblieben war, etwas, das sie nicht konkret in Worte hatte fassen können. Nun, da sie vor dem Tor stand, und die Namen auf dem Klingelschild las, fiel ihr siedend heiß ein, was sie die ganze Zeit über gestört hatte. Wie bei einem Puzzle griff ein Teil ins andere. »Können Sie mir verraten, was mit Fortloffs Frau und Tochter los ist?«

Gülen und Wagner tauschten einen Blick. »Die haben wir schon, ähm, schon länger …«

»Was? Schon länger nicht mehr gesehen?«

»Unser Auftrag lautet, Fortloff zu überwachen, nicht …«

»Er geht jeden Tag zur Arbeit und wieder nach Hause, und das seit mehr als einer Woche, während seine Frau und seine Tochter das Haus kein einziges Mal verlassen haben? Scheiße, Leute, das kann nicht euer Ernst sein!«

»Wir dachten …«

»Hofft, dass sich das aufklärt.« Marie deutete das Tor hinauf. »Helft mir da rüber. Räuberleiter, sofort.«

»Aber wir können nicht einfach ohne einen …«

»Brauchen Sie es fürs Protokoll, Gülen? Ich gehe von Verdunklungsgefahr bei einem Kapitaldelikt aus, also brauchen wir keinen Beschluss. Wir gehen rein.«

Wagner reagierte fixer als sein Kollege. Er stellte sich mit dem Rücken zum Tor und verschränkte die Finger ineinander. »Sie folgen mir, Wagner«, sagte sie zu ihm, »Gülen, Sie halten hier die Position und Funkstille. Tragen Sie beide Ihre Westen?«

»Ja.«

»Gut.«

»Was ist mit Verstärkung?«

»Darüber entscheiden wir, wenn wir nach Fortloff gesehen haben.« Sie setzte einen Fuß in Wagners verschränkte Hände und begann hinaufzuklettern. Der Rundbogen, in den das Tor nach oben hin auslief, machte es glücklicherweise leichter, Halt zu finden. Sie spürte die Hände eines der Kollegen auf Hüfte und Hintern, als er sie weiter hinaufschob. »Es geht schon«, sagte sie genervt und schwang ein Bein über den Torbogen. Dort oben hockend konnte sie die Villa inmitten des Grundstücks in den Schatten liegen sehen. Kein Licht drang aus einem der Fenster. Viele waren mit grauen Fensterläden verschlossen.

Marie spürte, wie sich ihr Herzschlag beschleunigte. Ihr Instinkt hatte sie mit hoher Wahrscheinlichkeit nicht getäuscht. Fortloff verbarg etwas. *Wo, du Lügner, sind deine Frau und deine Tochter?*

Sie kletterte die andere Seite hinab, während Wagner auf der anderen Seite seinen Aufstieg begann. *Jetzt weißt du auch*, dachte sie, *wofür du zweimal die Woche laufen gehst und dreimal an die Geräte im Fitnessstudio.*

Sie folgte dem Pfad zwischen exotischen Sträuchern, winterharten Blumen und einigen Tannen mit weit herabhängenden Ästen. Kies knirschte unter ihren Absätzen. Wagner hatte sie im Handumdrehen eingeholt. Marie bedeutete ihm, seine Waffe zu ziehen.

»Kollegin«, sagte er leise, »geht es hier um den Dez…« Sein Blick verriet alles, was er ungesagt ließ. Marie nickte knapp.

»Möglich.«

»Scheiße.«

»Ich gehe hintenrum, nicht offen und direkt auf die Haustür zu. Sie können hierbleiben und die Tür im Blick behalten, oder Sie kommen mit mir.«

»Okay. Ich komme mit.«

Sie gingen weiter den Pfad entlang, der vor ihnen abzweigte, das Anwesen umrundete und auf der Rückseite in der Nähe einer Terrasse endete. Ein Gasgrill stand dort neben einem Tisch mit einigen verlassenen Stühlen, die von einer Abdeckplane halb verdeckt wurden.

Die breite Fensterfront dahinter war nicht unter einem Rollladen oder einer Jalousie verborgen. Das Innere dahinter lag dunkel wie ein Vorort der Hölle vor ihnen. Die Villa schien verlassen. In Schweigen und Schatten gehüllt, verharrte sie vor ihnen gleich einem gewaltigen Biest, das auf seinem Schatz hockt. Die Wintersonne, die sich für einen Augenblick zwischen den Regenwolken herausschob, ließ die Schneereste auf dem braun-grünen Gras hell leuchten.

Zum Glück steht sie noch am Himmel. Wäre ich später gekommen und würden wir Taschenlampen benutzen, hätte uns Fortloff – oder wer auch immer sich im Inneren des Hauses verbirgt – längst entdeckt.

»Was machen wir?«, flüsterte Wagner.

Für einen Augenblick war sich Marie angesichts der Unsicherheit in der Stimme des Kollegen selbst kaum mehr sicher, was sie hier eigentlich bezwecken wollte. Vielleicht schlief Fortloff ein Nachmittagsschläfchen, vielleicht gab es eine völlig einleuchtende Erklärung für das Verschwinden seiner Frau und seiner Tochter … vielleicht wartete im Inneren des Gebäudes auch etwas völlig anderes auf sie.

Marie holte tief Luft. »Wir gehen rein.«

Auf der Terrasse reagierte ein Bewegungsmelder auf ihre Annäherung. »Mist«, sagte Marie, als sie entdeckte, was sie von weiter vorn noch nicht bemerkt hatte. Eine Alarmanlage hing an einer der Wände ganz in der Nähe. Das optische Warnsignal gab ein träges rotes Blinken von sich.

Sie streckte die Hand aus. »Schraubenzieher.«

Wagner reichte ihr das Werkzeug, das er aus dem Wagen mitgebracht hatte.

»Gehen Sie andersrum«, wies sie Wagner an, »wieder den Weg zurück und klingeln Sie an der Haustür – wie üblich, geben Sie sich zu erkennen. Halten Sie Fortloff, wenn er zur Tür kommt, ein wenig beschäftigt. Wagner? Passen Sie auf sich auf.«

Wagner nickte. Es war ihm anzusehen, dass ihn die ganze Aktion weitaus mehr begeisterte als stundenlanges, langweiliges Beobachten. »Sofort. Sie aber auch.« Er begab sich auf den Rückweg über den Pfad.

Marie machte sich derweil daran, die Terrassentür in Augenschein zu nehmen. Die kurze Untersuchung förderte zutage, dass ein Eindringen, ohne die Alarmanlage auszulösen, unmöglich werden würde. Sie setzte den Schraubenzieher an der Tür an, atmete ruhig und langsam und wartete, bis Wagner die Haustür erreicht hatte.

Kurz darauf hallte das Läuten durchs ganze Haus. Einmal, zweimal, dreimal. Dann folgte ein Pochen und Wagners Ruf: »Herr Fortloff? Polizei, öffnen Sie die Tür!«

Im Inneren bewegte sich etwas. Marie rührte sich nicht. Der Bewegungsmelder schaltete das Licht auf der Terrasse ab, was ihr den Blick ins Hausinnere erleichterte. Sie sah Fortloff, der wie ein Betrunkener vom Wohnzimmer, das sich direkt an die Terrasse anschloss, durch den Flur zur Tür wankte, und was er in der Hand hielt. Das Messer war gewiss fünfzehn Zentimeter lang.

Scheiße!

Marie rammte den Schraubenzieher zwischen Tür und Türstock, stemmte sich mit aller Kraft gegen den Hebel, bis das Schloss knackte, und die Tür sprang auf.

Im Flur hatte Fortloff den Eingang erreicht. Er öffnete. Wagner, der im grellen Licht der Außenbeleuchtung sofort entdeckte, was sein Gegenüber da mit sich herumtrug, sprang einen Schritt zurück und riss die Waffe hoch.

»Weg mit dem Messer, Fortloff!«, rief Marie. Sie näherte sich ihm durch den Flur von hinten, und Fortloff wandte sich um, langsam und träge wie ein Zombie, während die Alarmanlage zu plärren begann.

»Messer weg! Polizei!«

Der Mann war ein lebender Toter. Seine Augen lagen tief in ihren Höhlen. Der Bart auf seinen Wangen war ein Gewirr aus Stoppeln, seine Haut ungesund und fettig. Und er roch, als hätte er sich seit Tagen nicht mehr gewaschen.

»Winter?«, sagte er. In seinen Augen regte sich etwas, das entfernt menschlich war. »Sie sind das?«

Er trat einen Schritt näher. Marie sah, dass Wagner ihm von der anderen Seite folgte. Dann entdeckte sie die Tränen, die Fortloff über die Wangen liefen.

Der Mann war völlig verzweifelt.

»Legen Sie das Messer hin«, wiederholte sie, »dann geschieht niemandem etwas.« Zugleich trat Marie einen Schritt zurück, um die Distanz zu Fortloff zu wahren. Der Griff der HK P30 in ihren Händen war kalt wie die winterliche Luft jenseits der offen stehenden Terrassentür.

»Legen Sie es einfach auf den Boden, Fortloff, ich weiß, dass Sie niemandem etwas antun wollen.«

Schließlich ging ein Ruck durch Fortloffs Körper, kurz und kaum merklich, und seine Faust, die das Messer hielt, öffnete sich. Das Messer fiel mit einem lauten Scheppern auf den Parkettboden. Wagner reagierte, drängte Fortloff ab, und Marie warf es zur Seite.

Mit einem schweren Poltern brachte Wagner Fortloff zu Boden. Marie warf ihm ihr Paar Handschellen zu. Als Wagner Fortloff wieder auf die Beine half und ihn auf der eigenen Couch absetzte, blutete der Mann aus dem Mund. Seine Augen huschten verwirrt durch den Raum wie die eines Volltrunkenen.

»Können Sie mich verstehen, Herr Fortloff?« Marie setzte sich neben ihn. »Geben Sie mir ein paar Minuten, Wagner.« Sie deutete in Richtung der Treppe. »Funken Sie die Kollegen an, um die Auslösung der Alarmanlage zu erklären, und sehen Sie sich um. Er kam von oben, als Sie läuteten.«

Fortloff nickte schwankend, als Wagner nach oben verschwand. »Ich … ja, kann ich«, sagte er heiser. Seine Stimme klang, als hätte er verlernt, wie man sprach. Nichts an ihm erinnerte an den überheblichen Manager, dem sie in ihrem Büro im Präsidium gegenübergesessen hatte.

»Schalten Sie die Anlage ab.«

»Der Code lautet … eins, sieben, neun, drei, fünf.«

Marie trat an das Bedienfeld, das im Flur an der Wand hing, tippte den Code ein, und der Lärm verstummte. »Wo sind Ihre Frau und Ihre Tochter?« Marie beobachtete jede kleine Regung des Mannes. Die Mundwinkel zuckten. Er senkte den Blick, hustete, dann sah er sie direkt an. In Fortloffs Augen standen Verzweiflung, Angst und Trauer.

»Sie sind fort. Fort … Und das für immer.«

40.

Parkov wusste, dass man hier, an diesem elenden, verdreckten Ort, seinen Tod geplant und vorgesehen hatte – wo er sich genau befand, wusste er hingegen nicht. Nachdem man ihm im Wagen die Augen verbunden hatte, war seine Hauptbeschäftigung während der Fahrt das Zählen der Biegungen und der zurückgelegten Kilometer gewesen. Wenn er sich anhand des Fahrgeräuschs, das die Reifen der G-Klasse und der Wind an den Scheiben von sich gegeben hatten, nicht über die Geschwindigkeit getäuscht hatte, so befanden sie sich irgendwo in den Wäldern des Taunus nordöstlich von Frankfurt, gewiss ein ganzes Stück abgelegen von jeder menschlichen Siedlung.

Als man ihm die Augenbinde abnahm und ihn zum Aussteigen aufforderte, stellte Parkov fest, dass sein Instinkt und sein Verstand ihn wenigstens über eine Sache nicht getäuscht hatten: die Identität eines der Mitfahrer.

Manic grinste, als seine Männer Parkov in die kleine Holzhütte führten und auf einem Stuhl mit starken Hanfstricken festbanden. Statt einer Begrüßung schlug er Parkov mit der flachen Hand ins Gesicht. Dann setzte er sich ihm gegenüber. Die Hütte war von oben bis unten mit Rattenkäfigen vollgestellt. Viele der Tiere waren längst tot und lagen verwesend auf dem

Käfigboden, ein paar andere rannten wahnsinnig vor Hunger und Ausweglosigkeit wieder und wieder gegen die Gitterstäbe. Die Luft roch nach Verwesung, aber auch nach Nadelwäldern und nassem dunklen Waldboden.

»Man sieht sich immer dreimal«, sagte Manic. Sein Lächeln ließ ein paar Füllungen im Unterkiefer glitzern. »Das erste Zusammentreffen ist bloß Zufall. Das zweite Mal ist Absicht.« Er gönnte sich eine Kunstpause. »Beim dritten Mal hingegen … da ist es Feindkontakt.«

»Sie beherrschen Ihre Filmzitate, mein Lieber«, erwiderte Parkov. »Ich hätte gar nicht gedacht, dass Sie ein Kenner sind.«

»Bin ich auch nicht. Dieses ist mir in Erinnerung geblieben, weil es mir gefallen hat. Wissen Sie, was ich mit Feinden für gewöhnlich mache?«

»Sie erschießen, ihnen die Kehle durchschneiden, sie zerteilen und in Säure auflösen, sie im Wald vergraben? Falls nicht, dann wollte ich gerade nicht als Inspiration dienen.«

Manic legte den Kopf schief. »Das ist alles nur ein Schauspiel, nicht wahr? Sie haben Angst wie jeder andere, wenn er in dieser Lage vor mir sitzt. Sie haben Angst, weil Sie wie jeder andere um Ihr Leben fürchten. *Mein Lieber.* All dieses Getue … Wen wollen Sie damit noch beeindrucken? Die Manieren, die Sprache … sind Sie nicht ein Relikt, aus der Zeit gefallen, ein trauriges Überbleibsel?«

»Ein Überbleibsel?« Parkov schien nachzudenken. »Vielleicht bin ich das tatsächlich. Ein Relikt aus einer Zeit, in der Verbrecher noch so etwas wie Anstand und Moral kannten.«

Manic griff in die Tasche seiner Lederjacke und förderte ein Klappmesser zutage, das mit einer Bewegung aufsprang. Die Klinge schimmerte rasiermesserscharf.

»Ich fürchte, dass derlei Waffen in diesem schönen Bundesland verboten sind«, sagte Parkov kühl, »und ich sie daher konfiszieren muss.«

»Lach nur. Die Welt ist vielleicht ein Witz, den nur du verstehst, aber ich werde dir dein Lachen vom Gesicht schneiden. Du hast mich zu lange verärgert.«

»Wir hatten eine Abmachung. Du schuldest mir mehr als einen Gefallen, Manic.«

»Ich werde sie alle einlösen, keine Sorge. Aber danach …« Er wedelte mit dem Messer.

»Schon gut. Kommen wir zum Geschäft, zu unserer Vereinbarung.«

»Von mir aus.« Manic schien abzuwarten.

»Und?«

»Wir haben tatsächlich einen gefunden, auch wenn er nicht leicht aufzutreiben war.« Manic rief einen bulgarischen Befehl zu seinen Männern, die vor der Hütte warteten, worauf ein Obdachloser hereingeführt wurde, der einen nervösen Blick von Parkov zu Manic warf. Der Mann trug eine speckige Stoffjacke und zerrissene Jeans, die von Dreck überzogen waren. Er roch, doch nicht so ausgeprägt, wie seine äußere Erscheinung es hätte erwarten lassen.

»Erzähl ihm, was du gesehen hast.«

Der Obdachlose tat, was von ihm verlangt wurde. Er war nicht nüchtern, doch auf dem konstanten Pegel eines funktionierenden Alkoholikers und sprach deutlich, ohne zu lallen. Parkov hörte mit gesenktem Blick zu, stellte eine Rückfrage und nickte dann. »Gut. Nicht anders, als ich es erwartet hatte. Das Kennzeichen hast du dir auch gemerkt?«

Wieder bejahte der Obdachlose. »Klar, Mann.« Er nannte es. Parkov wandte sich an Manic: »Würden Sie das für mich notieren?«

»Wozu? Du wirst nichts mehr damit anfangen können, das weißt du doch.«

»Wir werden sehen. Manic, ich hingegen weiß, dass du eine

Tochter hast. Wie alt ist Gabriella? Fünfzehn? Sechzehn?«

»Und? Willst du mir drohen?«

»Nein. Aber sie fällt genau ins Beuteschema des Mannes, den ich suche. Denk immer daran.«

Manic holte einen Zettel aus seiner Geldbörse und schrieb das Kennzeichen auf, das der Obdachlose genannt hatte. »So. Das war der letzte Wunsch, den ich dir gewähren kann, *mein Lieber*.«

»Das war alles.« Parkov nickte dem Obdachlosen zu. »Ich danke dir. Das war eine entscheidende Beobachtung.«

»Schafft ihn raus«, sagte Manic zu seinen Leuten, »und sorgt dafür, dass ihn niemand findet.«

»Du wirst eines Tages ein böses Ende finden«, erwiderte Parkov mit Abscheu. »Dieser Mann ist, von ein paar Diebstählen abgesehen, wahrscheinlich unschuldig.«

»Er hat dich hier gesehen. Du hast von mir verlangt, jemanden aufzutreiben, der eine passende Beobachtung gemacht hat … das habe ich getan. Wenn also jemand Schuld daran trägt, dass er hier war, dann bist *du* es.«

»Deine Schuld ist damit noch nicht eingelöst. Ich will wissen, was du bei den Armeniern oder den Russen in Erfahrung bringen konntest.«

»Gerüchte, nichts als Gerüchte.« Manic langte abermals ins Innere seiner Jacke und holte einen Zeitungsausschnitt hervor. Es war eine große, eine halbe Seite einnehmende Todesanzeige einer jungen Frau. Parkovs Blick huschte zum Datum. Die Anzeige lag vier Jahre zurück. Er las den Namen und begriff.

»Aha«, sagte er langsam. »Das Bild wird klarer.«

»Dieser Tod hat mich und die Bosse an den Rand eines Krieges gebracht. Die Russen waren überzeugt davon, unsere Seite hätte etwas mit ihrem Tod zu tun. Ihr Vater hätte sich durch jede Reihe von Männern gekämpft, um ihren Mörder zu finden.«

»Es ging nie an offizielle Stellen? Er hat sich nie an die Polizei gewandt?«

»Natürlich nicht. Sie haben ihre Leiche gefunden, verscharrt, weggeworfen. Sie haben sie beerdigt, wie es sich gehört. Wofür hältst du uns? Blut wird mit Blut vergolten, so war es schon immer. Wir brauchen euch nicht, und noch weniger eure Gesetze.«

»Und doch hat er ihn am Ende nicht gefunden«, erwiderte Parkov. »Denn andernfalls …« Die Gedanken rasten durch seinen Verstand. *Einen Ausweg*, dachte er, *du musst einen Ausweg finden.* Wenn er hier starb, würde die Wahrheit mit ihm untergehen.

»Ich weiß nicht, was er getan hat.«

Parkov sah Manic direkt in die Augen. »Du lügst.«

»Es sind nur Gerüchte. Gerüchte, er hätte sich an einen gewandt, der die Sache in die eigene Hand nahm. Ich lüge? Vielleicht. Aber du stirbst.« Manic holte aus und schlug Parkov mit der Faust auf die Nase. Parkov drehte den Kopf in letzter Sekunde zur Seite, sodass die Faust statt des empfindlichen Knorpels nur seinen Wangenknochen traf.

»Du weißt, dass er etwas auf die Stadt losgelassen hat, das …«

Wieder ein Faustschlag. Parkov spuckte Blut.

»… das er nicht mehr kontrollieren kann! Er wollte Rache, ja, aber jetzt? Jetzt läuft alles weit aus dem Ruder! Wie gut ist es für euer Geschäft, wenn ein Wahnsinniger mordend herumläuft und alles und jeden in Angst und Schrecken versetzt?«

»Das ist mir gleich.« Manic versetzte Parkov eine Reihe von Schlägen ins Gesicht, die seine Lippe aufplatzen und ihn jede Menge Blut spucken ließen. »Ich habe drei Jahre gesessen, Parkov, weil du ein blöder Wichser bist, und dafür bezahlst du. Ich habe so lange hierauf gewartet.«

»Du wirst nicht …«

Draußen schrie eine Eule so laut, dass Manic zusammenzuckte und sich zur Tür umdrehte. Nichts geschah. Ein Grinsen schlich sich auf das grobschlächtige Boxergesicht des Bulgaren.

»Niemand kann dich hören. Du wartest vielleicht auf ein Wunder, einen dummen Zufall, der dich retten wird, aber der wird nicht kommen. Ich mach dich fertig, dann fahr ich heim, leg die Beine hoch und wärm mich am Kaminfeuer, während dich hier draußen die Würmer fressen.«

Er hob das Klappmesser und zog es mit einer schnellen Bewegung über Parkovs Oberarm. Die Klinge schnitt mit Leichtigkeit durch den Stoff des Mantels und des Anzugs, den Parkov trug. Manic schnitt über Parkovs Handfläche, dann über seine Wange.

»Das gefällt mir schon besser. Ist das alles noch immer nur ein Witz für dich, he?«

»Danach wirst du mich töten, Manic? Wirst du einen Mord an einem BKA-Beamten wirklich wagen? Bist du dir sicher, dass du die Sache überstehen wirst? Man wird dich jagen wie einen tollwütigen Hund.«

»Wir haben schon ganz andere Sachen überstanden. Niemand wird dich finden.«

Parkov lächelte. »Wissen Sie, Manic, Sie sind ein gefährlicher Mann …«

»Späte Einsicht.« Manic ließ die Zähne sehen. »Zu spät.«

Doch Parkov schüttelte den Kopf. »Ich war noch nicht fertig. Sie sind ein gefährlicher Mann, wäre ich eine junge Frau aus irgendeinem Kuhdorf in Rumänien oder der Ukraine und wäre ich gezwungen, für Sie auf die Straße zu gehen. Wäre es so, dann würde ich mich durchaus vor Ihnen fürchten wie vor nichts sonst auf dieser Welt, mein Lieber. So hingegen …«

Parkov kam mit einer blitzschnellen Bewegung auf die Beine und warf sich mitsamt dem Stuhl auf Manic. Parkov und der Bulgare prallten gegen die Rückwand. Manic brüllte etwas in hartem Bulgarisch, und Parkov rammte ihm ein Stuhlbein des Stuhls, der noch immer mit Stricken an seinen Rücken gebunden war, mit aller Wucht in den Magen.

»Schüsse mit einem Schalldämpfer sind lauter, als man denkt«, sagte Parkov und streifte die zerbrochenen Überreste des Stuhls mitsamt den Fesseln ab. »Noch wichtiger ist es, darauf achtzugeben, *wer* von deinen Leuten einem Feind die Stricke um die Handgelenke legt.« Manic taumelte von der Wand zurück, grunzte und spuckte aus, während Parkov sich mit der Hand über die Wange wischte. Die Schnitte bluteten heftig.

»Was …?«

Die Tür zur Hütte flog auf. Einer der beiden Männer, die Manic mitgenommen hatte, stand in der Öffnung. Er hatte seine Pistole gezogen und auf Parkov gerichtet.

»Und jetzt?« Manic starrte ihn an. Seine Miene war in Granit gemeißelter Hass. »Du bist immer noch hier. Das war nutzlos.«

»Nicht ganz.« Er musterte Manics Helfer, der auf ihn zielte. »Glock 17«, sagte er. »Eine gute Wahl. Was verwendet ihr, Hohlspitz oder Vollmantel? Beim BKA sind wir mittlerweile auf Deformationsmunition umgestiegen. Das Geschoss dringt ein, doch anstatt das Zielobjekt zu durchschlagen, explodiert es gleich nach dem Einschlag. Aber ich nehme an, du weißt Bescheid.«

»Was redest du da …«, begann Manic, doch er kam nicht dazu, seinen Satz zu vollenden. Draußen erklang das Geräusch mehrerer gedämpfter Schüsse. Der Mann in der Tür sackte zusammen, von Kugeln in Rücken und Hinterkopf getroffen. Die Waffe fiel aus seiner Hand. Parkov fing sie blitzschnell auf. Er richtete sie auf Manics Nummer zwei, einen Typen, der von draußen hereinkam, über den Toten hinwegstieg und seine Pistole, auf die ein großer Schalldämpfer aufgeschraubt war, seinerseits auf Parkov richtete.

»Du, Artjom?«

»Ich.«

»Du hast mich verraten?« Manic starrte Mann Nummer zwei ungläubig an. »Was? Habe ich dir nicht vertraut wie einem Bruder?«

»Du bist nicht mein Bruder. Du bist nichts als eine tickende Zeitbombe, die im Weg steht und mit jedem Tag gefährlicher wird.« Artjom richtete die Waffe nun auf Manic. »Und du bist genauso blöd, wie der Boss sagt. Ich bin nicht dein Bruder, weil ich kein Scheißbulgare bin.«

»Welche Rolle spielt …« Manic blickte von Artjom zu Parkov. Schließlich dämmerte es ihm. »Ich verstehe. Er ist ein … und du bist …«

»Landsleute halten zusammen. Aber das ist nicht der Grund, wieso du sterben wirst. Es ist nichts Persönliches. Aber deine Eskapaden haben das Geschäft in Gefahr gebracht, und du weißt, wie die Bosse das sehen. Ich übernehme dein Geschäft, und damit hat sich alles für alle vorteilhaft erledigt.«

»Du bist …« Weiter kam Manic nicht mehr. Artjom schoss dem Bulgaren in den Kopf. Manic sackte zuckend in sich zusammen. Beim Fallen riss er einen Rattenkäfig herunter, dessen Tür aufsprang, woraufhin halb verhungerte Ratten herausströmten und über Manics Körper rannten, ehe sie durch die Hüttentür im Dunkel der Nacht verschwanden.

Die Mündung von Artjoms Pistolenlauf kehrte zu Parkov zurück. »Ich werde dich anschießen müssen. Sonst wird mir niemand glauben, was hier geschehen ist. Nimm die Waffe runter oder ich werde …«

Parkov ließ die Glock des toten Leibwächters sinken. »Ziele gut. Aber warte …« Parkov deutete auf Manic. »Er hat etwas, das ich benötige.« Aus den Jackentaschen nahm er sich die Notiz mit dem Kennzeichen, die Manic für ihn geschrieben hatte, sowie die Todesanzeige.

»Was habt ihr mit dem Penner gemacht?«

»Er lebt. Manics Befehl konnte ich verhindern.«

»Sehr gut.« Parkov wischte die Abdrücke am Griff der Glock ab, dann erhob er sich.

»Im Wagen ist ein Notfallkasten, aber viel mehr als ein bisschen Verbandszeug ist da nicht drin. Er ist offen. Das ist alles, was ich tun kann. Die Straße liegt den Waldweg hinab, anderthalb Kilometer.«

»Du musst mir zwei andere Gefallen tun. Es gibt einen Mann, den ich sprechen muss.« Parkov nannte den Namen. »Kannst du dafür sorgen, dass er mich anruft?«

»Kann ich.«

»Sag ihm, es ist auch in seinem Interesse, dem Mann ein Ende zu bereiten, den er losgelassen hat.«.

Artjom nickte.

»Zweitens: Ich brauche einige deiner Leute, um jemanden zu schützen.«

»Aha. Einverstanden.«

»Was hast du geladen?«

Artjom sagte es ihm.

»Dann schieß.«

Artjom schoss.

41.

Das Blaulicht der Funkstreifenwagen erhellte den Abend mit flackernden blauen Lichtkränzen und tanzenden Schatten.

»Was soll das heißen, sie sind fort?« Sörensen blickte auf Fortloff hinab, der mit hinter dem Rücken gefesselten Händen auf der Couch saß. »Sie haben Ihre Frau und Ihre Tochter getötet.«

Fortloff schüttelte den Kopf, wie er es auch zuvor bei Marie getan hatte. »Nein. Sie sind nicht tot. Fort sind sie, fort für immer. Ich habe ihr gesagt, was ich getan habe. Ich habe ihr alles Geld ausgezahlt – auch von den Konten, von denen sie nichts wusste – und sie fortgeschickt. Sie beide. Glauben Sie mir etwa nicht? Denken Sie, ich hätte ihnen etwas angetan? Sehen Sie nach, alles ist noch da. Prüfen Sie die Konten, ist mir egal.«

Wagner hielt Marie zwei Ausdrucke hin, aus denen hervorging, dass Fortloff drei Tage nach Ginskis Auftauchen im Schaufenster zwei Flugtickets erworben hatte, eines auf den Namen seiner Frau, eines für seine Tochter. »Schon überprüft. Ich habe eine gute Freundin am Flughafen, die mir bestätigt hat, dass die beiden tatsächlich an Bord gegangen sind.«

»Danke«, sagte Marie und reichte die Tickets Sörensen, die

diese mit einem verdrossenen Blick entgegennahm.

»Ihre Frau und Ihre Tochter befinden sich derzeit in den USA, Herr Fortloff?«

»Ihre ... ihre Eltern leben dort. Sie sind dort sicher.« Wieder wischte er sich eine Träne von der Wange. »Ich habe alles zerstört, was mir jemals wichtig war.«

»Haben Sie die beiden fortgeschickt, damit ihnen hier nichts zustoßen kann? Wieso?«

Fortloff blickte Marie aus verzweifelten Augen an. »Es ist nun mal so. Ich habe sie fortgeschickt, damit *er* ihr nichts antun kann. Aber nicht nur das, ich habe sie mit den übelsten, gemeinsten Worten fortgeschickt, die mir in den Sinn gekommen sind.«

Sie stellte ein Glas Wasser auf den Tisch vor ihm. »Sind Sie durstig? Wir nehmen Ihnen die Handfesseln ab, wenn Sie sich ab sofort vernünftig und kooperativ verhalten, Herr Fortloff.«

»Ja. Ich werde alles erklären.«

»Gut.« Sie gab Wagner ein Zeichen, woraufhin der Kollege die Handschellen entfernte. Doch ehe sie mehr zu Fortloff sagen konnte, winkte Sörensen sie zur Seite.

»Das war gegen die Anweisung, die ich Ihnen gegeben habe, Winter.«

»Tut mir leid.« Marie wich ihrem Blick nicht aus. »Aber es sind die Ergebnisse, die zählen, nicht ...«

»Falsch. Diese Ansicht war falsch und wird auch immer falsch bleiben. Ich werde Schwierigkeiten bekommen, all das dem Oberstaatsanwalt zu erklären.«

»Okay. Sehen Sie es so, mir ist das gleich. Aber das hier, das ist eine konkrete Spur. Danken Sie mir nicht jetzt, danken Sie mir meinetwegen nie, aber lassen Sie uns wenigstens gemeinsam dafür sorgen, dass wir dem Dezembermann ein Ende bereiten. Er ist der Gegner, nicht ich, nicht Parkov.«

»Haben Sie im Museum etwas erreicht, oder sind Sie direkt

hierhergekommen?«

»Sie meinen, habe ich sämtliche Anweisungen ignoriert oder doch nur die Hälfte?« Marie hob die Brauen. »Ich kann Sie beruhigen. Die Doktorandin in der anthropologischen Abteilung war glücklicherweise noch im Haus, als ich anrief. Ich habe ihr ein Bild der Fellprobe geschickt. Sie ist sich absolut sicher, dass das Stück von der gestohlenen Perchtenkostümierung stammt. Und ein Schild war auch daran, auf dem Ausstellungsdatum und andere Infos standen. Passt zu dem Rest aus dem Kaufhaus.«

»Na immerhin.« Sörensen schien sich etwas zu entspannen.

»Die Kollegen vom Einbruchsdezernat konnten mir sogar einen konkreten Hinweis geben. Auf den Überwachungskameras des Museums ist ein Mann zu sehen, vermummt zwar, doch anhand von Körperbau und Statur, Haltung, Gangart und dergleichen noch als recht jung einzustufen.«

»Das heißt?«

»Ende zwanzig, Anfang dreißig, allerhöchstens. Er war in der Lage, einen Wachmann auszuschalten und ihn zu betäuben. Das Mittel seiner Wahl war Chloroform, genau wie bei Marlene Charwitz' Entführung. Er ging rein, schlug den Kasten entzwei, nahm das Kostüm und verschwand auf demselben Weg. Das war effizient und im Voraus geplant. Aber ich hatte dennoch den Eindruck, dass die Kollegen den Diebstahl nicht wirklich ernst nahmen.«

»Na gut, Winter, das sind interessante Neuigkeiten. Weiter sind die Kollegen nicht gekommen?«

»Die Art, wie der Täter ins Gebäude gelangt ist, lässt die Kollegen auf ein gewisses Fachwissen schließen, was Alarmtechnik angeht. Und das Chloroform war genau so dosiert, dass der Wachmann nicht zu Schaden kam, also nicht zu lange, aber auch nicht zu kurz ausgeschaltet war. Sie haben sich daraufhin auf Medizinstudenten und Sanitäter konzentriert, die während ihrer praktischen Studienzeiten durchaus Zugang zu dem Betäubungsmittel haben, aber die Ermittlungen gelangten zu keinem Ergebnis. Der Einbrecher wurde nicht gefunden.«

Sörensen sah sich nach Fortloff um, der von Mark Fahrenheit gerade als Verdächtiger belehrt und danach in Gewahrsam genommen und abgeführt wurde. »Staatsanwalt Jäger hat mich angerufen. Die Zahl der Verdächtigen ist ihm viel zu hoch. Er will Müller und Holdinger übermorgen freilassen, wenn wir nichts heranschaffen, was sie weiter belastet. Er hat mittlerweile selbstständig eine zweite kriminaltechnische Untersuchung der Wohnungen der beiden angeordnet, die ergeben hat, dass es durchaus möglich gewesen ist, dass jemand dort war, der die Spuren platziert hat – die Wolldecke mit Ginskis Haaren bei Müller, die Spuren an Holdingers Bett.«

»Und die beiden schweigen weiter?«

»Ja. Aber sowohl Müller als auch Holdinger sind mittlerweile so weichgekocht, dass sie zugeben, jemanden zu schützen. Ihre Familien, natürlich, Frau und Tochter in Holdingers Fall, die Mutter in Müllers Fall. Jäger kümmert das nur wenig.«

»Beide?« Marie deutete den Flur hinab, wo Fortloff gerade, begleitet von den Kollegen, abgeführt wurde. »Sollten wir nicht eher sagen: alle drei? Fortloff, der so weit geht, seine Frau und seine Tochter vor dem Dezembermann schützen zu wollen, indem er sich sogar von ihnen trennt. Und dann wären da noch Jochen Charwitz und Piotr Ginski, die ihre Töchter auch gerne beschützt hätten, aber nicht mehr dazu kamen.«

»Davon müssen wir ausgehen. Aber das reicht nicht. Das andere Erkennungsdienstteam packt gerade zusammen. Krebs, der Leiter von Nummer zwei, hat mich zurückgerufen. Es gibt in Müllers Wohnung Spuren am Schloss und ein paar Fasern, die noch analysiert werden. In Holdingers Haus in Darmstadt ebenso Anzeichen von Schlossmanipulation.« Sörensen seufzte. »Krebs und sein Team kommen jetzt hierher, Fischer und seine Leute machen weiter den Tatort Charwitz fertig. Wir sind unterbesetzt an allen Enden, und Parkov ist nirgendwo zu sehen.«

»Wir nehmen uns noch einmal die Frankfurter Medizinstudenten vor.« Marie warf einen Blick auf ihr Handy. Kurz vor zehn. Elise hatte angerufen. Wahrscheinlich war ihre Mutter jetzt bei Lucie.

»Und die Verbindung Fortloff, Holdinger, Charwitz, Müller und Ginski. Sie alle schützen ihre Familien, wir müssen endlich dahinterkommen, was der Grund für den Dezembermann ist, sie überhaupt zu attackieren.«

»Ja.« Marie öffnete das dienstliche E-Mail-Postfach auf ihrem Handy und entdeckte eine neue Nachricht von Isabelles Dienstaccount. Sie las, was ihre Kollegin entdeckt hatte. Schlagartig wurde ihr eiskalt. »Frau Sörensen, ich hatte bereits Isabelle gebeten, diese Verbindung zu überprüfen …«

Sörensen fuhr herum. »Ach ja?«

»Hier.« Sie hielt der LKA-Hauptkommissarin das Handy hin. »Offenbar besuchten Fortloff und Holdinger gemeinsam das Lessing-Gymnasium.«

»Und diese Verbindung entdecken wir erst jetzt?«

»Fortloff wuchs in einer Pflegefamilie auf, er trug den Nachnamen dieser Familie, als er die weiterführende Schule besuchte. Erst später hat er seinen alten Nachnamen, Fortloff, wieder angenommen.«

»Und die anderen? Noch mehr?«

»Derzeit nicht. Aber das ist eine nervige, zeitaufwendige Sache, das wissen wir ja alle.« Marie warf einen Blick auf die Armbanduhr. »Es ist spät, Isa wird wohl schon gegangen sein. Ich fahr ins Präsidium und schau mir die Akten noch mal an. Die Lösung liegt genau da: Wenn Fortloff seine Familie so entschlossen schützt, dann gibt es dafür einen Grund, den wir finden müssen. Und da sich Fortloff und Holdinger kennen, wird der Grund … nein?«

»Nein. Machen Sie ebenfalls für heute Schluss. Ich habe für morgen um neun eine Konferenz angesetzt und will Sie ausgeschlafen sehen. Alles klar?«

»Und Fortloff?«

»Fortloff kommt gleich morgen früh zur Vernehmung. Wer ist Ihr Spezialist für schwierige Fälle?«

»Fortloff sagte, er will reden. Das ist kein schwieriger …«

»Tja, das hat er gesagt. Aber was, Winter, wenn sich herausstellt, dass er uns nur hinhält? Müller und Holdinger machen den Mund ebenso wenig auf, davon abgesehen, dass Müller sagte, er beschütze *sie*, und sie hat sich dann als seine Mutter herausgestellt … Ich erwarte nicht besonders viel. Also, wer ist der Spezialist?«

»Isabelle.«

»Odinsdottir? Okay. Dann bestelle ich sie für morgen zu Fortloff dazu.« Sörensen deutete zur Tür. »Gehen Sie, Winter. Genug für heute. Das ist eine Anweisung. Nacht.«

»Na schön … gute Nacht.« Marie wandte sich ab, mehr als nur ein wenig vor den Kopf gestoßen. Wollte Anna Sörensen etwa nicht, dass sie weiter in den Akten nach einer Verbindung zwischen den Tatverdächtigen suchte? Oder war das gerade ein halb garer, reichlich verunglückter Versuch gewesen, ihr als Entschuldigung für den Umgang des LKA mit ihrem Team und ihr selbst den Abend freizugeben?

Aus Sörensen wurde sie nicht schlau.

Als sie den Kiesweg von der Villa zum Tor hinabschritt, kamen ihr Bodo Krebs und das Team der Spurensicherung 2 entgegen. Der Regen hatte sich unterdessen in einen leichten Niesel verwandelt. Der Observationswagen der Kollegen der OEE Nord stand noch auf der gegenüberliegenden Straßenseite, als sie durch das schmiedeeiserne Tor trat und auf Parkovs

Bentley Continental GT zusteuerte.

»Frau Winter?«

Sie fuhr herum, die Hand an der Waffe. Doch es war nur Wagner, der aus dem Wagen der OEE gestiegen war und mit einem entschuldigenden Winken auf sie zukam. »Tut mir leid, ich wollte Sie nicht erschrecken.«

»Dafür war es aber ein erschreckend guter Versuch.«

Wagner zuckte die Achseln. »Sorry. Ich wollte mich jedenfalls bedanken, dass … dass Sie nichts gesagt haben.«

»Ach ja?«

»Dass wir da im Wagen eingepennt sind. Es war wirklich nicht unsere Absicht, aber die … Fortloff hat tatsächlich nichts gemacht, als zur Arbeit zu fahren und wieder nach Hause, immer den langen Weg, und irgendwann wird das, tagein, tagaus trotz aller Schichtwechsel, schon ganz schön ermüdend. Aber ich weiß, dass er nirgendwo sonst hingefahren ist, weil …« Er blickte nach links und rechts. »Gülen hat so einen Funksender, den wir an Fortloffs Wagen geheftet haben. Die Reichweite war groß genug, sodass wir die Protokolldaten auslesen konnten, wenn Fortloff auf seinem Grundstück geparkt hat … und da war klar, dass wir ihn eigentlich überhaupt nicht überwachen müssten, weil er ohnehin jeden Tag denselben Weg wählt.« Er grinste.

»Ein Funksender, so ist das also?« Marie schüttelte den Kopf. »Sie wissen, dass ich das melden muss.«

Wagner trat einen Schritt zurück. »W-was …? Oh Mann, ich dachte, Sie wären locker drauf.« Er hielt inne, zögerte, als er das Lächeln auf Maries Zügen sah. »Sie veralbern mich? Sie haben doch nichts gesagt, oder?«

Parkov färbt wirklich auf mich ab, dachte sie, *und ich bin nicht sicher, ob es mir nicht doch gefällt.* »Machen Sie sich mal keine Sorgen. Aber passen Sie auf, wem Sie das Ding anhängen, und vor allem, wem Sie davon erzählen.«

Wagner nickte. »Wir denken dran.«

»Wo ist der Kollege?«

»Der ist schon heim.«

»Und Sie sind eigens hiergeblieben, um mir das zu berichten? Wo ich doch alles über Fortloffs Bewegungen in den entsprechenden Protokollen nachlesen könnte?«

»Nun, das ist eine wichtige Sache …«

»Entspannen Sie sich, Wagner, ich bin von der Mordkommission, nicht von der Dienstaufsicht. Aber wissen Sie, was man bei uns als Erstes lernt? Zu erkennen, wenn jemand nicht alles sagt, was ihm gerade auf der Zunge liegt. Also, was ist da noch?«

Wagner senkte den Blick. Dann, als hätte er nur den Mut fassen müssen, sah er wieder auf. »Darf ich Sie zu einem Kaffee einladen, Frau Winter? Vielleicht morgen, wenn Sie möchten?«

Tatsächlich, er hat sich ein Herz gefasst. Das war durchaus süß, aber wusste er überhaupt, was gerade los war? Marie fühlte sich geschmeichelt. »Wagner, das ist furchtbar nett von Ihnen, aber … ich kann nicht.«

»Ach. Ich verstehe schon.«

»Es ist die Arbeitsbelastung, ich finde ja kaum Zeit zu essen, geschweige denn für ein … jedenfalls nicht *jetzt*.«

»Vielleicht später?«

Sie schenkte ihm ein Lächeln. »Wissen Sie was? Wenn diese Sache vorbei ist, machen wir das bestimmt. Rufen Sie mich an.«

»Das werde ich. Sehr gerne. Gute Nacht, Frau Winter.« Er stieg mit einem etwas beschwingteren Gang zurück in den Wagen und fuhr davon.

Marie kehrte zum Bentley zurück. Hinter den Scheibenwischern klemmte ein Strafzettel. Sie seufzte. Manchmal war es wirklich zum Haareraufen.

42.

Die Vierzimmerwohnung im Nordend, die sie seit Lucies stationärer Aufnahme allein bewohnte, lag dunkel, still und kühl vor ihr. Maries Finger tasteten an der Wand nach den Schaltern; die Deckenbeleuchtung flammte auf, als sie sie fand.

Auf der Türschwelle hielt sie inne.

Der erste Blick, den sie ins Wohnungsinnere warf, zeigte ihr das übliche Bild: eine gemütliche Wohnung, ihr kleiner Rückzugsort, der Platz, wo sie ein wenig Ruhe nach dem Lärm und den Ereignissen des Tages finden konnte.

Doch nun …

Irgendetwas war falsch.

Ehe sie die Tür schloss, schob Marie die Wohnungseingangstür abermals ein Stück weit auf, drückte die Klinke herab und ließ den Türflügel dann langsam ins Schloss gleiten. Als der Flügel in die Zarge griff, war eine winzige, kaum merkliche Unebenheit zu spüren, ein Widerstand, der zuvor nicht da gewesen war.

»Was …?«

Ein Widerstand beim Schließen, der davon herrührte, dass sich jemand am Schloss zu schaffen gemacht hatte … vielleicht die Fixierschraube, die den Schließzylinder hielt, ein Stück zu weit aus dem Schließblech hervorstehen lassen hatte, nachdem er den Zylinder ausgebaut und wieder eingesetzt hatte – vielleicht, um sich einen passenden Zweitschlüssel anzufertigen.

Nein. Nein, das war doch nicht möglich.

Sie öffnete die Wohnungstür wieder und ging vor dem Schloss auf die Knie. Neben der Schlüsselöffnung waren winzige, kaum auszumachende Kratzer, die nicht vom gewöhnlichen Schlüsselgebrauch stammten. Marie erinnerte sich an ein Seminar der Kriminaltechnik, das sie einmal besucht hatte. Dietrichspuren sahen genauso aus wie jene Spuren, die sie gerade vor sich sah – die größeren, gröberen Kratzer weiter daneben, die sich ringsum die Schlüsselöffnung verteilten, waren hingegen Spuren ihres eigenen Schlüssels.

Er ist hier gewesen. Er war hier, öffnete die Tür mit dem Dietrich, baute vielleicht den Schließzylinder aus und wieder ein, ist hier gewesen, im Inneren ihrer Wohnung, und hat gewiss alles Erdenkliche getan.

»Du elender Mistkerl«, sagte sie leise. Marie beförderte die Tür mit einem Schwung ins Schloss und hängte die Kette ein, ehe sie zweimal abschloss. Dann zog sie die Heckler & Koch und spähte in jeden Raum, jedes Zimmer, Küche und Bad, unter die Betten und in die Schränke.

Nichts. Er war fort. Nichts wies darauf hin, dass bis vor Kurzem ein Eindringling hier gewesen war, nichts außer einem Geruch, der wie ein Vermächtnis in der Luft hing, ein Geruch von einem teuren Männerparfüm, der sie an etwas erinnerte, einen Ort, den sie nicht zuordnen konnte.

Sie atmete auf, doch das Gefühl der Bedrohung, das sie verspürte, weil ein ungebetener Gast heimlich in ihren vertrauten vier Wänden gewesen war, verging nicht.

Noch im Mantel ließ sie sich in einen Sessel fallen und wählte Isabelles Nummer. »Isa? Ich glaube, er war hier. Es gibt Spuren an der Tür, sie schließt nicht mehr so widerstandsfrei und sauber wie zuvor.«

Isabelles Reaktion war genau die, die sich Marie ausgemalt hatte. »Das kann doch nicht wahr sein. *Dieser Arsch.*«

»Warte mal.« Marie ging ins Schlafzimmer und schlug die Bettdecke zurück. Was sie befürchtet hatte, wurde Wirklichkeit: Auf dem Kopfkissen lag ein Kuvert, identisch mit allen anderen, die sie zuvor erhalten hatten, und es trug ihren Namen.

»Er hat mir eine neue Nachricht hinterlassen.«

»Geh sofort da weg«, sagte Isabelle. »Ruf Sörensen und Leland an und komm dann zu uns.«

»Nein. Nein, ich werde nicht länger vor ihm weglaufen.« Mit dem Daumen öffnete sie das Kuvert und schüttelte den schreibmaschinenbeschriebenen Briefbogen aus dem Inneren.

> Marie,
> Sie werden in Kürze feststellen, dass ich nicht nur in Ihrer Wohnung war, sondern auch in Ihrem Kopf. Sie werden in Kürze feststellen, dass es Ihren Kollegen genauso ergeht, also sorgen Sie sich nicht, Sie sind nicht allein.
>
> Ihre Mutter ist eine rüstige Frau für ihr Alter. Lucie und Elise kommen wirklich gut miteinander aus, was von Vorteil ist, da die beiden in Zukunft noch sehr viel Zeit miteinander verbringen werden.
>
> Ich wünsche eine friedliche Nacht.
>
> Der Dezembermann
>
> PS: Machen Sie sich keine Gedanken darüber, was ich in Ihrer Wohnung getan haben könnte – Sie werden es nicht herausfinden.
> PPS: Vielleicht habe ich mir einen Zweitschlüssel

angefertigt, also bitte ich Sie, die Schlösser nicht auszutauschen, um mir weiteren Aufwand zu ersparen.
PPPS: Wenn Sie in Wirklichkeit auch nur halb so gut riechen, wie Ihr Kissen und Bettlaken andeuten, dann freue ich mich schon jetzt auf unser Treffen von Angesicht zu Angesicht.

»Marie?« Isabelles Stimme klang durch das Handy fern und wurde durch statisches Rauschen gestört. »Was schreibt er?«

»Er …« Marie zögerte. Die Worte des Kollegen vom Einbruchsdezernat kamen ihr wieder in den Sinn: *Wie er den Wachmann ausgeschaltet hat, war nicht das Werk eines Dilettanten …*

Sondern?, hatte Marie gefragt.

Da muss ich mutmaßen. Ein Medizinstudent vielleicht. Würde mit den Chloroform- und Rohypnolkenntnissen zusammenpassen. Aber was das Abschalten der Alarmanlage angeht … müsste ich raten, würde ich auf einen Geheimdienstler tippen. Er lachte. Oder einen versierten Elektrotechniker.

»Marie?«

Sie schluckte. Ihre Kehle war trocken wie Sandpapier. »Warte, ich lese dir vor, was er geschrieben hat.« Nachdem sie geendet hatte, lachte Isabelle auf. »Das ist ganz schön schaurig. Und nicht nur das, es ist auch eklig. Aber allmählich wird es lächerlich. Er ist in deinem Kopf, und nicht nur da, auch bei deinen Kollegen? Was glaubt er, wen er denn vor sich hat? Eine siebzehnjährige Kindergärtnerin in Ausbildung, die jetzt vor Angst nicht mehr einschlafen kann?«

»Sag nichts gegen Kindergärtnerinnen.« Marie massierte sich die Schläfen. »Ich hab Kopfschmerzen.«

»Willst du wirklich dableiben?«

»Ja. Mir reicht es. Dieses Mal wird er mich nicht in Unruhe

versetzen. Ich bleibe genau hier, und wenn er mir noch zehn Nachrichten schickt. Aber pass auf dich auf, hörst du? Und tu mir den Gefallen und informiere die anderen.«

»Ruf deine Mutter an. Wenn irgendetwas an der Nachricht bedrohlich klingt, dann dieser Satz mit Lucie und Elise. Auch wenn da einer vor der Tür steht und auf sie achtgibt.«

»Sofort. Gute Nacht, Isa.«

»Nacht.«

Marie blickte auf ihr iPhone. Parkovs Nummer in der Kurzwahlliste – für einen Augenblick war sie versucht, ihn anzurufen. Die Worte des Kollegen vom Einbruchsdezernat hatten sie mehr beunruhigt als die seltsame Nachricht des Dezembermannes: *Ein Medizinstudent. Vielleicht ein Geheimdienstler.*

Geheimdienst.

Vielleicht würde Parkov wissen, was zu tun war. Bei Beteiligung des BND oder MAD in einem Fall wurde das BKA automatisch hinzugezogen. Wusste Parkov davon? War dies vielleicht der wahre Grund, warum er sich eingeschaltet hatte? War dies der Grund, warum er im Alleingang handelte und ihr nicht die ganze Wahrheit sagte? War das Versprechen, das Parkov von ihr eingefordert hatte, verbunden mit der Andeutung des Kollegen vom K 12, der wahre Grund dafür, dass sie Sörensen gegenüber nichts erwähnt hatte?

Maries Finger huschten über Parkovs Eintrag, doch dann wählte sie das Handy ihrer Mutter an.

»Hört man von dir auch noch?«

»Mum, warst du bei ihr?«

»Natürlich war ich bei ihr. Die Stationsschwester hat mich zu Hause erreicht, weil Lucie immer wieder gefragt hat, wo du denn heute Abend bleibst.«

Verdammt. Angesichts all dessen, was in der Zwischenzeit geschehen war – Sörensen, der Mord Charwitz, das Senckenberg-Museum und natürlich Maximilian Fortloff –, hatte sie völlig vergessen, Elise und Lucie Bescheid zu geben. »Es tut mir leid. Ich musste meinen Urlaub abbrechen.«

»Also wie immer – nicht wahr? Weißt du, dass Lucie sich Sorgen macht, weil du nicht gekommen bist? Sie fürchtet sich vor dem Polizisten, der die ganze Zeit vor ihrer Tür steht, und ihr Husten hat sich noch kein bisschen gebessert.«

»Mum, ich weiß, was mit ihr los ist!« Marie versuchte, gegen den schmerzhaften Kloß, der in ihrer Kehle wuchs, anzukämpfen und die Tränen, die sich in ihren Augen sammelten, wegzublinzeln, aber nichts davon gelang.

»Ich weiß nicht, wie das weitergehen soll. Wenn du willst, dass ich mich mehr um sie kümmere, dann sag mir das. Das ist gar kein Problem. Aber so kann das keine Lösung für die Zukunft sein.«

»Wir … wir reden ein anderes Mal darüber. Pass auf dich auf, Mum.« Kaum dass sie die Worte ausgesprochen hatte, bereute sie sie auch schon wieder.

»Was meinst du damit?«

»Pass einfach auf dich auf, ja? Und auf Lucie. Wenn du irgendetwas beobachten solltest, irgendetwas, das dir ungewöhnlich erscheint, einen Wagen, der vor dem Haus steht oder dir folgt, einen Mann, der dir verdächtig erscheint, weil er sich zu häufig in deiner Nähe aufhält, dann ruf mich sofort an.«

»Marie! Jetzt hörst du mir aber zu! Was hat das zu bedeuten? Ist Lucie in Gefahr? Bist du es? Rede mit mir!«

Marie holte tief Luft. »Der Polizeibeamte vor der Tür steht dort nicht zum Spaß. Jemand, den wir gerade suchen, hat mich und Lucie bedroht. Deshalb wird sie jetzt beschützt. Du musst dir also keine Sorgen machen, okay?«

»Das sagst du mir jetzt?«

»Beruhige dich. Das sind die üblichen Vorsichtsmaßnahmen. Ich hatte einen anstrengenden Tag. Nacht, Mum.« Sie legte auf, noch während Elise ihr zurief, sie solle warten. Ihre

Hand, die das Handy hielt, zitterte.

»Wenn ich dich erwische«, sagte sie in Richtung des Briefes, den der Eindringling hinterlassen hatte, »dann bete.«

Marie streifte durch ihre Wohnung und sah abermals in jeden Schrank und unter die Betten. Sie suchte nach Spuren, warf sogar kurze Blicke in die Lampen und hinter die Bilder. Halb erwartete sie Wanzen, Abhöreinrichtungen, die der Dezembermann dort angebracht hatte, winzige Videokameras, die sie aus den Ecken ihrer Wohnung filmten …

Nach einer halben Stunde nutzloser Suche gab sie auf. Er war hier gewesen, doch außer dem Brief, den Spuren am Schloss der Eingangstür und dem Hauch eines teuren Männerparfüms hatte er nichts zurückgelassen.

Marie trat erschöpft ins Bad. Die Heckler & Koch nahm sie mit, etwas, was sie noch nie zuvor getan hatte, und legte sie neben sich auf einen Stapel Handtücher.

Aus dem Spiegel blickten ihr zwei übermüdete Augen entgegen. Sie löste den Pferdeschwanz und begann, sich auszuziehen. War da ein Geräusch in der Wohnung? Ein leises Knarren des Dielenbodens, weil Schritte in aller Stille der Badezimmertür näher kamen?

Marie streckte die Hand aus und sperrte die Tür ab.

Ich werde in Ihrem Kopf sein, dachte sie und sah die schreibmaschinengeschriebenen Worte vor sich, die kleinen verdrehten Ns – der Buchstabe, der eine eindeutige Identifizierung der Maschine zuließ. Er hatte recht: Es war schlimmer, als sie erwartet hatte.

Sie schlüpfte aus dem Rollkragenpullover und den Jeans, bis sie nur noch in ihrer schwarzen Unterwäsche vor dem Spiegel stand. Ihr langes dunkelbraunes Haar reichte bis zur Mitte ihres Rückens. Sie war schlank, nicht dünn, aber trainiert und liebte ihre von vielen Läufen geformten Beine. Nachdem sie sich ihres BHs und ihres Slips entledigt hatte, betrachtete sie einen Moment lang die Narbe, die sich unterhalb ihrer rechten Brust über die Rippen bis zu ihrem rechten Hüftknochen zog.

Ein Geschenk des Mannes, der sie mit einem Messer angegriffen hatte. Ein Geschenk des Mannes, dem sie mehr vertraut hatte als jedem anderen. Sie fuhr mit dem Finger die Narbe entlang. Alte Schmerzen. Alte Erinnerungen.

Mit einem Seufzer stieg sie unter die Dusche. Das Wasser, das wie ein Wasserfall aus himmlischer Wärme auf sie herabprasselte, umfing sie wie eine schützende zweite Haut. Sie ließ den Strahl ihren Nacken massieren, schloss die Augen und verdrängte die Welt vor ihren Augen, jeden Gedanken an den Fall, die Toten … den Dezembermann.

43.

Später in der Nacht

In Eriks Augen stand nackte Furcht, ein Entsetzen, wie sie es noch nie zuvor bei einem Menschen gesehen hatte. Das Küchenmesser in seiner Hand – die rechte war es, daran erinnerte sie sich später genau, die rechte, mit der er ihr Kinn früher so zärtlich umfasst hatte, wann immer er sie auf die Lippen küsste, damals, als sie noch nicht einmal geahnt hatte, was auf sie zukommen würde –, es funkelte ganz wie das scharfkantige böse Werkzeug, das in diesen Sekunden nur zu einem einzigen Zweck zu ihr gekommen war.

Das war das Messer, aber seine Augen …

Aber.

Marie war sich sicher, was sie gesehen hatte, und wiederholte später wieder und wieder, dass seine Augen eine andere Sprache gesprochen hatten. Er wollte nicht tun, was er ihr da antat, davon war sie überzeugt. Etwas in ihm wollte ihn zurückhalten, etwas schrie beständig, *tu das nicht, hör auf.* Zugleich gab es etwas, das ihn wie eine unbändige, nicht aufzuhaltende Kraft angetrieben hatte – etwas, dem er nicht widerstehen konnte, selbst wenn er es versucht hätte.

Aber ich weiß, dass er es versucht hat, sagte sie. *Ich weiß es.*

Erik, der mit einem Messer in seiner rechten Faust auf sie zukam, die Füße schlurfend wie die eines Betrunkenen. Der Geruch von Pfannkuchen lag in der Luft – es war zehn Tage vor ihrem neunundzwanzigsten Geburtstag. Marie hörte, wie die Haustür ins Schloss fiel. Sie blickte auf. Ein Lächeln stand auf ihren Lippen. In der letzten Zeit kam es häufig vor, dass er erst spät morgens zurückkam. Die Forschungsstelle an der Uni nahm ihn in Beschlag, doch Marie und Erik waren bei einem langen Gespräch, das bis in den Morgen hinein gedauert hatte, übereingekommen, dass sie damit zurechtkommen würden und weder ihr Beruf noch seine Anstellung ihrem zukünftigen Glück etwas anhaben konnten.

»Erik? Schatz? Ich bin in der Küche.«

Er antwortete nicht. Im Nachhinein würde ihr das seltsam erscheinen, als sie zurückdachte und Isabelle, die sie damals befragte, ihr gegenübersaß; doch als es geschah, war die ausbleibende Antwort kein Grund zur Besorgnis gewesen.

Im Flur klapperte etwas. Später würde die Kriminaltechnik feststellen, dass Erik das Bild, das Marie und ihn bei ihrer Kanadareise entlang des Yukons zeigte, mit einer Handbewegung zu Boden gefegt hatte.

»Schatz?« Marie sah sich zur Tür um, die halb offen stand. Im Flur bewegten sich lange Schatten. »Erik?« Als sie sich zu den Pfannkuchen umwandte, die fröhlich in der Pfanne vor sich hin brutzelten, streifte ihr Blick ihre P30, die auf der Fensterbank lag. Als man Marie befragte, wieso die Waffe genau dort lag, wo sie sie schnell hatte erreichen können, war sie nicht in der Lage gewesen, eine Antwort zu geben.

Vielleicht war es Intuition, sagte sie leise. *Vielleicht war es der Fall, an dem ich damals beim K 12 gearbeitet habe, einer von der Sorte, die mich dazu treibt, die Waffe nie weit aus den Augen zu lassen. Vielleicht war es bloß Zufall, dass sie da war … vielleicht Schicksal.*

Die Tür öffnete sich.

Woher, fragte Isabelle behutsam und schob eine heiße Tasse Tee über den Tisch, hatte er das Messer?

Keine Ahnung. Im Messerblock fehlte keines, das wäre mir sofort aufgefallen. Vielleicht … wahrscheinlich hat er es gekauft.

Erik Winter hatte das Messer, ein Kochmesser mit einer zwölf Zentimeter langen Klinge, tatsächlich nur wenige Minuten zuvor in einem gewöhnlichen Kaufhaus erworben. Die Kassiererin sagte den Mordermittlern gegenüber aus, dass sie noch nie einen Mann mit solch einem leeren und zugleich entsetzten Blick gesehen hatte. Als würden zwei Kräfte in seinem Inneren gegeneinander ankämpfen, das waren ihre Worte gewesen.

»Erik? Hey, was … was ist das?«

Er kam auf sie zu, das Messer in der Hand, den Blick auf ihr Gesicht gerichtet. Seine Unterlippe bebte, als wollte er in Tränen ausbrechen.

Hat er irgendetwas zu dir gesagt? Isabelle stellte ihre Fragen mit einer Sorgfalt, die Marie die Erinnerung leichter machte, als sie erwartet hatte. Hätte jemand anders die Befragung geleitet, Marie war sich bis heute nicht sicher, ob sie überhaupt nur ein Wort über die Lippen bekommen hätte.

Er sagte kein Wort. Er sah mich an, als wüsste er nicht länger, wer ich war.

Und dann? Isabelle machte sich eine Notiz auf dem Befragungsbogen, der vor ihr lag. Jörg blickte auf das Notebook runter, auf dem er Maries Aussage mitschrieb, als ertrüge er den Blick ihrer Augen nicht. Valentin Sanders, der Hauptkommissar, lehnte an der Wand und sah mit verschränkten Armen zu ihnen herüber.

»Erik … was … was soll denn das? Spinnst du?«

Der Mann, den sie einst geliebt hatte, beschleunigte seinen Schritt. Das Messer vorgestreckt, kam er weiter auf sie zu.

Ich habe, sagte Marie später, *auch noch irgendetwas anderes geschrien. Ich kann mich nicht mehr erinnern. Ich sprang rückwärts, als mir klar wurde, dass er nicht stoppen würde. Es war fast zu spät. Ich konnte das Messer spüren, das mich streifte, aber da war kein Schmerz, nicht in diesem Augenblick. So voller Adrenalin war ich, mehr, als es in irgendeinem Einsatz zuvor der Fall gewesen war. Ich erwischte meine Dienstwaffe, stand mit dem Rücken zur Wand … dann habe ich gezielt und auf ihn geschossen.*

Sie haben keinen Warnschuss abgegeben?

Nein. Er war zu nah, und … ich begriff in diesem Augenblick, dass er, obwohl ich es zuvor nicht hatte wahrhaben wollen, nicht aufhören würde.

Isabelle nickte. Was geschah dann?

Ich weiß es nicht mehr. Marie senkte den Blick. *Ich kann mich nicht mehr erinnern, was genau passierte, nachdem ich gefeuert habe. Da … da sind vielleicht fünf Sekunden, an die ich mich nicht erinnern kann, fünf Sekunden, die völlig ausgelöscht sind. Ich weiß, dass ich dort stand, die Waffe noch immer auf ihn gerichtet, während er rückwärtsgeht, einen Schritt bloß … und dann umkippt. Das Geräusch, als er fällt … er reißt irgendetwas mit sich … ich glaube, es war die Pfanne auf dem Herd, die mit den Pfannkuchen, die er … immer so gern aß.*

Marie hob eine Hand und wischte sich über die Wange. Sie weinte nicht mehr besonders viel, konnte nicht mehr, war ein leeres, ausgebranntes Wrack, dessen Seele mitsamt der Fähigkeit, Tränen zu vergießen, erloschen war wie ein Feuer unter düsteren, tief hängenden Regenwolken. Die heftigen Weinkrämpfe, die sie am Tag des Angriffs, der Nacht darauf und am folgenden Tag durchlitten hatte, ließen sie ausgelaugt und leer zurück – und offenbar auch ohne eine einzige Träne, die noch in ihr steckte.

Ich höre ihn immer noch sterben, sagte sie leise. *Das Geräusch, das er machte, war das entsetzlichste Geräusch, das ich jemals hören musste. Und der Ausdruck seiner Augen … er sah mich an, als er dort lag, und ich wusste, dass er niemals tun wollte, was er gerade getan hatte.*

Isabelle warf ihr einen mitfühlenden Blick zu. Wenn Sie eine Pause brauchen, sagte sie, dann machen wir eine Pause, Marie. Das ist kein Problem. Ich weiß, dass es sehr hart ist, all das noch einmal durchleben zu müssen.

Nein. Ich will keine Pause, ich will es hinter mich bringen.

Isabelle und Jörg nickten. Jörg räusperte sich. Was ist dann geschehen?

Marie schloss die Augen. *Ich … ich glaube, nebenan hat jemand geschrien. Die alleinerziehende Mutter, die in unserer alten Wohnung uns gegenüber wohnte, hat die Kollegen gerufen, die mich dann gefunden haben. Sie waren sehr schnell da.*

Ja. Tatsächlich waren es nur vier Minuten, sagte Isabelle. Der Streifenwagen war ganz in der Nähe.

Ich bin mir nicht sicher, ob ich auf dem Boden saß … ja, ich saß dort, gegen die Heizung gelehnt … die Waffe neben mir. Einer der Kollegen hat sie mir abgenommen.

Wo befand sich das Messer, mit dem Ihr … er Sie angegriffen hat?

Noch in seiner Hand. Er hat es immer noch festgehalten. Kurz nach den Kollegen kam der Notarzt, der meine Verletzung behandelte … sie blutete stark, war jedoch nicht tief. Ich hatte Glück, sagte einer der Sanitäter.

War dies der Grund, warum Sie auf ihn losgehen wollten und man Sie zurückhalten musste?

Marie nickte. *Das … das war nicht richtig. Ich schäme mich dafür. Er hat es nicht so gemeint, aber in diesem Augenblick … wie kann er von Glück sprechen, wenn ich gerade …?*

Alles okay, warf Jörg ein, der Mann will keine Anzeige erstatten.

Und was ist mit euch? Was werft ihr mir vor?

Frau Winter, sagte Isabelle laut, wir werden Sie voraussichtlich nicht beschuldigen. Ich muss Sie aber darum bitten, sich für jede weitere Befragung als Zeugin bereitzuhalten.

Ja, das ist selbstverständlich.

Isabelle beugte sich etwas nach vorn. Erzählen Sie mir doch, wie Sie die Woche vor dem Angriff erlebt haben.

Die Woche davor? Völlig normal. Erik hatte sehr viel zu tun. Er arbeitete als wissenschaftlicher Mitarbeiter im anthropologischen Institut des Senckenberg-Museums. Wir hatten uns gegenseitig das Versprechen gegeben, dass unsere Arbeitszeiten nicht unsere Beziehung beeinflussen werden … daher war ich nicht sauer, als er immer später nach Hause kam.

Erik Winter war studierter Archäologe. Was genau hat er gemacht? Woran hat er gearbeitet?

Ich weiß nicht genau, was er in der Woche vorher getan hat, aber seine Kollegen und er arbeiteten an einem Fund einer keltischen Grabstätte. Die Ausgrabungen waren bereits beendet, und sie waren mit der Einsortierung und Katalogisierung der Funde beschäftigt. Es gibt einen Plan für eine Ausstellung über die keltischen Begräbnisriten, die das Museum in vier oder fünf Monaten eröffnen will … da war noch sehr viel zu tun.

Wie war das Verhältnis zu den Kollegen im Museum?

Gut. Er hat allerdings nicht besonders viel mit mir über seine Arbeit gesprochen. Ich habe mehr über meine Fälle erzählt, auch weil ich jemanden brauchte, bei dem ich einiges loswerden und verarbeiten konnte, und er war ein guter Zuhörer. Er gab mir jedes Mal das Gefühl, dass ich bei ihm zu Hause bin. Endlich, endgültig, wir waren zufrieden, hatten uns gefunden.

Der Leiter der anthropologischen Abteilung ist ein gewisser Professor Robert Rotenberger. Kennen Sie den Mann?

Nein. Marie überlegte. *Warten Sie, ich bin ihm einmal begegnet, das war auf einer Dinnerparty des Museums.*

Isabelle und Jörg wechselten einen Blick.

Frau Winter, war Erik bedrückt? Gab es Probleme mit seiner Arbeit, die er Ihnen gegenüber erwähnt hat? Hatten Sie den Eindruck, dass mit Erik Winter etwas vor sich ging, das ihn veränderte? Beschreiben Sie mir bitte, welchen Eindruck er auf Sie machte, in den letzten Wochen vor seinem Tod und auch weiter davor.

Erik … nun, wenn Sie wissen wollen, ob ich spüren konnte, dass er sich veränderte, über einen gewissen Zeitraum hinweg, dann kann ich das mehr oder weniger bestätigen. Aber es war keine langsame Veränderung, es geschah recht schnell. Wenn Sie so wollen, dann begann seine Veränderung tatsächlich zu dem Zeitpunkt, als die Ausgrabungsarbeiten des Keltengrabes in vollem Gang waren. Er war länger fort, hielt sich länger als gewöhnlich im Museum oder drüben an der Ausgrabungsstätte auf und nahm sich auch manchmal Arbeit mit nach Hause. Seine Stimmung war häufig … wie soll ich es beschreiben? … etwas dunkler, bedrückter als zuvor. Mir gegenüber hellte sich seine Laune jedoch immer sofort auf, mir gegenüber war er ganz der Alte. Aber wenn er sich unbeobachtet fühlte, dann saß er oft da und sah ins Leere, rieb sich die Schläfen, als hätte er Kopfschmerzen.

Das hat Sie nicht besorgt?

Doch. Ich habe ihn mehr als einmal darauf angesprochen. Ich wollte wissen, warum er sich in die Sache dermaßen hineinsteigert, dass es ihn so mitnimmt … einmal haben wir uns deswegen gestritten, was unser einziger richtig ernster Streit wurde. Er warf mir vor, dass ich mich nicht an unser Versprechen halten würde. Ich sagte ihm, dass er mir nicht mehr die ganze Wahrheit sagte, was sein langes nächtliches Fortbleiben betraf … das war gemein. Ich wusste, dass er mich noch immer genauso liebte wie zu Beginn.

Haben Sie einmal auf seiner Arbeitsstelle angerufen?

Ja. Ich wollte wissen, ob er wirklich dort ist. Das war gegen halb zwei in der Nacht, kurz vor unserem Streit, und ich war richtig sauer. Ein wissenschaftlicher Mitarbeiter hat mir bestätigt, dass Erik da wäre, und ihn mir sogar ans Telefon geholt.

Isabelle nickte. Gut, sagte sie. Wir wissen von Ihrem Anruf. Ist danach noch etwas geschehen, von dem Sie uns erzählen möchten?

Nein. Nein, ich denke nicht. Außer … Kopfschmerzen. Er sagte häufig, er habe fürchterliche Kopfschmerzen. Er hat sich Ibuprofen besorgt, was ihm half. Das war es … ich habe einen riesigen Fehler gemacht, die Sache nicht wirklich ernst zu nehmen, nicht wahr?

Isabelle rührte sich nicht. Das wären dann alle Fragen, die wir Ihnen stellen wollen, sagte sie.

Natürlich. Aber was … was ist nun mit ihm gewesen? Ich will wissen, wieso er das getan hat. Ich begreife nicht …

Sie sah, wie Isabelle und Jörg abermals einen langen Blick tauschten. Dann beendete Isabelle die Befragung offiziell, griff nach dem Digitalrekorder und stellte ihn ab.

Ich darf keine Details über ein laufendes Ermittlungsverfahren preisgeben, das wissen Sie. Aber unter diesen Umständen … Isabelle schob eine Karte über den Tisch, auf der ihre Handynummer mitsamt Dienstgrad und Funktion stand:

Isabelle Solveig Odinsdottir
Kriminalkommissarin – Mordkommission 1
Fachkommissariat 11
Polizeipräsidium Frankfurt am Main

Rufen Sie mich an, wenn Ihnen noch etwas einfällt, sagte sie.

Rufen Sie mich an.

Marie hörte, wie die Tür ihres Schlafzimmers knarrend nach innen glitt. Sie schlug die Augen auf und setzte sich im Bett kerzengerade in die Höhe.

Erik kam zur Tür herein, Erik, dessen Hemd blutbeschmiert

war, die Einschusslöcher schwarz, tropfend und starrend wie zwei zusätzliche winzige Augen.

»Geh weg«, sagte sie. »Geh!«

»Du hast mich getötet.« Erik legte den Kopf schief. »Irgendwann wirst du dafür büßen ...«

»Ich weiß, dass du niemals wolltest ...«

»Du weißt nichts!«

Marie sah ihn an. »Doch. Doch, das weiß ich. Wer hat dir das angetan? Wer hat uns das angetan?«

Erik machte einen Schritt auf sie zu. Dieses Mal wich sie nicht zurück. »Finde ihn«, sagte er, »und befreie dich selbst.«

Und dann durchschnitt das Schellen der Türklingel ihren Albtraum, und Eriks hoch aufragende Gestalt schwand wie Rauch über dem Wasser ... und Marie schreckte auf.

44.

Die Türklingel schellte.

Marie schnellte wie eine gespannte Feder aus dem Bett, griff nach ihrer Dienstwaffe und schlich zur Tür. Der Digitalwecker auf dem kleinen Nachttisch zeigte halb fünf am Morgen.

Sie hatte das Licht im Flur angeschaltet gelassen. Ihre Wohnung lag kühl, still und verlassen vor ihr. Wieder läutete es. Marie nahm den Hörer der Gegensprechanlage in die Hand. Aus der Ohrmuschel drang ein statisches Rauschen. Dahinter Atemgeräusche. War er es? War er gekommen? Oder träumte sie noch immer?

»Wer«, sagte sie, »wer ist da?«

»Frau Winter? Marie? Ich bin's, Parkov.«

Ihr Pulsschlag beruhigte sich ein wenig. Dennoch erwiderte sie vorsichtig: »Können Sie das beweisen?«

Parkov lachte leise. »Gut. Ich bewundere Ihre Vorsicht. Ich habe Ihnen den Zweitschlüssel meines Bentleys gegeben. Sie haben die Akte Fortloffs im Handschuhfach entdeckt und etwa achtunddreißig Kilometer zurückgelegt. Das weiß ich deshalb, weil ich hier unten stehe und den Notfallkoffer aus dem Kofferraum bei mir trage.«

Den Notfallkoffer. Marie drückte den Summer. »Okay. Kommen Sie hoch.«

Sie eilte zurück ins Schlafzimmer und schlüpfte in Trainingshosen und Kapuzenpullover. Als sie die Tür erreichte, war Parkov gerade auf den letzten Treppenstufen.

Er sah fürchterlich aus. Sein Mantel stand offen, und er trug eine dreckige, offenbar hastig improvisierte Binde um den rechten Oberarm, durch die sich das Blut in großen Flecken seinen Weg bahnte. Die größte Wunde prangte jedoch an seiner Hüfte auf der rechten Seite, auf die er seine Hand presste.

»Parkov! Meine Güte!«

Seine letzten Schritte waren kaum mehr als ein Taumeln, mit dem er auf sie zuschwankte; mit jedem Schritt schien er schwächer zu werden. »Es ist unverzeihlich«, sagte er mit schwerem Atem, »dass ich Sie um diese Uhrzeit in diesem Zustand belästige. Aber …«

»Ach, lassen Sie das doch ein einziges Mal«, sagte Marie leise. Sie nahm seinen Arm und stützte ihn, halb führte sie ihn, halb trug sie ihn in die Wohnung, wo er auf einem Küchenstuhl zusammensackte.

»Ich kann das selbst machen«, sagte Parkov, »Sie müssen mir nur ein wenig helfen und die Sachen reichen …« Er deutete auf den Koffer, den er mit sich die Treppe hinaufgeschleift hatte.

»Ich bin so blöd«, sagte Marie und öffnete den Koffer. »Ich hätte ihn mit hochnehmen sollen und nicht Sie in Ihrem Zustand. Entschuldigung.«

Er stieß ein gepresstes Stöhnen zwischen den Zähnen hervor, als er aus dem Mantel schlüpfen wollte. Marie trat an seine Seite und half ihm. Was nun zum Vorschein kam, war noch erheblich schlimmer anzusehen: Die Wunde dicht oberhalb von Parkovs Hüfte blutete stark und hatte einen kreisrunden dunkelroten Fleck auf seinem Jackett und dem Kaschmirpullover hinterlassen; Blut quoll zwischen seinen Fingern hindurch, die er weiter gegen die Wunde presste.

»Sie müssen sofort ins Krankenhaus«, sagte Marie. »Das geht nicht, die Blutung ist viel zu stark …«

Parkov schüttelte energisch den Kopf. Seine Haut war blass, viel blasser als sonst, und auf seiner Stirn standen Schweißperlen. Die Schulterpartie seines Mantels, den Marie zur Seite legte, war regenfeucht und mit Dornen und altem Laub übersät, als hätte er sich durchs Unterholz schlagen müssen.

»Ich kann mich nicht in eine Notaufnahme begeben.«

»Wieso?«

»Jeder Mediziner erkennt augenblicklich, dass dies hier«, er deutete mit der freien Hand auf die Wunde an seiner Hüfte, »eine Schusswunde ist. Das will ich vermeiden.«

»Meine Güte, Parkov, Sie bluten wie ein …«

»Ein Schwein?« Er lachte. »Sagen Sie es ruhig. Es ist freilich die Wahrheit, und die Wahrheit sollte niemals verschwiegen werden.« Er sah den besorgten Ausdruck auf Maries Gesicht. »Keine Sorge, ich werde nicht verbluten. Ein sauberer Schuss, der keine wichtigen Organe verletzt hat. Es sieht wesentlich schlimmer aus, als es tatsächlich ist. Geben Sie mir das Jod und den Notfallstift mit der grünen Markierung.«

»Das?«

»Genau.«

Marie reichte Parkov, was er wünschte. Das Innere des Koffers war mit dem eines gewöhnlichen Notfallsets nicht zu vergleichen. Sie kannte nicht einmal die Hälfte der Utensilien, die vor ihr lagen. Die Spritzen waren so aufgebaut, dass beim ersten Hautkontakt nur ein kleiner Druck auf die oben angebrachte Taste ausreichte, um ihren Inhalt in das Gewebe zu entleeren.

Parkov zupfte an seinem Pullover. »Ich muss …«

»Schon klar.« Sie trat hinter ihn und half ihm, das teure

Kaschmirteil auszuziehen. »Das ist hin«, sagte sie. Als Parkov beide Arme hob, gab er ein schmerzgepeinigtes Keuchen von sich. *Er versucht, sich nicht viel anmerken zu lassen, aber was er gerade an Schmerzen durchleiden muss, ist erheblich.*

Schließlich saß er mit freiem Oberkörper vor ihr. Die Wunde an seinem Oberarm blutete, seine Wange blutete, die Hüftwunde blutete. Und Parkov schien mit jeder Sekunde, die verstrich, schwächer zu werden. Blut tropfte auf den Fliesenboden der Küche – wichtige Lebensenergie, die ihn verließ.

»Wenn Sie mir hier umkippen …«

»Dann drücken Sie diesen Knopf«, sagte er und machte eine knappe Handbewegung in Richtung des Koffers, »und folgen den Anweisungen.«

Parkov jagte sich die Spritze dicht neben die Hüftwunde. »Die andere auch noch. Die rote.«

»Diese?« Die rote Spritze war, wie alle anderen auch, nur mit einer Abkürzung versehen. Auf ihr stand MO.

»Morphium, falls Sie sich wundern.« Er setzte die Notfallspritze an seine Halsvene, drückte den Kopf zur Seite und zuckte heftig zusammen. Dann seufzte er. »Schon besser. Die Kugel steckt noch in der Wunde, weshalb die Blutung halbwegs harmlos ausfällt. Sie müssen sie jetzt entfernen.«

Marie starrte ihn an. Parkov hockte vor ihr, hilflos, schweißgebadet und schmerzgepeinigt, doch was er hier verlangte … »Ich bin keine Ärztin.« Sie holte tief Luft. »Ich kann das … kann es freilich versuchen.«

»Danke.« Parkov streckte eine Hand aus und umfasste ihre Rechte, drückte sie kurz. Marie nickte ihm zu und erwiderte die Geste.

»Wie … wie gehe ich es an?«

»Nehmen Sie die kleine Zange aus dem Besteck im Koffer. Neben dem Skalpell, genau. Dann die sterile Flüssigkeit in der

Spritze und Nadel und Faden.«

Marie betrachtete die Zange, die vorn gefährlich spitz zulief. Ihre Finger waren schweißnass. Ihr Herz pumpte und schlug gegen ihre Rippen. »Okay, hab alles. Okay, okay.«

Ruhig, Marie, ruhig.

»Nur die Ruhe. Es kann gar nichts geschehen.« Er versuchte zu lächeln, verzog jedoch augenblicklich vom Schmerz übermannt seinen Mund.

Marie kniete sich neben ihn. Die Wunde war schwarz und voll Blut. Sie blickte zu Parkov auf. Seine blassblauen Augen waren halb geschlossen.

»Spülen Sie die Eintrittsstelle mit der Flüssigkeit.«

Marie setzte die Spritze an und drückte den Kolben vorsichtig durch. Parkov knirschte mit den Zähnen. »Und?«

»Sieht aus, als wäre sie nicht besonders tief eingedrungen. Ich kann das Projektil sehen.«

Parkov holte tief Luft. »Das ist gut. Dann nehmen Sie die Zange, Marie, packen Sie die Kugel und bewegen sie aus der Wunde heraus.«

»Okay …« Vorsichtig bewegte sie die Spitze der Zange näher an den Wundrand heran. Jetzt, aus der Nähe betrachtet, wirkte die Wunde viel kleiner und die Zange riesig groß … »Ich weiß nicht, ob ich das wirklich kann.«

»Sie können es. Ich weiß, dass Sie es ganz wunderbar machen werden.«

Als Marie abermals zu ihm aufblickte, hatte Parkov die Augen weit geöffnet. »Mein Vater erzählte mir eine kleine Geschichte, immer wenn ich als Junge Angst verspürte. Die Angst, sagte er, ist nicht dein Feind. Sie ist so natürlich wie der Tag, der auf die Nacht folgt, so natürlich wie der Regen, der mit unausweichlicher Gewissheit auf die Sonne folgen wird … sie ist von allen menschlichen Emotionen die tief greifendste und bedeutendste – abgesehen von der Liebe. Furcht darf nie zur Angst werden, denn wo die konkrete Furcht ein nützliches Mittel sein kann, ein Warnsignal, ist die irrationale Angst schlecht und nutzlos, weil sie lähmt. Darum, sagte er, gestatte dir die Furcht, doch lass sie niemals in Angst umschlagen. Und wenn du Angst verspürst, dann schließe die Augen. Zähle von eins bis fünf, öffne sie wieder und pack an, was du fürchtest, und du wirst bemerken, dass sie verschwindet.« Parkov streckte eine Hand aus. »Wollen Sie mit mir bis fünf zählen?«

Marie nickte. Sie wischte sich eine Träne von der Wange – wie nur war die dort hingekommen? – und nahm seine Hand.

»Eins«, sagte Parkov. Marie schloss die Augen. Sie hörte ihr Blut in den Ohren rauschen und spürte Parkovs kalte, schweißnasse Hand in ihrer eigenen. Dann stimmte sie mit ein: »Zwei, drei, vier. Fünf.«

»Los. Befreien Sie mich von diesem Mist.«

»Ja.«

Sie holte tief Luft. Mit einem Mal war die Wunde nicht mehr winzig klein und die Zange nicht mehr gewaltig groß. Sie packte das Ende des Projektils mit der Zangenspitze und zog die Kugel vorsichtig aus der Wunde heraus, mit einer einzigen sauberen Bewegung. »Fertig.« Sie ließ sie auf den Boden fallen und hätte einen Jubelschrei ausstoßen können. Parkov stieß die Luft, die er angehalten hatte, mit einem lauten Schnaufen aus.

»Schnell«, sagte er heiser, »das Jod, und dann nähen Sie die Wundränder mit Nadel und Faden zu. Sie können doch nähen, oder?«

»Ein bisschen. Ich hab die Vorhänge gemacht und einige von Lucies Puppen und Bären repariert.«

»Gut. Das ist sogar sehr gut.«

Marie hob die Jodtinktur an. »Sie werden auch nicht ohnmächtig?«

»Ich gebe mein Bestes.«

Parkov biss die Zähne zusammen, als das Jod die Wunde berührte. Dann machte sich Marie daran, die Wunde zu vernähen, was leichter und schneller ging, als sie gedacht hatte. Schließlich war die Arbeit getan und Marie mit dem Ergebnis mehr als zufrieden. »So, fertig. Operation gelungen, Patient …« Sie hielt inne, als sie den Ausdruck auf seinem Gesicht bemerkte.

»Wir sind noch nicht ganz fertig … leider. Ich glaube, der Arm muss ebenfalls …«

»Na schön.« Marie erhob sich. »Ich wasch mir noch mal die Hände. Schön sitzen bleiben, ja?«

Sie ging mit wackligen Beinen zur Spüle. Als sie zu Parkov zurückkehrte, hatte der etwas aus seiner Manteltasche geholt. Offenbar ging es ihm schon wieder besser.

»Das ist eine Todesanzeige«, sagte er, »und ich bin überzeugt, dass sie der Schlüssel zur Lösung des Falls ist.«

»Bringen wir Sie erst mal wieder in einen vorzeigbaren Zustand, ja? Nicht bewegen.«

Parkov nickte. »Ich gehe nirgendwohin.«

Marie begann, die Armwunde zu vernähen. Parkov zuckte bei jedem Stich zusammen. »Sie sind eine gute Krankenschwester, Frau Winter.«

»Parkov?«

»Ja?«

»Sie sind der ungewöhnlichste Typ, der mir bisher begegnet ist. Ich, ähm, meine das nicht so, wie es klingt. Aber denken Sie nicht, dass es nach dieser Sache vielleicht an der Zeit wäre, dass wir diese Förmlichkeiten ablegen?« Sie lachte halblaut. »Meine Güte, ich klinge schon wie Sie. Du, meine ich. Wollen wir uns nicht endlich duzen?«

»Das wäre mir eine Freude.«

»Okay.« Marie nähte zu Ende. »So, das sollte halten. Für die

Wange hole ich noch ein Pflaster.«

»Nimm bitte eines aus dem Koffer«, sagte Parkov.

»Na schön.« Sie betupfte seine Schnittwunde auf der Wange mit Jod und überklebte sie mit einem Pflaster, das mit einer seltsamen Paste bestrichen war. »Ist das hier«, sie deutete auf den Koffer, »eine weitere dieser Militärentwicklungen, von denen du mir erzählt hast? Speziell entwickelte Spritzen und Pflaster? Was geschieht, wenn ich den Knopf drücke?«

»Es wird eine Verbindung zur Notfallzentrale der Firma hergestellt.« Parkov atmete tief und langsam durch. »Hoffen wir, dass wir ihn niemals drücken müssen.«

Marie zog sich einen Stuhl heran. »Na schön. Ich habe dich verarztet und nicht das Krankenhaus eingeschaltet. Jetzt will ich wissen, wieso dich jemand angeschossen und mit einem Messer verletzt hat.«

Parkov nickte. »Das will ich erzählen.« Er sah sich nach der Uhr um, doch Marie bemerkte, dass sein Blick an der Heizung und dem Kühlschrank hängen blieb. »Zuvor jedoch …«

»Klar. Wie unhöflich von mir. Warte kurz.« Marie ging ins Wohnzimmer und kehrte mit einer Decke zurück, die sie ihm reichte. »Willst du etwas essen? Trinken? Jasmintee habe ich nicht.«

»Kaffee wäre genau das Richtige.«

»Sofort.«

Als sie mit zwei Tassen zurückkam und Parkov seine entgegennahm, fragte sie ihn: »Ich habe noch immer nicht ganz kapiert, wieso Johann das nicht hätte tun können. Er ist doch vom Fach, das habe ich sofort bemerkt.«

Parkov hob eine Braue. »Das heißt?«

»Er ist wohl kaum ein einfacher Butler.«

»Stimmt. Johann Münz war sein halbes Leben lang Elitesoldat der deutschen Spezialkräfte. Kampfschwimmer, genau genommen. Er weiß, wie man eine Wunde zusammenflickt. Es stimmt, er hätte mir auch helfen können.«

»Und irgendwie kann ich mir nicht vorstellen, dass er dich wegen dieser Sache … dass er gekündigt hätte.«

»Nein, das war keine Erfindung. Es gibt aber noch einen anderen Grund. Kommst du drauf?«

»Er ist beschäftigt. Und zwar …« Marie versuchte, in Parkovs Miene zu lesen, doch der beobachtete sie bloß, als unterhielten sie sich an einem gewöhnlichen Morgen in einem Straßencafé und spielten ein verrücktes Ratespiel.

Dann begriff sie. »Du hast ihn abgestellt, damit er irgendetwas im Zusammenhang mit dem Dezembermann im Auge behält.«

Doch Parkov schüttelte den Kopf. »Nein, das ist es nicht. Jedenfalls nicht direkt. Er … nun, er bewacht in meinem Auftrag deine Tochter. Ich bat ihn, für die Sicherheit von Lucie zu sorgen.«

»Was?« Für einen Moment war sie wie vor den Kopf gestoßen. »Heißt das …?«

»Sie ist nicht derartig in Gefahr, dass eine Überwachung dieser Art vonnöten wäre. Aber ich wollte auf Nummer sicher gehen. Wenn Johann sie im Auge behält, wird ihr in keinem Fall etwas zustoßen.«

Marie versuchte, sich zu erinnern, ob sie bei einem ihrer letzten Besuche bei Lucie etwas Ungewöhnliches bemerkt hatte. »Er beherrscht seinen Job«, sagte sie leise. »Danke. Vielen Dank.«

»Nein. Dafür nicht.«

Marie beugte sich vor und drückte Parkovs Hand. »Doch. Du solltest ein Danke auch mal annehmen.«

»Ist das so? Ja, vielleicht ist das etwas, das ich tatsächlich tun sollte.«

»Was hat es mit der Todesanzeige auf sich? Was hat sie mit

den Morden zu tun, die der Dezembermann verübt?«

»Gleich.« Parkov nahm einen Schluck Kaffee. »Ich habe eine Theorie, die ich noch nicht voll verifizieren kann. Sag mir, was in der Zwischenzeit geschehen ist.«

Marie erzählte ihm, was sich zugetragen hatte – von den Hamdirs und der Beobachtung, die die Tochter gemacht hatte, vom Diebstahl im Museum, Zahlbachs Verschwinden, den Nummernschildern und den neunzehn Haltern und schließlich von Fortloff und seiner Familie.

»Der Erkennungsdienst wird im Haus von Charwitz und Zahlbach keine Nachricht des Dezembermannes finden«, sagte Parkov nachdenklich. Dann sah er sich um, als sähe er die kleine Küche zum ersten Mal. »Er wird sie stattdessen an einem anderen Ort verborgen haben …«

»Er war hier.«

»Er war hier?«

»Ja.«

»Zeig mir die Botschaft.«

Marie reichte sie ihm. »Ich habe beschlossen, mich nicht mehr von ihm einschüchtern zu lassen. Und außerdem wärst du völlig auf dich gestellt gewesen, hätte ich die Nacht nicht hier verbracht.«

»Das war mutig«, sagte Parkov. »Vielen Dank.« Er überlegte kurz. »Bei meinem Zusammentreffen mit einem der Capos der bulgarischen Mafia zog ich mir diese Verletzungen zu. Ich konnte entkommen … und Erkenntnisse gewinnen.«

»Die Todesanzeige.«

»Das Mädchen hieß Natasha Ivanov. Sie war die Tochter von Viktor Ivanov, einer Unterweltgröße der russischen Mafia, hier in Frankfurt. Vor vier Jahren lief sie von zu Hause fort und wurde getötet, wie ich in der Zwischenzeit herausfand, doch ihr Mörder wurde nie gefunden.« Parkov schloss die Augen.

Einen Moment lang sah es so aus, als wollte er einschlafen. Marie beugte sich vor und wischte ihm mit einem Taschentuch Schweiß und Schmutz von der Stirn. »Er wurde nie gefunden«, fuhr er fort, »weil nie jemand ermittelt hat. Der Tod des Mädchens blieb in den Kreisen der Russen und drang erst viel später nach außen. Sie haben ihre Leiche entdeckt, oben im Taunus, und sie in aller Stille beerdigt und ihren Kummer für sich behalten, gehütet und gepflegt wie eine dunkle Blume.«

»Wie knüpft der Tod an die Morde an Ginski und Charwitz an? Wieso ist Natasha gestorben? Wie könnte das zusammenhängen? War der Dezembermann oder sein Schüler auch Natashas Mörder?«

Parkovs Augen öffneten sich wieder. Nun war sein Blick hart und unnachgiebig, unverletzlich wie Stahl. »Die Akte Natasha Ivanov ist praktisch nicht vorhanden. Ich konnte sie, als ich mich verletzt durch den Wald in Richtung Hauptstraße schleppte, mit dem Mobiltelefon durchsehen. Alles, was uns gemeldet wurde, war eine Vermisstenanzeige … und ihr Tod. Es bleibt nur eine Möglichkeit, herauszufinden, was mit ihr geschehen ist. Ich nehme Kontakt zu Natashas Vater, Viktor Ivanov, auf. Der Mann schuldet mir – im Gegensatz zu meinem bulgarischen Kontakt – jedoch nichts. Es dürfte schwierig werden, ihn von einem Treffen zu überzeugen, aber ich habe bereits einen Freund gebeten, den Kontakt herzustellen.«

Marie berichtete Parkov von ihrem Telefonat mit dem Kollegen, der den Einbruch ins Senckenberg-Museum bearbeitet hatte. »Womit haben wir es hier genau zu tun? Ein Täter, höchstens Ende zwanzig bis Mitte dreißig, der Fähigkeiten besitzt, die den Kollegen vom Einbruchsdezernat entweder auf medizinische oder … äh, geheimdienstliche Kenntnisse schließen lassen? Und dann zudem eine Verbindung zur Mafia? Ich sehe den Zusammenhang noch nicht.«

»Geheimdienstler sind darin ausgebildet, ihre Spuren zu

verwischen … aber ich glaube nicht daran. Nein, unser Dezembermann hat sich die entsprechenden technischen Kenntnisse privat angeeignet. Er ist hochintelligent, für ihn stellt dergleichen keine Herausforderung dar. Der jüngere Mann, der ins Museum eingebrochen ist, um die Kostümierung zu stehlen, ist der Schüler. Der Dezembermann hat ihm beigebracht, wie man hineingelangt und die Alarmanlage abschaltet. Die Rohypnolkenntnisse hingegen stammen vermutlich nicht vom Dezembermann, sondern vom Schüler selbst … Ich sagte ja bereits, dass wir ihn unter Medizinstudenten suchen sollten. Hast du die Fahndungsergebnisse der Kollegen, die den Einbruch untersucht haben, überprüft?«

»Ja. Das waren fast alles Medizinstudenten, Sanitäter oder Ärzte, und die Alibis der infrage kommenden Männer waren wasserdicht.« Marie leerte ihre Kaffeetasse. »Also, Fortloff und die anderen schützen ihre Familien. Es gibt eine Verbindung zwischen Fortloff und dem Lehrer Holdinger, der eine Beziehung mit Ginski hatte, doch höchstwahrscheinlich sind diese Spuren absichtlich von unserem Gegner platziert worden. Die beiden waren auf demselben Gymnasium, und wenn ich mich nicht irre, dann hängen auch die anderen, Ginski, Müller und Charwitz, irgendwie mit drin.

Zugleich hat der Schüler des Dezembermannes möglicherweise Natasha Ivanov ermordet … während der Vater des Mädchens wie auch die Väter der jetzigen Opfer, Charwitz und Ginski, offenbar lieber schweigen, als mit uns zu reden.«

Parkov nickte. »Wie steht es mit den Nummernschildern und den neunzehn Haltern? Ergebnisse?«

»Erfahren wir um halb neun in der Dienstbesprechung.« Sie warf Parkov einen Blick zu. So wie er dasaß, in die Decke gehüllt, sah er nicht im Entferntesten danach aus, als würde er demnächst überhaupt irgendwohin gehen wollen. »Du wirst doch mitkommen, oder nicht?«

»Ich werde Fortloff sogar persönlich vernehmen«, sagte er. »Wenn ich von diesem Stuhl hochkomme.« Er versuchte, sich aufzurichten, ja sogar aufzustehen, sank dann jedoch mit einem Keuchen wieder zurück.

Marie musste gegen ihren Willen lächeln. Parkov schien tatsächlich sämtliche Naturgesetze außer Kraft setzen zu wollen. »Du wurdest angeschossen. Schon dich mal einen Augenblick.«

»Jetzt ist nicht die richtige Zeit für eine Pause!« Er streckte die Hand aus. »Na los, hilf mir hoch. Wir haben keine Zeit zu verschwenden.«

»Nein. Du wirst jetzt genau dort sitzen bleiben.«

»Das ist Nötigung.«

Marie schob Parkov eine neue Tasse mit Kaffee über den Tisch. »Und in diesem Zustand kannst du ohnehin nicht ins Präsidium.«

»In welchem Zustand?«

»Dreckig. Blutbeschmiert.«

»Das ist allerdings wahr.«

»Und wenn du jetzt denkst, ich würde losfahren und dir etwas zum Anziehen kaufen …« *Dann werde ich das wahrscheinlich tatsächlich tun*, beendete sie den Satz in Gedanken.

»Das wird nicht nötig sein. Öffne das zweite Fach im Koffer.«

»Im Ernst?« Marie kam seiner Bitte nach und öffnete den Verschluss, der das zweite Fach gesichert hielt. Im Inneren lagen …

»Hemd, Hose und Pullover. Das wird reichen.« Parkov versuchte erneut aufzustehen und scheiterte abermals. »Im Übrigen muss ich hinzufügen, dass du ebenfalls blutverschmiert bist.«

Marie blickte an sich herab. Ein Blutfleck auf ihrem Oberschenkel. Parkovs Blut. »Na schön. Wir machen jetzt Folgendes: Wir probieren, ob du überhaupt stehen kannst. Wenn das der Fall ist, dann gehst du ein paar Meter.«

Sie reichte ihm die Hand, und Parkov kam, halb auf sie gestützt, halb selbstständig stehend, auf die Füße. Er ächzte leise, biss die Zähne zusammen und machte ein paar Schritte. »Wunderbar«, sagte er heiser, »das funktioniert schon wunderbar.«

Marie sah ihm mit skeptischer Miene zu. Er war kein guter Schauspieler, jedenfalls nicht in seinem Zustand. »Ich kann bis hierher sehen, dass du bei jedem Schritt Schmerzen hast.«

Parkov fuhr zu ihr herum. »Schmerzen sind gerade das mit hoher Gewissheit unwichtigste unserer Probleme!«

»Schon gut.«

»Bitte … bitte schließ den Koffer. Wir müssen ihn später zurück in den Wagen bringen.« Parkov stützte sich gegen den Türrahmen und schwankte, blieb jedoch auf den Beinen.

»Daniel, du gehörst ins Bett, nicht nach draußen auf die Jagd nach einem Wahnsinnigen.« Sie trat neben ihn und berührte seine Wange. Die Haut unter ihren Fingern war nasskalt – ein ungesundes Zeichen der Erschöpfung.

»Ich weiß. Aber ich muss tun, was ich nun einmal tun muss.«

Es war aussichtslos. Sie würde ihn nicht überzeugen können. »Tu mir wenigstens den Gefallen und setz dich. Warte, bis ich fertig bin. Du wirst in deinem Zustand nicht unter die Dusche gehen können, aber ich kann dir warmes Wasser und ein paar Handtücher bringen, damit du dich in einen halbwegs akzeptablen Zustand bringen kannst … und ich will mir das Blut abwaschen. Einverstanden?«

»Das kann ich tun.« Er schwankte zu einem der Sessel und ließ sich hineinsinken. »Ich habe ein Kfz-Kennzeichen, das Bodenfeld berücksichtigen muss«, sagte er leise. »Es ist mir gelungen, einen Obdachlosen aufspüren zu lassen, der den Kastenwagen in der Nacht am Hintereingang des Kaufhauses beobachtet hat. Er hat zwei Männer gesehen. Einer von ihnen trug ein seltsames fellbesetztes Kostüm und kletterte über den Zaun. Und dann sagte er, sie hätten etwas Schweres hinübergehoben.«

Marie, die schon halb aus der Tür war, hielt inne. Dass er solche Neuigkeiten immer auf eine möglichst dramatische Art und Weise enthüllen musste, daran hatte sie sich mittlerweile gewöhnt. Und dennoch …

»Ruf ihn an«, sagte sie. »Ruf sofort Jörg an.«

45.

Parkov sah Marie nach, hörte, wie sie die Badezimmertür hinter sich schloss, und griff nach seinem Mobiltelefon. Bodenfeld anzurufen und auch noch mit ihm zu sprechen, waren zwei Dinge, die er liebend gern Marie überlassen hätte. Die Tatsache, dass man ihn im Frankfurter Präsidium nicht mochte, konnte im harmlosesten Fall zu falschen Gerüchten über ihn und seine Arbeitsweisen führen – nichts, was ihn kümmerte –, doch im schlimmsten Fall würden die Umstände die Ermittlung torpedieren.

»Bodenfeld«, sagte Jörg Bodenfeld. Er klang übermüdet, als hätte er die Nacht nicht geschlafen. *Dann wären wir bereits zwei*, dachte Parkov. Ein schmerzhafter Stich durchfuhr ihn, als hätte ein unsichtbarer Feind seinen Magen mit einem glühenden Brandeisen malträtiert, und ließ ihn zusammenzucken.

Die Wunde war zwar genäht, doch spürte er deutlich, wie der Blutverlust und die kräftezehrende Strecke von der Hütte zur Landstraße ihn geschwächt hatten. Ein Glück, dass ein vorbeifahrender Pkw auf seine in die Luft gehaltene Dienstmarke reagiert und gestoppt hatte – ein Glück, dass der Fahrer sofort bereit gewesen war, ihn nach Frankfurt zu bringen.

Marie gegenüber war er versucht, sich nichts anmerken

zu lassen – sie hatte bei Gott genug, mit dem sie sich herumschlagen musste –, aber zugleich wusste er, dass ihm dieses Vorhaben nicht vollends gelungen war. Mit jeder Minute wurde er schwächer. Aber er konnte jetzt, nein, er *durfte* jetzt keine Pause einlegen.

»Bodenfeld, wer ist da?«

»Hier spricht Daniel Parkov. Wir …«

»Parkov! Wo zur Hölle waren Sie die ganze Zeit?«

»Das spielt keine Rolle. Nur so viel: Ich musste einem wichtigen Hinweis nachgehen. Hören Sie mir jetzt zu. Sagen Sie mir ganz genau, was die Fahndung nach den neunzehn Kfz-Haltern ergeben hat.«

»Woher wissen Sie davon?«

»Von Winter.«

»Aha. Es sind keine neunzehn, nur neun. Neun Kastenwagen, die dem beobachteten Typ entsprechen, die anderen zehn Kennzeichen, die infrage gekommen wären, sind andere Kfz, und keines davon ist als gestohlen gemeldet worden. Wir waren bei sieben Leuten, Nummer acht kommt gleich dran. Bislang kein Ergebnis.«

»Ich nehme an, dass die Ungenauigkeit bei der Fahndung auf unterschiedliche, voneinander abweichende Zeugenbeobachtungen zurückgeht?«

»Ja.«

»Lesen Sie mir vor, was Sie haben. Ich fürchte, wir müssen die Suchparameter anpassen, da mir ebenfalls ein Kennzeichen vorliegt, das der Täter einer Zeugenaussage zufolge an seinem Wagen hatte.«

Bodenfeld kam seiner Bitte nach. *Er scheint ja doch ein vernünftiger, schnell kombinierender Polizist zu sein*, dachte Parkov. Nachdem Bodenfeld geendet hatte, blickte Parkov auf die Liste, die er mitgeschrieben hatte.

»Es ist wie erwartet. Fügen Sie jetzt das mir vorliegende

Kennzeichen hinzu«, er las es Bodenfeld vor, »und Sie werden erkennen, dass wir durch die entstehenden Kombinationsmöglichkeiten auf siebenundzwanzig mögliche Kfz kommen, anstatt neun.«

»Diesmal weichen vier Buchstaben von den anderen ab. Schön, dann nehme ich die neuen zur Fahndung hinzu. Er hat also mit hoher Wahrscheinlichkeit mehrere Kennzeichen gestohlen und sie abwechselnd am Wagen angebracht.«

»Informieren Sie mich, sollte sich etwas Neues ergeben. Und, Bodenfeld, ich weise noch einmal darauf hin, dass Sie zwei Gegnern von höchster Gefährlichkeit gegenüberstehen.«

»Ist angekommen.«

Aus dem Badezimmer drang das leise Geräusch von fließendem Wasser. In den Wänden gluckerten die Rohre, dahinter fast unhörbar der Wind, der an den Dachziegeln rüttelte. Parkov rief den Wetterbericht auf dem iPhone auf: Das Tiefdruckgebiet, das in den vergangenen Tagen den Schnee hatte tauen lassen und mildere Luft mitgeführt hatte, zog ab und schuf Platz für eine neue, eisig kalte Nordostanströmung, die Deutschland bis weit in den Süden unter frischem Weiß erstarren lassen würde. *Darauf wartet er*, davon war Parkov überzeugt. Wenn die Kälte zurückkam, würde auch der Dezembermann wieder zuschlagen.

Wenn wir nicht schnell genug sind, wird er abermals morden.

Parkov sah an sich herab. *Es muss doch möglich sein …* Mit großer Kraftanstrengung stellte er sich auf die Beine. Die Schusswunde brannte, als wollte sie ihn von innen zerreißen. Ein schmerzhaftes Keuchen verließ seinen Mund. Er begann, den Flur hinabzugehen, eine Hand gegen die Wand gestützt, die andere lag auf der Schusswunde.

Etwas war dort, was er beim Hereinkommen bemerkt hatte. Nur aus den Augenwinkeln, nur flüchtig, doch was er gesehen hatte, ließ sämtliche Alarmglocken seiner kriminalistischen Intuition schellen wie wildes Schlittengeläut auf einer Talabfahrt.

Das Bild … wo war es?

Parkov mühte sich den Flur hinab. Marie hatte eine gerahmte, mit Buntstiften gemalte Zeichnung ihrer Tochter aufgehängt, die eine große, lachende Sonne zeigte, und drei Personen daneben, die sich an den Händen hielten. Die in der Mitte war klein, die anderen beiden größer. Es gab keinen Zweifel, wen diese drei darstellen sollten.

»Sie vermisst ihn manchmal immer noch«, sagte eine leise Stimme neben ihm. Als Parkov sich umdrehte, sah er Suzann, die am Türrahmen lehnte und zu ihm herübersah. »Trotz der Umstände, unter denen sie ihn verlor, hängt sie der Erinnerung an die guten alten Zeiten nach. Wie in diesem Bild.«

»Das ist nicht hilfreich«, erwiderte er leise. »Du sollst mich nicht stören, wenn ich arbeite.«

»Also störe ich dich? Was soll das? Was soll ich davon halten? War ich nicht immer eine gute Gesprächspartnerin in all den Stunden, in denen du außer Johann niemanden hattest?«

»Doch.« Er warf Suzann einen kurzen Blick zu. »Aber … du bist nicht real.«

»Stimmt. Natürlich bin ich nicht real. Ich bin eine Projektion deines Verstandes, der schon immer schneller gearbeitet hat als die kleinen Gehirne all der Menschen, die dich sonst umgeben. Aber ist nicht genau das der Grund, warum du dich am liebsten mit mir unterhältst?«

Parkov erwiderte nichts. Auf dem Bild mit der strahlenden Sonne hatte Lucie ein Datum hinterlassen. Sie hatte es gemalt, nachdem Erik gestorben war. Das Mädchen hatte seinen Vater nie gekannt, da Marie noch schwanger gewesen war, als es geschah. Wer war also der Dritte auf dem Bild?

»Wieso kümmert dich das?« Suzann spielte mit ihrem langen Haar. »Ist es von irgendeiner Bedeutung für den Fall?«

»Nicht alles muss eine Bedeutung für einen Kriminalfall besitzen.«

»Was du suchst, hängt weiter unten, näher an der Eingangstür.« Suzann kam den Flur entlang und näherte sich ihm. Er roch ihren Duft, roch ihr Parfüm. Das leichte Sommerkleid, das sie trug, wehte in einer sanften Brise um ihre Knie. Sie berührte ihn, strich über seine Hand.

Parkov wich vor ihr zurück und schritt den Gang hinab. »Lass mich meine Arbeit machen. Du hast noch genug von mir, wenn ich … fertig bin.«

Suzann lachte, doch Parkov achtete nicht mehr auf sie – zwang sich, sie zu ignorieren. Hier, am Ende des Flurs, dicht bei der Eingangstür, war auch das Geräusch des fließenden Wassers aus dem Bad lauter, die Badezimmertür gerade am Ende des Gangs.

Das Bild, das er aus den Augenwinkeln entdeckt hatte, hing gleich neben dem Eingang. Es war ein großes Farbfoto, das jemand hatte rahmen lassen. Ein Pressefoto, das Marie und einige Kollegen in Zivil in Schutzwesten zeigte, die einen Mann in Handschellen in Richtung eines Streifenwagens führten. Der Mann blickte in die Kamera des Fotografen, und in seinem Blick stand nichts als Hass.

Parkov erstarrte. Er kannte den Mann, das Gesicht … und wenn der dort war, dann war vielleicht auch …

Im Kreise der umstehenden Schaulustigen hatten sich einige Männer aufgebaut, die von den uniformierten Kollegen nur mit Mühe zurückgehalten werden konnten, zwei Frauen waren auch darunter, die schreiend die Verhaftung des jüngeren Mannes mit ansahen – all dies hatte der Pressefotograf in einem unvergänglichen Standbild festgehalten.

Parkov ignorierte die Frauen, er ignorierte den Mann, den Marie abführte, er ignorierte sogar all die Schaulustigen – bis auf einen älteren, beleibten Herrn im gut sitzenden Anzug, der unrasiert zwischen den anderen stand. Sein Blick ging nicht wie die der anderen zu dem gerade Verhafteten oder in Richtung der blitzenden Fotoapparate. Der Blick des Alten war starr auf Marie gerichtet.

»Scheiße«, sagte Parkov. »Scheiße, scheiße, das kann nicht wahr sein. Wie habe ich das übersehen können?«

»Du warst mit Häusser beschäftigt, hast du das schon vergessen? Du warst mit dem Mann beschäftigt, der mich nur kurze Zeit später in seine Gewalt bringen konnte.« Suzann war nun schon fast am Ende des Flurs in Richtung Wohnzimmer verschwunden.

»Ich war beschäftigt«, sagte Parkov leise zu sich selbst, »aber das entschuldigt nicht …« Er sah sich nach Suzann um, doch sie war schon fort. Gut. Er konnte sich nicht konzentrieren, wenn sie ihn nebenbei mit ihren platzierten Spitzen aufzog.

»Marie?«, rief er laut, »komm doch bitte einmal hierher. Ich muss wissen, wieso dieses Bild hier hängt.«

Und wieso niemand darauf kam, nach der logischen Verknüpfung zu suchen. Parkov schüttelte den Kopf. Bei aller Kompliziertheit, die die moderne Kriminalistik mit sich brachte, hatten die meisten der jüngeren Ermittler verlernt, im Zweifel einfach zu denken.

»Marie? Bitte, es ist eilig.«

Hinter ihm ging die Tür. Als sich Parkov umwandte, sah er sich Marie gegenüber, die sich in aller Eile in ein großes weißes Badehandtuch gehüllt hatte und mit nackten Füßen, Schaum auf der Stirn und tropfendem Haar zu ihm herübereilte.

»Was ist denn los? Du klingst, als würde jemand die Tür eintreten!«

»Das Bild!«

»Und?« Sie strich sich eine feuchte dunkle Haarsträhne hinters Ohr. Parkov war sich ihrer Nähe und dem dünnen Handtuch, das sie trug, mit einem Mal sehr wohl bewusst. Sie roch gut, nach Kokos und Vanille. Seit Suzanns Tod war er keiner Frau in diesem Bekleidungszustand mehr so nah gewesen. Er räusperte sich. »Wer hat dieses Bild aufgenommen?«

»Keine Ahnung. Ein Pressefotograf? Ich weiß es nicht. Udo Lehmann, der Leiter des Raubdezernats, hat es mir geschenkt. Das bin ich, schwer zu erkennen, die Kollegen vom K 12, einige von der Organisierten und vom MEK. Der Typ dort ist Gregor Alekseev, ein bulgarischer Gewaltverbrecher, der vor fünf Jahren reihenweise Brüche, schwere Raubüberfälle und einen Raub mit Todesfolge verübt hat. Das hier sind seine Mutter, sein Bruder, der Onkel, einige Geschwister … ach ja, und der Vater. Nette Großfamilie.« Marie zupfte das Handtuch zurecht und verschränkte die Arme vor der Brust.

Parkov nickte. »Die sind mir alle bekannt. Die Alekseevs haben einen Großteil ihrer Macht im Milieu abgeben müssen, woran dieser Schlag nicht unschuldig war. Wenn ich mich recht entsinne, wurde der Bruder ebenfalls kurz danach verhaftet?«

»Ja. Du weißt ja schon alles.« Sie hob die Brauen. »Was entgeht mir gerade? Oder wolltest du mich nur im Handtuch sehen?«

»Mir gefällt, was ich sehe«, sagte Parkov. Er streckte eine Hand aus und wischte Marie den Duschschaum von der Wange. »Aber das ist nicht der Grund: Vierzehn Monate nach der Verhaftung kam Erik nach Hause und attackierte dich mit einem Messer.«

Marie trat einen Schritt zurück. »Du siehst da einen Zusammenhang?«

»Ja. Und wenn ich deine Reaktion richtig deute, dann hat ihn bisher niemand hergestellt.«

»Stimmt nicht. Isabelle und Jörg haben in diese Richtung ermittelt, das hat sie mir später erzählt. Es war naheliegend, die Familie hatte nichts als Hass für mich übrig. Das war einer der größten Erfolge des K 12, der Sohn war extrem gefährlich, glaubte, sich alles herausnehmen zu können, und die Familie … Wir achten eure Gesetze nicht, hat seine Mutter mir ins Gesicht gespuckt. Nein, es war durchaus naheliegend, eine Verbindung zu ihnen zu suchen, aber Erik beging die Tat selbst. Wie in aller Welt hätten die Alekseevs denn …?«

»Sie taten es nicht selbst. Aber sie wandten sich an einen Mann, der etwa zur selben Zeit etwas auf die Stadt losließ, das sich der *Vogelfänger* nannte … sie wandten sich an einen Mann, der darin erfahren ist, Menschen zu manipulieren.«

Marie starrte ihn an. Wasser perlte aus ihren Haaren, fiel auf ihre Schultern und rieselte dann in winzigen Tropfen über ihre Arme zu Boden. »Ist dies die Verbindung, von der du gesprochen hast? Vor Tagen, draußen in deinem Landhaus? Deshalb hat er Erik manipuliert? Weil die Alekseevs … was?«

»Weil die Alekseevs Rache verlangten, Genugtuung, Satisfaktion. Und weil er ein Komponist des Bösen ist, ein Künstler, dessen Werke nur das Widerwärtige abbilden. Wie jeder große Künstler sieht er sich zu großen Taten berufen … doch anstelle von Farbe und Pinsel malt er mit bösen Menschen und ihren Taten.«

Marie trat einen Schritt zurück und wischte sich über die Wangen. Parkov wusste, dass es nicht das Shampoo war, das ihre Augen tränen ließ. »Was machen wir jetzt?«

»Nachdenken. Ich bin der Spur Natasha Ivanov ein wenig gefolgt, während ich von einem guten Geist zurück nach Frankfurt gefahren wurde.« Parkov hob das Handy. »Ich erwarte einen Anruf, der jede Minute eintreffen sollte.«

»Von wem? Ivanov?«

»Nein, noch nicht. Aber Viktor Ivanov hat seine Tochter beerdigen lassen, und das in aller Stille. Er hat einen Bestatter gebraucht, der den Mund hält.«

Marie musterte ihn leicht ungläubig. Parkov warf einen Blick auf ihre geraden, an den richtigen Stellen muskulösen, wohlgeformten Beine, die unter dem Handtuch hervorschauten. »Hier oben bin ich, Parkov«, sagte sie. »Ein Bestatter, der den Mund hält? Erklär mir das.«

»Einer, der Ivanov einen Gefallen schuldet. Ich weiß, wer diese Arbeit für die Russen in dieser Stadt erledigt. Er wird mich anrufen, weil er mir ebenfalls etwas schuldig ist.«

»Waren die Typen zu häufig im Kino?«

Parkov lächelte knapp. »Buonasera, buonasera«, sagte er mit heiserer Stimme, als sein Handy klingelte. *Endlich.*

»Beschreiben Sie mir«, sagte er zu dem Mann, der am anderen Ende der Leitung war, »in welchem Zustand sich Natasha Ivanov befand, als man mit ihr zu Ihnen kam.«

Parkov lauschte, stellte eine Rückfrage, bedankte sich und legte auf. Marie sah ihn erwartungsvoll an. »Und?«

»Das Mädchen war vergewaltigt worden. Aber wichtiger ist, dass es Bissspuren am Körper hatte. Bissspuren wie bei Julia Ginski und Marlene Charwitz.«

»Aber die Fremd-DNA ist selbst nach einer Exhumierung nicht mehr zu gebrauchen. Und nach vier Jahren den Täter zu finden, wird sehr schwer …«

»Dennoch wissen wir jetzt, dass die Mädchen mehr verbindet, als wir bisher vermutet haben.«

»Und wie hilft uns das weiter?«

»Wir werden sehen, Marie. Wir kommen ihm näher. Ich weiß, dass wir ihn einkreisen und in die Ecke drängen und dass das eine Reaktion hervorrufen wird. Er beginnt, Fehler zu machen. Einen, zwei, vielleicht drei. Am Ende wird es genügen, um seinem Treiben ein Ende zu bereiten.«

46.

Später am Morgen

Marie beobachtete Isabelle, die mit Jörg den Vernehmungsraum betrat, auf dem schwarz-weißen Bild des Monitors im Technikraum gegenüber. Sörensen stand hinter ihr, die Arme verschränkt, das rotblonde Haar zu ihrem typisch strengen Zopf gebunden.

Fortloff blickte auf, als Parkov den beiden in den Raum folgte. Der BKA-Hauptkommissar trug einen großen Aktenstapel, der zu einem Großteil aus leeren Mappen bestand, wie Marie wusste, und stellte ihn demonstrativ vor Fortloff auf den Tisch.

»Was er da tut, ist nicht dem Handbuch entnommen«, sagte Sörensen leise. Sie und Marie waren allein im Technikraum, der nur durch zwei Türen vom Vernehmungszimmer getrennt war. »Und wenn Fortloffs Anwalt herausfindet, dass er die Vernehmung um eine halbe Stunde vorverlegt hat …«

Marie berührte den Knopf an der Kontrollkonsole, um den Ton der Übertragung aus dem Vernehmungszimmer einzuschalten. »Fortloff wird aussagen. Dass wir die Aussage nicht werden verwenden können, spielt wohl kaum eine Rolle, wenn wir dafür den Dezembermann und seinen Schüler aufspüren.«

»Die Kfz-Fahndung war trotz eines Treffers ergebnislos. Bodenfeld war völlig fertig. Das Nummernschild war wie zu erwarten gestohlen, und der Halter hatte es noch nicht gemeldet. Klassische Sackgasse.«

Marie nickte. Sie betrachtete Jörg über das Videobild. Selbst von hier war deutlich zu erkennen, wie übermüdet und blass er war. Dennoch hatte er darauf bestanden, neben Parkov und Isabelle an der Vernehmung teilzunehmen.

In Maries Hinterkopf läutete eine Alarmglocke, deren Bedeutung sie nicht einordnen konnte.

Isabelle belehrte Fortloff als Verdächtigen und nahm seine Personalien auf. Dann nickte sie Parkov zu, der sich vorbeugte.

»Wie geht es Ihnen heute?«

»Nicht gut.«

»Haben Sie mit Ihrer Frau oder Ihrer Tochter nach deren Abreise in die USA noch einmal gesprochen?«

»Nein. Aber versucht habe ich es.«

»Sagen Sie mir, Herr Fortloff, wieso traten Sie dem Polizeibeamten Wagner, der an Ihrer Tür klingelte, mit einem Messer gegenüber?«

Fortloff warf einen Blick zur Kamera, die frei im Raum stand und auf ihn und seine Gegenüber gerichtet war. Dann sah er Parkov in die Augen. »Wieso wohl? Ich hatte Angst, er würde persönlich kommen, um mit mir abzurechnen. Ich war bereit, um mein Leben zu kämpfen.«

»Wer ist er? Von wem sprechen Sie?«

»Der … *Dezembermann.* So nannte er sich in den zwei Briefen, die ich erhalten habe.«

»Wir haben keine Briefe gefunden.«

»Ich habe sie verbrannt. Er wollte das so, genau wie er von mir verlangte, dass ich den Zentralschlüssel beim Hintereingang des Kaufhauses hinterlege, damit er ins Innere gelangen kann. Ja, das war ich. Ich hab gelogen.«

»Sie wurden gegen halb eins in der Nacht am äußeren Tor gesehen. Zuvor hat man Sie auf der Toilette des Restaurants, in dem die Feier stattfand, in Tränen aufgelöst vorgefunden.«

Fortloff nickte. »Ich wusste nicht, was ich tun sollte. Ich konnte mich niemandem anvertrauen, nicht einmal meiner eigenen Frau. Auf der Toilette war ich fast so weit, alles aufzugeben. Ich hätte die Polizei angerufen, wenn dieser Kellner nicht hereingekommen wäre.«

Parkov schwieg.

»Schließlich fasste ich den Entschluss, seiner Forderung nachzukommen. Ich sagte meiner Frau, ich hätte in meinem Büro etwas vergessen, und verließ die Feier. Ich ging zurück und deponierte den Schlüssel. Das Tor wollte ich offen stehen lassen, als mich Müller überraschte. Also blieb mir nichts anderes übrig, als es doch wieder zu verschließen. Dann kehrte ich zur Feier zurück, und etwas später fuhren wir nach Hause.«

»War das alles, was er von Ihnen gefordert hat? Wieso haben Sie sich dennoch von Frau und Tochter getrennt? Was war sein Druckmittel? Womit hat er Ihnen gedroht?«

»Die Briefe waren … widerlich. Er hat mir beschrieben, was er mit ihnen anstellen würde. Ich konnte keine einzige Stunde mehr ruhig schlafen. Sie fortzuschicken war der einzige Weg, um sie vor ihm in Sicherheit zu bringen.«

»Wieso?« Isabelle mischte sich ein. »Wieso sollte er Ihnen das antun? Kennen Sie ihn?«

Fortloff schüttelte den Kopf. Schweiß stand auf seiner Stirn. »N-Nein … ich weiß nicht. Er ist verrückt, Sie hätten die Briefe sehen sollen! Ich war nichts als ein Spielzeug für ihn. Dass er mich auswählte, war bloß Zufall.«

»Beschreiben Sie uns, was er von Ihnen verlangt hat.«

»D-das habe ich schon …«

»Dann wiederholen Sie es noch einmal.«

»Den Schlüssel beim Hintereingang hinterlegen … keine Polizei, kein Wort zu meiner Frau oder meiner Tochter.«

Parkov machte sich eine Notiz. »Weiter. Was sollte geschehen, hätten Sie sich geweigert?«

»Das ist nichts, was ich noch einmal wiederholen will. Ich mag es mir noch nicht einmal in Erinnerung rufen.«

Parkov sah auf. »Hat er gedroht, Ihre Tochter würde ebenso enden wie Julia Ginski?«

Fortloff holte tief Luft.

»Haben Sie sich das Mädchen genau angesehen, Fortloff? Haben Sie gesehen, was ich gesehen habe? Sie aus nächster Nähe betrachtet?«

»Nein.«

Parkov öffnete die Akte und schob Bilder von Ginski über den Tisch. »Sehen Sie sie an!«, sagte er. »Schnitte, über den ganzen Körper, Verletzungen, die sie sich selbst zufügen musste. Er hat ihr Herz entfernt. War es das, was er Ihrer Tochter angedroht hat?«

Fortloff nickte. Er wischte sich über die Wangen. »Das hat er. Er hat behauptet, sie hätte … noch gelebt, als er begonnen hat.«

Parkov deutete auf die Bilder. »Sehen Sie hin.«

Fortloff blickte stur in die Kamera.

Marie räusperte sich und nahm einen Schluck Mineralwasser. Parkov war unerbittlich.

»Ich will wissen, wieso der Dezembermann ausgerechnet Sie ausgewählt hat.«

»Sagte ich doch! Ich weiß es nicht. Zufall, nicht mehr als das.«

Marie dachte an Parkovs Worte zurück, ehe sie ins Präsidium gefahren waren: *Wie jeder große Künstler sieht er sich zu großen Taten berufen … doch anstelle von Farbe und Pinsel malt er mit bösen Menschen und ihren Taten. Nichts an den Fundorten, weder im Kaufhaus noch bei Charwitz, blieb dem Zufall überlassen. Und ebenso wenig war es ein Zufall, dass Erik dich angriff, nachdem du den Alekseevs das Wichtigste genommen hattest: den geliebten Sohn.*

Er straft, wenn man ihn darum ersucht.

Marie lief ein Schauer über den Rücken.

»Wir glauben Ihnen nicht«, sagte Isabelle gerade. »Er hat Sie nicht zufällig ausgewählt.«

»Glauben Sie, was Sie wollen.«

Parkov langte nach einer anderen Akte. Er zog drei Fotos hervor, zeigte sie Fortloff jedoch noch nicht. Jörg, der neben Isabelle saß, rutschte auf seinem Stuhl herum. Über das Kamerabild bemerkte Marie, dass Parkov Jörg einen langen Blick zuwarf. Seine Stirn legte sich in Falten.

»Sagen Ihnen die Herren Jochen Charwitz, Norman Holdinger und Piotr Ginski etwas?« Er schob die Fotos über den Tisch. Fortloffs Wangen zuckten. Dann lehnte er sich zurück. »Nein, nie gesehen.«

»Norman Holdinger ist Ihnen nicht bekannt?«

»*Nein*, sagte ich.«

Isabelle lächelte kalt. »Sie sind mit ihm aufs Lessing-Gymnasium gegangen. Erinnern Sie sich jetzt?«

»Nö.« Fortloff verschränkte die Arme. »Außerdem verlange ich meinen Anwalt. Es reicht jetzt. Ich habe Ihnen versprochen, alles zu erzählen, was mir bekannt ist. Das habe ich vollumfänglich getan, zu mehr bin ich nicht verpflichtet. Schnappen Sie diesen Irren, aber konstruieren Sie nichts, was mit mir zu tun hat und überhaupt keinen Sinn ergibt.«

»Hat die Fahndung nach Matthias Zahlbach etwas ergeben?«, fragte Marie Sörensen, als im Inneren des Vernehmungsraums Stille einkehrte.

»Ja. Jochen Charwitz und er gerieten sich heute früh heftig

in die Haare. Der Kollege von der OEE, der sie trennte, hat jetzt eine gebrochene Nase. Offenbar konnten sich die beiden schon lange nicht ausstehen, wie sich jetzt herausstellte.«

»Wo war er?«

»Einer der Kollegen von der Streife hatte ihn bereits informiert. Zahlbach ist daraufhin ins Bahnhofsviertel und hat einen Bulgaren, einen der Capos der Mafia, mit seiner Waffe bedroht. Angeschossen, verhört … wir wissen noch nichts Genaueres, weil die alle schweigen. Anschließend ist er zu Jochen Charwitz gefahren. Es kam zum Streit, Verstärkung wurde gerufen, und die hat Zahlbach festgenommen.«

Marie stützte ihr Kinn auf die Hände. »Wieso wirft er seine Karriere weg? Sind gerade alle verrückt geworden?«

»Zahlbach sagte, Jochen Charwitz trage die Schuld am Tod seiner Verlobten.«

»Ihr eigener Vater?«

»Sie kennen Holdinger«, sagte Parkov in diesem Augenblick. »Ich weiß, wann ein Mann lügt. Ich weiß, dass *Sie* lügen.« Er stand auf und trat neben Fortloff. »Holdinger und Sie waren Schulfreunde. Was ist mit Oswald Müller? Was haben Sie mit einem verurteilten Sexualstraftäter zu schaffen? Dachten Sie, nach diversen Betrugstatbeständen versuchen Sie es jetzt mal mit einem anderen Fachgebiet? Sollte er Ihnen und Holdinger ein paar Mädchen beschaffen? Müller hat immer noch Verbindungen, wussten Sie das?«

»Sie haben nicht mehr alle Tassen im Schrank«, rief Fortloff. »Ich verlange von meinen Hausmeistern doch kein Führungszeugnis.«

»Holdinger hat eine Tochter. Ginski *hatte* eine, Sie haben eine, und Charwitz …« Parkov hob die Brauen. »Marlene Charwitz, ich bemerke, dass Sie auf den Familiennamen reagieren. Sie ist tot. Das überrascht Sie, nicht wahr? Sie wussten es nicht? Dann wird es Sie vielleicht erschrecken zu hören, dass sie ermordet wurde, auf eine ähnlich brutale Art und Weise wie Julia Ginski!«

»Ich habe keine Ahnung, wovon …«

»Ersparen Sie uns das!« Parkov beugte sich vor. »Sagen Sie mir, Fortloff, essen Sie gerne Schokolade?«

»Was?«

»Julia Ginski wurde vor ihrem Tod gezwungen, größere Mengen einer bestimmten Schokoladensorte zu sich zu nehmen … einer Sorte, die man mittlerweile auch in Mengen in Ihrem Haus gefunden hat.«

»Das … da besteht doch kein Zusammenhang!«

»Ach ja?« Parkov schnaubte. »Hier habe ich noch einen interessanten Namen für Sie: Natasha Ivanov, getötet im Alter von siebzehn Jahren. Was sagt Ihnen das? Reden Sie!«

»Halten Sie endlich das Maul!« Fortloff sprang auf, Jörg Bodenfeld ebenso. Zwei Stühle kippten mit lautem Poltern auf den Linoleumfußboden.

Für einen Augenblick sah es so aus, als würde Jörg Fortloff nur wieder unter Kontrolle bringen wollen. Dann geschahen mehrere Dinge zugleich.

Jörg riss seine Dienstwaffe aus dem Gürtelholster, nahm Fortloff in den Schwitzkasten und drückte ihm den Lauf seiner HK gegen die Schläfe. Isabelle schrie »Nicht!«, und Parkov zog seine Waffe mit einer unfassbar schnellen Bewegung, die ihm Marie in seinem Zustand nicht zugetraut hätte. Er zielte auf Jörg und Fortloff gleichermaßen. Isabelle hob ihre Waffe eine halbe Sekunde später.

»Was zur …?«, fluchte Sörensen.

»Waffe runter!«, schrie Bodenfeld. »Parkov! Isabelle, runter mit deiner Waffe!«

Marie starrte eine weitere Sekunde auf die Videoübertragung, dann sprang sie auf. Ihr Stuhl fiel mit einem Krachen hintenüber. Hätte Bodenfeld ihr ins Gesicht geschlagen und angekündigt, er wolle Präsident der USA werden, es hätte sie kaum mehr überrascht.

Was zur Hölle tat er da? Die Videoübertragung war zu schlecht, als dass sie wirklich erkennen konnte, was genau vor sich ging, und dann trat er mit seiner Geisel auch noch aus dem Bild.

»Anna, tu noch nichts«, rief Parkov nun in Richtung Kamera.

Marie warf Sörensen einen Blick zu. »Ich gehe jetzt da rein.«

»Auf keinen Fall. Ich rufe die Haussicherheit und das SEK.«

»Du rufst auch niemanden an«, sagte Parkov ruhig, als hätte er verstanden, was im Raum gegenüber gesprochen wurde. »Sorg dafür, dass niemand den Technikraum oder das Vernehmungszimmer betritt.«

»Kamera abschalten«, sagte Jörg nun. »Mach sie aus, Marie. Ich weiß, dass du mich hörst.«

»Ich gehe rein«, sagte Marie abermals. Ihr Herz schlug nun irgendwo in Höhe ihres Halses, so fühlte es sich zumindest an. Es war nicht das erste Mal, dass sich eine Situation unerwartet zu einer Geisellage verwandelte, aber … *Jörg?* Das konnte nicht wahr sein. Es war unmöglich. Er konnte nicht, durfte nicht derjenige sein, von dem Parkov gesprochen hatte. Der Verräter, derjenige, der Interna nach draußen getragen hatte. Nicht Jörg. Nicht er.

»Sie haben zehn Minuten«, sagte Sörensen. »Dann werde ich tun, wovon mir Parkov jetzt abrät.«

»Einverstanden.« Marie berührte die P30 an ihrer Hüfte. »Ich lasse meine Waffe hier. Es sind drei Pistolen da drin, das ist genug.«

»Geben Sie her.«

Marie übergab ihre Waffe an Sörensen, dann holte sie tief Luft und trat hinaus auf den Korridor. Niemand war in der Nähe. Niemand, der bemerken könnte, was geschah, niemand der sie hätte aufhalten können. Was tat sie da? War es die richtige Entscheidung?

Mit klopfendem Herzen legte sie ihre Hand auf die Türklinke. »Jörg? Ich komme zu euch rein. Bitte mach keinen Unsinn.«

Aus dem Inneren folgte Schweigen. Dann sagte Bodenfeld: »Bleib draußen, Marie.«

»Nein. Das werde ich nicht.«

Sie drückte die Klinke runter, schlüpfte hinein und schloss die Tür hinter sich.

47.

»Verfluchte Scheiße, ich hab dir gesagt, du sollst draußen bleiben!« Die Waffe in Jörgs bärengroßen Pranken schwenkte in ihre Richtung, doch geschah die Bewegung zögerlich, als sei er sich nicht vollends bewusst, was er da überhaupt tat.

Der Ausdruck in seinen Augen erinnerte sie auf erschreckende Weise an Erik.

»Dort rüber«, sagte Jörg. Fortloff rührte sich nicht, doch sah Marie, wie sich auf der Stirn des Mannes dicke Schweißtropfen bildeten, ihm in die Augen und über Nase und Lippen liefen und tränengleich auf sein Hemd tropften. Die Mündung der Waffe in Bodenfelds Hand hatte einen kreisrunden Abdruck auf der Schläfe des Managers hinterlassen. Für einen Augenblick war der Lauf auch in Maries Richtung gerichtet, dann kehrte er zu Fortloffs Gesicht zurück.

»Wie viel Zeit haben wir?«, fragte Parkov.

»Zehn Minuten.«

»Sag uns, was los ist«, fuhr Isabelle Jörg an. »Bist du verrückt geworden?«

»Das ist er keineswegs.« Parkov musterte die anderen mit kühlem Blick. »Es ist seine Frau, Sabine Bodenfeld, und ich nehme an, dass der Dezembermann sie bedroht oder in irgendeiner anderen Art als Druckmittel einsetzt. Ist es nicht so?«

»Ist das wahr, Jörg?« Marie hielt die Hände erhoben, die Handflächen in seine Richtung gedreht, und trat ohne eine schnelle Bewegung, um ihn nicht weiter zu beunruhigen, neben Isabelle. »Hat er …?«

»Bodenfeld, nehmen Sie die Waffe herunter. Reden Sie mit uns. Das bringt doch nichts. Wir müssen zusammenarbeiten.« Parkov warf einen kurzen Blick zur Kamera. »Ich werde dafür sorgen, dass nichts von diesem Vorfall nach außen dringt, wenn Sie jetzt vernünftig bleiben.«

Isabelle warf Parkov einen überraschten Seitenblick zu. »Jörg …«

»Halt einmal den Mund, Isa!«, schrie Bodenfeld. »Ich muss nachdenken.«

»Was immer er Ihnen androht, es wird nichts nützen, wenn Sie den einzigen Zeugen ausschalten, der bereit ist, mit uns zu sprechen. Er wird nicht fair spielen. Das sollten Sie mittlerweile begriffen haben.«

Marie machte einen Schritt auf Bodenfeld zu. *Gott, wieso war es auf einmal so heiß? Hatte jemand die Raumtemperatur erhöht, um sie zu kochen?* »Jörg, wir können dir helfen.«

»Niemand kann uns helfen!« Die Waffe schwenkte in Maries Richtung. »Bleib stehen.«

»Du zielst auf mich? Willst du mich erschießen?« Sie sah ihm direkt in die dunkelbraunen Augen, die weit geöffnet waren und in Adrenalin schwammen. »Willst du allen Ernstes auf *mich* schießen?«

»Nein, aber ich werde«, der Lauf der Heckler & Koch kehrte zu Fortloffs Schläfe zurück, »ihn töten, wenn du nicht dortbleibst!«

»Das werden Sie nicht«, sagte Parkov ruhig. »Sie werden unseren einzigen Zeugen nicht vor diesen beiden reizenden Kolleginnen niederschießen. Das ist Unfug, Bodenfeld, und Sie wissen, dass es sich genauso verhält. Nehmen Sie endlich die Waffe runter.«

Jörg schloss die Augen.

Marie wusste in diesem Moment, dass es vorbei war. Ein Ruck ging durch Jörgs Körper. Er stieß Fortloff von sich, der mit zitternden Knien an der Wand zusammensackte. Marie legte eine Hand um die Pistole. »Ist schon gut. Alles okay. Lass einfach los.« Sie spürte, wie sich sein Griff lockerte und er zurücktrat – die Waffe blieb in ihrer Hand zurück.

Ein kollektives Aufatmen ging durch den Raum.

»Gehen wir raus.« Parkov schob Bodenfeld zur Tür. »Wir werden dafür sorgen, dass sich jemand um Sie kümmert, Herr Fortloff.«

»Das wird euch allen dermaßen den Hals brechen, dafür sorge ich!« In der Luft hing eindeutig Uringeruch – ein Fleck auf Fortloffs Hose verriet ihn. Marie schloss die Tür. Parkov hatte sich vor Bodenfeld aufgebaut, Isabelle stand neben ihm und war weitaus nervöser als sonst.

»Ich hätte nie gedacht, dass du …«, sagte sie, doch Parkov unterbrach sie mit erhobener Hand.

»Nicht jetzt. Schuldzuweisungen bewahren Sie sich besser für später auf. Reden Sie, Bodenfeld. Andernfalls werde ich Ihnen und Sabine nicht helfen können.«

Bodenfeld starrte ihn feindselig an. »Helfen? Sie können mir nicht helfen. Sie konnten ja nicht mal sich selbst und Ihrer Frau helfen.«

»Ich beging einen Fehler vor fünf Jahren, das gebe ich zu. Ich werde alles daransetzen, diesen Fehler zu korrigieren. Sie müssen mir vertrauen. Ich verspreche Ihnen, dass sich nicht wiederholen wird, was Maries Mann oder mir selbst widerfahren ist. Ich werde keine weiteren Toten zulassen.«

»Ich für meinen Teil vertraue ihm«, sagte Marie. »Sag uns, was geschehen ist.«

Jörg holte tief Luft. Seine Schultern sanken nach unten. Er streckte eine Hand nach der Wand aus, stützte sich ab und setzte sich erschöpft auf den kalten Linoleumboden. »Es war ausgerechnet der letzte Halter auf der Liste. Heute Morgen … ein Landhaus draußen bei Dreieich. Ein Schuppen neben dem Haus, im Inneren der Kastenwagen. Das Nummernschild war abmontiert … dann sind wir reingegangen, aber es war niemand dort. Das ganze Haus verlassen.« Jörg wischte sich über die blasse Wange. Seine Hände zitterten, wie Marie es noch nie bei ihm gesehen hatte. »Auf dem Küchentisch lag eine Rose und darunter ein Brief, auf dem mein Name stand. Ich hab mir beides geschnappt, ehe die Kollegen irgendwas bemerkten. Wusste sofort, dass etwas nicht stimmte.«

Er griff in seine Hosentasche und zog den Brief hervor. »Das ist er.«

Parkov schnappte den Brief. Marie und Isabelle lasen über seine Schulter hinweg mit.

An Jörg Bodenfeld
Sie suchen ein Kennzeichen. Herzlichen Glückwunsch, Sie haben es gefunden.

Halten Sie mich für dermaßen abgrundtief dumm, dass ich mich anhand eines Kennzeichens würde fangen lassen? Ich hoffe nicht, denn andernfalls muss ich Sie bitten, die Jagd sofort aufzugeben und irgendwo den Verkehr zu regeln – Sie würden ein direktes Zusammentreffen mit mir nicht überleben.

Ich habe mir die Freiheit genommen, Ihrer Frau Sabine einen Besuch abzustatten. Sie ist hochschwanger und weint sehr viel, selbst hier, wo ich diesen Brief schreibe, kann ich Sie durch die Tür hören.

Mich hat es schon immer interessiert, wie weit ein Mann bereit ist zu gehen, um seine Liebe zu retten. Mich hat es schon immer interessiert, wie lange ein Ungeborenes überlebt, wenn man es aus dem Leib seiner Mutter herausschneidet.

Töten Sie Maximilian Fortloff. Er hielt sich nicht an meine Regeln, er muss seiner Strafe zugeführt werden. Töten Sie ihn, ehe er eine weitere Lüge mit seinem schmutzigen Mund verbreiten kann. Behalten Sie diesen Brief und die Entführung Ihrer Frau für sich oder Sie werden sie nicht mehr wiedersehen. Ich weiß, wenn Sie versuchen, mich zu betrügen.

Ich wünsche einen angenehmen Tag.

Der Dezembermann

Isabelle trat mit blassen Wangen einen Schritt zurück. »Scheiße.«

»Hat er sie? Hat er Sabine? Es muss so sein, er blufft nicht.« Marie legte Jörg eine Hand auf den Arm. Bodenfeld nickte verzweifelt. »Du weißt ja, dass sie wieder zu Hause war. Sie muss ihm aufgemacht haben … keine Kampfspuren. Er hat sie überrumpelt. Unsere einzige Nachbarin hat nichts gehört und gesehen, der Kioskbesitzer von gegenüber nur ein älteres Paar, das das Haus verlassen und in einen schwarzen Kastenwagen gestiegen ist. Der Mann führte oder stützte die Frau, die in ein großes Tuch gehüllt war.«

»Rohypnol, exakt dosiert, lässt die Motorik der Beine für einige Minuten unbeeinträchtigt, wenn ich mich nicht irre«, sagte Parkov. »Hat das Haus einen Aufzug?«

»Ja.«

»Also hätte er sie das letzte Stück durchaus am Arm führen und in seinen Wagen setzen können. Der Kastenwagen war leer?«

»Er war nicht verschlossen. Hinten lag einer ihrer Schuhe. Ich hab den Brief noch im Haus gelesen und den Mund gehalten. Wir sind unverrichteter Dinge wieder abgefahren.«

»Das war die richtige Entscheidung. Er hat mit Sicherheit beobachtet, wie Sie reagiert haben.« Parkov sah sich um. Noch immer war der Korridor verlassen. »Ich werde mit Sörensen sprechen. Wartet hier.«

»Jörg, es tut mir so leid«, sagte Marie leise. Sie spürte, wie das Entsetzen ihre Kehle verschnüren und wie eine kalte Eisenfaust ihren Magen packen und zusammenknüllen wollte, doch ließ sie nichts davon zu. Jörg war für sie da gewesen, als sie Erik verloren hatte – jetzt würde sie dasselbe für ihn tun. »Aber wir werden sie finden und retten.« Einen Augenblick lang war sie wieder dort, vor vier Jahren, und sah sich Bodenfeld und Odinsdottir gegenüber, nachdem Erik gestorben war – wie sich die Vorzeichen doch umkehren konnten.

»Wir finden ihn. Wir finden Bine und retten sie.« Isabelle massierte sich die Schläfen. »So ein Mistkerl.«

»Ich sollte dir eine Ohrfeige verpassen«, sagte Marie, »und dir sagen, wag es ja nicht, noch einmal eine Waffe auf mich zu richten … aber unter diesen Umständen verzichte ich darauf.«

Ein schmales, verzweifeltes Lächeln huschte über Jörgs Lippen. »Vergib mir. Wenn du kannst, verzeih mir. Es war Wahnsinn. Verzweifelter Wahnsinn.«

»Marie«, sagte Isabelle drängend. Hinter ihnen ging die Tür, die den Korridor mit den Vernehmungsräumen vom Rest des Gebäudeteils abtrennte. Thomas Grün kam den Flur herunter, in der Hand einige Seiten.

»Frau Winter«, sagte er und blieb in einiger Entfernung stehen. »Kommen Sie mal bitte?«

»Was gibt's?«

»Das hier … Der BKA-Hauptkommissar Parkov bat mich, eine Überprüfung vorzunehmen, gleich heute früh. Er hat mich mitten in der Nacht angerufen, kann man sich das vorstellen?«

»Durchaus, ja.«

»Jedenfalls habe ich wie gewünscht die vollständige Liste der Verdächtigen vom Senckenberg-Einbruchdiebstahl von den Kollegen besorgt …«

»Diese Liste liegt mir bereits vor. Die Alibis der Verdächtigen waren nicht anzuzweifeln.«

»… und sie mit angepassten Kriterien noch einmal überprüft und durch ViCLAS laufen lassen.«

»Welche Kriterien?«

Hinter ihnen ging die Tür des Technikraums. Parkov und Sörensen traten in den Korridor, und Parkov kam zu ihnen herüber. »Haben wir eine Übereinstimmung?«

»Ja.« Grün händigte ihm den Computerausdruck aus. »Ganz oben.«

»Das wäre dann alles.«

»Ja, klar.«

Parkov sah Grün nach, bis der junge Kriminalkommissar die Glastür des Korridors hinter sich geschlossen hatte. Dann warf er einen Blick in die Unterlagen. »So«, sagte er, »so ist das also. Wie ich erwartet habe.«

»Welche Kriterien?«, wiederholte Marie.

»Ich habe Grün gebeten, die Liste der Verdächtigen des Senckenberg-Diebstahls nach dem Alter zu sortieren – wir kennen ja das ungefähre Alter des Schülers – und auf typische frühe Anzeichen eines zukünftigen Serientäters hin zu überprüfen. Brandstiftung, Bettnässen, Tierquälerei. Außerdem habe ich die Religionszugehörigkeit des Täters mit einbezogen. Lammblut, die Technik des Tötens, der letzte Kehlenschnitt, der für das Ausbluten des Opfers sorgt – das ist zu viel des Zufalls. Vielleicht ist er ein religiöser Fanatiker.«

»Und?«

»Wir haben endlich einen Treffer … einer der Medizinstudenten ist tatsächlich wegen Brandstiftung und Verstößen gegen das Tierschutzgesetz vorbestraft.« Parkov überflog die Seiten. »Weiß, dreißig, männlich. Er wurde von der Uni Marburg geworfen, weil er am Physikum scheiterte und etwas mehr mit den Leichen experimentiert hat, als es den Studenten gestattet ist. Ich wusste es. Er arbeitet jetzt«, Parkov lächelte ein kühles, beunruhigendes Lächeln, »sieh an, als Rettungssanitäter in Frankfurt. Tarek Hassan, der Name. Er wurde wegen des Diebstahls vernommen, und sein Alibi kam von einem Herrn namens Nicolai Herancourt.«

»Herancourt?« Marie wollte ihren Ohren kaum trauen. »Ist er etwa …?«

»Der Sohn eines Stadtrats? Oh ja, das ist er. Das ist interessant, nicht wahr? Vielleicht erklärt das eine gewisse Einflussnahme von weiter oben.«

»Schnappen wir ihn uns. Schnappen wir uns am besten beide, Hassan und Herancourt.«

»Das ist die eine Sache.« Er deutete über seine Schulter, wo Sörensen mit Isabelle und Jörg sprach. »Ich konnte sie überzeugen, die Sache fürs Erste zu ignorieren. Bodenfeld bekäme kein Bein mehr auf den Boden, würde publik, dass er einen Zeugen bedroht hat. Verflucht, er hätte sofort zu mir kommen sollen!«

»Woran denkst du?«

Parkov rieb sich die Schläfen. »Es ist viel zu leicht«, sagte er mit matter Stimme. »Alles viel zu leicht, so einfach würde er es uns nicht machen … und jetzt hat er eine Geisel.«

»Was ist, wenn Fortloff mit seinem Anwalt über den Angriff spricht?«

»Dann hat Bodenfeld ein Problem. Aber wir können Fortloff nicht das Gespräch mit dem Rechtsanwalt verweigern. Hassan mag der Schüler des Dezembermannes sein, aber über ihn an seinen Lehrmeister heranzukommen, wird selbst für mich eine Herausforderung – und der Sohn des Stadtrats ist noch einmal eine andere Klasse. Auf der anderen Seite haben wir keine Verknüpfung zwischen Fortloff und den anderen, ein Motiv, das den Morden zugrunde liegt. Er bestraft sie, ja, aber wieso? Ist es abermals Rache? Zugleich haben wir da die tote Tochter eines Mafiosos und darüber hinaus …« Parkov verstummte mitten im Satz. Marie sah ihm an, dass ihm gerade ein Einfall gekommen war.

»Parkov?«

»Es besteht die Möglichkeit, dass ich dich abermals um etwas bitten muss, um das ich niemanden sonst bitten kann.«

Marie schüttelte den Kopf. *Das war nicht sein Ernst. Nicht jetzt, nicht unter diesen Umständen.* »Keine Alleingänge. Rede mit mir. Lass uns Sabine gemeinsam finden.«

»Vielleicht wird das nicht möglich sein. Vielleicht wird uns das Opfer kosten …«

»Keine Opfer mehr.« Sie berührte Parkovs Arm, weil sie spürte, dass er ihr schon wieder entglitt. *Wenn er sich abermals auf einen Alleingang begab, würde er es vielleicht nicht überleben.* »Wir haben außerdem noch eine andere Spur.«

»Welche?«

»*Meine.* Die Alekseevs.«

»Die Alekseevs?« Parkov rieb sich das Kinn.

»Du sagtest, er bestraft seine Opfer. Du sagtest, er hätte es geschafft, Erik so umzudrehen, dass er mich angriff. Er kennt Methoden, Gehirnwäsche, was auch immer, um jemanden tatsächlich zu etwas Derartigem zu zwingen. Du sagtest, dies sei meine Strafe gewesen, weil ich die Alekseevs zerrissen und einen gefährlichen Räuber eingesperrt habe. Du sagtest, er hätte den Wunsch der Familie, mich bestraft zu sehen, in die Tat umgesetzt.«

»Ich weiß, was ich gesagt habe.«

»Also finden wir die übrigen Alekseevs und holen uns die Information, wie es ihnen gelungen ist, den Dezembermann zu beauftragen. Es gab wohl kaum eine Annonce im Stadtanzeiger, die lautete: *Verbrechen auf Bestellung, rufen Sie hier an!* Sie haben irgendwie Kontakt aufgenommen.«

Parkov lächelte schwach. »Das ist eine gute Idee. Verbrechen auf Bestellung … ja, so hat er es gemacht. Und so, wie es zwischen Charwitz, Holdinger, Fortloff, Ginski und Müller eine Verbindung geben muss, gibt es auch eine Verbindung zwischen den Alekseevs und den Eltern von Natasha Ivanov.«

»Dann finden wir sie endlich. Finden wir die Verbindung, finden wir Sabine. Wir sind zu fünft … und wir haben drei Ziele.« Sie warf einen Blick zu Isabelle, Sörensen und Bodenfeld. »Packen wir es an.«

48.

Sörensen war nicht begeistert.

»Das kann uns alle den Job kosten. Mein Chef wird sich wundern, wenn er von Fortloffs Anwalt erfährt, was hier geschehen ist … dass wir versuchen, alles unter den Tisch zu kehren.«

»Was ist denn geschehen?« Parkov gab sich ahnungslos.

»Du weißt ganz genau …« Dann stieß Sörensen einen Fluch aus und rannte in den Technikraum zurück. Als sie wieder herauskam, schimmerten rote Flecken des Zorns auf ihren Wangen. »Du hast sie wirklich gelöscht.«

»Natürlich habe ich sie gelöscht. Fortloff oder Bodenfeld, mir fiel die Abwägung nicht schwer.«

»Das ist gegen jedes Gesetz!«

Parkov zuckte die Achseln. »Verzweifelte Zeiten erfordern besondere Maßnahmen. Du weißt ja, wer es getan hat. Ich werde alles gestehen, wenn die Zeit reif ist. Jetzt kann ich diese Beschuldigung nicht gebrauchen.« Er blickte in die Runde. »Bodenfeld, stehen Sie auf. Sie werden Ihre Frau nicht retten, wenn Sie auf dem Fußboden im Präsidium herumsitzen.«

Marie streckte Jörg die Hand hin und half ihm auf.

Parkov holte Handschellen aus einer Manteltasche. »Ich werde Ihnen die jetzt anlegen.«

»Was? Wieso …?«

»Wenn Sie wollen, dass Ihre Frau weiterlebt, dann müssen Sie glaubwürdig erscheinen. Sie haben die Forderung hoffentlich nicht vergessen: Sie haben gerade Fortloff gemäß dem Wunsch unseres Täters getötet.«

Bodenfeld nickte schwach. Die Handschellen klickten metallisch.

»Wir werden jetzt … verdammt, was ist denn?«

Hinter ihnen ging erneut die Tür. Parkov fuhr zornig herum, als Thomas Grün abermals den Korridor herabkam. »Der Verteidiger von Fortloff ist da«, sagte er. »Er will ihn sofort sprechen.«

»Wer ist es?«

»Lars Niedhausen.«

Sörensen seufzte genervt. »Da hat Fortloff aber keine Kosten gescheut.«

»Fortloff ist im Moment indisponiert«, sagte Parkov.

Grün starrte ihn an. »Was heißt das?«

Sörensen drängte sich dazwischen. »Das heißt genau das, was Parkov sagt. Sorgen Sie dafür, dass Niedhausen wartet.«

»Aber ich …«

Parkov beugte sich vertrauensvoll vor. »Wenn Sie es unter Kollegen genau wissen wollen – aber behandeln Sie diese Info vertraulich –, Fortloff wurde verletzt, und er ist seinen Verletzungen erlegen, wie ich gerade erfahren musste. Er wird in Kürze abtransportiert. Es gab einen erheblichen Zwischenfall, aber wir haben die Lage jetzt unter Kontrolle.«

»Was? Ach du Scheiße!« Grüns Blick huschte zu Bodenfeld und den Handschellen hinüber. »Hat … ist es die Möglichkeit …?«

»Das BKA wird sich darum kümmern. Verstanden? Vertrösten Sie den Anwalt. Geben Sie nicht weiter, was ich Ihnen gerade gesagt habe. Verstanden? Bewahren Sie Stillschweigen.«

»Okay, klar.« Grün zögerte. »Ach ja, da ist noch etwas. Wir haben vorhin die neue Zeugenaussage eines Besuchers dieses Internetcafés reinbekommen, Sie wissen schon, von dort wurde der Kontakt mit Ginski hergestellt, mit diesem Unbekannten, mit dem sie sich getroffen hat. Er beschrieb ihn als relativ jungen Mann, vielleicht Ende zwanzig. Das passt zu …« Grün deutete in Richtung des Ausdrucks, den Parkov in den Händen hielt.

»Gut, danke.«

Grün nickte und eilte den Korridor hinab.

»Was machen wir hier? Das kostet uns den Job …« Isabelle blickte von Parkov zu Sörensen und schließlich zu Marie.

»Es wird Sie alle gar nichts kosten, wenn Sie sich an mich halten. Niemand wird sich fragen, was mit Fortloff geschehen ist, wenn wir die wahren Verdächtigen in Gewahrsam nehmen.« Parkov wandte sich an Sörensen. »Verschließ die Tür. Fortloff darf nicht heraus und vorerst niemand hinein.«

»Moment. Wir reden immer noch von einem Zeugen … davon abgesehen, wie soll unser Gegner denn hier bemerken, ob Fortloff lebt oder ob Bodenfeld seiner Forderung nachgekommen ist?«

»Wir fünf wissen es. Wenn es jemand außerhalb dieses Kreises weiß, wird *er* es erfahren. Wir haben eine undichte Stelle im Präsidium, und deshalb …«

»Gott, ich hoffe, du weißt, was du tust.« Sörensen verschloss die Tür des Vernehmungsraums. »Was jetzt?« Es war ihr anzusehen, dass sie sich überhaupt nicht wohl in ihrer Haut fühlte. Marie fragte sich, ob sie in diesem Augenblick tatsächlich ihre Karriere zu Grabe trug – und sich direkt auf dem Weg auf die Anklagebank befand.

Sörensen gab Marie ihre Dienstwaffe zurück.

Parkov warf einen Blick auf sein iPhone. »Drei Ziele. Hassan, der Schüler. Die Alekseevs, Kontakt eins zum Dezembermann. Die Ivanovs, der zweite Kontakt. Anna, du kennst Viktor Ivanov, Natashas Vater. Du übernimmst ihn mit einigen Kollegen, denen du wirklich trauen kannst.«

»Okay.«

»Bodenfeld, Odinsdottir, Sie werden die Alekseevs aufsuchen.«

»Alles klar.«

Parkov wandte sich an Marie. »Wir fassen den Schüler. Ich habe seinen Wohnort hier in den Akten, die mir Grün herausgesucht hat. Er rechnet mit hoher Wahrscheinlichkeit nicht damit, dass wir kommen.«

»Ich sollte die Alekseevs übernehmen«, sagte sie. Ihre Kehle war trocken und verkrampft. *Die Alekseevs.* Sie dachte an die Worte, die man ihr aus dem innersten Kreis der Großfamilie ins Gesicht gespuckt hatte, als sie den ältesten Sohn abführte. Der Hass, der auf den Gesichtern von Bruder, Schwester, Vater und Mutter stand. »Ich kenne die Familie. Ich sollte das machen.«

Parkov schüttelte den Kopf. »Wir diskutieren das nicht. Komm mit mir oder bleib hier und erklär dem Anwalt, warum sein Mandant in einem Vernehmungszimmer eingesperrt ist.«

»Parkov, hältst du mich für unfähig, dieser Familie gegenüberzutreten?«

Er schüttelte den Kopf. »Nicht unfähig. Aber bist du bereit, dem Mann gegenüberzustehen, der den Wunsch geäußert hat, dich leiden zu sehen – weit mehr, als er selbst leiden musste, als sein Sohn von dir verhaftet wurde? Dem Mann, der den Tod deines Mannes in Auftrag gab?«

Sie wich seinem Blick nicht aus. *Bist du dir sicher, dass du es kannst? Bist du dir wirklich sicher, dass du dazu in der Lage wärst?*

»Ich … ich weiß es nicht.«

»Deswegen wirst du nicht zu den Alekseevs fahren. Wir haben vielleicht zwei Stunden, um Hassan zu verhaften und die Informationen von Alekseev und Ivanov zu extrahieren, bevor der Dezembermann erfahren wird, dass Fortloff nicht gestorben ist.« Er blickte in die Runde. »Ist Ihnen allen klar, dass *zwei* Leben hiervon abhängen?«

Marie schüttelte den Kopf. »Zwei Stunden werden nicht genügen. Wir müssen Zeit gewinnen. Improvisieren.«

Alle wandten sich ihr zu. »Wie?«

»Zieh Johann aus dem Krankenhaus ab. Schick ihn hierher.«

»Und dann?«

»Dann soll er Fortloff aus dem Gebäude schaffen. Mach das … und warte hier auf ihn. Lass dir etwas einfallen, dafür bist du doch bekannt! Hol Fortloff unerkannt hier raus, genau wie du es Grün erzählt hast! Spiel ein bisschen Theater! Ich kenne Grün, er wird die Neuigkeiten nicht lange geheim halten können …«

»Natürlich wird er das nicht.« Parkov nickte. »Da Grün in diesem Augenblick mit Gewissheit die Neuigkeit verbreitet, Fortloff sei tot, wird die Nachricht den Dezembermann erreichen und Sabine wenigstens für einige Stunden Zeit verschaffen … das kann funktionieren. Ich könnte mir einen Krankenwagen besorgen und Fortloff abholen …«

»Ich fasse es nicht. Seid ihr alle verrückt geworden?« Sörensen schüttelte den Kopf. »Oh Mann, es ist dein Ernst, Daniel, nicht wahr? Aber ich warne dich: Dieses Mal gehst du eindeutig zu weit.«

»Ja. Das ist wohl so.« Parkov wandte sich erneut an Marie. »Wirst du Hassan allein mit einigen Kollegen stellen können?«

»Ja.«

»Das ist die Adresse, die Grün herausfinden konnte.« Er berührte das iPhone, und Marie spürte, wie ihr Handy einen Nachrichteneingang meldete. »Dann los. Beeilen Sie sich, Sie alle. Halten wir Kontakt. Ich will, dass Sie sich alle in einer Stunde melden.« Er senkte die Stimme. »Und bringen Sie gute Neuigkeiten mit.«

49.

Parkov sah ihnen nach, bis sie alle aus dem Korridor verschwunden waren. »Vielleicht ist es tatsächlich der letzte Nagel in meinem Sarg«, sagte er leise. *»Vielleicht.«*

Er führte drei Telefongespräche – das erste mit Johann, dem er auftrug, ihn vor dem Präsidium zu treffen. Gespräch Nummer zwei verband ihn mit der Leitstelle, wo er erfuhr, wo genau Matthias Zahlbach derzeit im vorläufigen Gewahrsam saß. Noch während er in Richtung der Gewahrsamszellen lief, startete er Anruf Nummer drei.

Geh ran, dachte er. *Ich weiß, dass du doch nur darauf wartest.*

»Parkov«, sagte die Stimme auf der anderen Seite endlich. »Ich hätte nicht erwartet, vor Neujahr noch einmal von dir zu hören, Bruderherz.«

»Es ist mir immer wieder eine Freude«, erwiderte Parkov. »Hör zu. Ich brauche deine Hilfe.«

»Nein, wirklich? Jetzt beginnt der Tag wirklich interessant zu werden.«

»Hör mir einfach zu.«

Nachdem er das Gespräch beendet hatte, bedeutete er dem

Beamten bei den Gewahrsamszellen, ihn zu Zahlbach durchzulassen.

»Was ist mit Fortloff?«, fragte der Schließer. »Können wir ihn wieder holen?«

»Nein, Fortloff ist noch nicht so weit.«

Matthias Zahlbach blickte auf, als die Tür geöffnet wurde. Parkov warf ihm einen knappen Blick zu. Der Mann war fertig.

»Bleiben Sie sitzen«, sagte er zu ihm. »Fünf Minuten.«

»Okay.« Die Tür fiel ins Schloss.

»Wer sind Sie?«

»Parkov, BKA. Ich habe exakt fünf Minuten meiner kostbaren Zeit für Sie reserviert. Diese Minuten werden entscheiden, ob Sie wegen gefährlicher Körperverletzung und Nötigung angeklagt werden oder ob man noch etwas für Sie tun kann. Sagen Sie mir, wieso Sie Jochen Charwitz angegriffen und einem bulgarischen Kriminellen im Bahnhofsviertel einen Schuss in die Kniescheibe verpasst haben.«

Zahlbach starrte ihn an. »Ich wollte, dass er den Mund aufmacht. Er sollte reden. Auspacken. Es gibt nur einen Grund, wieso die Marlene das antun konnten. Jochen hatte seine Finger in irgendeiner Scheiße, und sie haben sich gerächt ... ich war nämlich immer korrekt drauf.«

»Irgendwas erfahren?«

»Die waren alle durch den Wind. Einer der Capos ist verschwunden, Manic, falls der Name Ihnen etwas sagt ... und einer hat mir allen Ernstes gesagt, er wüsste, dass ein *›Dämon‹* von den Bossen in die Stadt gerufen worden wäre. Der hat das tatsächlich ernst gemeint.«

»Ein Dämon?« Parkov strich sich eine Fussel vom Ärmel seines Mantels. »Was Sie nicht sagen.«

»Ich bin unschuldig. Mit Marlenes Tod hab ich nichts zu tun. Scheiße, ich hab sie wirklich geliebt! Wir wollten ...«

»… heiraten. Ich glaube Ihnen.« Parkov schnupperte in die Luft. Der Geruch hier drin war nicht besonders angenehm. »Und der Grund, weshalb Sie den Vater verdächtigen?«

»Jochen ist schon immer einer gewesen, der links und rechts eingesteckt hat, was er kriegen konnte. Scheiße, die OEE Mitte wird von der Führung wie der letzte Dreck behandelt, dabei sind wir diejenigen, die von allen am tiefsten jeden Tag in der Scheiße herumwaten! Aber das ist kein Grund … und ich weiß, dass es nicht nur Geld und Drogen waren. Er hat …«

»Hat was?« Parkov beugte sich näher herab. »Ich warne Sie, Zahlbach, vergeuden Sie nicht meine Zeit.«

»Er hat Dinge getan, die kein Bulle jemals tun sollte. Bei unserem Verdienst hier und da ein Auge zuzudrücken, mal was einstecken, das kann ich nicht gutheißen, aber ich kann es verstehen, wenn's einer doch macht. Manchmal bleibt uns nichts anderes übrig, als mit den kleinen Fischen im Milieu Hand in Hand zu arbeiten, um die großen zu erwischen … aber was Charwitz gemacht hat, war anders. Schlimmer.«

Parkov schnaubte. »Konkreter.«

»Er hat Bestechungsgeld angenommen, aber das war nicht alles. Diese Typen … sie bieten dir Bestechung auch in anderer Form an. Die Mädels, was immer du willst. Lange Zeit waren es die Biker, Deutsche, dann *Russen*.« Zahlbach warf Parkov einen Blick zu.

»Weiter.«

»Dann kamen andere, die die Frauen noch schlimmer behandelten. Das waren keine Menschen, das sind nicht mal Tiere. Wie Sachen haben die sie behandelt, Sachen, die man wegwerfen kann, wenn sie nichts mehr taugen. Viele von ihnen enden im Wald, irgendwo verscharrt, und niemanden kümmert es.«

»Und Sie sind der weiße Ritter, gekommen, um die armen Seelen zu retten? Darf ich lachen?«

»Ich würde nicht tun, was Charwitz tat. Er hat sich bestechen lassen, und das nicht mit Geld.«

Parkov sah ihm in die Augen. Keine Lüge war dort auszumachen. »Können Sie das beweisen?«

»Sein Partner kann es. Bernd Ziering kann es beweisen, aber er wird den Mund halten, wie es Kollegen füreinander tun.«

»Kollegen tun das? Selbst in diesem Fall?«

»Selbst in diesem.« Zahlbach zuckte die Achseln. »Aber er ist nicht der Einzige. Und außerdem gibt es da einen Mann, der die Bullen gerne auf diese Weise bezahlt. Er könnte meine Worte bestätigen, auch wenn er es niemals tun wird.«

»Sein Name?«

»Viktor Ivanov.«

Parkov eilte den Korridor hinab. Johann, der draußen auf ihn und das Fahrzeug wartete, das sie in exakt acht Minuten abholen würde, hatte ihm das kleine Objekt mitgebracht, das nun in seiner Manteltasche steckte.

»Herr Fortloff?« Parkov schloss die Tür des Vernehmungsraums auf und trat ein. »Beruhigen Sie sich.«

»Wo ist mein Anwalt?« Fortloff kam ihm entgegen wie ein Stier, der ein rotes Tuch entdeckt hat. »Ich werde Sie alle so fertigmachen. Das ist Freiheitsberaubung und …«

»Sie können gehen«, sagte Parkov kalt. »Bitte. Da ist die Tür. Etwaige Schadenersatzforderungen und Beschwerden reichen Sie auf dem üblichen Weg ein. Auf Wiedersehen.«

Fortloff trat zur Tür. Er legte eine Hand auf den Griff, wandte Parkov den Rücken zu. Dann zögerte er, verharrte.

»Das ist doch nicht alles«, sagte er heiser. »Sie lassen mich nicht hier rausgehen. Nicht, wenn Sie wirklich der sind, von dem ich gehört habe.«

»Ach ja? Sie haben recht: natürlich nicht.« Parkov hatte das kleine Objekt aus der Manteltasche geholt, das kleine Kästchen, in dessen Innerem eine Spritze lag, die er schnell herausnahm. »Ich spiele hoch. Heute sind Sie mein Einsatz. Es tut mir leid, aber anders kann ich die Leben nicht retten, die gerade auf dem Spiel stehen.«

Dann jagte ihm Parkov die Betäubungsspritze in den Arm.

50.

Marie spürte instinktiv, dass sie am richtigen Ort war. Der kleine Hof draußen vor den Toren der Stadt, abseits am Rande einer kleinen tausendzweihundert Seelen zählenden Gemeinde gelegen, verströmte eine Vorahnung, einen Odem des Abgründigen, den Geruch der Dunkelheit, den sie in vielen Jahren kennengelernt hatte, mit dem sie vertraut war wie ein Blinder mit seinem Tastsinn inmitten des Dunkels, das ihn umgab.

Sie parkte den Dienstwagen in aller Stille verdeckt vor der Einfahrt, prüfte den Sitz ihrer Schutzweste, ihr Handy und das Funkgerät, das an ihrem Einsatzgürtel hing. Die Kollegen von der Streife standen mit zwei voll besetzten Funkstreifenwagen hinter ihr. Schließlich prüfte sie noch einmal den Sitz der Heckler & Koch im Holster, holte tief Luft, stieg aus und gab den anderen ein Zeichen.

»Er rechnet vermutlich nicht mit unserem Kommen«, schärfte sie den Männern und der einen Kollegin noch einmal ein. »Also haltet Funkstille und bewegt euch leise. Außerdem ist es immens wichtig, dass wir ihn lebend fassen.«

Sie näherten sich dem Hauptgebäude über einen dreckigen Vorplatz. Eine hohe Linde überragte das windschiefe Dach, gegen dessen Verputz wieder und wieder eine halb herunterhängende Regenrinne schlug. Reifen lehnten an einem rostigen Gestänge, das vielleicht einmal eine Kinderschaukel gewesen sein mochte. Auf einem Vordach, das die Eingangstür überragte, wucherte ein Rankengewächs, das nun braun und abgestorben war. Marie entdeckte ein einziges Nebengebäude – eine Scheune, die sofort von zwei Kollegen überprüft wurde. Leer, besagte das Handzeichen.

Neben dem Haupthaus stand ein Kastenwagen. Das Nummernschild fehlte. Marie stellte sich vor, wie Parkov fluchen würde, wenn er das sehen könnte.

Marie zog die P30 aus dem Holster. Ihre Finger auf dem Griff waren unruhig. Ihr Puls beschleunigte sich. *Komm schon*, dachte sie. *Das ist kaum mehr als Routine.*

Aber bist du dir da sicher, Marie?

Kaum mehr als Routine?

Sie bedeutete einigen Kollegen, das Haus zu umrunden, und setzte einen Fuß unter das Vordach.

Tarek Hassan, dachte sie. *Was machst du auf so einem Hof? Woher hast du dieses Gelände?*

Sie näherte sich der Eingangstür. Das Klappern der Regenrinne war hier viel lauter. Irgendwo krähte ein Hahn. Aus der Nähe sah das Rankengewächs aus wie ein Dickicht aus unzähligen braunen Würmern.

Marie legte eine Hand auf die Türklinke. Der Griff bewegte sich, danach auch der Türflügel selbst. Die Tür war nicht abgeschlossen, ihre schlecht geölten Scharniere quietschten.

Ein kurzer Flur führte an einer Küche vorbei, in der sich Geschirr in der Spüle stapelte. Der Teppich auf dem Boden verschluckte jeden ihrer Schritte. Sie spürte die Anwesenheit des Streifenbeamten, der hinter ihr ging. Sie hörte den Atem, den der Mann ausstieß.

Tarek Hassan erwartet uns nicht. Aber war das tatsächlich die Wahrheit? Konnte er nicht ahnen, dass die neuerliche Überprüfung eines Diebstahls, den er begangen hatte, neue Erkenntnisse zutage fördern würde? Mit einem Mal erschien es Marie höchst unwahrscheinlich, dass der Dezembermann diese Option nicht bedacht hatte. Nicht, wenn er so gerissen und umsichtig war, wie Parkov ihn beschrieben hatte.

Es sei denn, Hassan hatte seinem Lehrmeister verheimlicht, dass man ihn nach dem Einbruch ohne Ergebnis befragt hatte. Wenn er ihm – sei es aus Angst oder irgendeinem anderen Grund – verheimlicht hatte, dass man ihm bereits seit dem Einbruch auf den Fersen war, dann hätte sein Lehrmeister auch keine Gegenmaßnahmen ergreifen können.

Vor einem Treppenaufgang, einer alten Holzstiege, die ins obere Stockwerk führte, hielt Marie an. »Sehen Sie beide sich oben um«, flüsterte sie. Die Kollegen stiegen knarrend nach oben.

Am Ende des Flurs lag eine einzige verschlossene Tür.

Marie hob die Dienstwaffe und drückte die Klinke. Dann stieß sie die Tür mit der Schuhspitze auf.

Der Raum war schmal. In der Luft hing ein Geruch, der ihr die Haare zu Berge stehen ließ – chemisch, ähnlich einem Desinfektionsmittel. Vielleicht eines der Betäubungsmittel, die er verwendet hatte? Die Wände waren mit Aktenschränken voller Ordner bis unter die Decke zugestellt. In einer Ecke ein Schreibtisch, vor dem ein Bürostuhl stand, auf dem jemand hockte – Marie konnte den Hinterkopf sehen. Sie hob die Waffe.

»Kripo Frankfurt. Nehmen Sie Ihre Hände hoch! Drehen Sie sich um. Ganz langsam.«

Ein Surren erklang im Raum. Der Stuhl drehte sich.

»Hände hoch!«, wiederholte sie.

Das Surren setzte sich fort, bis der Stuhl für sie vollständig einsehbar war. Maries Zeigefinger lag am Abzug, doch sie schoss nicht. Vom Sessel grinste sie eine Schaufensterpuppe an, die ein Schild um den Hals trug. *Zu spät*, stand dort.

Erst jetzt entdeckte sie die Videokamera, die in einem der Regale versteckt zwischen den Aktenordnern stand. Das Kabel führte zu einem kleinen PC, der hinter einem der Regale eingeschaltet an der Wand lehnte. In einem der Ports steckte ein Internet-USB-Stick. Als Marie das Regal zur Seite schob, entdeckte sie einen kleinen Monitor, auf dem ein schwarzer Bildschirm sowie ein Fenster mit einer laufenden Videoübertragung zu sehen waren.

Ihr Pulsschlag beschleunigte sich aufs Neue, als sie entdeckte, was dort auf sie wartete.

Ein Mann stand da und blickte in die Kamera. Er trug einen schwarzen Overall, so gewöhnlich und unauffällig, wie es nur möglich war. Auf seinem Gesicht saß eine Perchtenmaske, eine bösartige Fratze mit weit geöffnetem Mund. In den Händen hielt er ein Schild, ähnlich dem, das die Schaufensterpuppe um den Hals trug.

Darauf stand: *Sabine ist tot, wenn du dich mir nicht auslieferst. Schick alle anderen fort. In der Badezimmerschublade findest du eine Betäubungsspritze. Jag sie dir in den Hals. Mein Schüler wird dich holen und herbringen. Nicke, wenn du zustimmst. Sonst werde ich Sabine vor dieser Kamera das Kind aus dem Leib schneiden.*

»Frau Winter?«

Marie erschrak. Das war die Stimme von Thomas Grün, dem jungen Kollegen der MK 1. Was hatte der hier zu suchen? Was in aller Welt führte ihn her? Natürlich, er kannte den Ort, weil er die Liste für Parkov abermals abgeglichen hatte, aber das erklärte noch lange nicht, was er hier verloren hatte.

Marie nickte in die Kamera. »Warten Sie«, flehte sie und verließ den Raum. Wenn er Bine etwas antat, würde sie sich nie verzeihen können, ihr nicht beigestanden zu haben – das wusste sie.

Grün kam ihr entgegen, als sie die Tür gerade wieder verschlossen hatte. Im Schlepptau folgten ihm zwei Streifenpolizisten. Die anderen beiden, die sie nach oben geschickt hatte, kamen gerade die knarrenden Treppenstufen herab.

»Irgendetwas?«, fragte Marie. »Spuren?«

»Nein. Niemand hier. Die Betten wurden schon länger nicht mehr benutzt. Alles sehr staubig.«

Sie holte tief Luft. »Sie fahren zurück zur Wache. Das war … ein Fehlalarm.«

Die Männer tauschten einen Blick. »Sind Sie sicher?«

»Das bin ich.« Doch als sie die Worte aussprach, war ihre Stimme keineswegs so ruhig, wie sie es sich erhofft hatte. Dennoch zogen die Uniformierten ab, sodass nur Grün und sie zurückblieben.

»Was ist denn?«

»Parkov schickt mich.«

»Ach ja?« Marie wurde mit jeder verstreichenden Sekunde nervöser. »Wieso?«

»Er hat mich noch mal angerufen und gebeten, dringend hierherzukommen und Ihnen das zu geben. Er kommt nach, sobald er kann. Wir hätten einen Verräter in den Reihen, anders sei es dem Dezembermann nicht gelungen, alles auf die Weise zu kontrollieren, wie er es nun tut. Parkov sagte, er vertraut nur wenigen, aber ich würde dazuzählen.« Grün reichte Marie ein schwarzes Etui, das mit einem Siegel verschlossen war.

Sie runzelte die Stirn. »Was ist das?«

»Keine Ahnung, ich habe nicht hineingeschaut.« Grün kratzte sich am Kinn. »Alles klar? Sie sehen so … gehetzt aus.«

Im selben Moment vibrierte Maries Handy, weil Nachrichten eingingen. Dreimal hintereinander in schneller, dann dreimal in langsamerer Folge, ehe abermals drei Nachrichten in kurzer Abfolge nachkamen.

Kurz, kurz, kurz, lang, lang, lang, kurz, kurz, kurz. Marie begriff. Jemand signalisierte ihr den Morsecode SOS.

»Ich bin enttäuscht«, sagte sie laut, »weil hier schon wieder nichts zu finden ist.« Marie warf einen Blick auf ihr Handy. Parkovs Nachrichten lauteten immer gleich:

> Trauen Sie Grün nicht! Ich bin gleich da! Trauen Sie Thomas Grün in keinem Fall! Er hat uns an die falsche Adresse geschickt, ich habe die Adressen gerade selbst noch einmal überprüft! Trauen Sie ihm nicht!

Als sie aufblickte, lächelte Grün. »Gute Neuigkeiten?«

Scheiße, scheiße, scheiße. Nun durfte sie sich nichts anmerken lassen. Grün hatte sie wissentlich an einen Ort geschickt, der vom Dezembermann und seinem Helfer – oder seinen Helfern? – vorbereitet worden war.

Sie dachte an Sabine und die Betäubungsspritze im Bad. Dann drehte sie das schwarze Etui und drückte es Grün zurück in die Finger, der es etwas verblüfft entgegennahm. »Tun Sie mir einen Gefallen und machen das auf?«

Sie sprang zurück und hob die Heckler & Koch.

»Aufmachen, sagte ich. Das ist nicht von Parkov, nicht wahr?«

Grün starrte sie an. Entsetzen und Überraschung auf dem Gesicht. »Was reden Sie da? Parkov hat mir das Ding in die Hand gedrückt! Ich versichere Ihnen, es ist von ihm! Frau Winter, nehmen Sie die Waffe runter! Wir sind Kollegen, was ist denn hier los?«

»Das bezweifle ich. Hier wohnt dieser Hassan also? Ein Türke? Auf einem Aussiedlerhof? Im Ernst?«

»Nein, wohnt er nicht«, sagte eine Stimme hinter Marie. Sie wirbelte herum und versuchte instinktiv auszuweichen, doch kam ihre Reaktion eine halbe Sekunde zu spät. Hassan hatte sich an sie herangeschlichen und packte ihren Waffenarm.

Dann drängte er sie rückwärts gegen die Wand und drückte sie gegen den rauen Putz. Marie trat ihm in den Unterleib. Sein Griff lockerte sich kein bisschen. Er war stark, zu stark für sie, wie sie mit Entsetzen feststellen musste – er drückte ihre Pistole fort von sich und Grün und bog ihren Arm weiter und weiter zurück. Mit einem grässlichen Geräusch schnappte ihr Arm aus dem Schultergelenk.

Marie wurde schwarz vor Augen, dann grellweiß. Sie hörte sich selbst schreien, während entsetzliche Schmerzen durch ihren Arm und ihre Schulter schossen. Sie fiel zu Boden, mit dem Kopf auf den schmutzigen Läufer, der den Flur auskleidete. *Komm hoch*, dachte sie, *komm schon*, während der Schmerz des ausgekugelten Gelenks jede Faser ihres Körpers vibrieren ließ. Sie schmeckte Blut in ihrem Mund, da sie sich auf die Zunge gebissen hatte. Mit dem unversehrten Arm versuchte sie, sich aufzurichten.

Dann drückte Grün seine Dienstwaffe auf Maries Stirn. »Hör auf, dich zu wehren.«

»Ihr Arschlöcher«, schrie sie unter Schmerzenstränen. Hassan entwand ihr die Waffe und trat ihr mit Anlauf in den Magen. Sie knickte abermals ein und sank zu Boden. Blut, viel Blut in ihrem Mund, ihr Magen erschien ihr zerdrückt wie eine leere Blechdose.

»Ihr … Grün …«, stieß sie hervor, »glaube … nicht …« Sie holte tief Luft, hob den Kopf und zwang sich, gleichmäßig zu atmen, um wieder auf die Beine zu kommen.

Grün legte ihr eine Handschelle ums linke Handgelenk. Hassan hielt ihre Waffe. »Runter da«, sagte er barsch. »In die Küche.« Sie zerrten sie grob auf die Beine und schoben sie den Flur entlang.

»Mein Arm«, sagte sie gepeinigt, »bitte … mein Arm!«

Die Teller in der Küche waren von grünem Schimmel überzogen und seit Wochen nicht mehr gespült. »Was … Was habt ihr mit den Besitzern gemacht?«

»Was interessiert dich das? Sie sind längst vergraben.«

Hassan fixierte das andere Ende der Handfessel an einem Heizungsrohr, das aus der Wand ragte. Dann ging er hinaus, während Grün bei ihr blieb.

»Verräter«, sagte Marie. Wäre sie nicht gefesselt gewesen, hätte sie sich nicht zurückhalten können, ihn anzuspringen und mit bloßen Händen anzugreifen – trotz ihrer Verletzung. *Und doch – als weibliche Einsatzkraft in einer solchen Situation*, dachte sie an die Worte ihres Ausbilders zurück, *ist es manchmal besser, dich hilfloser zu geben, als du tatsächlich bist.*

Marie begann zu weinen. »Bitte, Thomas … bitte …«

Grün sah sie ausdruckslos an. »Gib dir keine Mühe. Du wirst deinen dummen Mann bald wiedersehen. Aber zuvor denk mal nach, wie sehr du leiden willst, bis es so weit ist.« Er trat zum Fenster und spähte an den Gardinen vorbei. Das Etui! Marie sah, dass Grün sich Parkovs Mitbringsel in die Gesäßtasche gesteckt hatte.

Wenn es denn wirklich seines war.

Wahrscheinlich hatte Parkov Grün wirklich hierhergesandt und zu spät bemerkt, dass Grün sie beide betrogen hatte. Vielleicht hoffte er gerade, während er auf dem Weg hierher war, sie hätte noch die Gelegenheit, einen Blick in sein Mitbringsel zu werfen, ehe Grün sich offenbaren würde. Vielleicht, begriff Marie mit wachsendem Schrecken, hatte er sie jedoch auch in die Gefahr laufen lassen, weil er einen Köder brauchte? Das war möglich.

Und der Köder bist du.

Verzweifelte Zeiten erfordern besondere Maßnahmen. *Verflucht, Parkov!*

Zugleich bedeutete das aber, dass in diesem Etui …

»Grün?«

Er drehte sich um. »Was?«

»Tun Sie …« Marie zwang sich, einige Tränen mehr zu vergießen. »Tun Sie mir das nicht an. Bitte … wir sind Kollegen …«

»Sie haben mich immer wie einen Idioten behandelt.« Grün ging an ihr vorbei, viel zu dicht, als erwartete er, dass sie sich nicht mehr wehren würde.

Jetzt! Jetzt oder nie! Marie warf sich mit einem Ruck nach vorn, spürte einen reißenden Schmerz durch ihre ausgekugelte Schulter und den angeketteten Arm schießen, während ihre freie Hand durch die Luft fuhr, das Etui in Grüns Tasche packte und zu sich heranriss. Marie drehte sich hastig um, den Rücken Grün zugewandt, das Etui geschützt vor sich gegen die Wand gepresst.

Grün packte ihren Arm. Unbeschreiblicher Schmerz raste durch ihren Körper.

»Gib es her!«

Ihre Finger rissen das Siegel ab. Das Etui klappte auf. Da lag etwas … sie konnte es sehen … ein, ein …

Ein Sender?

Sie begriff. Parkov war gut, oh, er war wirklich gut.

Grün packte sie und schlug auf sie ein, während Marie sich krümmte und klein machte … Dann schluckte sie das winzige Ding, das im Inneren des Etuis lag, herunter. Sie spürte, wie das winzige elektronische Gerät ihren Hals wie ein kantiger, kalter Fremdkörper herunterrutschte, und schluckte, hustete. Parkov hatte ihr einen GPS-Sender geschickt … er würde sie finden können. Jetzt kam alles darauf an, dass Grün nicht gesehen hatte, was sie dort im Inneren des Etuis entdeckt hatte.

Hassan kam herein. Marie wandte sich den beiden Männern zu, ließ das Etui fallen und hob abwehrbereit den funktionierenden Arm.

»Was ist hier los?«

»Sie hat …« Grün schnappte sich das Etui und schloss es.

»Irgendwas hat sie gemacht.«

Hassan kam näher. »Was? Was hast du gemacht?«

»Nichts.« Marie schüttelte den Kopf. »Überhaupt nichts.«

»Sie lügt.« Hassan zögerte, dann grinste er. »Du bist erledigt. Ehe der Tag vorbei ist, wirst du aus dem Reden gar nicht mehr rauskommen.«

»Mach dir nicht zu viele Hoffnungen.«

»Hol die Spritze«, sagte Hassan zu Grün. Offenbar war er der Ranghöhere der beiden. Grün verschwand ohne ein weiteres Wort. Hassan sah sie an. Sein Blick war unruhig, zuckte hierhin und dorthin, verharrte nie lange auf demselben Fleck. Dann blinzelte er wieder und schien von jetzt auf gleich völlig normal, ganz so, als lebten irgendwo dort hinter seinen Augen zwei unabhängige Versionen seiner selbst.

Kontrolle, dachte Marie. *Darum geht es. Wenn er sich unter Kontrolle hat, ist er ein ganz ansehnlicher Mann. Wenn nicht … dann ist er ein völlig anderer.* Und im Augenblick sah es ganz danach aus, als würde er die Kontrolle jederzeit verlieren können.

»Du warst derjenige, der sich mit Julia getroffen hat. Du hast auch Marlene entführt.« *Du musst Zeit schinden*, dachte sie instinktiv. *Parkov ist auf dem Weg hierher …* Doch zugleich dachte sie an Lucie und Sabine. Um Sabine zu retten, würde sie – jetzt, da sie den Sender geschluckt hatte – Parkov vielleicht zu ihr und ihrem Entführer führen … und zugleich würde sie sich selbst in große Gefahr begeben, Lebensgefahr, ohne Zweifel, und Lucie würde, sollte sie dabei sterben, als Waise aufwachsen …

»Ich war es.« Tarek Hassan wandte den Blick nicht von ihr ab. »Sie war … leicht zu überzeugen. Sie mochte ältere Männer. Sogar noch wesentlich ältere als mich. Die andere hingegen hat sich gewehrt. Ein richtiges Kämpferherz. Aber ich wurde auch mit ihr fertig.«

»Wieso die Schokolade? Wieso hast du ihnen die Herzen entfernt?«

»Das wüsstest du gerne.«

»Ich werde nicht mehr lange leben«, sagte sie leise. Marie erschrak, als sie bemerkte, wie leicht ihr diese Worte über die Lippen kamen. »Also gönn mir wenigstens dieses Wissen, diesen Trost.«

»Nein.«

»Komm schon. Wir haben dich hier aufgespürt. Du und dein … Lehrer … ihr haltet all das für ein Duell? Dann haltet euch an die Duellregeln.«

»Welche Regeln denn? Es gibt keine Regeln. Die Duellscheiße, habt ihr daran etwa geglaubt? Lächerlich.«

»Julia war unschuldig. Marlene auch.«

»Unschuldig? Sie haben Dinge getan, die keine Frau in ihrem Alter tun sollte.«

»Sie können tun und lassen, was sie wollen. Du hast das weder zu entscheiden noch über sie zu urteilen.« Marie verlagerte den Arm und die Handschelle, die unangenehm in ihre Haut am Gelenk schnitt. »Bist du religiös, Tarek? Es ist so, nicht wahr?«

Er lächelte. »Das geht dich nichts an.«

»Julia war nie bei Norman Holdinger. Die beiden hatten keine Affäre. Die Spur wurde dort platziert, weißt du?« Marie folgte einer Eingebung. »Vielleicht hat er dich ebenso manipuliert wie alle anderen.«

»Das hat er nicht. Außerdem geht es gar nicht darum.«

»Du warst derjenige, der das Perchtenkostüm getragen hat. Im Kaufhaus, während Marlenes Entführung und als du sie wieder zurückgebracht hast.« Marie dachte an die Beschreibung, die sie von der Kuratorin im Senckenberg erhalten hatte: Es benötigte einen großen, kräftigen Mann, um das Kostüm anständig auszufüllen. Grün kam nicht infrage.

Hassan nickte. »Das war ein Witz, den du nicht kapierst, ja? Keiner von euch Bullen hat es verstanden.«

»Wir wissen, dass ihr die Familien der Opfer bestraft. Wir wissen, dass das Entfernen der Herzen, die Schokolade und das Kostüm Symbole sind … Symbole, die den Opfern etwas bedeutet haben.«

»Den Opfern? Nein.«

»Wer wurde von Parkov angeschossen? Du? Oder Grün?«

»Das war ich.« Marie drehte den Kopf. Als Grün mit der Spritze in der Hand wieder in die Küche trat, begriff sie, dass Parkov nicht rechtzeitig ankommen würde. Alles, was sie tun konnte, war hoffen. »Er hat mich angeschossen«, sagte Grün. »Er hätte mich fast erledigt.«

»Aber nicht ganz. Du konntest entkommen.«

Grün hob die Spritze. »So ist es. Und ich wurde gut behandelt.«

Und am Tag darauf wurden wir suspendiert. Die ganze MK 1 und Parkov. Grün hätte die Verletzung beim Laufen kaum verbergen können … Wieso war das niemandem ins Auge gefallen? Sie öffnete den Mund, doch Grün sagte: »Du machst es selbst. Du verpasst dir jetzt diese Betäubungsspritze.« Er tauschte einen Blick mit Hassan. »Es ist die richtige Dosis?«

»Die exakt Richtige. Da mache ich keine Fehler mehr.«

»Gut.« Grün warf Marie einen Blick zu. »Also los.«

»Nein.« Marie blickte auf das spitze Ende der Spritze. »Das werde ich nicht tun.«

»Ich schneid dir den Hals ab!«, fluchte Hassan.

»Geh raus«, sagte Grün. Als Hassan seinem Befehl nachkam, war sich Marie nicht mehr sicher, wer von den beiden tatsächlich das Kommando führte.

Grün kam näher. »Du wirst dich nicht wehren, wenn ich es tue?« Er senkte die Stimme. »Denn wenn du irgendwas machst, mir die Spritze vielleicht selbst in den Hals jagst … dann wird

Tarek reinkommen und dich fertigmachen. Das willst du doch nicht.«

»Ich fasse es immer noch nicht, dass du dich mit diesen Abartigen eingelassen hast.«

Grün zuckte die Achseln. »Er ist gut darin, andere zu bedrohen. Meine Mutter, meine Schwester … sie sind mir wichtiger als alles andere, was hätte ich denn tun sollen?«

»Zu mir kommen! Zu mir oder zu Parkov! Das ist noch lange kein Grund …«

»Du würdest alles für Lucie tun. Du hättest dich nicht anders entschieden als ich.«

»Wag es nicht, ihren Namen zu erwähnen!« Sie wischte sich über den Mund. Blut blieb auf ihrem Handrücken zurück. »Wer von euch war bei ihr, hm? Du oder Tarek? Was habt ihr gemacht?«

Grün hob die Spritze. »Niemand von uns. Das war er höchstpersönlich.«

Sie starrte ihn an. »Wer ist er? Wer, sag es mir!«

»Du wirst ihn kennenlernen.« Grün kam einen Schritt näher. »Bereit?« Mit einem Mal war sein Blick doch seltsam mitfühlend. Marie spürte, wie ihr nun doch echte Tränen in die Augen stiegen. Vor allem anderen war es die Hilflosigkeit, die sie traurig und wütend zugleich machte. »Tu, was du tun musst.«

Die Spritze kam auf sie zu, näher und näher, bis sie ihr ganzes Blickfeld und die ganze Welt ausfüllte. Der Einstich an ihrem Hals war kalt und schmerzhaft … dann spürte sie, wie ihr Bewusstsein schwand, ihre Beine unter ihr nachgaben und sie fiel, fiel und fiel …

51.

Etwas später

Parkov sprang aus dem Wagen und rannte. Er rannte an Maries Dienstwagen vorbei, der verlassen vor der Hofeinfahrt stand, rannte durch den knöcheltiefen Matsch, der seine Schuhe zu verschlucken drohte, unters Vordach und hinein. Er rannte trotz der Schusswunde, die bei jedem Schritt schmerzte wie ein glühendes Brandeisen, das auf seine Haut gepresst wurde, er rannte, obwohl er spürte, dass sein Innerstes jederzeit zerreißen konnte.

Die Haustür stand sperrangelweit auf.

Zu spät.

Das Haus war verlassen. Zu spät, er war zu spät.

Parkov stieß einen groben russischen Fluch aus.

Das Arbeitszimmer am Ende des Flurs wirkte, als hätte jemand erst vor Kurzem etwas von hier weggenommen. Eine Stelle hinter dem Regal war nicht so verstaubt wie alles andere, so als hätte dort etwas gestanden, das nun fort war … auch in einem der oberen Regalfächer war der Staub verwischt und aufgewirbelt.

In der Küche hing der Hauch einer Ahnung von Maries

Parfüm in der Luft. Sie ist hier gewesen, hier haben sie sie vielleicht überwältigt, ehe sie sie fortschafften. Eine der Schubladen stand offen.

Er dachte an Grün und den Peilsender. Wenn Grün ihn weggeworfen hatte … aber das würde er nicht tun, nicht nach dem, was er, Parkov, für ihn getan hatte. Es war ein Wagnis, ohne Zweifel. Hoffentlich hatte er … Parkov spähte aus dem Fenster. Im Schlamm waren Spuren eines Pkw zu sehen. Der Wagen, mit dem sie Marie abtransportiert hatten?

Marie als Köder zu benutzen, war der einzige verbliebene Weg gewesen, den er gesehen hatte. In der Kürze der Zeit hätte die Befragung der Alekseevs oder der Ivanovs niemals zu einem Ergebnis geführt – und wenn, dann würden die Kollegen ohnehin nur bemerken, dass er mit beiden Familien bereits gesprochen hatte. Parkov seufzte. Wenn Sörensen oder Odinsdottir und Bodenfeld bemerkten, wozu er Marie benutzte – dass er sie alle wissentlich auf die Jagd nach Phantomen gesandt hatte –, würde die Hölle losbrechen.

Er musste Marie rechtzeitig lokalisieren, sie und Bodenfelds Frau befreien und den Dezembermann stellen. Dann war alles andere nebensächlich.

Abermals warf er einen Blick auf das iPhone und stellte die Verbindung zu E.L.V.I.S. her, doch das Ortungssystem konnte den Peilsender noch immer nicht aufspüren. Irgendetwas musste schiefgelaufen sein. Sein iPhone klingelte. »Johann?«

»Sir«, meldete sich sein Butler, »Fortloff ist mit mir in dem Krankenwagen, den uns Ihr werter Bruder zur Verfügung gestellt hat, am vereinbarten Ort angekommen. Dennoch wird die Zeit knapp. Konnten Sie Marie Winter lokalisieren?«

Parkov schloss die Augen. »Nein, bislang nicht. Ich verstehe nicht, wieso es nicht funktioniert.«

»Das ist Wahnsinn, Sir. Ich verlieh meinen Bedenken hinreichend Ausdruck. Ich habe Ihnen davon abgeraten, Sie wollten nicht hören.«

»Ich weiß.«

»Und nun?«

»Wir bleiben bei Option zwei. Halten Sie weiter Ausschau. Charwitz wird erscheinen. Er wird sich die Gelegenheit nicht entgehen lassen.«

»Und … der andere?«

»Auch er wird kommen. Ich bat einen Freund, den Kontakt herzustellen.«

»Sie hoffen, auf diese Weise den Aufenthaltsort zu erfahren? Darf ich darauf hinweisen, dass er genau das vorausgesehen haben könnte?«

»Ja. Wir werden sehen. Ich habe noch Hoffnung. Er wird heute noch sein Ende finden.«

»Sir?«

»Ja?«

»Ich sehe einen Wagen, der sich unserer Position nähert.«

»Gut. Ich bin gleich da.«

52.

Das Versteck, das Parkov schon vor langer Zeit in einem dicht bewachsenen Waldstück angelegt hatte, glich zwar äußerlich einer Hütte des hessischen Waldvereins, war aber niemals für Wanderer geöffnet.

Der Bentley schlich mit einem sanften Schnurren über den hart gefrorenen Waldweg. Ein paar Äste, die zu weit herabragten, strichen mit einem harten, klirrenden Geräusch über das Dach und die Frontscheibe. Er warf einen prüfenden Blick ins Unterholz, hinein in den Fichtenwald, der die Hütte umgab. Sie waren gut versteckt, das musste er ihnen lassen.

Er rief Sörensens Nummer auf dem iPhone auf, tippte die Nachricht ein, sodass er sie nur noch absenden musste, wenn der Zeitpunkt gekommen war, und steckte das Mobiltelefon ein.

Parkov wendete und versperrte den Weg. Vor der Hütte stand ein Krankenwagen und gleich daneben ein alter, etwas klappriger 3er-BMW: Charwitz war da. Johann hatte die Situation unter Kontrolle, kein Zweifel, dennoch würde er schnell sein müssen, ehe Gast zwei eintraf.

Parkov klopfte an. Als die Tür aufschwang, sah er sich Johann gegenüber. »Wo sind sie?«

»Gleich hier.« Johann führte ihn ins Innere der Hütte. Fortloff hockte an einem langen Tisch, Charwitz neben ihm.

»Halten Sie weiter Ausschau«, sagte Parkov zu Johann. Der Butler nickte und verschwand nach draußen.

»Meine Herren«, begann Parkov und blickte erst in das schweißnasse, bleiche Gesicht von Fortloff, danach in die geröteten Augen von Jochen Charwitz. »Gut, dass Sie gekommen sind.« Er hielt sich die Seite. Der Schmerz war beinahe unerträglich.

»Das ist Freiheitsberaubung«, sagte Fortloff. »Sie werden das nicht überstehen, Sie Idiot!«

Charwitz erhob sich. »Wo ist er? Sie sagten, Sie hätten den Kerl, der Marlene auf dem Gewissen hat.«

»Der kommt noch«, sagte Parkov leise. Er hob die Walther. »Hinsetzen.«

Charwitz ließ sich wieder in den Stuhl fallen. »Ich weiß, wer Sie sind«, sagte er. »Parkov … wie in den *Parkov-Protokollen.* Was ist das hier? Was haben Sie vor? Einer Ihrer Versuche, für Gerechtigkeit zu sorgen? Verstoßen Sie mal wieder gegen jede einzelne Dienstvorschrift? Was soll das?«

»Gegen Vorschriften verstoßen ist meine heimliche Leidenschaft. Eine Kollegin und die Frau eines Kollegen wurden entführt. Ich werde tun, was getan werden muss.«

»Was haben wir damit zu tun?«

»Natasha Ivanov.« Parkov bemerkte die Reaktion der Männer, den Blick, den sie sich unbewusst zuwarfen. »Es ist an der Zeit, die Wahrheit zu sagen.«

»Die Wahrheit? Was soll das? Ich habe den Namen noch nie gehört.«

»Doch, das haben Sie. Besonders Sie, Fortloff.«

Charwitz langte nach seiner Tasche, doch Parkov stoppte die Bewegung mit einer Geste seiner Walther. »Die Hände bleiben dort, wo ich sie sehen kann.«

Charwitz fluchte. »Du hast mich verarscht. Er wird überhaupt nicht kommen.«

»Wieder falsch. Du willst den Mörder deiner Tochter? Er wird gleich da sein.«

»Wieso?«

»Weil er wiederum die Mörder *seiner* Tochter in die Finger bekommen will.«

Fortloff und Charwitz tauschten einen weiteren Blick. »Es … was du da sagst …«

»Die Wahrheit!«, rief Parkov. »Sind drei tote junge Frauen nicht genug? Wollt ihr den Wahnsinnigen dort draußen weitermachen lassen?«

Johann warf einen Blick zur Tür herein. »Er kommt. Und nicht allein.«

Parkov nickte. »Das übernehme ich. Gib acht, dass die beiden nichts anstellen.«

Johann nahm Parkovs Position ein. Er trug nun eine langläufige Repetierschrotflinte. »Wir sind gleich hier.« Parkov schob die Tür der Hütte auf, spähte hinaus und sah, dass zwei schwere Geländewagen hinter seinem Bentley hielten.

So weit, so gut.

Die nächsten Minuten würden über Menschenleben entscheiden, dessen war er sich sicher. Über die Leben von Fortloff und Charwitz, über sein eigenes und Johanns Leben – und über die Leben von Marie und Sabine und das des ungeborenen Kindes.

Acht Männer kamen ihm entgegen. Sie trugen Pistolen, außer einem Mann im Zweireiher, der in ihrer Mitte ging. Es war Viktor Ivanov, Natashas Vater. Parkov hatte Artjom, der

Manic oben bei der Rattenhütte erschossen hatte, darum gebeten, den Kontakt herzustellen.

»Parkov? Daniel Parkov?« Ivanov zeigte den Männern an, stehen zu bleiben, und ging allein weiter auf Parkov zu. Er lächelte, ohne dass das Lächeln seine Augen erreichte.

»Viktor.« Parkov streckte eine Hand aus. »Vielen Dank, dass du meiner Aufforderung nachgekommen bist.«

»Sind die Männer dort drinnen?«

»Das sind sie.«

»Dann gib sie frei. Gib sie mir, und ich werde dir sagen, was du wissen musst, um dieses Monster zu stellen.«

»Das kann ich nicht.« Parkov schüttelte den Kopf. Er sah den Zorn, der auf Ivanovs Gesicht loderte, die Trauer, die er nach all der Zeit nicht in eine verborgene Ecke seines Verstandes verbannt hatte, sodass sie noch immer frisch und präsent war.

»Du kannst es nicht? Wir holen sie dort heraus, und du wirst nichts dagegen tun können.«

»Nein. Ich werde sie euch nicht überlassen … zumindest nicht lebend.« Parkov legte die Fingerspitzen aneinander und betrachtete Ivanov darüber hinweg. »Hör mir zu, Viktor. Ich stehe auf der Seite des Gesetzes. Ich bin einer der Guten. Dass ich mich mit dir treffe, beweist, wie verzweifelt die Lage ist. Aber ich bin nicht so verzweifelt, dass ich dich zwei Männer töten lasse – ohne einen Prozess, ohne eine faire Chance. Die Barbarei haben wir in unserer alten Heimat zurückgelassen.«

Ivanov spuckte aus. »Was weißt du schon von der Heimat?«

»Wenig. Doch *du* hast vergessen, was du einmal wusstest. Werte, die unter Männern wie dir einmal etwas zählten, ein Gewicht besaßen, das es zu achten galt. Ehre, Härte, Gerechtigkeit. Vergebung. Die Tatsache, dass Gesetze, die Bestandteile unserer Zivilisation, die uns von den Wilden unterscheiden, mehr bedeuten als Blutrache. Zwei unschuldige Mädchen sind gestorben, weil du vergessen hast. Zwei unschuldige Frauen, eine Kollegin und die schwangere Ehefrau eines Kollegen befinden sich in Lebensgefahr. Willst du meinen Vorschlag anhören?«

»Sie ist schwanger, sagst du?«

»Ja.«

»Rede.«

»Geh mit mir hinein. Deine Männer warten hier draußen. Wir werden einen Weg finden, der alle Seiten zufriedenstellt.«

Ivanov überlegte. »Ich akzeptiere.«

»Dann komm.«

Ivanov gab ein Kommando an seine Männer, die daraufhin bei den Geländewagen zurückblieben. Parkov trat zur Tür und hielt sie dem Mann auf.

Wenn es schiefgeht, dachte er, *dann verlassen wir alle diese Hütte mit den Füßen voraus.*

Charwitz sprang auf, als er Ivanov sah. Johann zielte mit der Schrotflinte auf Fortloff und Charwitz und drehte sich nicht um. Parkov hob die Walther und bedeutete Ivanov, stehen zu bleiben.

»So ist es also«, sagte der Russe. »Endlich.«

Charwitz war blass wie ein Feld mit frisch gefallenem Schnee. »Parkov, was … dieser Mann … er ist … ist er es?«

»Ja.«

Charwitz fluchte. »Wofür hältst du dich? Für Richter und Henker, vereint in ein und derselben Person?«

»Diese Männer«, sagte Parkov zu Ivanov, »woher kennst du sie?«

»Er hat mir Fotos von ihnen gezeigt. Der … Dezembermann hat sie mir gezeigt.«

»Woher wusste er, wen er suchen musste?«

»Nicht von mir. Natashas Mörder war unentdeckt entkommen. Deine Polizei hätte nichts zustande gebracht, also machte ich mir gar nicht erst die Mühe, euch damit zu beauftragen. Was glaubst du, wieso ich mich an *ihn* gewandt habe?«

»Sie ist von zu Hause weggelaufen, Viktor. Du trägst selbst Schuld an allem, was geschah. Sag mir, wieso erst jetzt? Natashas Tod liegt vier Jahre zurück. Sie verschwand und wurde von deinen eigenen Leuten entdeckt, als ihr dort oben im Wald irgendetwas entsorgen wolltet … aber wieso hast du dich erst jetzt an ihn gewandt?«

»Das habe ich nicht. Der Dezembermann nahm den Auftrag an, die Verantwortlichen zu finden, doch sagte er mir auch, dass es eine Zeit dauern würde. Vielleicht Jahre. Ich konnte warten. Ich bin geduldig.«

»Ich verstehe.« Parkov sah Fortloff in die Augen. »Und nun will ich die Wahrheit hören.«

Fortloff sagte gar nichts.

»Du bist tot, Parkov«, stieß Charwitz aus. »Da werden andere für sorgen.«

»Vielleicht. Vielleicht auch nicht. Fortloff, Sie haben mich belogen, und das die ganze Zeit über. Sie, Charwitz, Holdinger und Piotr Ginski waren befreundet. Und Oswald Müller war wenigstens ein Bekannter von Ihnen.«

»Und wenn schon?« Charwitz wollte näher kommen, doch Johann hielt ihn zurück.

»Wie haben Sie Natasha kennengelernt?«

»Wir kennen keine Natasha!«, brüllte Fortloff.

»Ich sagte schon, Sie kennen sie ganz besonders. Der Dezembermann hätte ihre kleine Gruppe nicht aufspüren können, nicht ohne die Hilfe eines Insiders … die Hilfe von einem der vier Freunde. Sie waren derjenige, Fortloff, der die anderen an den Mörder ausgeliefert hat. Deshalb hat er so lange gebraucht, um euch vier zu finden. Wie genau stellte er es an?

Wie kam er auf Sie?«

Charwitz drehte sich um und fixierte Fortloff. »Ist das wahr? Ich habe mich die ganze Zeit schon gewundert, wie es möglich sein konnte …«

»Es war ein Tausch. Das Leben, das er führte, wollte er nicht fortwerfen. Also gestand er, was geschehen war. Aber Sie wussten, dass das Monster, das den Auftrag bekommen hat, sich an Ihnen zu rächen, nicht bei den anderen haltmachen würde. Am Ende wären Sie doch bestraft worden, weil Sie ungehorsam waren. Also haben Sie Frau und Tochter rechtzeitig in Sicherheit gebracht. Wussten Sie, dass er das getan hat, Charwitz?«

»Nein. Du hast …« Charwitz ballte eine Hand zur Faust. »Du hast … Marlene … ich hatte ja keine Ahnung …«

»Setzen Sie sich hin, Charwitz!«, rief Parkov. »Die Zeit ist gekommen zu gestehen.«

Ivanov nickte. Er hatte die Arme vor der Brust verschränkt und schaute mit einem Blick auf die beiden Männer, aus dem nichts als Hass sprach.

»Es war … war ein Unfall. Wir alle, wir vier … hatten uns Ewigkeiten nicht gesehen …«

»Das ist eine Lüge. Wir haben Anrufe auf Holdingers Telefon gefunden, die von Ihnen beiden kamen, vor ein paar Wochen gerade einmal. Sie standen wieder in Kontakt.« Parkov hielt sich die Seite. »Mir läuft die Zeit davon. Dieser Mann will ein Geständnis, ehe er mir gibt, was ich will, den Aufenthaltsort des Mörders von Marlene und Julia. Also reden Sie – oder ich werde Sie zwingen.«

»Das würdest du nicht wagen«, sagte Fortloff, doch Charwitz schwieg.

»Wie hat er Sie gefunden, Fortloff? Ich will es noch immer wissen.«

»Er hat mich eben gefunden! Eines Tages hat es angefangen!« Fortloff verbarg das Gesicht in den Händen. »Es war ein Fehler, verflucht! Ich wollte doch nie … wollte nie, dass ihr das geschieht!«

»Ich will es konkreter.«

»Ich weiß nicht, wie er auf mich kam. Verflucht, das ist die Wahrheit, ich weiß es nicht. Aber als er mich zum ersten Mal bedrohte, wusste ich, dass einen die Sünden der Vergangenheit irgendwann doch einholen. Also habe ich mitgespielt. Informationen gegen … *Absolution.*«

Parkov wandte sich Charwitz zu. »Erzählen Sie, was geschehen ist. Wann sind Sie Natasha begegnet?«

»Holdinger hat sie mitgebracht«, sagte Charwitz mit ausdrucksloser Stimme. »Wir waren Freunde, ja, es stimmt. Früher haben wir alle zwei Wochen einen Herrenabend gefeiert. Fortloff hat die Weiber bezahlt. Er konnte es sich leisten, und sein komischer Freund Oswald … der hatte Kontakte. Dann war eine ganze Zeit lang nichts mehr, bis zu diesem Tag, dieser Abend im Dezember kurz vor Weihnachten vor vier Jahren … die beste Weihnachtsparty aller Zeiten, so hat Fortloff sie angekündigt. Wir waren bei ihm. Ja, Max, hör auf, es zu leugnen! An diesem Abend … da kam Norman mit der Kleinen an. Sie ist von zu Hause weggelaufen, sagte er, und ihr war kalt. Ein neues Leben wollte sie anfangen, weg von ihrem alles beherrschenden Vater. Sie wollte unbedingt etwas Geld verdienen.«

»Du sprichst von meiner Tochter, du Missgeburt«, sagte Ivanov.

»Was können wir dazu, was deine Tochter treibt?«

»Halt den Mund, Max«, sagte Charwitz. »Oh Gott.« Er schloss die Augen. »Es war regelrecht dekadent. Wir alle waren so betrunken, hemmungslos, und wir hatten so einen Schokoladenbrunnen. Sie hat Holdinger gevögelt … und dann wollte sie wieder gehen.«

»Einen Schokoladenbrunnen«, wiederholte Parkov. »Ich verstehe. Deshalb die Schokolade, Fortloff, die Sie im Haus hatten. Dieselbe Schokolade, die der Mann, der die Töchter Ihrer Freunde bestraft hat, verwendete, um Julia und Marlene zu füttern … hat Sie das entsetzt? Ich wette, das hat es.«

»Er ist völlig verrückt«, sagte Charwitz. »Sie müssen ihn aufhalten, Parkov!«

»Die Zeit, Charwitz, die Zeit!« Parkov warf einen Blick auf das GPS-Ortungsprogramm, auf das er über sein iPhone zugreifen konnte. E.L.V.I.S. gab nur einen Fehlercode aus, der Peilsender war noch immer nicht aufspürbar.

Halte durch, Marie, dachte er. *Wenn du kannst, halte irgendwie durch.*

»Sie wollte wieder gehen … aber wir waren so … ich weiß es nicht mehr …«

»Du hast etwas mitgebracht«, sagte Fortloff zornig. »Vergiss nicht die Drogenscheiße, die du dabeihattest.«

»Ich weiß nicht mehr genau, was danach geschehen ist. Natasha hat wohl auch davon genommen, vielleicht zu viel … Ich weiß, dass Piotr sie gefickt hat. Und danach …«

»Danach warst du an der Reihe, gib es doch zu!«

»Und Sie, Fortloff? Sie etwa nicht?«

»Ich nicht.«

»Er nicht«, sagte Charwitz. »Aber er hat auch nicht verhindert, dass am Ende …«

»Was ist am Ende geschehen? Was hat er nicht verhindert?«

»Was glauben Sie wohl, Parkov, wäre mit uns allen geschehen, wenn das Miststück danach entkommen wäre? Ich hab sie Oswald überlassen, und der hat sie …«

»Sie ist erwürgt worden«, sagte Ivanov mit erstickter Stimme. »Und weggeworfen wie ein Haufen Müll. Dass sie von meinen Leuten da draußen gefunden wurde, war bloß Zufall.«

»Ist das der Grund, wieso Sie Oswald Müller in Ihrem Haus haben arbeiten lassen?«

Fortloff nickte. »Der einzige Grund. Er … er weiß über alles Bescheid.«

Parkov drehte sich zu Ivanov um. »Da haben Sie das Geständnis. Das ist mit Ihrer Tochter geschehen. Anstatt einen Wahnsinnigen mit der Rache zu beauftragen, hätten Sie den Weg des Gesetzes beschreiten sollen. Alles, was ich anbieten kann, ist, diese Männer der Polizei zu übergeben.«

»Und dann? Fünf Jahre und sie sind wieder frei?«

»Ich will wissen, wie Sie mit dem Dezembermann in Kontakt kamen. Ich will alles wissen, und das augenblicklich.«

»Alles? Es gibt nicht viel zu erzählen. Wir achten eure Gesetze nicht. Ich habe einen guten Freund, der mir von einem Mann berichtete, der das Unmögliche möglich machen würde – einer, der für Gerechtigkeit sorgt anstatt nur für Recht oder Rache.«

»Wie heißt der Freund?«, fragte Parkov, obwohl er die Antwort bereits kannte.

»Alekseev. Boris Alekseev.«

»Also wollten Sie, dass den Männern, die Ihre Tochter misshandelten und töteten, dasselbe wiederfuhr?«

»Ich wollte, dass sie den Schmerz durchleiden, den ich durchlitten habe. Ich wollte, dass ihr eigen Fleisch und Blut ihnen genommen wird. Ich wollte, dass sie spüren, was echter Verlust bedeutet. Was echte Monster anrichten können.«

»Und der Mann, den Sie beauftragt haben, kam dem Wunsch nach, so, wie er zuvor bereits Alekseevs Wunsch erfüllt hatte. Was hat er verlangt? Wie haben Sie ihn bezahlt?«

»Bar. Es war nicht wenig Geld. Doch Alekseev erzählte mir, dass der Dezembermann für ihn einen wunderbaren Erfolg erzielt hat, und ich vertraue Alekseev. Er ist ein guter Freund.«

»Was hat er erzählt?«

»Sein Sohn sitzt hinter Gittern, weil man ihn für einige Dinge viel zu hoch verurteilt hat. Alekseev wollte, dass die Verantwortliche, die ihn aufspürte, dafür büßen muss … nicht einfach irgendwie, wie es ein bezahlter Schläger tun würde, nein, mit einem gezielten Stich, der sie dort treffen sollte, wo sie am verletzlichsten war. Der Dezembermann hat diesen Wunsch in die Wirklichkeit umgesetzt.«

Worauf Erik Winter seine eigene Frau in der eigenen Wohnung angriff, dachte Parkov. *Arme Marie.*

Er griff in seinen Mantel und holte eine Aufnahme von Julia Ginski hervor, die das Mädchen im grellen Licht der Spurensicherungsscheinwerfer im Schaufenster zeigte. Eine ähnliche Aufnahme von Marlene Charwitz hielt er daneben. »Sag mir, dass das dein Wunsch war. Sag mir, dass du wirklich von ihm verlangt hast, die Männer, die deine Tochter auf dem Gewissen haben, auf diese Weise zu strafen. Ihre unschuldigen Töchter auf diese Weise zu bestrafen, weil sie deine unschuldige Tochter missbraucht und getötet haben.«

»Genau das war mein Wunsch«, sagte Ivanov kalt. Er betrachtete die Bilder nicht. »Ihre Kinder gegen meine, ihre Töchter für meine Tochter. Ich bedaure nur, dass er die anderen beiden nicht erledigt hat – die von Holdinger und Fortloff.«

»Der Dezembermann besaß einen Schlüssel, um in die Wohnung von Marlene Charwitz zu gelangen.« Parkov warf Charwitz einen Blick zu. »Erklären Sie mir das. Oder Sie, Ivanov.«

»Ganz einfach. Eins meiner Mädchen, die der saubere Bulle hier gerne fickt, hat ihn ihm auf meine Anweisung hin geklaut. Und dann hab ich den Schlüssel weitergegeben.«

»Du verfluchtes Schwein«, sagte Charwitz. »Parkov, das war ein Geständnis, Sie können ihm das nicht durchgehen lassen.«

»Die Toten sind tot«, sagte Parkov. Er nickte Ivanov zu.

»Dies muss ein Ende haben. Halt dich an unsere Vereinbarung. Wie kann ich den Dezembermann finden? Wo habt ihr euch getroffen, wo fand die Geldübergabe statt?«

»Es war stets derselbe Ort. Eine Kapelle, drüben im Taunus.« Er nannte den Ort, dann sah er Parkov mit einem zornigen Blick in die Augen. »Ich nenne dir den Ort nur aus einem einzigen Grund: Dein Vater hat mir einmal geholfen, als mein ganzes Leben vor dem Zerbrechen stand. Das ist alles. Jetzt sind wir quitt, endgültig.«

»Offenbar hat er da einen großen Fehler gemacht.«

»Das ist das letzte Mal, dass wir uns neutral gegenüberstehen. Das nächste Mal, Parkov, werden wir Feinde sein. Hast du das verstanden?«

»Es wird kein nächstes Mal geben. Charwitz hat recht: Du hast gerade ein Geständnis abgegeben. Du hast nicht nur dich, sondern auch Alekseev schwer belastet.« Parkov berührte die ›Senden‹-Taste auf dem Display seines iPhones, das in seiner Manteltasche steckte.

»Und? Was hast du vor? Hast du vergessen, dass ich sieben Männer da draußen habe, die jedem Befehl gehorchen? Hast du vergessen, dass die«, er deutete auf Charwitz und Fortloff, »selbst gerade ein Geständnis abgelegt haben?«

»Nein. Nein, das habe ich nicht.«

»Was redest du dann, *Izmennik*?«

Parkov lächelte. Irgendetwas in seiner Miene ließ Ivanov zurücktreten. »*Verräter?* Ich? Du hast mir offenbar nicht zugehört, mein Lieber. Ich sagte, ich bin ein Mann des Gesetzes. Und so wie ich dir versprochen habe, Fortloff und Charwitz und die beiden anderen nach den Regeln des Gesetzes zu verfolgen, so habe ich den beiden versprochen, den Mann zu verhaften, der die Morde an zwei unschuldigen Mädchen in Auftrag gegeben hat – dich, Viktor.«

Draußen erklangen Schreie. Dann ein paar russische Befehle, gebellt mit harter Stimme, dazwischen die Rufe »Polizei! Polizei!« und das Quietschen von Reifen.

»Was hast du … du …!« Ivanov wollte auf Parkov zustürzen, doch der hob die Dienstwaffe und hielt ihn auf Abstand. »Ich habe dir einmal gesagt, du solltest mich nicht unterschätzen«, sagte Parkov. »Was du hörst, sind deine Männer, die gerade von Spezialkräften verhaftet werden.« Er deutete unbestimmt auf die Wände der Hütte. »Das Gespräch wurde aufgezeichnet. Wir haben alles, was wir brauchen, um euch«, er wandte sich sowohl an Fortloff und Charwitz als auch an Ivanov, »anzuklagen. Und die Anklage lautet Mord – und die Anstiftung zu demselben.«

»Ich werde nicht vergessen, was du hier getan hast«, sagte Ivanov.

»Das werde ich auch nicht. Viktor Ivanov, ich beschuldige Sie der Anstiftung zum Mord und verhafte Sie aufgrund des Verdachts der Beauftragung der Morde an Julia Ginksi und Marlene Charwitz. Maximilian Fortloff, Jochen Charwitz, Sie verhafte ich wegen des dringenden Tatverdachts, Natasha Ivanov vergewaltigt und an ihrer Tötung mitgewirkt zu haben. Auch Sie werden des Mordes beschuldigt. Sie alle haben das Recht, die Aussage zu verweigern, einen Strafverteidiger hinzuzuziehen, sollte Ihnen dies nicht möglich sein, kann das Landgericht Ihnen einen Pflichtverteidiger zuordnen. Gehen wir, Ivanov.« Parkov bedeutete dem Mann, die Hütte zu verlassen. »Hast du gehört, dass ein Schuss fiel? Nein? Ich auch nicht. Und weißt du was? Das nennt sich Zivilisation.«

Draußen lagen die sieben Mafiosi, die Ivanov mitgebracht hatte, auf dem Boden, umringt von gut vierzig SEK-Spezialkräften in Sturmhauben, Helmen und voller Montur. Sörensen, Fahrenheit, Odinsdottir und Bodenfeld kamen auf Parkov zu.

»Hast du ihn?«, fragte Bodenfeld. »Hast du den Ort?«

Parkov nickte. »Wie viele der Kollegen werden uns begleiten können?«

»Mehr als die Hälfte.« Sörensen gab ein Zeichen, und Ivanov wurde gefesselt und abgeführt. Parkov sah zu, wie die SEK-Beamten Charwitz und Fortloff aus der Hütte holten. Charwitz sah keinem von ihnen in die Augen. Schließlich kam Johann heraus und reichte die Schrotflinte an Parkov weiter. »Sir, ich weiß nicht, ob Sie es bereits bemerkt haben, aber E.L.V.I.S. meldet, dass der Peilsender plötzlich wieder aktiv geworden ist und sendet.«

»Gut.« Parkov warf einen Blick auf sein iPhone. »Dann machen wir uns auf, Marie und Sabine aus den Fängen des Dezembermannes zu befreien.«

»Parkov?« Isabelle Odinsdottir warf ihm einen besorgten Blick zu. »Das hier war gute Arbeit … aber sind Sie sicher, dass Sie noch weitermachen können? Sie bluten.«

Parkov blickte an sich herab. Der dicke Pullover, den er unter dem Mantel trug, hatte sich auf Hüfthöhe mit Blut vollgesogen. Die Wunde musste sich erneut geöffnet haben. »Es geht schon. Es wird. Anna, ich habe dir die Position des Senders geschickt …«

Bodenfeld räusperte sich, sagte aber nichts. Sein Blick war jedoch unmissverständlich: *Marie als Köder zu benutzen, war riskant, leichtsinnig und ein viel zu hoher Einsatz.*

»… also leite sie entsprechend an den Einsatzleiter der Spezialkräfte weiter.«

»Das ist eine Kapelle«, sagte Sörensen nach einem Blick auf das Display. »Was soll das? Ist er etwa ein …?«

»Ich kenne den Ort«, sagte Isabelle mit belegter Stimme. »Los, Leute, los!«

Sie rannten zu den Fahrzeugen.

»Woher?« Parkov hielt sich die Seite. »Wie kann das sein?«

»Maries Mann hat dort bei den Ausgrabungen dieses Keltengrabes hin und wieder Mittagspause gemacht. Da gibt es nicht nur die Kapelle, sondern auch eine kleine Gaststätte und ein paar Höfe. Das hat sie mir erzählt.«

»Wart ihr dort? Bei den Ermittlungen zu Erik Winters Tod?«

»Natürlich. Aber das war damals ein totes Ende, eine Sackgasse. Es sei denn …« Isabelle blieb stehen, und Parkov wäre beinahe in sie hineingelaufen. »Verflucht«, sagte sie. »Ich glaube, ich weiß jetzt, wer er ist.«

53.

Die Kälte weckte sie.

Die Kälte und ein Geräusch, das sie an Glocken erinnerte, leises Geläut irgendwo in der Ferne.

Und dann war da noch etwas anderes … ein leises Geräusch, näher als das andere, und doch nicht direkt hier neben ihr … Jemand weinte leise vor sich hin.

Der erste Eindruck, den ihre Augen einfingen, als sie sie aufschlug, war das gelbrote Flackern von Fackeln, die in eisernen Halterungen an einer gemauerten Gewölbewand hingen. Der Lichtschein reichte aus, um der Finsternis das Abbild eines Gewölbekellers zu entreißen – niedrige Decken, ein torartiger, geschwungener Durchgang und gestampfte Erde am Boden. In einer Ecke stand ein Eimer, in dem sich irgendeine dunkle, übel riechende Brühe befand, in der Mitte des Raums erhob sich jedoch ein großer Holztisch mit vier dicken, mit Schnitzereien verzierten Beinen. Das flackernde Licht tanzte über eine massive Tischplatte, die mit rostbraunen Flecken überzogen war. Blut? Sehr wahrscheinlich. Daneben stand ein kleinerer zweiter Tisch, auf dem Werkzeuge lagen, die einem Chirurgen gehören konnten: Skalpelle in vielen Größen, Scheren, Sägen und Hämmer.

Marie spürte, wie der Schweiß, der ihren ganzen Körper überzogen hatte wie ein dünner Film, sie in der kalten, modrig riechenden Luft des Gewölbekellers frieren und zittern ließ. *Verflucht, wie kalt es hier ist!*

Für einen Augenblick begriff sie nicht, wo sie sich befand, und noch weniger, wie sie hierhergelangt war. Dann fiel ihr alles wieder ein – Erinnerungen, die siedend heiß durch ihr Bewusstsein flossen: Tarek Hassan, Thomas Grün … eine Betäubungsspritze, die in ihren Hals stach … der Dezembermann, der vor einer Kamera stand und sie aufforderte, sich ihm zu ergeben, sollte sie nicht zusehen wollen, wie er Sabine vor laufender Kamera tötete …

Sie blickte an sich herab, versuchte, sich zu bewegen. Es war nicht möglich. Marie bemerkte, dass sie an einen Stuhl gefesselt war, die Hände hinter ihrem Rücken, hinter der Lehne, ihre Fußknöchel an die Stuhlbeine. Ihr Arm schmerzte noch immer, doch irgendjemand hatte ihn wieder eingekugelt. Sie zerrte an den Stricken, der Stuhl knackte und knarzte, doch gab er nicht nach.

»Mistscheiße!«

»Marie?!« Eine leise, verängstigte Stimme aus der Schwärze des Gewölbes.

»Sabine!«, rief Marie. »Kannst du mich hören?« Sie spähte in die Finsternis jenseits des flackernden Lichtscheins, hinein in die Dunkelheit, die die brennenden Fackeln nicht zu erhellen vermochten. Sie starrte in die Richtung, aus der das leise Weinen zu ihr heranwehte, und versuchte, irgendetwas auszumachen, doch es gelang ihr nicht, die Fackeln in ihrer Nähe waren zu hell.

»Sabine?«

Das Weinen verstummte augenblicklich. »Marie? Oh Gott, nein. Bist du …?«

»Ich bin hier«, sagte sie. Marie versuchte alles Erdenkliche, um ihre Stimme ruhig und selbstsicher klingen zu lassen, rief sich hoffnungsvollere Erinnerungen ins Gedächtnis, heitere Tage, schöne Momente … Sie durfte Sabine nicht merken lassen, dass sie nahezu ebenso verzweifelt war wie sie selbst.

Eine von uns muss stark bleiben.

Es muss sein.

»Wir werden hier sterben«, sagte Sabine. Ihre Stimme war ein leiser, verängstigter Hauch. »Ich kann nicht mehr.«

»Bine, du musst durchhalten. Wir werden nicht sterben, hörst du? Ich werde dafür sorgen, dass du hier rauskommst! Du und dein Kind.«

Sabine schluchzte auf. »Ich … ich kann sie nicht mehr spüren … er hat … hat irgendetwas gemacht …«

Maries glühend heißer Zorn auf den unbekannten Mann, der sein Spiel mit ihnen trieb, kochte erneut hoch. Sie zerrte abermals an den Fesseln, die sie hielten, zerrte, bis ihr die Stricke die Handgelenke blutig gescheuert hatten; aber doch nicht nachgaben …

»Hilfe!«, schrie sie aus voller Lunge. »Hilfe! Hört uns jemand?«

Nichts geschah.

»Bine, konntest du ihn sehen?«

»N-Nein … nicht direkt … nicht sein Gesicht.«

Weit weg in der Ferne erklang das kalte, rasselnde Geräusch von Ketten, die von einer Tür gelöst wurden. Dann drehte sich ein großer Schlüssel in einem Schloss, und Licht fiel schräg durch einen neu geöffneten Spalt ins Gewölbe, Licht, so hell und grell wie die hochstehende Mittagssonne.

Es war kein Licht der Hoffnung. Es war das Licht eines herannahenden Güterzugs in einem engen Tunnel, das Licht in der Hand eines entgegenkommenden Mörders in einer engen Gasse an einem nebligen Herbstabend.

Der Spalt wuchs, weiter und weiter, bis die Tür am anderen

Ende des Kellers vollends offen stand. Im Durchgang stand ein hochgewachsener Mann. Marie erschienen die Gestalt, der Körperbau sowie die Körperhaltung erschreckend vertraut.

Etwas klapperte. Dann flammte elektrisches Licht im gesamten Gewölbe auf, und Marie musste für einen Augenblick die Augen schließen, so grell und blendend war es.

Jemand kam näher.

Sie roch ein teures Herrenparfüm.

Einen Duft, den sie schon einmal gerochen hatte. Nein, korrigierte sie sich, zweimal. *Mindestens.* Einmal in ihrer Wohnung, als er dort eingebrochen hatte, und die anderen Male … sie begriff. Jetzt, endlich, begriff sie. Jetzt war es zu spät.

Ihr Herz schlug schnell und heftig gegen ihre Rippen. Sie spürte, wie neuer, kalter Schweiß ihren Rücken zwischen den Schulterblättern herablief. Sie hörte, dass Sabine vor Schreck sogar ihr Schluchzen unterbrochen hatte.

Die Welt schien stillzustehen. Für einen Moment hielt die große Uhr der Zeit inne. Wie schon in jenem Bruchteil einer Sekunde, als Erik an einem kalten Wintermorgen mit einem Messer auf sie zukam, und Marie begriff, dass sie würde schießen müssen, atmete sie tief ein und aus.

Der Mann, der nun kaum mehr als zwei Meter von ihr entfernt stand, räusperte sich laut und vernehmlich. »Frau Winter? Würden Sie mir *eine* Minute Ihrer Zeit schenken?« Seine Worte waren voller Spott.

Also war es die Wahrheit. *Seine* Stimme, unverkennbar. Wie konnte das nur möglich sein? Wie in aller Welt konnte er ihr das antun? Er, dem sie ihre Tochter wieder und wieder anvertraut hatte?

Dann öffnete sie die Augen.

Der Mann, der zu ihr trat, *der Dezembermann*, auf dessen Lippen ein schwaches, verblassendes Lächeln stand wie das schwindende Licht der untergehenden Wintersonne, war niemand anders als Dr. Frank Neumann selbst: der Oberarzt der Kinderklinik, der Arzt, der Lucie betreute, der Mann, in dessen kundige Hände sie ihre Tochter gegeben hatte.

Sie ballte die Hände zu Fäusten. Abermals zerrte sie an den Stricken. Der brennende Schmerz, als die Hanffasern des Seils über ihre blutig geriebenen Handgelenke scheuerten, war ihr in diesem Augenblick gleichgültig. Ihr war alles gleichgültig, sogar Sabine, die nicht allzu weit von ihr entfernt auf einem ähnlichen Stuhl gefesselt hockte und zu ihnen herübersah. Alles, was sie in diesem Augenblick wollte, war, diesem Mann die Hände um den Hals zu legen, ihn zu erwürgen und seine kalten Augen für immer zu schließen.

»Du«, sagte Marie. Sie wusste, dass ihre Beine zwar nicht unter ihr nachgegeben hätten, doch war sie froh, dass sie angesichts dieser Enthüllung, dieses Verrats, auf einem Stuhl saß, der sie hielt und stützte. »Das ist … das ist Wahnsinn.«

»Wahnsinn?« Sein Lächeln schwand weiter. Es war ein anderes als jene, die sie die ganze Zeit über von ihm gesehen hatte. Das war sein echtes Ich, sein echtes Lächeln, das niemals diese seltsamen, kalten blauen Augen erreichte. »Dies ist alles, bloß kein Wahnsinn. Sie enttäuschen mich, Frau Winter. *Marie.* Darf ich Sie Marie nennen?«

»Nein.«

»Ich werde es dennoch tun. Sie sind nicht in der Position, irgendeine Entscheidung zu treffen.«

»Machen Sie mich los, und ich werde Ihnen zeigen, welche Entscheidungen ich treffen kann!«

»Sie sind ein stures, kampflustiges Häschen, Marie. Viele Frauen brechen weinend zusammen, wenn sie begreifen, wo sie sind, dass niemand ihre Schreie hören wird … und dass sie ganz allein mit mir hierbleiben werden.« Er ging von Fackel zu Fackel und löschte sie. Das grelle Neonlicht, das aus einer Reihe von Röhren an der Decke kam, genügte.

»Ich bin nicht wie viele Frauen«, erwiderte Marie.

»Das habe ich begriffen. Seit meiner ersten Begegnung mit Lucie war mir klar, wie bewundernswert Sie sind. Seit Sie Ihre Tochter zu mir gebracht haben und sie auf Station kam, habe ich Sie bewundert, Marie. Sie haben vermutlich keine Notiz davon genommen, und spätestens nachdem Sie Julia im Schaufenster entdeckt hatten, waren Ihre Gedanken meist bei völlig anderen Dingen, aber so war und *ist* es. Ich verehre Sie.«

Marie schnaubte. »Schön.«

Neumanns Lächeln war nun vollends verschwunden. Er glich einem gehetzten Tier im Scheinwerferlicht eines herannahenden Pkw.

»Was? Was ist?«

»Marie, ich habe mich in Sie verliebt«, gestand er. »Die Zeit verging, und ich begriff, dass Sie mir so viel mehr bedeuten als die übrigen Patienten … am Ende habe ich die Termine Ihrer Tochter herbeigesehnt, weil ich wusste, Sie würden dabei sein. Haben Sie sich nie gewundert, wieso die Termine immer genau zu Ihren Arbeitszeiten passten? Ich *musste* Sie sehen. Die Leukämie … ich wollte natürlich nicht, dass Ihrer Tochter *das* zustößt. Aber es gibt Wege, die Erkrankung weiter zu verstärken. Ich spreche natürlich vom Epstein-Barr-Virus.«

Marie schluckte. *Das kann nicht sein. Er lügt. Er muss lügen.* Die Welt begann sich vor ihr zu drehen, sie schloss die Augen. Die nächsten Worte verließen ihren Mund völlig mechanisch. »Sie … Sie haben das getan? Aber … wieso denn?«

»Ich tat alles, damit Sie endlich mehr Zeit mit der Kleinen verbringen. Ich hoffte, Sie würden bemerken, dass ich mich so sehr um sie kümmerte, wie ich es sonst nur mit meiner eigenen Tochter tun würde, wenn ich denn noch eine hätte. Ich fürchte leider, dass das niemals wieder der Fall sein wird.«

Marie spürte, wie sich ihre Augen gegen ihren Willen mit Tränen füllten. Sie war gegen alles gefeit gewesen, jedoch nicht gegen diese Enthüllung. Neumann stand ihr mit einem ausdruckslosen Blick gegenüber. »Wird sie wieder gesund?«

»Natürlich. Das wird sie. Ich kann doch kein kleines Mädchen töten.«

Sie schüttelte den Kopf. Ihr Inneres war ein quälendes Gewühl aus widerstrebenden Empfindungen – Hass, Verzweiflung, Trauer. »Wieso haben Sie mir nicht einfach gesagt, was Sie … was Sie empfinden?« Marie spürte, wie eine heiße Träne ihre Wange herabrollte. Geschah dies tatsächlich? Führte sie dieses Gespräch mit diesem Mann gerade wirklich?

»Ich bin *schüchtern*«, sagte Neumann. »Ich habe mich nie getraut.«

»Ich fasse es nicht.« Marie hustete. Ein heftiges Zittern lief über ihren Körper, eine Kälteempfindung, gegen die sie nichts tun konnte.

»Was ist mit Ihnen?«

»Ich … ich fühle mich überhaupt nicht gut. Mir wird schlecht.« Das war nicht gelogen, wenigstens nicht in Gänze.

Neumann spähte besorgt auf sie herab. »Das ist natürlich völlig normal. Eine Nachwirkung des starken Betäubungsmittels.«

»Wieso, Dr. Neumann? Wieso all das? Ich bin entsetzt.«

»Wissen Sie nicht, warum ich das getan habe? Sie wissen es doch, das kann ich Ihnen ansehen, Marie.«

»Sie sind Oberarzt.« Marie zwang sich, in einer beherrschten Tonlage zu sprechen, einer, in der sie auch Vernehmungen geführt hätte, und ihren Polizistinnenblick aufzusetzen. »Sie haben einen angesehenen Job, verdienen nicht schlecht, und Sie sehen nicht einmal wie ein Monster aus. Ich begreife nicht, was Sie dazu getrieben hat.«

»Was mich dazu getrieben hat?« Er zuckte die Achseln. »Das sagte ich bereits. Ich wollte, dass Sie sehen, was ich bereit bin, für Ihre Tochter zu tun.«

»Dann sind Sie wirklich verrückt. Wenn Sie dachten, ich würde irgendetwas mit Ihnen zu tun haben wollen, nachdem Sie meine Tochter mit einem Virus infiziert haben, dann sind Sie wirklich unheilbar gestört.«

»Fast alles ist heilbar.« Neumann legte den Kopf schief. »Ein Typ, der Selbstgespräche führt und gleichzeitig meint, er spräche mit seiner toten Frau, die auf wundersame Weise in seinem Kopf noch am Leben ist, ist für Sie also nicht unheilbar gestört?«

Marie wusste augenblicklich, von wem er sprach. »Ich hoffe, er kommt hierher und tritt dir in den Arsch.«

»Hierherkommen? Das wird er, da bin ich mir sicher. Aber er wird euch beide nur noch leblos auffinden.« Neumanns Stimmlage war kälter geworden, gefühlloser, ohne jede messbare Empfindung.

Marie holte tief Luft. *Zeit*, dachte sie, *du musst einfach nur Zeit gewinnen. Wenn der Peilsender die Position überträgt, dann musst du bloß jede Menge Zeit gewinnen*!

»Wieso der Name? Wieso Dezembermann? Wieso die Briefe an Parkov und mich?«

Neumann zwinkerte ihr zu. »Das ist kein Geheimnis. Raten Sie doch mal.« Er trat näher und berührte ihre Wange mit dem Zeigefinger. Marie zwang sich, nicht vor der Berührung zurückzuzucken. Auf die meisten Psychopathen wirkte diese Reaktion noch zusätzlich erregend und anstachelnd. Neumann wischte ihr eine Träne von der Haut. »Sie sind so attraktiv, wenn Ihr Make-up verschmiert, Marie. Ein hübsches, anziehendes, kleines, mutiges Häschen.«

»Waren wir … nicht gerade beim Raten?«

Er nickte und zog die Hand zurück, blieb dabei jedoch genau dort stehen, wo er war. »Dann raten Sie mal. Drei Versuche. Wieso nannte ich mich Dezembermann?«

Maries Gedanken rasten. Sie holte tief Luft. »Weil … weil Sie …« *Lass dir etwas einfallen, Marie! Verflucht, lass dir etwas*

Cleveres einfallen! Gewinne Zeit!

Irgendwo über ihren Köpfen, jenseits der niedrigen Gewölbedecke, knallte ein Schuss. Erst einer, dann zwei, dann ein dritter. *Zwei Waffen*, dachte Marie, *das sind zwei unterschiedliche Pistolen*!

Neumann blickte wütend auf sie herab. »Sieht ganz danach aus, als wären sie schon hier. Wie habt ihr es gemacht, hm? Wie habt ihr diesen Ort aufgespürt? Hast du mich etwa belogen?« Von irgendwoher tauchte ein Messer in seiner Hand auf.

»Sagen Sie mir, was ich wissen will, dann verrate ich Ihnen, wie wir Sie gefunden haben«, erwiderte Marie. Das Messer schimmerte fürchterlich scharfkantig, als hätte er es vor Kurzem noch geschärft.

»Ein Tausch? Ein Tausch von Informationen? Nein. Wissen Sie, am Ende interessiert es mich auch gar nicht. Was ich tue, bereitet mir viel zu viel Freude, als dass ich zulassen könnte, dass irgendeines meiner Geheimnisse nach draußen dringt. Ich habe vor, *lebend* zu entkommen.«

»Lebend? Das werden Sie nicht.«

»Sie wollen mich provozieren? Vergebliche Mühe.«

Kommt schon, dachte sie. *Kommt endlich*, flehte Marie mit jeder Faser ihres Körpers. »Ich will noch immer erfahren: Wieso das alles? Lucie ist nur ein Teil der Geschichte, ich bin nur ein Teil. Was ist mit Julia Ginski und Marlene Charwitz? Wieso mussten die Mädchen sterben? Was ist mit Parkov?«

»Weil ich dafür mehr Geld erhalten habe, als ich mir jemals hätte vorstellen können. Ich bin ein reicher, vermögender Mann geworden. Und natürlich, weil es mich lebendig machte. Es war das Einzige, bei dem ich mich fühlte, als lebte ich wirklich in einer greifbaren Realität. Bewusst, klar und im Jetzt.« Er spähte über die Schulter zur Tür.

»Geld? Geld für Auftragsmorde und die Erfüllung eines Gefühls? Das ist alles?«

»Ich dachte, Sie würden verstehen, was Geld bewirken kann. Könnten Sie es sich leisten, Lucie in eine entsprechende Privatklinik zu geben, wäre sie längst gesund.«

»Das wäre sie auch, wenn Sie nicht eingegriffen hätten …« Marie schüttelte den Kopf. »Sie lenken ab.«

»Nein, *Sie* lenken ab. Das Gefühl, am Leben zu sein. Ich sehe es Ihnen an, Marie. Sie selbst verspüren es schon längst nicht mehr so wie früher. Es nimmt ab, es schwindet immer weiter. Sie beginnen zu verzweifeln. Zu zweifeln, ob all das überhaupt noch einen Sinn ergibt. Vielleicht existiert das Gefühl noch manches Mal, vielleicht, wenn Sie Ihrer Tochter ins Gesicht blicken, oder dann, wenn Sie einem gefährlichen Gegner gegenüberstehen, aber sonst? Sie sollten mir danken. Fühlen Sie es jetzt? Fühlen Sie sich in diesem Augenblick wirklich lebendig? Verraten Sie es mir.«

»Sie sind verrückt, Neumann. Es hat keinen Sinn, Ihre Art von Empfindungen auf mich übertragen zu wollen.«

Neumann lachte. »Wollen wir über Empfindungen sprechen? Wieso stellen Sie mir dann nicht endlich die Frage, die Ihnen mehr als alles andere auf der Seele brennen muss?« Er lauschte in Richtung Tür, den Kopf gedreht, die Augen weit geöffnet. »Sie halten Ihren Hass bemerkenswert lange zurück. Doch ich weiß, er ist genau dort in Ihrem Herzen. Kommen Sie, Marie. Lassen Sie ihn heraus. Schleudern Sie mir alles entgegen, was Sie mir sagen wollen. Sie wissen ja, was wir getan haben. Zwei Worte: Erik Winter.«

»Ich weiß, dass er niemals vollbracht hätte, was er mir angetan hat, hätte man ihn nicht manipuliert.«

»Richtig. Wollen Sie erfahren, wie wir es angestellt haben? Es war leicht. Wissen Sie, dass ich sehen konnte, wie er langsam zerbrach? Höchst interessant, wissenschaftlich höchst ergiebig. Am Ende jedoch hat er mich ein wenig gelangweilt, weil er so erbärmlich wimmerte, als er versuchte, sich zu wehren.«

Marie schmeckte frisches Blut in ihrem Mund. Sie hatte sich auf die Zunge gebissen. Ihr Unterkiefer war verkrampft, ihre Hände ballte sie so fest zu Fäusten, dass ihre Fingernägel in die Handballen schnitten. »Sie werden für alles büßen. Für alles, Neumann, das verspreche ich Ihnen.«

»Aber, Häschen, das ist nur eine leere …«

Die Tür, durch die Neumann hereingekommen war, schwang auf, als hätte von der anderen Seite etwas mit aller Kraft dagegengeschlagen, prallte gegen die Wand und blieb offen stehen. Neumann fuhr herum. Irgendwo hatte er plötzlich eine Pistole her, die nun in seiner Hand lag und auf den Eingang gerichtet war. Das helle Licht der Neonröhren an Decken und Stützpfeilern illuminierte das weitläufige Kellergewölbe und auch die beiden Neuankömmlinge, die zur Tür hereinstürzten.

»Hier!«, schrie Marie mit aller Kraft. »Wir sind hier!«

Sie sah, wie Neumann einen kleinen Handschalter betätigte, den er verborgen in seiner Linken gehalten hatte. Im selben Augenblick erlosch alles Licht. Ein Schatten huschte vorüber. Sabine schrie.

»Bine? Marie?« Das war Jörgs Stimme. »Bine, wo bist du?« Eine Taschenlampe flammte auf.

»Er ist hier!«, schrie sie.

»Jörg! Pass auf! Er ist noch immer hier!«

Die Lichtkegel der Taschenlampen strichen über sie hinweg. Dann Schritte, wieder die Lichtkegel, die nun auf ihnen verharrten. Marie sah, dass Jörg gemeinsam mit Isabelle hereingekommen war … und während Jörg auf seine Frau zurannte, näherte sich ihr Isabelle.

»Marie, bist du okay? Es ist alles gut, wir sind hier.«

Nichts war gut. »Neumann ist es! Der Oberarzt! Und er ist noch hier! Er ist immer noch hier drinnen!«

»Ich weiß, er kann nicht weg, das Gelände ist umstellt und Parkov …«

Jörg schrie. Es war ein Laut des Schreckens, ein Laut der Überraschung, der Isabelle sofort herumfahren ließ. »Nein, Scheiße!«, brüllte Jörg. »Sprengstoff, Isabelle, wir haben hier Sprengstoff!«

»Ein Druckauslöser«, sagte Neumanns Stimme in die Dunkelheit hinein. Sie schien von überallher zu kommen. »Bewegt sich Sabine Bodenfeld von ihrer Position, steht sie auf und kehrt nicht innerhalb von zehn Sekunden wieder zurück, wird das Gewölbe in die Luft fliegen. Überlegen Sie sich alle gut, was Sie nun unternehmen. Ich kann Ihnen anbieten, die Schwangere gehen zu lassen, wenn einer von Ihnen sich bereit erklärt, Ihren Platz einzunehmen. Und kein Funkkontakt zu den Herren dort oben – oder der Sprengsatz wird von mir ausgelöst.«

Der Lichtkegel von Isabelles Taschenlampe kehrte zu Marie zurück. In die nun folgende Stille schnitten das leise Schluchzen von Sabine und die leisen Worte der Beruhigung und des Trosts, mit denen Jörg auf sie einsprach.

»Jörg, schaff sie raus«, sagte Isabelle dann. »Ich werde ihren Platz einnehmen.«

»Sie ist schwanger! Du bist doch leichter als sie!«

»Nicht mit dieser Einsatzmontur und der Schutzweste. Ich sagte, schaff sie raus!«

»Isa, du solltest nicht …« Marie verstummte, als sie den entschlossenen Ausdruck auf dem Gesicht ihrer Kollegin sah. »Wo ist Parkov?«

»Er … ich weiß es nicht. Wir haben den Funkkontakt möglichst still gehalten.«

»Isa, komm rüber!« Das war Jörg. Marie sah, dass er ein Taschenmesser in der Hand hielt und sich an den Fesseln, die Sabine an Ort und Stelle hielten, zu schaffen machte.

Der Austausch war schnell erledigt. Jörg rannte mit Sabine zum Ausgang. Dann herrschte Stille.

»Wer hat vorhin geschossen?«

»Sörensen. Da war dieser Tarek Hassan auf dem Gelände. Er feuerte und ist danach sofort abgehauen. Das hier ist eine fürchterlich große unterirdische Anlage … alte Keller, Gewölbe und alles. Eine Kapelle, die auf dem Gelände eines ehemaligen Klosters steht. Rate mal, wer das Gelände gekauft hat.«

»Frank Neumann?«

»Exakt.«

»Mistscheiße.«

»Ich hatte ihn vor mir … ich hatte ihn befragt, als wir damals wegen Erik … Ach, verflucht, er hatte ein beschissenes Alibi!«

Vorne schlug die Tür mit einem heftigen Scheppern ins Schloss. »Neumann? Sind Sie hier?«

»Ich bin die ganze Zeit bei Ihnen.« Die Stimme drang aus unmittelbarer Nähe an Maries Ohr. »Ich werde Sie nicht verlassen.«

Marie konnte nicht verhindern, dass sie zusammenzuckte. »Lassen Sie Isabelle gehen. Hängen Sie meinetwegen mir den Sprengsatz um. Ich bin es, die Sie wollen. Parkov und mich. Lassen Sie meine Kollegin gehen.«

»Das Problem ist, dass ich nicht weiß, wo sich Parkov befindet. Und solange sich daran nichts ändert, werde ich Sie beide hierbehalten.«

»Wie haben Sie es angestellt, dass wir Marie nicht aufspüren konnten?« Isabelles Stimme klang inmitten der Dunkelheit unglaublich weit entfernt.

»Ein Störsender, der jedes Signal innerhalb des Wagens blockierte, mit dem wir sie hierherbrachten. Und doch wundere ich mich, wie es gelingen konnte, mich hier zu finden. Die Mobiltelefone von Bodenfelds Frau und Ihr eigenes, Marie, sind längst zerstört. Auf dem Gelände arbeitet ein zweiter Störimpuls, der Ihre Funkgeräte stören und jegliche Handyortung unmöglich machen sollte. Gab es auf einer anderen Frequenz einen Sender, von dem ich nichts weiß?« Neumanns Stimme entfernte sich. »Antworte!«

»Wir hatten einfach Glück«, sagte Isabelle.

»Lüg mich nicht an.«

Isabelle keuchte auf. »Du verfluchter …«

»Bleib, wo du bist, meine hübsche Isländerin.«

»Isa? Was ist?« Marie konnte in der Dunkelheit nicht einmal ihren eigenen Körper ausmachen, wenn sie an sich herabblickte.

»Hat mich festgebunden.« Isa klang erschöpft. »In den Arm geschnitten …«

Marie spürte, wie eine kalte Messerklinge an den Stricken an ihren Fußknöcheln sägte. Dann wanderte die Klinge zu ihren Handgelenken. Sie war frei. Eine Pistolenmündung presste sich gegen ihren Nacken. Schließlich spürte sie, wie ihr ein Paar Handschellen in den Schoß fiel.

»Anlegen«, sagte Neumann sehr leise. Marie wusste, dass nur sie ihn hatte hören können. Das Metall in ihrem Nacken war kalt und tödlich. Sie gehorchte, schloss die Fesseln jedoch nicht so weit, wie sie es hätte tun können. Neumann jedoch trat um sie herum und presste beide Stahlbügel fest in den Verschluss der Handschellen.

»Aufstehen.« Das kam ebenso leise. »Vor mir hergehen. Wenn Sie irgendetwas machen, erschieße ich Sie und jage alles in die Luft. Nicken Sie.«

Marie nickte ruhig. Ganz gleich, was Neumann vorhatte: Losgebunden hatten sich ihre Chancen ganz erheblich verbessert.

»Marie?«

»Antworten Sie nichts«, hauchte Neumann.

»Marie, bist du noch da? Hey! Rede mit mir!«

Sie schwieg, sich des Pistolenlaufs hinter ihr wohl bewusst. Neumann schob sie vorwärts. Er schien sich hier unten auch in der Dunkelheit hervorragend orientieren zu können. Marie hingegen wusste weder, wo sie war, noch, wohin er sie führte.

»Öffnen Sie die Tür«, befahl er.

»Da ist aber keine Tü…« Der Druck der Pistole verstärkte sich, und sie tastete blindlings vor sich in der Finsternis herum, bis sie auf einen Hebel stieß, der sich heranziehen ließ. Aus der Öffnung dahinter strömte modrige, feuchtkalte Luft in ihr Gesicht.

»Gehen Sie runter. Da ist eine Treppe. Eine lange … Treppe.«

Marie machte ein paar Schritte vorwärts. Dann sackte vor ihr plötzlich der Boden ab, und ihr Fuß trat ins Leere – ein Augenblick nur, ehe er die nächste, tiefer liegende Stufe fand, doch es war ein schrecklich langer, ungewisser Moment. Sie fürchtete bei jeder Stufe, das Gleichgewicht zu verlieren, zu stürzen, die Treppe hinabzurollen und irgendwo auf einem kalten, tiefen Grund aufzuschlagen, durch ihre gefesselten Hände gehindert, sich zu schützen. Vorsichtig stieg sie hinab. »Wohin … wohin gehen wir?« Ihre Stimme war leise und seltsam kraftlos inmitten der Finsternis.

»In die Tiefe. Wir gehen, wir beide *zusammen.*«

54.

Die Treppe war schier endlos.

Marie schien es, als führte sie Neumann direkt in die Tiefe der Erde selbst, hinein in die Hölle, hinein in ein Verlies, so lichtlos und verlassen, dass sie niemals mehr jemand hören könnte, keiner ihrer Hilferufe ans Tageslicht dringen würde.

Neumann atmete in ihren Nacken. Der Pistolenlauf war eisig kalt und schien mit jedem Meter, den sie zurücklegte, noch kälter zu werden.

Sie würde ihm nicht entkommen, begriff Marie. Nicht, wenn sie weiter rational mit ihm argumentierte. »Frank«, begann sie leise, »hören Sie. Wenn Sie tatsächlich etwas für mich empfinden und Ihre Worte vorhin der Wahrheit entsprachen, dann … *bitte* … tun Sie mir einen Gefallen.«

»Wieso?«

»Weil ich mit Ihnen gehe. Weil ich bei Ihnen bleiben werde.«

Neumann schwieg eine ganze Weile.

»Ist diese Treppe nie zu Ende?«, fragte Marie.

»Welcher Gefallen soll das sein?«

»Lassen Sie Isabelle gehen. Tun Sie niemandem etwas an. Rufen Sie Ihre Schüler zurück.«

»Meine *Schüler …*«

Marie machte einen letzten Schritt. Fast wäre sie gefallen, als sie keine weitere Stufe vor sich spürte, sondern festen, erdigen Grund. Sie hatten das Ende der Treppe erreicht.

»Weiter«, sagte Neumann. »Geradeaus.«

»Bitte. Tun Sie mir diesen einen Gefallen. Ich verspreche Ihnen, dass ich bleiben werde.«

Neumann schwieg. Marie spürte, dass sich nach einigen Hundert Schritten der Gang erweiterte und sie in eine weitläufige Halle traten. Die Wände zu beiden Seiten wichen zurück, die Decke hob sich. Für einen Augenblick trat ihr das Bild eines gewaltigen, schwarzen, leeren Raums vor Augen, und sie war froh, nicht an Agoraphobie zu leiden. Dann verdrängte sie den Gedanken. Die Luft roch modrig, abgestanden und uralt, als sei sie seit Jahrhunderten nicht mehr von Menschen eingeatmet worden. Außer von einem, korrigierte sie sich. Einer war hier unten gewesen, oft sogar, weil er die Gänge wie seine Westentasche kannte.

»Ein Teil des alten Klosters?«

»Exakt. Wir befinden uns in einer weitläufigen Anlage, deren wahre Ausmaße von oben gar nicht einzuschätzen sind. Man würde Sie vergeblich suchen. Rechts.«

Marie wandte sich in die gewünschte Richtung. *Wenn du jetzt unerwartet losspurtest*, dachte sie, *würdest du ihm dann entkommen*? Doch sie besaß keine Taschenlampe, und Neumann hinter ihr hatte sich mit hoher Wahrscheinlichkeit vorbereitet. Von seiner Waffe ganz abgesehen. Es war ein vergebliches Unterfangen. Wenn sie rannte, würde er schießen und sie eine Kugel in den Rücken bekommen. Wenn sie sofort zur Seite abbog, würde er sie mit hoher Wahrscheinlichkeit dennoch aufspüren. Wenn sie in der Dunkelheit einen Ort zum Verstecken fand …

»Ich würde es nicht wagen«, sagte Neumann. »Ich kann Ihre Angst riechen, Marie. Sie fürchten sich vor diesem kalten, riesigen Raum und all den Gewölbekellern, die rings um uns herumliegen. Sie würden nie mehr den Ausgang finden. Sie würden sich hier unten verirren, verhungern und verdursten. Das ist nicht, was ich für Ihre Zukunft geplant habe.«

»Ich will nicht weglaufen«, sagte sie. Marie hörte, dass ihre Stimme bebte. *Verflucht, reiß dich zusammen!*

»Lügen Sie mich nicht an. Ich weiß genau, was Sie vorhaben. All das Gerede, Sie würden bei mir bleiben … nur Lügen. Ich weiß es. Ich kann riechen, dass Sie vorhaben, ins Dunkel zu rennen, in der Hoffnung, ich würde Sie dort nicht mehr finden.«

»Frank …«

»Halt den Mund!«

»Wo gehen wir hin?«

»Ich sagte, halt deinen Mund!«

»Geh weiter«, sagte eine Stimme aus der Dunkelheit.

Marie blieb irritiert stehen.

»Halt den Mund«, zischte Neumann abermals. »Kein Laut.«

Aus dem Dunkel irgendwo am anderen Ende der Halle erschien der Lichtkegel einer Taschenlampe, huschte zitternd über den Boden, über ein paar Stützpfeiler, die irgendwo in schwärzester Finsternis unter der Decke verschwanden. Jemand kam auf sie zu. Die Stimme, das Licht, hell wie ein hoffnungsvolles Leuchtfeuer in der Nacht auf stürmischer See. Marie hielt die Luft an.

Wer auch immer dort kam, Neumann hatte nicht mit ihm gerechnet. Marie spürte, wie sich der kalte Pistolenlauf schmerzhaft zwischen ihre Schulterblätter presste. Sie spürte, wie sich ihr Pulsschlag abermals beschleunigte.

Und dann fiel das Licht auf das Gesicht des Mannes, der ihnen dort gegenüberstand.

»Parkov!«, schrie Marie, als sie den BKA-Hauptkommissar

erkannte. Hinter ihm gingen Thomas Grün und am Schluss Tarek Hassan, der hinkte und schmerzgepeinigt die Zähne bleckte.

»Nur die Ruhe, meine Liebe«, sagte Parkov.

Zu ihrem Schrecken erkannte sie nun, dass Parkov mit erhobenen Händen vorangehen musste. Sie hatten ihn entwaffnet und offenbar auch weiter verletzt. Parkov schleppte sich mehr vorwärts, als dass er noch wirklich aufrecht ging.

Neumann presste Marie den Pistolenlauf in den Nacken. »Was habt ihr hier verloren? Seid ihr verrückt geworden?«

»Tarek ist angeschossen«, sagte Grün. »Und Parkov habe ich hier unten gefunden. Er hat einen Weg nach oben gesucht, wollte uns wahrscheinlich umgehen. Er macht es nicht mehr lange.«

»Hast du ihn durchsucht? Hat er einen Sender an sich?«

»Er ist sauber.«

Parkov lachte. »Einen Sender? Ich? Du weißt es wirklich nicht?«

»Parkov«, sagte Marie leise. »Hör auf.«

»Ich werde dich vernichten«, sagte Neumann. »Das habe ich dir versprochen, weißt du nicht mehr? In dem einzigen Brief, den ich dir schrieb. Ich werde deine Welt zerstören. Die Zeit ist gekommen.«

»Ich erinnere mich ganz genau. Mein Gedächtnis ist noch immer hervorragend und – im Gegensatz zu meinem derzeitigen körperlichen Zustand – in keiner Weise beeinträchtigt.« Parkov kam näher, und Grün und Hassan folgten ihm. Marie bemerkte, dass Grün Neumann einen abschätzenden Blick zuwarf.

»Jetzt, da wir alle unter uns sind«, fuhr Parkov in einem Ton fort, als hätten sie sich zu einer freundschaftlichen Verabredung in einem Caféhaus getroffen, »können wir endlich einige Dinge aus der Welt schaffen. Es hat mich nämlich nicht wenig verwirrt, dass die toten Mädchen nicht sexuell attackiert wurden, Neumann, obwohl ihr Gegenüber, Natasha Ivanov, sehr wohl vergewaltigt wurde. Das hat die Profilerstellung um einiges erschwert. Clever, durchaus clever.«

»Halt den Mund«, sagte Grün. Er spähte an Marie vorbei zu Neumann. »Er führt irgendwas im Schilde. Wir sollten ihn gleich umlegen.«

»Noch nicht.« Neumann stieß Marie vorwärts, sodass sie beinahe mit Parkov zusammengestoßen wäre. Parkov hob die Hände und legte sie ihr auf die Schultern. Seine Linke war blutverschmiert, doch die Berührung tröstlich. Der Blick seiner Augen sagte: *Halte durch.*

»Parkov …«

»Nur Mut, Marie. Das ist noch lange nicht das Ende.«

»Weiter«, sagte Neumann mit harter Stimme. »Keine Gespräche. Bewegt euch.«

Parkov wählte einen Platz an Maries Seite. Sie bemerkte, wie er bei jedem Schritt, den sie durch den niedrigen, modrigen Tunnel zurücklegten, das Gesicht verzog und sich die Hand gegen die Seite presste. Er schwankte und schleppte sich voran.

»Sagen Sie mir, Doktor«, sagte er mit gepresster Stimme, »wieso arbeiten Sie nicht in Ihrem Fachgebiet? Ein hervorragender Neurologe und Psychiater wie Sie muss seine wahren Talente doch nicht vor der Öffentlichkeit verbergen. Auch wenn ich zugeben muss, dass es Ihnen hervorragend gelungen ist, jede Spur zu Ihrer Vergangenheit auszulöschen. Ich habe nahezu jeden Psychiater überprüft, der infrage kam.«

»Da haben Sie Ihre Antwort. Würde ich meine Talente nicht verbergen, hätten Sie mich schon lange aufgespürt.« Neumann nahm Grün die Taschenlampe ab und leuchtete den Tunnel hinab. »Wir sind gleich da.«

Nach etwa fünfhundert Metern, so schätzte Marie, fand der

Tunnel sein Ende vor einer weiteren langen Treppe. Irgendwo dort oben war Licht.

»Da hoch.«

»Ich fürchte, das schaffe ich nicht mehr.« Parkov schwankte, und Marie streckte hastig die gefesselten Hände aus, um ihn zu stützen. Er sah fürchterlich aus. Schweißnass, mit dunklen, tief liegenden Augen. Seine Lippe blutete, und auch der Schnitt auf seiner Wange hatte sich durch die Schläge, die ihm Grün oder Hassan verpasst haben mussten, erneut geöffnet.

»Dann werde ich dich eben gleich hier töten.« Neumann hob die Waffe. Grün und Hassan, der gegen die gemauerte Ziegelwand des Tunnels lehnte, sahen ungerührt zu. Marie schüttelte den Kopf. Ihr Herz schlug heftig, aber sie fand nicht die richtigen Worte, um etwas einzuwerfen, irgendetwas, das Neumann von seinem Plan abbringen würde.

Hier? Würde sie zusehen, wie er ihn erschoss? Hier, in diesem dunklen, stinkenden Kellerloch? Nein. Nein, das durfte nicht sein.

Es war Parkov, der antwortete. »An diesem Ort? Aber das ist nicht das, was du für mich vorgesehen hast. Und ich, der dein erstes Testsubjekt aus dem Verkehr gezogen hat und dich am Ende doch noch aufspüren konnte, muss härter bestraft werden.« Er sah erschöpft auf. »Aber mir ist es gleich. Tu, was du nicht lassen kannst.«

»Parkov, nein!« Marie trat zwischen die Mündung der Pistole in Neumanns Hand und Parkov. »Nein. Bitte, nein!«

»Gehen Sie zur Seite.«

»Nein. *Ich* werde ihm helfen, die Treppe hochzusteigen.«

Neumann legte den Kopf schief. »Ist das so? Ist das diese menschliche Fähigkeit, sich für den anderen aufzuopfern, von der ich so viel gehört habe? Oder ist es etwas anderes?« Er zuckte die Achseln. »Wie herzerwärmend. Dann sorgen Sie dafür, dass er hochkommt, aber schnell.«

Marie hielt Neumann die gefesselten Hände hin. »Es geht

schneller, wenn du mir die Handschellen abnimmst.«

»Nein.« Er deutete auf die Treppe. »Letzte Chance: Bewegt euch!«

Marie trat neben Parkov. Sie tauschten einen Blick. »Leg deinen Arm um mich«, sagte sie zu ihm. »Komm schon, wir werden das schaffen.«

Parkov mühte sich neben ihr die Treppe hinauf. Mehr als einmal musste sie ihn packen und vor dem Umkippen bewahren, was ihn vermutlich den ganzen, bereits zurückgelegten Weg wieder nach unten befördert hätte, von den zahllosen Brüchen ganz abgesehen.

»Ich bin dir zutiefst dankbar«, flüsterte Parkov. »Aber ich will, dass du jede verfügbare Gelegenheit nutzt, um zu fliehen. Du musst dich nicht um mich kümmern.«

»Geh einfach weiter.« Marie schob ihn vorwärts.

Oben angekommen, sah sie, dass zwei Geländewagen auf sie warteten. Parkov stieß einen russischen Fluch aus, den sie nicht verstand. Auch hier musste sie ihn stützen, damit er, halb auf sie gelehnt, auf den Beinen blieb.

»Wir werden nun zu zwei Orten fahren«, sagte Neumann, »die Sie beide mit großem Vergnügen wiedererkennen werden. Einsteigen.« Der Pistolenlauf in seiner Hand zeigte auf Marie und Parkov gleichermaßen. »Falls Sie sich fragen, ob wir uns bereits außerhalb des Kreises befinden, den das SEK um das Gelände gezogen hat, so kann ich das mit Ja beantworten. Los geht's.«

Sie gehorchten. Vom Rücksitz aus konnten sie Neumann sehen, der sich zu Tarek Hassan umwandte. Hassan stand auf der obersten Treppenstufe. Er blutete aus einer Schusswunde am Oberarm.

»Du hoffst, ich würde dich versorgen.«

Hassan nickte. In seinem Gesicht stand nichts als Angst. Todesangst. »Bitte …«

»Weißt du, dass du der Grund bist, warum sie überhaupt hierhergefunden haben? Weißt du, dass der dumme Fehler, dich bei einem Einbruch filmen zu lassen, der einzige Grund dafür ist, dass sie hierhergelangen konnten?«

»Ich …«

»Du warst ein gutes Mittel zum Zweck. Aber eines Tages muss man sich von seinen Werkzeugen trennen.« Neumann hob die Waffe und drückte ab, zweimal, dreimal. Hassan fiel rückwärts, taumelte und stürzte mit einem Schrei die Treppe hinab. Das Poltern hallte lange und laut nach. Dann gab es nichts mehr, nur Stille.

55.

Marie sah, dass Parkovs Lebenskräfte schwanden. Sie sah, dass seine Kräfte ihr Ende gefunden hatten, die letzten Reserven aufgebraucht waren. *Er kann nicht mehr. Jetzt ist es an dir, einen Ausweg zu finden, etwas, um euch beide zu retten.*

Grün saß auf dem Beifahrersitz, Neumann am Steuer. Grün hatte sich zu ihnen umgedreht und zielte mit seiner P30 auf Maries Kopf.

Sie fuhren.

»Wenn wir auf eine Polizeisperre stoßen«, sagte Neumann, »schieß Ihnen beiden in den Kopf. Sie haben es nicht verdient, aus dieser Sache lebend herauszugelangen. Sie waren nicht würdig.«

Grün nickte. Er war sehr blass. Schweißtropfen standen auf seiner Stirn, seinen Wangen und seiner Nase.

»Sie müssen immer noch raten, Marie«, sagte Neumann dann. »Wieso Dezembermann? Wieso all das? Drei Versuche. Bei der dritten falschen Antwort erschießt du Parkov.«

Marie warf Parkov einen Blick zu. Er hatte die Augen halb geschlossen und schwankte bei jeder Bodenwelle in seinem Sitz. »Das … das ist ja mal ganz was Neues.«

»Er hat recht«, erwiderte sie. »Und es ist nicht fair.«

»Natürlich ist es nicht fair, Häschen. Aber es sind meine Regeln.«

»Sie haben eine Weihnachtsphobie«, riet Marie. »Sie haben es schon immer gehasst. Ihre Mutter hat Ihnen nie etwas geschenkt. Sie sind in einem kalten Heim aufgewachsen, kannten keine Liebe …«

Neumann lachte. »Was soll das? Wollen Sie mich verarschen? Ich bin kein Geisteskranker, den Sie mit Ihrer Hausfrauenpsychologie analysieren können. Erster Versuch: falsch.«

Marie nahm Parkovs Hand. Seine Haut war entsetzlich kalt, doch er erwiderte den Händedruck. Seine Augen fanden ihre. »Hilf mir«, formten ihre Lippen.

»Es ist doch ganz leicht.« Neumann steuerte den Wagen in eine enge Kurve. Sie waren irgendwo im Wald. Marie hatte versucht, sich den Weg einzuprägen, doch war sie allmählich zu keinem klaren Gedanken mehr fähig. »Los! Zweite Antwort!«

»Sie nennen sich so, weil Sie immer im Dezember zuschlagen.«

Neumann sah sie lange an. Dann sagte er kalt: »Stimmt, ist aber nicht der Grund. Also nein. Wieder falsch. Letzter Versuch.«

Parkovs Hand zuckte in ihrer. »Ich weiß es.«

»Ich hab dich nicht gefragt, Parkov. Sie muss es beantworten.«

»Deine eigene Tochter ist im Dezember gestorben«, sagte Parkov heiser. »Kollegin Odinsdottir hat mir gesagt, dass sie dich befragt haben, vor Jahren, als Erik Winter sterben musste. Du hast dich ihr gegenüber geäußert und hattest ein wirklich gutes Alibi. Aber nun kenne ich deine Motivation. Deine eigene Tochter starb, weil sie einem Vergewaltiger und Mörder in die Hände fiel, den die Justiz aus Mangel an Beweisen freigelassen hatte. Dann hat er weitergemacht. Man hat den Mann später erneut gefasst, aber da war es zu spät für deine Tochter.«

Neumann starrte Parkov an. Marie konnte nicht anders, als es ihm gleichzutun. »Ja. Es geschah im Dezember. Ich tat es, weil ich meinen Hass so nach außen kehren konnte. Ich wollte sie spüren lassen, wie es sich anfühlt …« Seine Finger zuckten am Lenkrad. »Wie es sich anfühlt, ein geliebtes Kind zu verlieren.«

»Und anstatt es selbst zu tun, hast du dir deinen Mörder erschaffen. Sebastian Häusser, der Vogelfänger. Aber es war nicht so, wie du es dir vorgestellt hattest, denn er tötete wahllos, unkontrolliert. Er war ein Monster, kein Werkzeug der gezielten Gerechtigkeit. Er war nicht perfekt.«

»Richtig. Und ich habe euch sogar einen Gefallen getan. Wisst ihr überhaupt, wie viele Abartige ich damals, als ich noch als Psychiater arbeitete, in meinen Experimenten verbrauchte? Kinderschänder, Sadisten, Pädophile? Um die ist es nicht schade.«

»Wie, Neumann, wie? Wie hast du ihn erschaffen?«

»Prüft eure Kommunikationswege, verflucht! Odinsdottir hat mich vernommen, du hast es selbst gesagt! Sie hätte herausfinden können, dass ich nicht immer als Kinderarzt gearbeitet habe, dass ich Psychiatrie und Neurologie studiert habe, dass ich schon immer interessiert daran war, die Grenzen zu durchbrechen, die kein menschlicher Verstand jemals überschreiten sollte! Wenn ihr dieser Zusammenhang nicht aufgefallen ist, dann stirbt sie nun umso mehr zu Recht.« Neumann kramte in seiner Tasche und zog ein kleines elektrisches Gerät hervor. »Wisst ihr, was das ist?«

»Ein Zünder«, sagte Marie schwach. »Ein Fernauslöser, gekoppelt mit dem Paket Sprengstoff an Isabelles Stuhl.«

»Exakt. Und Fehler müssen bestraft werden. Das müssen sie immer.«

»Nein … bitte …«

Neumann drückte den Auslöser.

Marie hörte sich schreien. Sie sah Grün, der ihr die Waffe vor die Nase hielt und sie zurückdrängte. »Hinsetzen!«, brüllte Neumann. »Das war's für sie. Es gibt keinen Grund, hier noch herumzuschreien! Halt dein Maul! Halt die Klappe!«

»Du … du …«

Parkov drückte ihre Hand. Er setzte sich aufrecht hin. In seinen Augen glomm ein düsteres, gefährliches Feuer. »Odinsdottir konnte nichts über deine Vergangenheit in Erfahrung bringen. Mir selbst gelang es nicht bis zum Schluss. Gehirnwäsche, Neumann. Alte Techniken, die einen Menschen ganz ohne physische Einwirkung dazu bringen, Dinge zu tun, die er sich im Traum niemals hätte vorstellen können. Das ist es doch. Es kann nicht anders vonstattengegangen sein.«

»Ich war ein guter Schüler«, sagte Neumann. »Der menschliche Geist hat mich schon seit jeher begeistert. Es gibt keinen größeren Genuss, als einen Menschen nach seinem Bild neu zu formen.«

»Ein Schüler?« Parkov hob eine Braue. »Bei wem?«

»Das geht dich nichts an. Aber es gibt Klügere da draußen, Klügere als uns beide. Und solltest du mich verhaften, sollte es dir auf irgendeine abwegige Art gelingen … der *Professor* wird eines Tages zurückkehren.«

»Der Professor? Wer ist das?«

»Das geht dich nichts an.«

»Häusser tötete Suzann, weil du ihn nicht länger kontrollieren konntest. Er tötete meine Frau. Es war dir recht, dass ich ihn aufhielt.«

»Natürlich. Er hätte alles verdorben. Er musste vernichtet werden.«

»Wie ist er in der Haft gestorben?«

»Auch das geht dich nichts an.«

Parkov hustete. Blut lief über seine Unterlippe, doch er wischte es energisch fort. »Dann kam der zweite Versuch. Erik Winter.«

Marie wischte sich über die Wange. Noch immer war sie erschüttert von der Brutalität, dieser urplötzlich aus Neumann hervorgebrochenen Grausamkeit, mit der er den Fernauslöser betätigt hatte. *Isa. Nein. Nein, das konnte nicht wahr sein. Es durfte nicht.*

»Winter war häufig drüben an der Kapelle im Gasthof. Er war richtig geschlaucht von seiner Arbeit bei der Grabungsstätte drüben im Wald, wollte abschalten, ein Bier trinken, mit einigen Kollegen ein bisschen den Tag ausklingen lassen. Wir sind uns eines Tages begegnet. Ein kluger Typ, aber zu leichtgläubig. Hat mir oft von seiner lieben Zukünftigen erzählt, wie toll sie doch wäre und wie lieb er sie habe. Hat mir Bilder von dir gezeigt, Häschen. Wir wurden Freunde. Es war leicht, ihn eines Tages hinunter in die Gewölbe zu führen, um ihm etwas zu zeigen …«

»Alekseev hat dich beauftragt. Wie kam es zum Kontakt?«

»Ein gemeinsamer Freund hat mich vermittelt.«

»Wer?«

»Geht dich nichts an.«

»Wieso nicht?«, rief Marie, doch Parkov unterbrach sie.

»So kam eines zum anderen. Alekseev wollte Rache wegen der Verhaftung seines Sohns, und du hast ihm angeboten, das zu übernehmen. Winter umdrehen, ihn auf seine eigene Frau hetzen … Das muss schwer gewesen sein. Und zugleich ein Meisterwerk.«

»Es erforderte viel Kunstfertigkeit. Aber es ist gelungen. Der Geist eines Menschen ist leicht zu brechen, wenn man erst weiß, wo man ansetzen muss.« Neumann warf Parkov einen neugierigen Blick im Rückspiegel zu. »Ein Meisterwerk? Ja, das war es durchaus. Ich dachte nicht, dass ich diese Worte aus deinem Mund hören würde.«

»Das ist keine Lobpreisung deiner Taten. Ich würde auch einem Sexualmörder erzählen, wie sehr ich das Hochgefühl mitempfände, eine Frau zu vergewaltigen, während ich sie erwürge, oder einem Pädophilen, wie schön es sei, mit einem Kind zu schlafen. Ich würde das alles tun, wenn ich so zu dem Täter durchdringen könnte.«

»Ich bin weit mehr als ein gewöhnlicher Verbrecher.«

Parkov nickte. »Was geschah dann? Denn auch Winter starb. Davon abgesehen war er ohnehin nie das richtige Material, nicht wie Häusser. Er war nur ein Auftrag. Winter hätte sich nie vollständig umdrehen lassen.«

»Er war sich nahezu bewusst, was er da tat, als er mich angriff. Ich konnte es in seinen Augen sehen«, sagte Marie. Ihre Finger zitterten. »Du hast ihm etwas so Entsetzliches angetan, dass es dafür keine angemessene Strafe gibt.«

»Alekseev hat es gefallen. Sein Sohn war gerächt.« Neumann seufzte. »Aber es ist wahr. Erik Winter hat sich widersetzt. Auch wenn er leicht zu brechen war, konnte ich ihn nicht wirklich kontrollieren. Er war … am Ende … immer noch mehr auf deiner Seite, Marie, als auf meiner.«

Parkov hob eine Hand, um Marie zurückzuhalten. »Das passende Material kam erst später, als Tarek Hassan in deine Hände geriet.«

»Wir sind uns in der Klinik begegnet. Ein junger Medizinstudent, mehr als durchschnittlich intelligent, zugleich mit grausamen Veranlagungen. Er hatte wenig Freunde, kam aus einem strengen Elternhaus, in dem er unter der Hand seines Vaters leiden musste. Ich brauchte nur wenige Wochen, um zu ihm durchzudringen. Er quälte Tiere, aber bald spürte er, dass ihm das nicht mehr genügte. Tiere sind langweilig, wenn man erst einmal ein menschliches Objekt zur Forschung vor sich hat.«

»Sie sandten ihn aus, um Julia Ginski und Marlene Charwitz zu töten«, sagte Parkov. Er sackte allmählich wieder in sich zusammen. »Natasha Ivanovs Vater war dieses Mal der Auftraggeber, und weil seine Tochter auf einer widerlichen Weihnachtsfeier missbraucht und getötet wurde, haben Sie Hassan dazu gebracht, die Leichen von Ginski und Charwitz entsprechend zu drapieren. Die Opfer, die Väter, die Schuldigen, sie sollten verhöhnt und mit Schrecken an ihre vergangene Tat erinnert werden. Die Misteln, die Mütze. Das Perchtenkostüm, mit dem Hassan wie ein altertümlicher Rachegeist über seine Opfer kam. Julia Ginski hat sich viele Male mit Tarek Hassan getroffen. Er gefiel ihr. Sie ließ sich sogar dazu bewegen, widernatürliche Dinge zu tun, wie sie auch Natasha Ivanov tun musste. Marlene Charwitz hingegen musste entführt werden, weil sie sich weigerte. Ihre und Julia Ginskis Zähne sind natürlich eine Anspielung auf die Schokolade, die Natasha Ivanov in Fortloffs Haus aus einem Schokoladenbrunnen trinken musste … die entfernten Herzen. Die vier Freunde haben Ivanov das Herz gebrochen und gewissermaßen herausgerissen, als sie seine Tochter töteten. Also sollten die Herzen der Töchter der Freunde ebenfalls herausgerissen werden … nur eben weniger metaphorisch.«

Neumann nickte. »Holdingers Tochter und Fortloffs Tochter fehlen noch. Ivanov wird ungehalten sein, aber ich tat, was ich konnte. Das haben Sie alles sehr gut erkannt, bloß zu spät, viel zu spät.«

»Ich beherrsche meinen Job.« Parkov atmete unruhig. »Wie sind Sie auf die Männer gestoßen? Fortloff hat in der Hoffnung, er würde verschont, Informationen geliefert, aber wie kamen Sie überhaupt auf ihn? War es … war es Oswald Müller?«

»Ja. Er war damals bei mir in Therapie. Er hat mir sein Herz ausgeschüttet, gestanden, was er getan hat, als er rückfällig wurde. Er erzählte mir, wie er Natasha Ivanov im Wald vergrub, nachdem er ihr all das angetan hatte, was sich sein krankes Hirn vorstellen konnte.«

»Von ihm stammen die Bissspuren, nicht wahr?«

»Woher wissen Sie davon?«

»Ich habe Kontakte. Die Bissspuren, die Tarek Hassan Marlene Charwitz und Julia Ginski zufügte, waren somit ein Abbild dessen, was Müller Natasha Ivanov angetan hat. Weiter, Neumann. Was hat Oswald Müller während der Therapiesitzungen noch erzählt?«

»Er erzählte mir von Maximilian Fortloff, die beiden kennen sich. Darauf verbot ich ihm während der Hypnose, jemals ein Wort darüber zu verlieren. Ich verbot ihm, über die Sitzungen zu sprechen, trug ihm auf, jede Erinnerung an mich aus seinem Hirn zu löschen.«

»Und das Handy und die Decke in Müllers Wohnung und die Spuren bei Holdinger? Ich nehme an, Sie selbst haben die Spuren dort platziert. Es war Teil des Prozesses, Tarek Hassan von der Verschlagenheit der Männer zu überzeugen, die er bestrafen sollte. Er sollte glauben, dass sie tatsächlich mit den Mädchen etwas taten, das in seiner religiös-sadistisch gestörten Vorstellung unmanierlich war.«

»Eigentlich wollte ich den Hausmeister und den Lehrer nur ein bisschen weiter quälen. Und natürlich wollte ich sehen, wie ihr euch anstellt. Das LKA ist darauf auch gleich wie ein geiler Rüde auf eine läufige Hündin angesprungen.«

»Wer hat euch den Alarmcode für das Kaufhaus gegeben? Fortloff oder Oswald Müller?«

»Das war ebenfalls Fortloff. Tatsächlich hat er gewagt, im Tausch gegen sein Geständnis Schonung für seine Familie zu fordern. Er erzählte alles, was die vier mit Natasha Ivanov getan haben, wer beteiligt war. Er kam meinen Forderungen nach und deponierte den Schlüssel, auch wenn er überrascht wurde, als er das Tor aufschließen wollte, und Panik bekam. Also ist Tarek hinübergeklettert, wir haben die Spitzen mit einem dicken Tuch bedeckt und Ginski hinübergehoben ... aber ich hätte Fortloffs Tochter nicht geschont, ganz bestimmt nicht. Ein Auftrag ist ein Auftrag.«

»Im Lager haben wir das abgerissene Stück eines Schilds mit einem einzigen unvollständigen Wort darauf entdeckt«, sagte Marie, »...*stellt* stand darauf, aber *ausgestellt*, so hatte es zuvor wohl vollständig gelautet.«

»Tareks Fehler. An seinem Perchtenkostüm hing ein kleines Schild, das die Museumsleute dort zur Klassifizierung angebracht hatten. Er hat es abgerissen, ein Teil ist wohl zu Boden gefallen. Offenbar hat es euch doch nichts genützt. *Dummes, dummes Häschen.*«

Marie ballte die Faust.

»Belanglos«, sagte Parkov. »Den Schlüssel zu Marlene Charwitz' Haus habt ihr ihrem Vater gestohlen. Ivanov hat dafür gesorgt, dass eines der Mädchen, mit denen Charwitz zusammen war, ihm den Schlüssel wegnahm.«

»Sehr gut.«

»Aber Sie konnten es einfach nicht lassen, Marie und mich in all den Nachrichten direkt anzusprechen. Was Ihnen bisher gelungen ist – die Gehirnwäsche an Häusser, Erik Winter und Tarek Hassan –, war Ihnen einfach zu wichtig. Sie mussten prahlen, uns gegenüber damit angeben. Sich abermals in den alten Glanztaten suhlen, alte Wunden bei Marie und mir aufreißen.«

»Ihr wisst nicht, wie wir es vollbracht haben. Ihr werdet es auch nie erfahren.«

»Und schließlich ... Thomas Grün.« Parkov warf dem jungen Mann auf dem Beifahrersitz einen Blick zu. »Wie haben Sie es gemacht?«

»Nur einige Drohungen, mehr braucht es nicht. Er hat eine Schwester und eine Mutter. Er wollte nicht, dass sie so enden wie die Kleine im Schaufenster, und er weiß, dass ich nicht bluffe. Von da an war Grün mein Mann bei euch. Mein Mann in den Kreisen der Mordkommission.« Neumann warf einen kurzen Blick zu Marie und Parkov nach hinten. »Du hast Wind davon bekommen, ich weiß. Ab dann hieß es, wir machen alles im Geheimen. Aber am Ende ist es ihm ja doch gelungen, Marie ins vorbereitete Haus zu locken – trotz Tareks bedauerlichem Fehler, für den er büßen musste. Alles hat funktioniert. Und jetzt … jetzt werde ich euch zeigen, wo ihr sterben werdet.«

Parkov zuckte die Achseln. »Ist es so einfallslos wie alles andere? Ich tippe auf die Fabrikhalle in Höchst für mich, und für Marie rechne ich mit ihrer alten Wohnung. Sie bringen uns zurück an die Orte unserer größten Verluste.«

»Sie sind zu klug, Parkov. Verrecken Sie endlich, wenn Sie können. Wenn nicht, dann gönnen Sie mir den kleinen Triumph. Ich habe mir etwas Besonderes ausgedacht. Geschenke, wie versprochen. Leider geriet der Zeitplan ein wenig durcheinander, aber das macht nichts. Zuerst Sie. Marie wird Sie erschießen, genau dort, wo Sie mit ansehen mussten, wie Suzann Mirandier starb. Dann werde ich Marie in ihrer alten Wohnung endlich mit ihrem toten Mann vereinen.« Neumann lächelte ein dünnes Lächeln, schmal wie die Schneide einer Klinge. »Dies sind meine größten Geschenke an Sie beide, wie ich sie in meinem ersten Brief mit den Chrysanthemen angekündigt habe. Frieden. Trost. Erlösung, endlich, nach all den Jahren. Meine *Gaben des Todes*.«

Parkov schlug die Augen auf. »Bist du angeschnallt, Marie?«

»Ja.«

Neumann runzelte die Stirn. »Was soll das?«

»Eine Sache«, sagte Parkov leise. Er lächelte, doch Marie sah, dass es ihm Schmerzen bereitete. »Eine Sache, die du übersehen hast, mein lieber Doktor.«

»Was?« Neumann schien ehrlich interessiert. »Was ist es? Hast du einen Ausweg? Wie? Sag es!«

»Thomas Grün war dein Mann bei der Polizei.«

»Und?«

»Wieder hört mir niemand richtig zu. Ich sagte, er *war*. Jetzt ist Thomas Grün zwar alles Mögliche und gewiss ein Straftäter, aber nicht mehr dein Insider. Denn jetzt ... jetzt ist er *mein* Doppelagent in deinen Reihen, Doktor.« Parkov wandte sich an Grün. »Jetzt.«

Die Waffe in Grüns Hand schwenkte um, von Marie und Parkov auf Neumann.

»Wunden heilen, sogar Wunden der Seele. Aber am Ende ist die Rache mein«, sagte Parkov kalt. »Frank Neumann, ich verhafte Sie wegen einer Vielzahl von Delikten, die Ihnen jemand anders vorlesen wird ... denn mir wird gerade schwarz vor Augen ...«

»Parkov!«, rief Marie.

»Anhalten«, brüllte Grün Neumann an, doch der beschleunigte weiter.

Hinter und vor ihnen tauchten schwarze Geländewagen und dunkle Mercedeslimousinen der Spezialeinheiten auf, die ihnen den Weg abschnitten. Neumann riss das Steuer herum und touchierte eine G-Klasse. Sie rasten auf ein Waldstück zu, runter von der Straße, und mit schwer ächzenden Stoßdämpfern über eine schmale Grünfläche und ins Unterholz. Der Geländewagen prallte gegen eine junge Tanne, mähte sie regelrecht um. Zweige kratzten über die Frontscheibe und das Dach. Dann blieb der Wagen stehen.

Hinter ihnen erklangen laute Rufe.

»Nein! Nein, das kann nicht sein!«

»Kann es nicht?« Parkov schüttelte den Kopf. »Grün war die ganze Zeit mein Mann. Er trägt einen Positionssender. Sie haben zwar mich und Marie überprüft, nicht aber ihn. Ganz abgesehen von dem Sender, den Marie runtergeschluckt hat.«

Draußen rannten Sörensen, Bodenfeld und Isabelle Odinsdottir neben einer Vielzahl von SEK-Beamten auf den Wagen zu. Marie blickte in viele gezogene Pistolen, doch sie hatte nur Augen für ihre Freundin. *Isa? Sie lebt?* Marie traute ihren Augen kaum.

Neumann starrte ebenfalls hinaus. »Die Kapelle ist in die Luft geflogen …«

»Nein.« Parkov griff mit einer schwerfälligen Bewegung in seinen Mantel. »Sehen Sie das?« Er hielt ein Feuerzeug hoch. »Wir nennen es Störsender. *Militärausführung.* Getarnt und so konfiguriert, dass er nur die Positionssignale durchließ, die das LKA brauchte, um an uns dranzubleiben. Willkommen bei den Guten! Sie sind – und ich glaube, mich erinnern zu können, dass ich das bereits erwähnt habe – verhaftet.«

Dann kippte Parkov nach vorn und rührte sich nicht mehr.

56.

Was dann geschah, würde Marie lange Zeit nicht vergessen. Neumann warf sich Grün entgegen wie ein wilder Stier, schrie und brüllte kaum mehr menschlich klingende Laute. Für den Bruchteil einer Sekunde war Marie überzeugt, dass es dem Dezembermann gelingen würde, Grün die Pistole aus der Hand zu schlagen, sie ihm zu entwinden, die Oberhand zu gewinnen. Die Männer prallten aufeinander. Neumann packte die Waffe und riss sie nach oben, als Grün abdrückte. Der Knall war ohrenbetäubend. Maries Ohren klingelten. Sie roch Pulvergestank, die sengend heiße Mündungsenergie der Waffe. Das Projektil riss ein Loch ins Dach. Neumann brüllte. Sein Gesicht war blutüberströmt. Marie sah, dass ein Teil seiner Wange und seines linken Ohrs fehlte.

Der Arzt stieß Grün seine Faust ins Gesicht. Die Waffe in dessen Faust prallte klappernd gegen die Frontscheibe. Neumann bog Grüns Arm nach hinten und versetzte ihm abermals Schläge gegen die Nase, den Kehlkopf – dieser öffnete die Finger, die Pistole fiel heraus und verschwand in Maries Fußraum.

Marie und Neumann tauschten einen Blick.

In seinen Augen stand unerbittliche Mordlust.

Dann warf sich Neumann zur anderen Seite, öffnete die

Tür, sprang aus dem Wagen und rannte in den Wald hinein.

Grüns P30 war zwischen Parkovs Schuhen gelandet. Marie packte sie, warf Parkov einen kurzen Blick zu – er atmete, Gott sei Dank! –, kletterte nach vorn und sprang hinaus.

Neumann verschwand im Unterholz. Äste knackten, Zweige brachen, als er hindurchstürmte. Marie war hinter ihm. Neumann war sehr gut zu Fuß und schnell, doch sie war schneller. Irgendwo hinter ihnen hallten Rufe durch die Luft.

»Bleib stehen«, schrie Marie. Vor ihnen erstreckte sich eine Lichtung. Sie erkannte den Ort. Es war die alte Ausgrabungsstätte, das Keltengrab, an dem Erik gearbeitet hatte. Doch nun flatterten nicht länger Absperrbänder im Wind. Alles war verlassen. Marie sah, dass Neumann sich umdrehte. Kaum mehr als fünfzehn Meter lagen zwischen ihnen. Er schien zu begreifen, dass er nicht vor ihr weglaufen konnte.

»Bleib stehen«, wiederholte sie zwischen zwei schweren Atemzügen und betrachtete Neumann über den Lauf der Heckler & Koch hinweg. Kimme und Korn, angelegt auf den Kopf des Dezembermannes. »Nimm die Hände hoch! Es ist genug!«

»Genug?« Neumann hob die Hände, während Marie langsam näher kam. »Es ist niemals genug.«

»Was hast du mit ihm gemacht?« Marie starrte ihn an und musterte ihn über den Lauf der Waffe hinweg. Zorn kochte in jeder einzelnen ihrer Adern, Zorn, den sie kaum mehr zu kontrollieren vermochte. Und zu ihrem eigenen Entsetzen bemerkte sie, wie ihre Hände zitterten. Zum ersten Mal seit jenem Tag, als sie auf Erik schießen musste, zitterten sie wie die einer jungen Polizeischülerin, die zum ersten Mal einen Schuss abgeben muss.

Nein. Nicht jetzt. Lass mich jetzt nicht im Stich, alte Freundin!

Neumann sah sie an, das Gesicht eine unlesbare Maske. Dann lächelte er ein verzerrtes, abstoßendes Lächeln. »Töte mich, kleines Häschen. Ich weiß, dass du es willst. Ich weiß, dass es dich seit fünf Jahren nach nichts anderem verlangt als Rache. Rache an dem Mann, der dein Leben zerstörte. Also komm … drück ab, jag mir die Kugel in den Schädel, töte mich. Schieß!«

Sie legte den Finger an den Abzug. »Beantworte meine Frage.«

»Tötest du mich, wenn ich dir die Wahrheit sage?«

Marie holte tief Luft. *»Ja«*, erwiderte sie mechanisch.

»Nein!«, brüllte eine Stimme vom Rand der Lichtung. Sie sah aus den Augenwinkeln, dass einige SEK-Beamte, Sörensen, Bodenfeld und Odinsdottir sich ihnen näherten.

»Marie, nein!«, wiederholte Jörg Bodenfeld. »Hast du vergessen, was du mir gesagt hast, als ich …? Wir stehen das gemeinsam durch! Wir alle!«

Als ich Fortloff die Knarre an den Schädel gehalten habe, wollte er wohl sagen, dachte Marie. *Aber das war etwas völlig anderes.*

Aber?

War es tatsächlich so anders?

Marie spürte, dass man auf sie angelegt hatte. Der geriffelte Griff der HK P30 war mit einem Mal sehr schwer in ihren Fingern.

»Waffe weg, Winter«, sagte der SEK-Einsatzleiter, der sehr nah herangekommen war. »Wir verhaften Neumann. Alles ist gut. Stecken Sie einfach die Waffe weg.«

»Wenn Sie mich nicht töten, verrate ich Ihnen nie, was geschehen ist. Schießen Sie auf mich, zielen Sie gut, und ich werde vielleicht noch ein paar Minuten haben, um alles zu gestehen.« Neumann lächelte noch immer. »Sie haben die Wahl. Kommen Sie, Häschen, versüßen Sie meinen Tag.«

»Marie«, sagte nun eine dritte Stimme vom Waldrand her. Viele Köpfe fuhren herum. »Ich weiß, dass er dich niemals auf seine Ebene ziehen wird. *Niemals.*«

Parkov kam schwankend auf sie zu. Seine Hände waren blutrot, sein Mantel zerknittert und zerrissen. Er taumelte. Die anderen machten ihm Platz. Sie streckte eine Hand aus, stützte ihn.

»Du solltest nicht hier sein«, sagte sie ihm. »Gott, Daniel, du siehst furchtbar aus.«

»Ja.« Er sah zum Himmel. »Ein schöner Abend. Wird bald schneien, wenn ich mich nicht irre.« Dann senkte Parkov die Stimme, sodass nur Marie seine Worte verstehen konnte. »Wenn du ihn wirklich tot sehen willst – ich kann verstehen, dass du so fühlst –, dann lass wenigstens *mich* den Schuss abgeben. Ich hab mir eine Waffe aushändigen lassen. Ich kann es tun, noch ehe einer der anderen reagiert. Ich bin bereit. *Marie, bitte. Denk an Lucie.*«

»Parkov …« Marie spürte, wie sich neue Tränen ihren Weg über die Wange bahnen wollten. »Gott … *nein.*«

»Nein?«

»Niemals.« Sie senkte die Waffe, die sich nun tonnenschwer anfühlte. »Nein. Das würde ich niemals verlangen.«

Laut rief sie: »Nehmt ihn fest!«

Das SEK setzte sich in Bewegung. Neumann wurde zu Boden gebracht, doch Marie achtete nicht auf ihn. Ihre Augen waren bei Parkov, der abermals vor ihr umzukippen drohte. »Verzeih mir«, sagte sie heiser. »Verzeih mir, dass ich überhaupt darüber nachgedacht habe, ihn hier und jetzt …«

Parkov lächelte ein sehr, sehr müdes Lächeln. »Schon geschehen. Danke, meine Liebe.«

Bei diesen Worten gaben seine Beine abermals unter ihm nach, doch Marie ließ nicht zu, dass er fiel. Sie fing ihn auf, hielt ihn, wärmte ihn, bis die Sanitäter kamen.

Aus grauen Wolken fiel frischer Schnee auf das alte Keltengrab.

Es war vorbei.

57.

Drei Tage später

»Er ist noch immer bewusstlos. Die Ärzte sagen, dass er unglaublich viel Blut verloren hat. Die Wunde an seiner Hüfte hat sich erneut geöffnet und hätte ihn beinahe das Leben gekostet. Wir waren gerade noch rechtzeitig da.« Sörensen blickte mit einem ernsten Blick in die Runde. Der Konferenzraum des K 11 war ungewöhnlich leer. Neben Sörensen und Franz Leland, der eine besorgte Miene aufgesetzt hatte, waren nur Marie, Isabelle und Jörg anwesend. Der besondere Gast, Polizeipräsident Hermann Weiler, saß mit verschränkten Armen neben Leland.

Die Plätze von Parkov und Thomas Grün waren verwaist und zogen die Blicke auf sich wie Einschlagkrater an einer Absturzstelle.

»Das war die unkonventionellste, vorschriftswidrigste Operation, die mir jemals untergekommen ist«, sagte Präsident Weiler. »Ich bin enttäuscht. Nicht nur, weil sie nahezu alle Vorschriften gebrochen und den rechtswidrigen Methoden eines BKA-Hauptkommissars nachgegeben haben …«

»*Erster* Hauptkommissar«, sagte Marie leise. Weiler warf ihr einen eisigen Blick zu.

»Ich bin darüber hinaus auch menschlich von Ihnen enttäuscht, weil Sie gängige Praktiken der Polizei sowie Leitlinien, die auch deshalb geschaffen wurden, um das Vertrauen der Bürger in unsere Reihen zu stärken, offenbar schlichtweg ignoriert haben. Als wären Sie etwas Besseres. Aber ich versichere Ihnen, das sind Sie nicht. Winter, wollten Sie den Verdächtigen tatsächlich im Tausch gegen Informationen erschießen? Ich bin fassungslos.«

Marie wich seinem prüfenden Blick nicht aus. »Das müssen Sie wohl falsch verstanden haben. Neumann wollte, dass ich ihn töte. Ich habe nichts dergleichen getan. Das ist alles.«

Leland räusperte sich. »Ich möchte anmerken, dass die unkonventionellen Methoden von Daniel Parkov dazu beigetragen haben, das Leben vieler Polizeibeamten zu retten. Als man Isabelle Odinsdottir nach Bodenfelds Rückmeldung dort unten im Gewölbe fand, blutete sie stark aus einer Wunde am Arm, die ihr der Täter zugefügt hatte. Sie war zudem auf dem Druckauslöser eines fünf Pfund schweren Sprengsatzes platziert. Wäre dieser hochgegangen, wäre nicht nur sie, sondern auch viele der Kollegen, die sich zu diesem Zeitpunkt eine oder zwei Ebenen über ihr befanden, mit an Sicherheit grenzender Wahrscheinlichkeit getötet worden.«

Marie warf Isabelle einen Blick zu. Ihre Kollegin strich sich gedankenverloren über den Verband an ihrem Handgelenk.

»Und dennoch …«

Sörensen unterbrach Weiler. An seiner Miene konnte Marie ablesen, dass dies ein höchst unerhörter Vorgang war. »Bitte, Herr Präsident. Wir haben ihn. In diesen Tagen ist das alles, was zählt. Wenn Sie die Kollegen von der Mordkommission 1 einem Disziplinarverfahren unterziehen wollen, dann tun Sie das. Aber vergessen Sie bitte nicht, dass ich ebenfalls betroffen bin. Parkovs Entscheidung war richtig.«

Weiler erhob sich. Brüskiert trat er zur Tür. »Die entsprechenden Schritte werden eingeleitet, dessen können Sie alle sicher sein. Guten Tag.«

Leland wartete, bis der Polizeipräsident zur Tür hinaus war. »Das war kein Heldenstück, um es mit Schiller zu sagen.« Dann lächelte er. »Und jetzt genug zu unserem Präsidenten. Ich bin stolz auf das, was ihr geleistet habt.«

»Danke.« Marie vermochte nicht, ihm in die Augen zu sehen. Alles, was sie dort entdeckte, war der unausgesprochene Vorwurf: Du hättest draufgehen können. Dann wäre Lucie zur Waise geworden. Es war verflucht knapp gewesen.

»Nun«, Leland erhob sich, »frohe Weihnachten. Bei Schwierigkeiten mit der Dienstaufsicht haben Sie alle meine volle Unterstützung. Ich erwarte Sie im Januar zurück.«

Die Wünsche wurden erwidert. Sörensen strich sich eine rotblonde Strähne aus der Stirn. Nachdem die Tür hinter Leland zugefallen war, sagte sie: »Grün wird wegen Beihilfe angeklagt werden. Als ich ihn in der U-Haft besucht habe, sagte er mir, dass Parkov in der Nacht zu ihm kam, in jener Nacht, in der er von wem auch immer angeschossen wurde. Parkov hatte den Zusammenhang hergestellt, obwohl Grün sich alle Mühe gegeben hatte, sein Hinken zu verbergen. Er hatte Neumann vor dem Tag an der Kapelle kein einziges Mal getroffen. Neumann hat ihm nicht wirklich vertraut, Grün erhielt die Anweisungen – die Schreibmaschine haben wir übrigens in Neumanns Wohnung gefunden – auf sein Mobiltelefon. Parkov hat in der Nacht in der Rechtsmedizin Grün angeschossen und die DNA des Bluts später analysiert … das war neben dem Hinken ein weiterer Hinweis dafür, dass Grün der Insider gewesen sein musste.«

Marie dachte an den Abend, als Parkov sie schwer verletzt in ihrer Wohnung aufgesucht hatte. Zuvor musste er also bei Grün gewesen sein. Das war unglaublich.

»Grün sagte, dass Parkov ihn gebeten hätte, ihm zu helfen. Als eine Art Doppelagent. Und weil der Dezembermann Grüns Mutter und Schwester als Druckmittel ins Visier genommen hatte, bot ihm Parkov an, einige seiner, Grün nannte sie ›*Freunde*‹, aus dem Milieu der russischen Mafia zu senden, die auf die Mutter und die Schwester aufpassen würden … als Gegenleistung dafür, dass Grün von da an Parkovs Doppelagenten spielen würde. Und Grün hat zugestimmt.«

»Er hat Parkov und mich gerettet.« Marie warf einen Blick zu den Fenstern. Draußen hatte es erneut zu schneien angefangen. Sanft und lautlos segelten dicke, weiche Flocken am Glas vorüber. »Ohne ihn, ohne dass er dort im Wagen die Seiten gewechselt hätte, wären wir wahrscheinlich nicht entkommen. Berücksichtigt das.«

»Parkov wird ebenfalls großer Ärger ins Haus stehen. Wahrscheinlich wird er sich auch dieses Mal wieder auf seine Weise herauswinden können, aber dass er ein solches Risiko eingeht, um Neumann aufzuhalten … Es wird schwierig werden.«

»Bist du nicht sauer auf ihn?« Jörg wandte sich an Marie. »Er hat dich zu diesem Hof geschickt, obwohl er wusste, dass Grün die falschen Daten herausgibt. Er wusste, dass es so kommen würde, und hatte mit Grün vereinbart, dich als Köder zu benutzen.«

Verzweifelte Zeiten, verzweifelte Maßnahmen. Marie holte tief Luft. »Ich werde mit Parkov darüber sprechen müssen. Aber nein, ich bin nicht sauer, denke ich. Wie geht's Bine?«

»Sie erholt sich. Valerie geht's auch gut.«

»Du bist immer noch ein bisschen traurig, dass es kein Junge ist, was?«, neckte Isabelle ihn. »Aber der kommt schon noch.«

»Nach der Festnahme von Viktor Ivanov ist es innerhalb der russischen Führungsstruktur zu einigen Unruhen gekommen«, sagte Sörensen. »Ich bin mir ziemlich sicher, dass Parkov wusste, dass er sich damit einige mächtige Feinde macht. Aber er muss jetzt wirklich auf sich aufpassen.«

Doch allein, völlig auf sich gestellt, wird er eine leichte Beute für seine neuen Gegner.

»Willkommen bei den Guten«, sagte Marie leise. »Das hat er gesagt, bevor er ohnmächtig wurde. Er … er wollte nur das Richtige tun.«

Sörensen nickte. »Natürlich. Das war nie anders.« Sie streckte die Hand aus. »Ich muss los. Es gibt noch einiges zu sortieren, was Neumann und Ginski, Fortloff, Holdinger, Charwitz und Müller angeht.«

Isabelle schüttelte ihre Rechte. »Was ist mit den Ginskis? Er war auch beteiligt, das ist klar. Aber sie … was ist mit Marta Ginski?«

»Marta Ginski wusste, dass mit ihrer Tochter etwas vor sich ging. Aber Piotr war genau das, als was ihn Marie kennengelernt hat. Ein Schläger. Sie hätte nie etwas ausgesagt, solange er noch in Freiheit herumlief. Jetzt sitzt er ein und sie … was auf sie zukommt, werden wir sehen. Der Oberstaatsanwalt ist nicht begeistert über diese zusätzliche Arbeit so kurz vor den Festtagen.« Sörensen schüttelte Bodenfelds Hand und schließlich Maries. »Machen Sie es gut.«

In der Tür wandte sie sich noch einmal um. »Ehe ich es vergesse, Frau Winter. Parkov ist doch nicht ganz so ohnmächtig, wie er vorgab, als man ihn heute befragen wollte. Er hat mich gebeten, Ihnen mitzuteilen, dass er sich über einen Besuch freuen würde.«

Sie verschwand durch die Tür wie Leland und Weiler vor ihr.

»Das war genug Aufregung für dieses Jahr«, sagte Isabelle. »Kennst du schon die Neuigkeiten?«

Marie sah auf. »Neuigkeiten?«

Jörg räusperte sich. »Wir, Sabine und ich, laden euch ein.«

»Eine Feier?«

»Das ist doch mehr als angebracht nach all den unschönen Tagen.«

Marie lächelte. Sie betrachtete den Verband an Isabelles Handgelenk und kratzte an ihrem eigenen, der ihre wieder eingerenkte Schulter bedeckte. »Ausnahmsweise, Kleiner, stimme ich dir da voll zu.«

58.

Einen Tag später

Parkov blickte auf, als Marie zur Tür hereinkam. Er trug einen Kopfverband und ein großes Pflaster auf der Wange. Alles andere von ihm steckte unter der Decke, alles, bis auf seine Hände, die ein Buch auf seinem Schoß hielten. Marie las auf dem Titel die Worte *Römische Dichtkunst.*

»Fürs Vaterland zu sterben, ist wohl des Römers wert«, zitierte Parkov. Seine Miene hellte sich auf, als er sie sah. »Hallo.«

»Selber hallo. Das klingt nicht nach leichter Lektüre.«

»Sollte ich etwa einen Kriminalroman lesen?«

»Nein, bloß nicht.« Sie lächelte. »Gegen ein bisschen Lyrik ist nichts einzuwenden. Wie geht's dir?«

»Die Wunden heilen. Einer der Ärzte sagte mir, dass, wer auch immer mich da zusammengenäht hat, einen sehr ordentlichen Job gemacht hat.«

»Ich bin geschmeichelt.«

»Du hast dich sehr gut geschlagen«, sagte Parkov. »Ich hätte ihn nicht stellen können, nicht ohne deine Hilfe.«

»Stimmt. Nicht ohne einen gewissen Peilsender und eine

gewisse blinde, dumme Kommissarin, die als Köder vorgeschickt wurde.«

»Blind? Dumm? Marie, du bist nichts dergleichen.«

»Weißt du, was hätte geschehen können? Weißt du, was der Umgang mit Neumann mich an Kraft und Überwindung gekostet hat, nur damit er mich ein wenig länger am Leben ließ?«

»Es tut mir leid.« Parkov suchte nach Worten. »Grün bekam von Neumann den Auftrag, dich zu ihm zu bringen. Neumann hatte einen Auftragskiller angeheuert, der Grüns Schwester und Mutter erledigen sollte, für den Fall, dass Neumann sich nicht mehr melden oder Grün sich weigern würde. Einige Männer, die mir noch einen Gefallen schuldeten, haben sich mittlerweile um den Auftragsmörder gekümmert. Bevor ich Grün mit dem Sender zu dir schickte, habe ich ihm eingeschärft, dass er sich nicht anmerken lassen soll, dass er bereits auf unserer Seite steht. Zugleich sollte er dich im Auge behalten und beschützen, und zwar um jeden Preis. Er kannte weder den Aufenthaltsort von Neumann noch dessen Identität, also musste ich diesen Umweg gehen. Tarek Hassan war der Einzige, der einen direkten Kontakt zum Dezembermann besaß, also musste Hassan davon überzeugt werden, dass Grün die Seiten gewechselt hatte … Ich wusste nicht, was sie mit Grün machen würden, ob sie ihn töten und den versteckten Positionssender, den er bei sich trug, entdecken würden oder ob er tatsächlich Neumanns Versteck betreten dürfte, daher brauchten wir zwei getrennte GPS-Positionssender. Ich dachte auch, du würdest keinen Fuß in das Haus setzen, wenn du wüsstest, was dort geschehen könnte, selbst dann nicht, wenn ich dir den Sender sofort mitgegeben hätte … Ich hätte dich einweihen sollen. Es tut mir unendlich leid. Es war ein Fehler, ein unverzeihlicher Fehler.«

Marie nickte. Sie spürte, wie sich ihr Kiefer anspannte. »Ja. Das war es. Ein unverzeihlicher Fehler.«

Parkov schien erschüttert. »Marie …«

»Ich hätte sterben können, hast du das begriffen? Sie haben mir den Arm ausgekugelt und …« Sie schloss die Augen. *Hat er deine Wut verdient? Ja. Solltest du ihn dafür hassen? Nein.*

»Mach das nie wieder, Daniel. Nie wieder.«

»Natürlich.« Er warf ihr einen betrübten Blick zu. »Wenn du gehen und kein einziges Wort mehr mit mir sprechen willst, dann ist das eine verdiente Strafe.«

»Nein.« Sie warf abermals einen Blick auf den Buchdeckel. »Ist es das, was du wolltest? Warst du wirklich bereit, für … für *mich*?«

»Ich hätte nicht zugelassen, dass er am Ende gewinnt.« Er wich ihrem Blick nicht aus. »Ich hätte getan, was nötig gewesen wäre.«

Marie seufzte. Sie setzte sich auf den Bettrand und berührte Parkovs Hand. »Ich bin dir nicht böse.«

»Ist das die Wahrheit?«

»Ja.« Sie lächelte. »Du weißt, dass ich jetzt einiges gut bei dir habe.«

»Klar.«

Dann setzte er sich auf. Die Bewegung ging weitaus müheloser vonstatten, als es Tage zuvor noch der Fall gewesen war. »Es gibt etwas, das ich dir geben sollte. Es betrifft *ihn*, Dr. Frank Neumann. Er wurde dem BKA überstellt. Einer meiner Kollegen hat mir seine letzte Botschaft zukommen lassen.«

»Eine weitere Nachricht?«

»Ja. Sie ist an dich adressiert. Ich habe sie hier.« Parkov langte nach einer Schublade und holte einen Schnellhefter heraus, den er ihr reichte. Marie zögerte.

»Ich weiß nicht, ob ich das lesen will.«

»Es ist eine Art Abschiedsbrief. Keine weiteren Drohungen, nur Provokation. Keine Angst.«

Marie schlug den Hefter auf.

> Marie,
> ich schreibe diesen Text aus der Untersuchungshaft. Es ist ermüdend, Stunde um Stunde verhört zu werden, von Psychologen, Spezialisten des BKA und all den Langweilern. Ich habe für sie alle nur eine Antwort auf die Frage, wieso ich all dies tat: Es war Leben. Nie zuvor fühlte ich mich vitaler als in diesen Jahren. Ich bedaure nichts.
>
> Außer einer Sache.
>
> Sie sind eine tapfere kleine Frau. Der Tod Ihres Mannes tut mir leid.
>
> Moment, wirklich?
>
> Nein.
>
> Natürlich nicht.
>
> Er ist mir völlig egal.
>
> Da Sie sich nicht an meinen Wunsch gehalten haben und mich nicht töteten, kann ich Ihnen das letzte Geheimnis leider nicht enthüllen.
>
> Pech gehabt, Häschen.
>
> Besuchen Sie mich im Gefängnis, wenn Sie es nicht mehr aushalten und Fragen haben. Ich freue mich.
>
> Der Dezembermann

»War es ein Fehler, ihn dir zum Lesen zu geben?«

Marie blickte auf. »Nein. War es nicht.«

»Aber?«

»Ich weiß nicht, ob ich überhaupt wissen will, wie er es getan hat.«

»Vielleicht eines Tages?«

»Vielleicht.« Marie betrachtete die Blumen, die auf der Fensterbank standen. »Weibliche Verehrer?«

»Unzählige.«

Marie seufzte. »Diese endlose Ironie kann auf die Dauer ganz schön ermüdend sein.« Sie wandte sich um. »Brauchst du noch etwas von mir?«

»Ja.«

»Was denn?«

»Einen Kuss.« Parkov lächelte müde. »Die Ärzte sagen, ich sollte dringend alles tun, was meiner Laune hilft und meine Gesundheit verbessert.«

»Du spinnst, Daniel.« Marie trat zur Tür. »Das wäre viel zu aufregend für dich, hier, in diesem Zustand.«

»Marie, warte.«

»Ja?«

»Du weißt, dass ich … dich sehr gern habe?«

»Ist das so?« Sie nickte. »Ja. *Ich weiß.*« Marie ging noch einmal zurück zu seinem Krankenbett, beugte sich über ihn und küsste seine Stirn. »Schlaf jetzt. Wir sehen uns später.«

Lucie blätterte in einem Buch, als Marie durch die Tür ins Zimmer schlüpfte. »Was sehe ich denn da? Ist Lotta nicht mehr die Nummer eins?«

»Hallo, Mama.« Lucie legte das Buch zur Seite. Elise, die neben ihrem Bett saß, umarmte ihre Tochter lange und innig. Dann küsste Marie Lucie und setzte sich neben sie auf die Bettkante. »Wie geht's dir, kleine Räuberin?«

»Besser. Viel besser. Kann ich bald heim?«

Marie tauschte einen Blick mit Elise und dachte an die Untersuchungsergebnisse. »Bald, meine Süße.« Sie strich Lucie über die Wange. »Jetzt … jetzt wird alles gut werden.«

59.

Zwei Tage später

Der Pavillon war hell erleuchtet und voller Menschen: Freunde, Bekannte und Verwandte der Bodenfelds, aber auch Kollegen vom Polizeipräsidium – Gäste, die lachten und gemeinsam den Abend genossen. Für einen Augenblick fühlte Marie sich seltsam fremd und durch einen unsichtbaren Schleier von all der Heiterkeit getrennt.

Ihr Geschenk, ein süßer rosa Babybody, den sie mit großer Freude ausgewählt hatte, stellte sie neben die anderen auf den langen Tisch, der mit einer Reihe von roten Weihnachtssternen geschmückt war. Jörg und Sabine kamen zu ihr herüber und begrüßten sie herzlich. Bine umarmte Marie lange und drückte sie fest an sich.

»Gut, dass du gekommen bist.« Ihre Augen füllten sich mit Tränen, doch zugleich hob Sabine eine Hand, um sie energisch fortzuwischen. Ihr Lächeln war so einladend und wohlwollend, dass Marie warm ums Herz wurde.

»Wie geht's euch beiden?«

Jörg und Sabine tauschten einen Blick. »Wieder besser. Ja, es geht wieder … ganz langsam.« Sabines Lächeln war von einer unübersehbaren Traurigkeit durchzogen. »Der Oberarzt sagt, die Kleine ist gesund. Sie hat doch keine Schäden davongetragen.«

»Aber das ist doch wunderbar.«

Sabine spähte zum Rand des Pavillons hinüber. »Da sind Isabelle und Chris. Ich sage den beiden Hallo.«

Jörg beugte sich näher zu ihr herüber, als seine Frau gegangen war. »Marie …«

Jetzt kam es. Hatte sie wirklich gedacht, dass niemand auf den Gedanken käme, sie danach zu fragen? Das wäre utopisch gewesen.

»Marie, was hat Parkov gesagt? Was hat er auf der Lichtung zu dir gesagt?«

Sie sah ihn an. Sabines Entführung hatte unauslöschbare Spuren auf seinem Gesicht hinterlassen. »Das ist die eine Sache, die ich nicht weitergeben kann, eine Sache zwischen Parkov und mir. Ich habe ihm ein Versprechen gegeben.«

»Aber …«

»Du kannst ihn selbst fragen, sofern er kommen sollte. Ich habe ihn eingeladen.«

Jörg schien für einen Augenblick überrascht, ja sogar etwas empört. Dann lachte er. »Habe ich dir schon gesagt, dass du die sturste Frau bist, der ich jemals begegnet bin?« Er zwinkerte. »Und die kleinste.«

»Ich bewerfe dich gleich mit den Thunfischhäppchen«, sagte Marie, wohl wissend, dass Jörg Thunfisch nicht ausstehen konnte. »Sag mal, hat Fortloff sich wegen der Sache beschwert? Hat sein Anwalt etwas unternommen?«

»Bislang noch nicht. Aber wenn etwas kommt, dann werde ich dafür geradestehen, wie es sich gehört.«

»Frohe Weihnachten«, sagte Isabelle, als sie mit Chris und Sabine zu ihnen herüberkam. »Schicke Schuhe, Marie.«

»Danke. Hallo, ihr zwei.« Sie tauschten Umarmungen. Isabelle strahlte. Sie trug einen weißen Stern in ihrer blonden

Mähne, der wie frisch gefallener Schnee glitzerte.

»Wann fliegt ihr?«

»Morgen Mittag. Du könntest mit Lucie mitkommen, das Angebot steht nach wie vor, weißt du?«

Marie schüttelte den Kopf. »Lucie, Elise und ich verbringen einfach ruhige Tage. Jetzt, da die Kleine erst mal wieder zu Hause ist, hab ich ihr als Erstes versprechen müssen, dass wir ihre Lieblinge im Zoo besuchen. Aber nächstes Mal sehr gerne. Grüß mir bitte schon mal eure isländischen Elfen.« Marie drehte sich um, als sie ein altbekanntes Motorengeräusch von der Straße her hörte und ihr Handy in der Tasche vibrierte. »Entschuldigt mich jetzt einen Augenblick.«

Sie verließ den Pavillon und folgte dem Pfad durch das Parkgelände zur Straße. Ja, ihre Sinne hatten sie nicht getäuscht, da war er.

Er war tatsächlich gekommen. Ihr Herz machte einen Hüpfer, den sie nicht erwartet hatte. *Und diese Aufregung, Marie, was ist das? Du wirst doch nicht etwa …?*

Parkov stellte den Bentley am Straßenrand ab und kam ihr mit einem warmen Lächeln und federnden Schritten entgegen. Nichts an ihm erinnerte mehr daran, dass er nur knapp dem Tod entkommen war. Er trug einen Mantel mit hochgestelltem Kragen und eine weinrote Seidenkrawatte.

»Frau Winter«, sagte er, als er Marie erreichte. »Da bin ich.«

»Marie, hast du das etwa schon vergessen?«

»Nein.« Er lachte. »Nein, das habe ich nicht. Du siehst gut aus.«

»Du auch.« Marie bemerkte, dass er einen kleinen Schritt in ihre Richtung tat, und trat ihm ihrerseits entgegen. Ohne nachzudenken, was sie da machte, nahm sie ihn in eine feste Umarmung, stellte sich auf die Zehenspitzen und küsste seine Wange.

Parkov schob sie überrascht ein Stück von sich. »Wofür war der?«

»Für die tolle Leistung. Den Erfolg am Ende. Und für die gute Zusammenarbeit.«

»Das ist tatsächlich eine Form des Dankes, an die ich mich gewöhnen könnte.«

»Was macht die Schusswunde?«

Parkov winkte ab. »Sie verheilt. Das ist nichts, nur noch eine bald verblassende Erinnerung.« Er blickte für einen Augenblick an ihr vorbei in die tintenschwarze Dunkelheit der Winternacht, als warte dort jemand, mit dem er eine Vereinbarung getroffen hat, eine Vereinbarung, die für ewig ein Geheimnis zwischen ihm und der Unbekannten bleiben würde.

Schneeflocken segelten durch die Luft. Die Lichter der Fackeln, die im Park den Weg wiesen, die Lichter und gedämpften, fröhlichen Geräusche der feiernden Menschen aus dem Pavillon drangen zwischen den Stämmen der in Dunkel gehüllten Rotbuchen und Steineichen hindurch.

Eine bald verblassende Erinnerung, dachte Marie. *Wie all das hier. Wie der ganze Fall, der Dezembermann, die Toten, die Entführung.* Sie dachte an Parkovs Worte, nachdem er dem Dezembermann Grüns Geheimnis enthüllt hatte: *Wunden verheilen, ja sogar Wunden der Seele. Aber am Ende ist die Rache mein.*

»Kommst du mit hinein? Ich bin sicher, dass Isabelle und Jörg sich freuen, wenn du da bist.«

»Da sind sie gewiss die Einzigen. Nein, ich werde nicht hineingehen.«

»*Ich* würde mich ebenfalls freuen.«

»Marie, ich bin gekommen, um Lebewohl zu sagen.« Parkov warf einen zweiten Blick in die Dunkelheit, was Marie dazu brachte, sich ebenfalls für einen Augenblick umzusehen. Dort war niemand – wenigstens niemand, den irgendjemand außer Parkov sehen konnte.

»Lebewohl? Das klingt endgültig.«

Parkov schüttelte den Kopf. »Nein, ich bin nur nach Italien gerufen worden. Die Vatikanischen Museen melden einen Fall, der dringend der Aufmerksamkeit eines Mannes vom Fach benötigt. Mein lieber Kollege Visconti der *Polizia di Stato* bat mich, ihm bei den Ermittlungen zur Seite zu stehen. Sie haben den Polizeipräsidenten gefunden, den einen Teil in den Museen, seinen Kopf hingegen an einem anderen Ort.«

»Das klingt unschön. Du steckst offenbar schon wieder mittendrin.«

»Rom wird mir die Auszeit verschaffen, die ich dringend benötige.« Er streckte die Hand aus. »Es war mir eine Freude, mit dir zusammenzuarbeiten.«

Marie ergriff seine Hand. »An Weihnachten sollte niemand allein sein. Du weißt, dass du ...«

Er nickte. »Ja.« In seinen Augen spiegelte sich das Licht der Straßenlaternen. »Das weiß ich wohl.«

»Er sucht mich nicht mehr heim. Jedenfalls nicht mehr so wie früher, nicht mehr auf diese bösartige Weise. Ich weiß nicht, ob es für alle Tage gut werden wird – nein, natürlich nicht –, aber es kann *besser* werden.« Sie streckte eine Hand aus und berührte seine Wange. »Du hast dafür gesorgt, dass er seinen Frieden finden kann ... und dass *ich* ihn finde. Du weißt, dass ich dich so gerne von deiner Last befreien würde, aber dein Gefängnis ist dort oben, und ich weiß nicht, wie ich es anstellen soll.«

Parkov senkte den Kopf. Als er sie wieder ansah, war der Blick seiner blassblauen Augen warmherzig. »Du hast mich durchschaut.« Dann trat er einen Schritt zurück. »Grüß mir die Kollegen. Und natürlich Lucie.« Er nickte ihr zu, dann machte er sich auf den Weg zurück zu seinem Wagen.

»Daniel?« Marie wartete darauf, dass er sich noch einmal umdrehte. »Meine Güte, jetzt warte doch einmal.«

Er wartete.

»Lucie hat mich gebeten, dir dieses Geschenk zu geben. Sie hat es selbst gemalt. Sie war gestern ganz begeistert von deinem Besuch.«

»Danke.« Er nahm das aufgerollte Bild, das Lucie mit einer schönen Schleife verpackt hatte, entgegen. »Ich habe kein Geschenk für dich oder deine Tochter … außer dieser Kleinigkeit. Ich hätte sie fast vergessen.« Er reichte ihr ein kleines Kästchen, in dem etwas klapperte. »Wirf mal einen Blick rein.«

Sie löste die Schleife. Im Inneren des mit dunklem Samt ausgeschlagenen Kästchens lag eine Karte, auf der eine Telefonnummer stand. Daneben ein Schlüssel.

»Wenn sich ein Umstand ergeben sollte, der meine Rückkehr erforderlich macht, dann ruf diese Nummer an.«

»Woran denkst du?«

»Mir bereiten die letzten Worte des Dezembermannes Sorgen: Der Professor wird zurückkehren.«

»Von wem sprach er?«

»Ich bin mir nicht sicher. Denk an die Karte und den Schlüssel. Er öffnet ein Bankschließfach bei meiner Privatbank, das ich für dich angelegt habe.«

»Was werde ich dort finden?«

»Ich …« Parkov schien verlegen. »Ich würde gerne die finanzielle Seite der Behandlung von Lucie übernehmen. Es ist das Geringste, was ich für euch tun kann, nachdem ich euch dieser Gefahr ausgesetzt habe. Jetzt, da sie den Virus überwunden hat, kann ihre Leukämie effektiv und schnell behandelt werden. Ich kenne einige der besten Ärzte. Sie wird schnell wieder gesund werden.«

»Das würdest du tun?«

»Ja. Alles, was …«

»… nötig ist.« Marie lächelte und wischte sich über die Wange. »Ich wünschte wirklich, ich könnte dich befreien, aber dein Gefängnis ist eines, das du dir selbst errichtet hast.«

»Kein Gefängnis könnte mich aufhalten.« Er schüttelte abermals ihre Hand, und dieses Mal, das spürte Marie, war der Abschied endgültig. »Keine Sorge, Marie.« Er zwinkerte. »Die selbst errichteten Mauern des Geistes sind das einzige Gefängnis, dem sich ein Mensch unterwerfen muss.«

»Hobbes?«

»Nein. *Parkov.*«

Mit diesen Worten wandte er sich ab und verschwand mit wehendem Mantel in der Dunkelheit der Winternacht, die ihn verschluckte, als sei er niemals da gewesen.

»Wollte er nicht?«

»Nein.« Marie nahm Isabelle das Champagnerglas ab, das sie ihr reichte. »Nein, er musste schon wieder weg.«

»Hast du ihm gesagt …?«

»Hm?«

»Vergiss es … man sieht es dir an.«

»Ich denke nicht, dass es etwas geändert hätte.«

»Kommt er wieder?«

Marie berührte das Kästchen, das in ihrer Manteltasche steckte. »Wenn wir ihn brauchen, wird er kommen. Und in diesen Zeiten kann es schon morgen so weit sein.« Marie nahm einen Schluck Champagner. »Komm schon, Isa. Wir leben noch. Lass uns feiern.«

Winter und Parkov kehren zurück …

Printed in Poland
by Amazon Fulfillment
Poland Sp. z o.o., Wrocław

49591903R00270